泣き虫弱虫諸葛孔明 2

孔明，你又调皮了

[日] 酒见贤一 著

丁丁虫 译

上海译文出版社

图书在版编目(CIP)数据

孔明,你又调皮了 / (日)酒见贤一著;丁丁虫译.
—上海:上海译文出版社,2015.7
ISBN 978-7-5327-7003-8

Ⅰ.①孔… Ⅱ.①酒… ②丁… Ⅲ.长篇小说—日
本—现代 Ⅳ.①I313.45

中国版本图书馆 CIP 数据核字(2015)第 103782 号

NAKIMUSHI YOWAMUSHI SHOKATSU KOUMEI Vol. 2
By SAKEMI Kenichi
Copyright © 2007 SAKEMI Kenichi
All rights reserved.
Original Japanese edition published by Bungeishunju Ltd., Japan
Chinese (in simplified character only) translation version in PRC published by
Shanghai Translation Publishing House,
under the license granted by SAKEMI Kenichi, Japan,
arranged with Bungeishunju Ltd., Japan through CREEK & RIVER Co., Ltd.
and CREEK & RIVER SHANGHAI Co., Ltd.
Chinese text © TAIWAN TOHAN CO., LTD.

图字:09-2010-596号

孔明,你又调皮了
[日]酒见贤一/著　丁丁虫/译
责任编辑/李　洁　装帧设计/未氓设计工作室

上海世纪出版股份有限公司
译文出版社出版
网址:www.yiwen.com.cn
上海世纪出版股份有限公司发行中心发行
200001　上海福建中路 193 号　www.ewen.co
上海锦康印刷厂印刷

开本 890×1240　1/32　印张 11.5　插页 2　字数 208,000
2015 年 7 月第 1 版　2015 年 7 月第 1 次印刷
印数:0,001—5,000 册

ISBN 978-7-5327-7003-8/I·4240
定价:45.00 元

目 录
CONTENTS

序　言

却说。

其实《演义》①中藏着让人难以置信的暗线。

《演义》本身似乎也在努力抹杀这一可疑的暗线，至少不想让它浮上表面，因为哪怕只是稍微露一点马脚，就会立刻经由说书人之口宣之于众。但可以说《演义》的主持人罗贯中并没有完全成功地封杀这一暗线。

这条暗线毫不留情地打碎了那些认真的读者——譬如企业经营者之类，他们总以为《演义》是依据史实而写成的本格历史小说——难以割舍的希望，将之拖入深邃恐怖的幻想地带。不过当今的日本人连哈利·波特都可以像永恒的历史人物一样接受，《演义》大约也没问题吧。

这一引发踌躇不安与困惑的神秘设定，从后汉初年某位白面书生遭遇了令人毛骨悚然的灵异现象开始……

事情发生在洛阳，清明时节（冬至之日起第一百零五日），恰是后汉始祖光武帝刘秀在御花园举行盛大赏花会之时。

赏花正酣，却见一位白襕角带、纱帽黑靴（就是那种游手好闲的打扮）的书生悠然而至。他手中提着酒壶酒盅，背上背着琴剑书箱。书箱里的书恐怕并非纸质，而是竹简木简，所以像是背着巨大的柴薪一般，让人不禁惊讶这赏花的行李未免太多了些。白皙书生坐到柏树下，独自一人饮酒，也不赏花，却取了书简专心阅读。举止果然怪异。

这书生名曰司马仲相。

他埋头阅读，读的大约是史书，连时辰都忘了。读到秦始皇焚书坑儒那一段的时候，恐怕已经大醉了。

"秦始皇，你这无道恶君！我若是生在当时，必然要诛杀你这恶贼，以安天下万民。"

他这番话脱口而出，声音极大，"秦始皇屠杀百姓，又不加以掩埋，连土地都为之腐臭。这般逆贼只是猖狂一时倒也罢了，但竟能窃位为王，要说这是天帝之选，也未免选得太过了。秦始皇之后，刘邦、项羽疯狂争霸，民众只能继续惨遭涂炭……"

正是这时候异次元的大门突然打开，司马仲相掉进了另一个世界。

繁花争艳的御花园中忽然没有了访客，却出现了五十名官员，对司马仲相口呼"陛下"。看那些官员的打扮，不是世上的凡人，乃是天界的仙人。

"咦，怎么喊我陛下？"

司马仲相诧异之时，官员中的一位代表说道："臣等奉玉帝敕旨，向陛下奉上六样礼物。"

说着话便剥去司马仲相身上的衣服，给他套上皇帝的龙袍，又说："此处非陛下的居所。"说罢将他塞进有龙凤装饰的奢华舆辇，

---

① 本书中，《演义》代表所有除《三国志》以外的各类"三国"故事、漫画、衍生作品。——译者

强行拉走，恐怕是送去了天上。早在这时候就有 UFO 的外星人绑架人类的问题了。

司马仲相一头雾水地被架进宝殿，塞到了九龙金椅子上。尽管情况如此异常，他倒也没有慌乱，适应得很好。面对官员们叩首所行的万岁之礼也是点头相应。

他原本就是爱做梦的家伙，不知道这样的表现是该说他浑身是胆，还是糊里糊涂，总之就不是普通人。

"陛下虽然是陛下，不过此时天下乃是光武帝治理，所以陛下若是自称陛下，大概立刻会被视为谋反而遭讨伐。"官员淡然说起现实与非现实混同的情况。

"诸爱卿找朕有何事？"已经适应了的司马仲相问。

"请陛下仔细打量四周。"

司马仲相依言，立刻发现自己被送到了另一个地方。只见殿额上写着"报冤殿"几个金色的大字。

官员中的八位代表再度拜倒，说："陛下，臣等惶恐，不过此地确实并非人间，呵呵，乃是地狱。"

他们说的话都像是伊曼纽尔·斯维登堡[①]、鲁道夫·施泰纳[②]之流，就算很熟悉他们的思想，现在也禁不住想把书扔掉吧。

报冤殿是阴曹地府的法庭。阎罗大王当下貌似不在。官员道："有事需请陛下裁决。"

"好，我来裁决！"

话说，裁决什么来着？

[①] 伊曼纽尔·斯维登堡（Emanuel Swedenborg，1688—1772），瑞典哲学家、科学家、神学家和神秘主义者。——译者
[②] 鲁道夫·施泰纳（Rudolf Steiner，1861—1925），奥地利哲学家、灵智学创始人。——译者

"适才陛下读书，对秦始皇之罪义愤填膺，甚至说出怀疑天帝想法的念头。于是天帝派遣我等，命我等将陛下引来此处，在这报冤殿审议地府的案件。如果陛下的量刑妥当，天帝说，迟早让陛下做上真皇帝。"

"呵呵，好，那裁决谁，如何裁决？"

"只要陛下宣因罪被杀者上前，原告立刻就会现身。"

"明白了，我来试试。"

于是，司马仲相的圣旨传入地府。

很快就来了一个身着金锁战袍、脑袋被砍了一半、满身是血的人。他哀诉道："臣冤枉！"

这家伙是谁啊，司马仲相带着不爽的心情将送上来的诉状展开一看，原来是二百五十年前的案子。眼前此人是中国历史上屈指可数的天才武将，号称"国士无双"的韩信。

"哦，你就是钻裤裆的韩信啊。"

"正是微臣，淮阴侯韩信。迟早要报此仇。"他说话的时候真让人担心他脑袋掉下来。

"不是我自夸，我跟随高祖南征北战，立下战功无数，连楚王项羽都被我打垮了。可是高祖和他那个臭娘们吕后，设下卑鄙陷阱，以不实之罪将我处斩。恳请陛下恢复我的名誉，给我一个正义的审判！"

唉，吕后的手段确实残酷，她发明的人彘（我不想解释这是什么东西，请自行参考《史记》）在世界残酷物语史上也是独一无二的。

"唔……事到如今说这些也没用。那，该怎么办呐？"

司马仲相向八个官员看过去。官员嘻嘻笑道："陛下，这点芝麻绿豆的小事，要是不能在零点一秒内做出判断，可当不了人间的天子哟。"

于是韩信下去，又有一个毛发蓬乱的老汉出来叫道："我也冤枉！"

"你又是谁？"

"我姓彭名越，大梁王彭越是也。我也追随高祖四处征战，为平定大汉天下立下汗马功劳。可是高祖杀了我，把我的肉一块块割下来分给众人吃！"

彭越本是强盗头子，投靠刘邦之后在楚军后方四处打游击，让项羽很是头疼。战后被肃清，肉分给了各个诸侯。

下一个出来的人，肥脸上纹了刺青，满是鲜血，像是斗牛犬一样。

"我是九江王英布，又叫黥布，不过这个名字能把夜里哭闹不休的小孩都吓住，所以请不要乱叫。我也和韩信、彭越一样，为了高祖出生入死，可是到头来高祖却来攻打我，把我杀了。"

英布本是无赖，犯有前科，所以被刺了墨，当时的人带着轻蔑和恐惧称他黥布。在无赖这个层面上，他和刘邦臭味相投，所以带着一种归属感加入了刘邦阵营。战后刘邦怀疑他谋反，亲自加以讨伐。

韩信、彭越、黥布三人，流着泪痛骂刘邦的不仁不义。司马仲相听来听去，不禁气愤起来，心想这三人说的若是事实，那刘邦也实在太不像话了，于是下令道："宣刘邦上庭作证！"

不一会儿刘邦上来，乖乖给司马仲相跪拜。

"不管你是汉高祖刘邦也好，是什么也好，现在这三人告你，说你不但不报答他们三个的大功，反而借口他们谋反加以诛杀，这是事实吗？"

刘邦小声道："我不知道。我出去玩的时候，一切都交给吕后处理了。"

刘邦把责任都推给了妻子。与其说他这是无情无义，不如说他原本就是这种性格。司马仲相立刻召吕后上殿。

吕后远比刘邦强硬："你想把所有的错都怪到老娘头上啊？是你自己说，这三个人都是睡着的老虎啊，睡醒了可怎么办啊，叽叽咕咕啰里啰嗦。然后又说，我去云梦山游览，你来摄政，找点借口把这三个收拾掉。老娘就是照你说的做了。"

她把罪过推回给丈夫，为自己开脱。

司马仲相逼问刘邦："你还不承认自己谋害这无辜的三个人？"

刘邦到底是天下第一等厉害的人，现在更装出什么都不知道的样子。如此一来，吕后提议道："陛下，我请求证人出庭，这个证人能让我家当家的找不到借口开脱。"

"证人是谁？"

"此人姓蒯名彻，字文通。"

"好，唤上来。"

蒯彻在《史记》和《汉书》中被称作蒯通。因为"彻"是汉武帝的名字，为了避讳，不能用这个字。讳是很讨厌的东西，读汉代典籍的时候需要注意。反过来说，根据避讳的情况可以推断这书的版本大约在什么时期，这一点也算有点用处。

蒯通是韩信的谋士，也是非常厉害的纵横家。在郦食其眼看就要成功说服齐国降汉的时候，就是蒯通的计策导致郦食其被齐王烹杀。他曾经向韩信献计夺取天下，结果韩信不忍背叛刘邦，没有采纳计策，蒯通只得抱憾逃亡。

蒯通镇定自若地上来，对司马仲相叩拜并说道："关于此事，请陛下观过此诗便知端详，无需微臣上奏。"

> 可惜淮阴侯，能分高祖忧。
>
> 三秦如席卷，燕赵一齐休。

夜偃沙囊水，书斩盗臣头。

高祖无正定，吕后斩诸侯。

　　这首诗的意思是说，韩信率领本算是乌合之众的汉之弱兵，运用简直可以申请专利的奇迹战术"背水之阵"和"半渡而击"，眨眼之间便将魏、燕、赵、齐彻底歼灭，是汉朝的超级天才和忠臣。而刘邦却是反复不定的小人，吕后更是极其残暴的杀人恶魔。

　　证人作证结束，接下来就是审判和执行了。司马仲相将审判结果写成公文，暗想"这样就行了吧"，呈给天帝。司马仲相不是审判长，而是公诉人和第一审判员，所以判决由天帝下达。天帝宣布说："仲相所记，汉高祖负其功臣，交三人分汉朝天下。"

　　现实中这时候后汉刚刚开始。现在就规定了灭了汉朝、交给三个人瓜分，稍微有点早了吧。

　　"交韩信分中原，为曹操；交彭越为蜀川刘备；交英布分江东长沙吴王为孙权；交汉高祖生许昌为献帝，受尽苦难；吕后同罪，为伏皇后受苦。"

　　就是说，让三个人转世生在后汉末再做英雄。刘邦夫妇自作自受，到汉末受苦去。中国原本没有印度的轮回转生论，虽然也有一点天神转生的传说，但中国人追求的是长生不老，死后也能永享祭祀；不过自从佛教传入以后，各派思想都加进了因果报应的因素。

　　"又许曹操占得天时，囚献帝，杀伏皇后报仇。江东孙权占得地利，据江南江东十山九水。蜀川刘备占得人和，单此一项略显可怜，再与其关、张之勇，却仍无谋略之人，便交蒯通生济州，于琅玡郡，复姓诸葛，名亮，字孔明，道号卧龙先生，于南阳卧龙冈上建庵居住，此处是君臣聚会之处，共立天下，往西川益州建都称帝。"

　　不知什么缘故，天帝给刘备的赠品好像多了一点，不过大概也是知道不这么照顾他也扶不起来吧。换句话说，"人和"这东西在现世是最没用的。而且"称帝"这事儿根本就是不负责任的赠品。

"再有仲相，汝之判决且算合格。交汝生在阳间，复姓司马，名懿，字仲达，三国并收，独霸天下。"

就这样预定了天子之位的司马仲相暂且在天界待命，等待与诸葛孔明开始激战的时候。再等两百年（天界的时间流逝和人界完全不同）就能当上真正的天子了。如果还有像秦始皇那样的家伙在的话，那就把他们斩尽杀绝，顺便向百姓展示自己的慈爱。

也就是说，《演义》是由前汉立国时的抵牾引发的超越时空的因缘，是了结宿怨的内部斗争（与老百姓无关）。曹操以无比凶悍的霸道突飞猛进之事，也得到了天帝的认可。斥责他罪大恶极的人可是大错特错了。

上面说的就是一个喜欢做白日梦的青年，他的经历如何成为《演义》的暗线。话虽如此，对于汉族最早的实质性统一王朝的创始人刘邦，信口攻讦到如此地步，大约可以说是对历史的否定吧。就算是出于娱乐目的，也是十分可怕的。

这是各种"说三分"中流传下来的故事，起源相当古老。后来这些故事被统一在《三国演义》中，虽然其中有些删改，但整体的气质和色彩是不可能完全漂白的。

"天界诸神早已画好了人类历史的设计图，人类只不过是照此表演的棋子罢了。"这种主题在基督教、佛教、道教、神秘主义、存在主义，乃至科幻小说、少年漫画中都能见到，今天也是屡见不鲜。

但是，"说三分"的主人公孔明，既是凡人，也是天界的神仙。我一向认为，孔明是那种就算对方是天帝也不会对他的胡作非为忍气吞声的人（当然我也不喜欢孔明是由蒯通转生的说法）。不过有可能孔明自己也参与了这份设计图的制作，甚至连这一隐秘设定也是孔明的虚实计策之一，不能用"对神的反抗"一以论之。

顺便说一句，如果要问"说三分"的另一位主人公是谁，那绝不是刘备、关羽、赵云、马超之辈，也不是被嗤笑为缩头军师的司马懿（刚才被"绑架"的天子司马仲相已然脸面无存了），而是张飞张翼德。据说城里的孩子只要听到张飞的暴力犯罪，特别是对曹操一方的疯狂杀戮和破坏，都会眼睛放光，以无邪的童心大加赞赏。关羽虽然也有很高的人气，但和张飞相比到底还是带有一点理性和智慧，孩子们大约敏锐地感觉到了他的卖弄，不像对张飞那么喜欢。孩子这种东西，特别是男孩子，最喜欢怪兽怪物怪人这一点，古今皆然。

在中国，最受欢迎的人气偶像都是孙悟空、张飞这种打打杀杀的英雄。张飞尤其和孙悟空不同，他没有对神仙的反抗，只是自顾自地牛饮，进行毫无理由的反抗（但是没有司法解释说醉酒犯罪可以减刑），以解放自己的压力，贯彻遇佛杀佛之道。不管是孔明还是张飞，孩子们（也包括一部分成人）就是喜欢这种超级乱来的人物。

不过说不定这也是孔明的计策，是为了树立张飞放浪不羁的形象，将众人的注意力从自己的怪异行为中转移开来（这个看法有点太穿凿附会了）。

言归正传。至少《演义》中并没有人物表现出自己知道这条暗线，唯独孔明的言行举止中略微显出一点类似的味道。

话说回来，《演义》的暗线是不是真的起到了效果，我是很难判断的啦。

小说中到处列举出处是很麻烦的，所以正史我写为《三国志》，而将《三国演义》及其派生的各类书籍写为《演义》加以区分。

第一回　孔明突然烧了博望坡

且说孔明终于被迎入了刘备军……话虽如此，这份工作实在很难说是好工作，因为刘备军的实体太模糊了。刘备的产业只能算是皮包公司，没有资本，住的地方也是借来的，靠打零工挣点糊口的钱，基本上就是过一天算一天。

那么孔明又是什么人物？洒家且有一比：自东京大学法学系以全系第一名的身份毕业，万众瞩目、前途大好的有为青年，没有去政府任职，也没有去世界五百强工作，更没有留校读研继续深造，反而缩在农村里整天捣鼓泥巴、四处闲逛，时不时还弄点怪样出来，也没什么朋友，难得有几个臭味相投的，不是混混就是怪人，总之就是让人忍不住摇头叹息，每每在背后戳着他脊梁骨说他是游手好闲的不肖子弟。周围邻居一旦提起就会说："那家的孩子出身倒是很好，可是成天怪里怪气，好端端突然唱山歌什么的，眼神也不对头，弄不好哪天就会干出杀人放火强奸盗窃的事儿，哎呀呀，好可怕。"（不过伟人的特立独行迟早会变成趣闻轶事，所以其实也不用太介意。）而当事人自己虽然不喜欢这样的流言蜚语，但（尽管没有任何根据）还是怀着犹如富士山一般无比坚定的自信说，只要比尔·盖茨、乔布斯之流的人物前来网罗，自己马上就会展现无比宏伟的世界战略，打造出全球首屈一指的巨型企业（那您倒是去投个简历啊）。

然后因为一时的心血来潮，进了一家中小企业（而且一下子就身居高位，享受特别秘书的待遇）。话说这家公司的员工算上外包也不到二百人的规模，全靠章鱼老板每天跟税务局哭诉才能勉强维持下来……哎呀不对，要是员工能有二百人也算不错了，好歹也能维持下去，这个比喻还不妥当。

那么洒家换个比喻。想象一下他天天晚上悄悄跑去在破烂不堪的写字楼前面开流动拉面馆（当然是无证营业，一旦被警察逮到肯定送去挖沙），工资几乎等于零——这个比喻大概更准确。相比之下，打零工都算是正经职业。

流动面馆的尖嘴猴腮老板烧出来的菜乏善可陈，但不知为何就是很受欢迎，天天有人排队，貌似是因为老板大叔本身的人缘很好。店里还有两个身份不明的冷血大汉，都是那种一眨眼就能把好几十个挥舞砍刀板砖之类的街头小混混打得屁滚尿流的 Type（类型），偏偏在这儿打下手，每天负责洗碗切菜招呼客人。虽然说大叔有好几个流动面馆的产业，而且愿意让这年轻人来主事，但怎么看怎么不像能有发展空间的样子。

虽说东大毕业生到流动面馆打工让店主大叔感激涕零，但这年轻人不屑于锻炼烤串的手艺，也没有表现出乐于学习烧烤诀窍的态度。之所以如此，是因为这年轻人心中自有宏伟的计划，每天都在耗费脑细胞思考大问题——要让这个手艺堪忧的面馆大叔坐拥气派足以成为一个地标的店铺，而且单单如此还不够，还要尽快开设全球规模的连锁店，让大叔一跃成为世界第一的面馆之王（之后当然也有在宇宙中开设连锁店，让外星人也成为黑暗料理的奴隶之计划），击败并且收购麦当劳和肯德基——诸如此类让人非常怀疑他大脑是不是有问题的妄想。

但是两位大汉（前辈）不免要对这年轻人产生不满了。这也难怪。在这个就业困难的时代，明明是老大开恩把他捡回来的，可是让他去烤羊肉串也不会，让他去洗碗也不洗，每天就是一副不可一世的臭脸，难免会让人产生想法，要"教教他咱们这行的规矩"。幸亏尖嘴猴腮大叔赶紧过来拦住："喂！我说你们可别乱来，这年轻人不是刚刚入伙嘛，慢慢就会好的，肯定会好的，大概会好的吧……"

不过就连大叔有时候也会受不了新新人类的莫名其妙，更会对他的自以为是怒火中烧。

就在这样的状态下，有家著名的资本雄厚的拉面连锁企业终于决定要来这个小镇开拓生意了——这下子俺的生意可该怎么办哪！

大叔死死盯着自己的手，脸上一副沉重的表情。

总之大开脑洞想象孔明刚刚加入刘备军的状态还是很有趣的，就这样吧。

孔明（经过错综复杂暧昧模糊的过程）加入了刘备军，可是不要说没有签约礼金，就连午饭都得自己做好了带过去。史书上没有写得那么细致，不过从刘备军的经营状况来看，孔明的工资大概也不会比小孩子的零花钱多多少。更不用说这还是个看不到未来的弱小团体——孔明选了个多糟糕的公司啊！这大概也显示出孔明有多古怪，后世的史家也只能揣测孔明的意图。如果孔明的父母还在世的话，说不定会指着他的鼻子大骂："你要是敢去那种黑公司，老子打断你的狗腿！"

即便是在这样的状况下，刘备军依然保持了雷打不动的习惯：大摆筵席，一连闹上三天三夜。

张飞在常规节目舞剑以及常规搞出四五个轻重伤员之后又喝了一大斛，瞪着朦胧的醉眼东张西望。关羽看到他这样子，问："飞弟，怎么了？还没喝够？"

"啊，关哥哥，我有个事情没想明白。咱们这宴会是为啥开的？"

"这不是为了庆祝诸葛先生加入我军吗？"

"是吧？是哦。可是，那个诸葛先生人在哪儿呢？"

"啊？"

看了会场一圈，只看见到处都是烂醉如泥的人，个个淹没在酒水和呕吐物的海洋里，当中刘备还在裸舞。唯独找不到孔明。

到现在宴会已经是第三天了。

关羽苦苦搜索酣醉中的记忆之蛛丝。

一开始大小官员举止从容，刘备在上座，右边给万众瞩目的孔明设了席位。孔明依旧穿着纶巾鹤氅的奇装异服，超凡脱俗，白羽扇放在膝头。

"诸位！老天终于听到了我的恳求，让我请来了天下奇才，也就是这位诸葛先生。诸葛先生是卧龙啊卧龙！来、来，仔细瞧瞧，让我们给这卧龙磕头磕到一脸血！"

刘备满怀感激地大叫起来，立刻引发"哟——哟——""天下第一——""帅男诶——"一阵阵欢迎的怪叫。

"干杯！"

刘备仿佛马上就要跳起来似的，把酒一口喝干。众人紧随其后，大喊万岁，一起喝干了杯中酒。干杯！

孔明放下酒杯，迅速起身，坐到刘备的下手，向刘备深施一礼，随后朗声说："我孔明如今是主公的奴仆，怎能坐在主公之右。"

在座的干部顿时发出赞叹之声。有的说这小伙子不错，有的说我的老婆送给你了。张飞也不禁暗自赞叹了一句："哟嚯，我以为这小子目中无人，没想到还挺懂事。"

刘备连说了好几次："哎呀，先生，我可没有把先生当成是我的属下，先生是我的老师、我的同志。快请回来上坐。"

但是孔明口称："我孔明甘愿为主公尽鸡犬之劳。而且和在场的诸位大人相比我也是最后辈，怎么能回来坐这上座。"说着话便以十分麻利的动作迅速溜到了最远处的末席去了。

"先生，不行，不行啊！我才是远远不能和先生相比的下贱之人，我才应该尽鸡犬之劳（被宰了吃掉的劳?），我才是应该坐那边座位的人！"

刘备大概是太高兴了，顺口说着，一脚踹开桌子，起身就向孔明刚刚坐下的角落席位跑去。跑到半路不小心绊倒，一头栽到地上，于是赵云、孙乾、简雍、糜竺、胡班、糜芳、陈到等人纷纷大叫："我们怎么能坐在主公的上手！主公既然这么说，我们就是比鸡犬更下贱的畜生虫豸！这个座位应该我们来坐！"说着朝角落冲去，为了末席大打出手……刘备军的宴席似乎总是这样开始的。

可是关羽怎么也想不起来之后还在哪儿看到过孔明的身影。他只能以《演义》式的夸张解释暗自嘀嗗："这厮一定是预先算好了计策，故意引发开场的混乱，随后趁机脱身。诸葛孔明……果然不可掉以轻心。"

不愧是神出鬼没、神机妙算的谋士。他肯定从徐庶处得知刘备军每次必会死人的宴会乱象，不想目睹那样的场面，便以精巧机智的行动迅速脱身。这可比那些用拙劣的借口逃避体育系联谊会的胆小学生干得漂亮多了。

张飞双眼放光。

"这个混蛋，难得我们给他大摆筵席庆祝，他自己倒溜了，算什么意思！太过分了。敢对我们的宴会冷眼旁观，心里充满厌恶，可别以为这样就完了，可恼哇可恼——"

张飞越说越来气，一探手便将丈八蛇矛抓了过来——这蛇矛向来与他形影不离，就跟第三条胳膊似的——恨不能当场把孔明戳个窟窿。

张飞正要起身，旁边突然伸过来一只手，手上提着酒觞。

"张将军，酒可够？各位大人为了区区在下召开如此盛大的宴会，在下实在不知如何感激才好。"

说话的不是旁人，正是孔明。他说着话给张飞的酒盅里满满倒上酒。张飞十分震惊，张口结舌。

孔明脸上堆满粉丝见到偶像般的笑容。

"哦……哦……"

张飞无语应对，姑且先一口喝干了杯中酒。

关羽也是一脸惊愕地瞪着孔明。这家伙什么时候冒出来的？难不成一直躲在张飞背后？他虽然认定到刚才为止孔明绝对不在这里，但现在孔明就在眼前，不由得失去了自信。

"诸葛先生。"

关羽向孔明打了声招呼，然后旁敲侧击细细询问，试图找出他刚才不在宴会的证据。但不管是张飞和赵云从一开始的小孩子吵架（"你妈是肥猪！""你妈才是！"）发展到最后动真格的时候（"有本事到外面干一架"）引来刘备费尽力气的劝架；还是糜竺挑衅简雍说他的黄色玩意儿都是老一套，导致简雍拿出文字无法形容其万一的超级珍藏（宫女与太监的蕾丝游戏之类的东西）炫耀，把周围本来色眯眯的人们都吓得脸色发白（"敢说这种事情你不想要脑袋了"），赶紧把他的嘴堵上；以及诸如此类只要不在现场亲身体会就不可能知道的羞耻 Play，孔明全都知道。问到最后，口齿已然不清的关羽干脆挑明了说："先生真的在这儿？"

他这样一问，孔明"唰"的一声取出白羽扇，朗声说道："关将军，您适才一直要问的就是这个问题吧。这场宴会是为我而开，我感激涕零还来不及，哪里有中途退场的道理？"

孔明的酒量如海，至少说远在关羽张飞二人之上，这一点早在隆中一夜就已见分晓。就算强词夺理说什么"你怎么一点反应都没有，到底喝没喝"，那也是没用的。

关羽和张飞继续烦恼了一阵，不过宴会已经进入了最后冲刺阶段，很快就把孔明的事丢到脑后去了。

之前宴会里当然没有孔明的身影。

那么，孔明到底使了什么手段呢？我若是在这里解开谜底的话，未免会剥夺读者的乐趣，所以就不说了。就算认为我这不是礼仪而是借口，那也只能任由各位读者大人去想了。

孔明在隆中卧龙冈的庭前行"站"之事。

站这个字，是驿站、中继站的意思，也被用在"兵站"之类的军事用语中。但它原本指的却只是占据一个地方不动的意思。

如"站"的字义所示，孔明一味呆立在树旁。

近日来孔明似乎心无杂念探讨这个"站"。

"站"也和华佗的五禽戏一样，属于最古老的气功之一种。虽说方法极其单纯，但随着功力的加深，就可以实现百病不侵、天人一体、宇宙合一的效果，是个非常古怪的养生之术。不过虽说古怪，但能让孔明如此热衷研究，恐怕确实有什么惊人的效能吧。总而言之，这是异端之术，却也并非邪道。

当年孔子曾经谆谆教导："攻乎异端，斯害也已"，孔明却只拣异端来做实践研究（他觉得有危险的就拿诸葛均试验），间或加以新工艺的改造。

虽然也不能说"孔明总是走在异端的最前沿"，不过将"八阵图"、"奇门遁甲"之类极为异端的战术加以娴熟运用的鼻祖（就算不是鼻祖至少也是中兴之祖）不是旁人，正是孔明。其他还有什么好说的？

不过话说回来，《说三分》《三国演义》本身就是类似异端一样的东西。它不是面向正经的士大夫、读书人的，而是类似面向孩子的少儿漫画。在中国，如果长到一定的年纪还不去读《三国志》，反而继续抱着《三国演义》废寝忘食去读（或者去写）的人，会被视为"三国痴"，沦落到和女子与小人一样的境地。大家都会说他"脑子还和小孩一样"，十分不齿。所以，举国上下热衷于《演义》的情况下，被说成全体国民幼稚化也不算过分（太过分了，绝对过分！），这该算是《三国演义》的变迁史吧，反正迟早都会触及这个问题的。

不管谁给孔明扣上"后世之贼"、"异端之源"的帽子，孔明都如风中之柳、不动之神，独自伫立，心中默默祈祷着和平（?）。

难得趁这个机会解释一下"站"。

"站"在后世被称为站桩或者立禅，受到中国拳法的各家门派（特别是内家拳）的重视。这些门派基本都把"站"纳入锻炼体系，成为中国拳法中独一无二的锻炼法。"站"是中国武术的入门奥义，从 A 到 Z 的门派概莫能外。在古代，拳法被称为手搏，不太清楚它是怎么和"站"结合在一起的。

单靠伫立不动、化作天地间的一根立柱，便可养成混元之力！话虽如此，"站"看起来实在太简单了，简单得就像是单纯浪费时间，导致很多初学者在这里遭受挫折。可如果"站"没有任何效果，在武功这种现实主义盛行的范畴中，早该被排除出去，消失在历史长河中了。

"站"的理论依据来自于《易》。易而不易，动而且静，上虚下实，阴阳交汇，均衡和谐，如年轮重重的巨树一般安立不动。"站"甚至还通向炼精化气、炼气化神、炼神还虚、还虚合道的老庄思想。一切对立都归于无，无极生有极，是完成自我的意识和肉体的超凡入圣的宇宙之技。

从武术、战争、围棋到书画、巫术、医术等角度看，中国人都特别喜欢《易》。顺便说一句，想要具体了解站桩的人，不妨去研究研究号称是近代中国武功集大成者的王芗斋[1]，他在意拳中说得最为详细。

总而言之，"站"是《易》，是道，是宇宙层次的气功，是孔明所喜爱的。但是在旁人看来，他只是呆站着而已，显得傻里傻气，一般人根本看不出他内部正在进行各种宇宙层次的纷繁变化。比如诸葛均就在想："我哥又在干傻事了，真是太丢人了。"根本没有试图去理解他。

但这时候据说（也许）比孔明年纪还大的妻子黄氏却没有那样看他。

"夫君在做什么？"黄氏表现出兴趣，于是孔明便教了她。

"其实吧，与其费力和你解释，不如你自己亲自试试。来，站在这里，膝盖弯一点，双臂举到胸前，想象自己是泥中的莲花、参天的巨树，像独一无二的泰山，站好别动。"

"是这样吗？"

黄氏似乎通过模仿掌握了真谛。

于是不知该说是三国的龙凤呈祥还是英雄英雌应时内观宇宙，

---

[1] 王芗斋（1890—1963），意拳创始人。——译者

总之两人并立而站，在悠久恒常的时间中伫立不动，唯有思绪驰骋。在一般人看来，难免会责备这对夫妇懈怠农时，只顾晒太阳，不过这也没有办法啦。

倒是诸葛均和习氏夫妇辛勤耕作，挥汗如雨，令人同情。这两对夫妇就像是入世与出世的分界和象征一般。在向往平凡和琐碎的幸福的人们看来，孔明夫妇根本就是超越理解的存在。

《演义》里面，在热情的"三顾茅庐"之后，便是哀愁的"卧龙出庐"。从这一天开始，孔明就成了孤家寡人，一直随侍在刘备身侧，像是刘备的影子一样。主旨虽然不错，但在细节上却大可商榷。

在《三国演义》中关于此处的描写只能用"奇怪"来形容。孔明突然决定出庐，吩咐惶恐不安的诸葛均说："吾受刘皇叔三顾之恩，不容不出。汝可躬耕于此，勿得荒芜田亩。待我功成之日，即当归隐。"

随即去了新野。后人有诗叹曰：

> 身未升腾思退步
> 功成应忆去时言
> 只因先主丁宁后
> 星落秋风五丈原

明明是卧龙出击的高潮场面，不明白为何一盆冷水泼上来。这首诗放在这里，仿佛是孔明大限将至，追忆过往岁月一般。

"还没有协助主公攀上顶峰，我就总想着退隐山林，唉，大概是真累了吧。回想起当年出山的时候吩咐均弟的话啊，又被刘备的殷勤恭谨触动，不忍退隐。可惜运气不济，白白让人嗤笑，笑就笑吧，反正也快死了。秋风吹啊，在这个边鄙荒凉的五丈原啊……"

总之这是一首虚无主义的诗，正应该被痛骂，"还没尝试就想着失败的废物！"为什么要在这里插入一首前不着村后不着店的诗，包括我在内的读者都很困惑。

"什么？孔明最后还是输了？这也太泄底了吧？"

有没有考虑过抱着字典啃《演义》的少女们郁郁不乐的心情啊！

不过也罢。在我们国家，也有土井晚翠写过《星落秋风五丈原》的叙事诗，诗里以孔明为主角，写得好像古希腊悲剧一样，还拼了命地泄底，简直就是故意惹人讨厌的。

——丞相病危！

他用处处飘浮着百分百哀切的诗句，将孔明壮志未酬而病故的事实反反复复写了又写，对于在读《演义》之前不幸读了这首诗的人来说，绝对会产生一种无法被拯救的郁闷心情。（不过那确实是篇非常好的作品。）

总而言之，明明是孔明踌躇满志的出庐，却被决定了日后败北的命运。这也许是为了让读者在后面不至于大受冲击而故意为之的吧。不过可以说换个作家绝对不会这么写，这就好比推理小说的第一行就挑明了犯人是谁，偏偏又不是倒序推理而是本格推理（已经不能算是本格了，应该说是新本格吧），而且还相当自信读者一定会读到最后（所以在某种意义上应该算是新诡计）。大概就是这样的情况（不过好像也有点不一样）。

话说刘备与孔明连续多日同食同寝，在刘备的房中彻夜谈论天下，就像过去对待关羽、张飞那样，简直可以说是同床共枕度蜜月一般。这种待遇自然会惹起张飞的嫉妒，天天如泣如诉地到处抱怨："大哥太残忍了，现在都不和我们睡了。"

那个小子比我们这些老相识的结拜兄弟还好吗？——张飞简直都要嫉恨孔明了，不过这里并没有暗示他们有什么断袖之癖的意思（顺便说一句，赵云也曾和刘备亲密地同床共枕过，那时候大概是瞒着张飞的吧）。

对于既无土地，也无财宝，更无官职可以任免的穷苦老大刘备来说，把优秀的部下召到卧室大概算是无上光荣的褒奖吧，至少也是一种拉拢人心的方法。不过毕竟不是召唤宠妃侍寝，而且恐怕也不是所有人都会对此心怀感激从此更加坚定忠贞不渝之心吧。忍受不了而出逃的部下肯定也有不少。最头痛的就是被张飞嫉恨。

面对张飞的抗议，刘备找了个最迟钝的借口："哇哈哈哈，对不起对不起，其实我并没有忘记你们，只不过每次和先生说起天下百姓的悲惨命运，心中就不禁充满了正义感，忘记了时间（肯定是借口）。我和先生之间绝没有什么值得你们担心的关系。是的是的，我们可不是什么刎颈之交，唔，也不是管鲍之交，是那个什么，哦，对了，鱼水之交！我和诸葛先生就是鱼和水一样的密切关系，不知不觉就变成那种关系了。哎呀，总之是有点不好意思啦，你们就不要到处说啦。"

这种蠢话当然不可能说服张飞，不过张飞总算也决定先观察一阵再说。

《三国志》中也有如下记载：

> ——于是与亮情好日密。关羽、张飞等不悦，先主解之曰："孤之有孔明，犹鱼之有水也。愿诸君勿复言。"

这是天下屈指的"鱼水交欢"的事例。不过刘备和孔明谁是水谁是鱼，就看怎么解释了。谁是水、谁是鱼，虽然会对观者有些微妙的不同，但是这里姑且不做深究了。不过水更重要一点，因为鱼离开水会死的。

但在这里却有孔明的手段。他只是装出和刘备终日厮守的模样，实际上自己却在另外的地方。我认为，刘备一定是与黄氏特制的诸葛亮模型在一起，一个人上蹿下跳，就像看到幻觉一样。而真实的孔明依然住在卧龙冈，每日的生活毫无变化。就算黄氏问起，他的回答也是："还没有搬去新野的计划。"

因此孔明是步行去新野上班，而且一周只去三天（遇到天气不好、心情不好的日子，那都是无条件休息的），在新野度过三天两晚，然后就回家了。完全是从前政府部门公务员的作风。

考虑到距离因素，从卧龙冈到新野就需要花费整整一天时间，再有一天随便干点什么活，到了傍晚就开始收拾准备回去，所以连拿前来政府部门办事的市民踢皮球的时间都没有。不过因为刘备给孔明开的工资也少得就像老鼠屎（实际上这是因为孙乾、糜竺他们手下的会计员既看不起孔明，也不喜欢他），可以说彼此彼此。刘备军的特点也就是隔三差五（让部分人非常头疼）的酒宴了。

于是孔明休息的时候就在庭前站立、在房间读书弹琴、和黄氏一同进行机械设计制作，再不然就是忽然消失两三天，或者一门心思搞些不知缘由的化学实验或者仙术妖法的战术研究，偶尔下田装模作样地帮诸葛均干点活儿。这就是孔明的日常生活，基本上和出庐之前没什么变化。

随便吧。

说起来新野这个地方也确实不是孔明马上就能搬过去的。他在出庐后不久应该住过一段时间，但并没有带着黄氏和诸葛均一起搬过去。

新野本来只是个贫瘠的居住地，兼有监视北方动向的目的，说白了就是个狗窝一般的小城。自从刘备军驻扎在此，人口增加了不少，眼看都要把城挤破了。新野这个小城的规模根本不值一提，在通常比例的地图上大概都不会画出来。它的北面虽然是当年徐庶大败曹仁的博望坡，但那也就是个什么都没有的荒野而已。

樊城略大一些，上升到市镇规模，在地图上可以有细小的文字和点，拿放大镜大概可以看清。这一带都算是荆州的门户，渡过汉水便可以看到襄阳城。那里才终于是县政府所在地的规模，地图上必然要用红色粗体字以及粗大的点来表示。在荆州，需要用醒目的粗点来表示的城市只有襄阳和江陵，差不多算是荆州的南北都城。放在日本来说，大概就是江户与大阪的感觉吧。

今天的襄阳与樊城合并成为襄樊市（新野也包含在其中），是"三国"主题旅游不可错过之地。

新野原本只是个无名小城，因为刘备军的关系变得出名。不知什么缘故（其实也不是不知），《演义》相关的地图必然会把新野用粗大的点醒目地标出来。不得不说这种做法很奇怪。打个比方说，就好像在篮球大小的地球仪上，把日本列岛放在正中间，用同旧金山一样大小的黑点标出新宿（而且东京还在它旁边），确实很奇怪吧？如果用这种地图从卫星轨道上制导攻击新宿，误差未免也太大了，最后打中宇都宫也没办法。

总而言之，要想在新野这里驻扎大军准备开赴战场，指挥官肯定疯了。新野没有任何战略价值，实际上曹操进攻的时候，刘备从一开始就放弃了新野，转移到樊城去了。至于孔明则是只想着如何放火烧掉它——这地方只有放火的价值。可怜的新野，在和刘备军度过醉生梦死的一段岁月之后，被卧龙烧掉了。新野的百姓，只能请你们在这块受诅咒的土地上想开点。

　　话说这一天孔明的姐姐过来串门，和黄氏一起坐在草堂的台阶上聊天，关系好得像是姐妹一般。

　　孔明的"站"告一段落，来到旁边，刚要对黄氏说"能给我倒杯茶吗"，黄氏已经从之前刚刚发明的保温茶壶（类似保温瓶一样的东西）里倒了一杯茶递过来。真是心有灵犀。

　　孔明问姐姐："姐姐，这些日子你经常过来串门，庞老先生那边不用照顾吗？"

　　"这段时间公公经常来岘山的宅子。"

　　孔明的姐姐在鱼梁洲做个隐居点的门卫就行了。

　　"他和你姐夫总在算计如何让襄阳躲开战祸，天天聊到很晚。"

　　孔明姐姐的丈夫是庞德公的长子庞山民。

　　"是要找姐夫商量吗？原来如此……庞老先生为了维护自己的利益，一定在策划邪恶的计谋，预防将来的大难，肯定如此吧。荆北名士也在为自己早作打算……呵呵。"

　　"把人想得太坏了。公公可不是那样的人。"

　　"说实话，还是那样才好。我也担心姐姐的未来呢。如果庞老先生真打算一直做他的隐士，不愿以身犯险，那就只有我来献出正义的一策了。"

　　"庞家的事情庞家自己会操心，你就别想奇怪的主意了。公公为了照顾好大家，操碎了心，总之不会让家人露宿街头的。"

　　孔明露出不信的神色。

　　孔明的姐姐问："你这边怎么样？什么时候过来都见你在这儿溜达，不是去侍奉新野的刘将军了吗？怎么还在这儿玩？"

　　"说我在玩可真是误解啊。现在我就算去新野也没什么事情可做啊。"

　　"皇叔能看得上你，单这一条就已经要千恩万谢了，而且我听说还是三番四次亲自前来求你出山的，是吧？招募你这样懒惰古怪的人还那么有耐心，我想这种人天下再也找不出第二个了。身为男子汉，你也应该有所感动，不管扫地擦桌子什么的，就算被人嗤笑，有什么能做的就去做，这才是报效忠义，才叫男人。"

"姐姐，我孔明可不是没地方去才被人好心捡走的，也不是谁的弟子门生。不用姐姐教训，我早已经小试牛刀，给主公献上了逆转的妙计。如果主公遵计行事，我当然不会在这里无所事事……"

所谓妙计，不用说，自然是指为了实现"天下三分之计"而必须实行的步骤。然而孔明却取出白羽扇，仰天叹息道："可是姐姐啊，我想我已经献了一计，差不多也就该走了。"

这时候他才加入刘备军刚一个月。

"为什么？"

"和我料想的总不太一样。大概是不合适吧。这好像并不是我想做的工作。能让我精力十足的地方是不是在别处啊……这里的工作真是烦人，很无聊诶。"

孔明就像如今的年轻人一般，满口抱怨，眼看就要辞职回家待业的样子。

"我说亮儿，上班才一个月，你能明白什么啊？太没耐心了吧。合适不合适说起来也要有个限度。说什么要辞职，你这太没常性了。工作可不是儿戏呀！"

难不成又要回去做你的 NEET 族吗？姐姐训斥说。

"可是姐姐，人生只有一次。我不想做出错误的选择，让将来的自己后悔。我的人生是我的，是我自己来决定的。"

我就是这样的人啊——爱自由（其实就是自私自利）的年轻人都会这么说。

"那你其他还有什么想做的吗？"

"我还不太清楚自己真正想做的事。我正在想是不是该去战争地区旅行，寻找自我，直到弄清为止。"

现代年轻人的生活过于富裕安逸，反而感到不知如何才能让自己每天过得充实。面对愤怒而又担心的父母家人，他们所说的话，应该就和此刻孔明所说的一样吧。要问他们想做什么，大概会回答说想做音乐家、作家什么的，反正不会有什么正经志向。

孔明的姐姐继续训斥说："难得那位天下闻名的刘皇叔亲自邀请，你去了他那边还不知足，到底想干什么！你认真工作，侍奉主公，慢慢就会发现你的人生价值！好了，黄氏你也来说说他。这里交给均弟他们打理，你们搬到新野去算了。"

这么一来孔明真有点吃不消了，用一种"哎呀姐姐你真不知道我们公司糟糕成什么样子"的口气说："姐姐你是不知道新野的情况才这么说。"

"主公是你自己选的对吧？不管到什么地方，一开始新人都要辛苦点的。我刚嫁到庞家的时候，也是非常艰难啊，有时候晚上一个人还偷偷躲在厨房角落里哭呢。"

孔明的姐姐狠狠批评了孔明的过错之后，又温柔地鼓励说："你这孩子，只要有心，还是能做的好的，姐姐我很清楚。"

给那些欺负你的襄阳人好好看看——孔明的姐姐如此为孔明加油。对于这个亦姐亦母的姐姐，孔明无法反驳，只能垂头听她教导。

孔明的姐姐回去之后，孔明面对黄氏，含泪说："不管到什么时候，姐姐看我都像是长不大的小孩。"

黄氏问："夫君刚才说的是真心话吗？"

"是说我想从刘皇叔那边辞职的话吗？"

黄氏点点头。

"姐姐那么关心我，看到她那个样子，我就开个玩笑而已。"

虽然孔明嘴上这么说，但生活在同一屋檐下的黄氏却隐约感到孔明非常郁闷，对工作焦急又无奈。然而其中的原因孔明还没有对黄氏说过。

孔明在受刘备三顾之礼时承诺过"将军既不相弃，愿效犬马之劳"。所以如果离开刘备，显然是刘备违背了这一约定吧。但是同样显然的是，刘备根本没想过自己抛弃了拜访孔明时约定的承诺。

孔明的郁闷来自于刘备对他献的计策犹豫不决。

那也就是第一号计策"隆中对"（天下三分之计）的先决条件：歼灭刘表一族，尽快夺取荆州。

这与其说是计策，不如说是方针。在迫在眉睫的荆州危机面前，无论是荆州的百姓也好，还是从去年年末就卧病在床的刘表也好，已经没有任何期待了。翘首企盼的百姓已经在公然宣称希望刘备尽快取而代之，而官府的差人也渐渐装作没有听到这种言论似的不予追究。

卧龙虽然无所不能，偏偏这件事做不到。如果孔明直接自己动手杀了刘表，那只能成为杀人犯（最好的结果也是刘备雇的变态杀手）。然而同样的事情如果刘备来做，就算有一部分刚毅持正之士会加以批判，但最终还是会被视为实力的取代，是为了天下大义不得不为之。而且无论如何，刘备可以因此成为一州的主宰。

就算孔明不想承认，他也知道自己和刘备的威望差异太大。孔明的想法是，"只要这件事能帮我做了，其他的交给我就行了"。果能如此发展，守护荆州也是轻而易举的。

当然，如果只是刘备坐上了荆州牧的位置，那也有点晚了，抵挡不住曹操的南征军。但加上孔明的计策可就不一样了。孔明自有接二连三的妙计阻挡曹军，而且也不必用到刚刚换了主公而不甚可靠的荆州兵。

（只要我家主公马上夺取荆州，有一个月的时间便能展现成效。）

而痛彻感受到挫败的曹操则会愕然询问"这个卧龙是什么人物"，然后犹如好莱坞女星一样华丽地当场晕倒，被许褚、夏侯惇等人抱住——这幅场景真实地浮现在孔明眼前（妄想）。

曹军进攻之日尚未确定，不过既然是曹操，那么不等大军准备停当就忽然下令明早出击的可能性也是有的。刘备明明知道曹操的脾气，却还是整天笑嘻嘻的不慌不忙，到底在干什么啊！

总而言之，在这样的状况下，就算孔明也无能为力。一周休息四天也是迫不得已的。

"而且之所以不想在新野长住，也是不太想和主公见面。每次见到我都想给我塞包袱。"

"包袱？"

自从刘表卧床不起以来，悲剧公子刘琦更是被蔡瑁盯上，整日惶惶不安，不知道还能不能看到明天的太阳。这件事情虽然和孔明毫无关系，可是最受不了别人求情的刘备却发挥出不该发挥的男子汉气概，把刘琦带到了孔明的面前："刘琦公子太可怜了，帮帮他吧。"

其实对于刘琦这件事，刘备也很想对他说"自己的事情自己解决"，但是他刚才还在眉飞色舞地夸耀自己获得了如何如何了得的人物，结果刘琦求他说："皇叔，求求您把孔明先生的妙计借我一用行吗？既然是这么了不起的人，我这种小苦恼肯定眨眨眼就解决了。"事已至此，倒也不好冷笑一声，来一句"你想怎么样"了。刘备只得拍着胸脯说："知道了，我去说说，你就放心等着吧。"

"太好了，我有救了。"

大致就是这样的情况。

按照孔明的想法，刘琦这件事，只要收拾了刘表，自然也就解决了。大大小小的事情都来找孔明商量（而且是很不负责任地整个丢给孔明），这是该说刘备太虚荣呢，还是该说他的天性就是这样呢？总之非常吃不消。

"唉，是啊。不过与其整天说不想干不想干，倒也不如找点事情来做。刚好有个机会，你也一起去新野玩玩吧。"

于是，孔明决定第二天和黄氏一同去新野上班。

孔明首先带黄氏参观新野城。正好天气不错，所以一直来到了博望坡。聪明的黄氏大致理解了孔明所说的"新野的气氛和状态"。

孔明夫妻投宿在"卧龙别墅"，这是上个月刚刚紧急换上的招牌。

一开始刘备说："我要在新野新修一幢豪宅，专门给诸葛先生住，比我住的地方还要好很多。卧龙的住处，当然是要龙宫才行。我一定要设计出龙宫一样富丽堂皇的豪宅，先生您就等着看吧。"

刘备打算立刻开始毫无意义的公共事业建设，而孔明则冷淡地制止说："不用了，我住到那边的空房子就行。"

"那可不行，先生，这是我的羞耻。"

刘备再度提出自己的热情建议，于是孔明举起白羽扇，远远眺望，面露浅笑，轻声低语道："……反正是要烧掉的。"那副可怕的模样，让刘备不敢再坚持。

孔明和黄氏相坐对酌。就在刚才，以糜竺、简雍为首的刘备军干部们前来拜访传说中的"荆北第一丑女"、"龙脸龙身"的黄氏。他们似乎认可了这一称号，留下许多酒菜（算是供奉祭品吧）就回去了。

"抱歉，都是这样的家伙。"

孔明的语气像是在说自己的手下。黄氏又倒了一杯酒说："没关系。"

"呵呵呵，现在大家肯定都是在羡慕我。"

是不是姑且不论。

"有件事要你帮忙，我做不了。"孔明说。

"什么事？"

"不是什么难事，就是想请你和主公、关将军、张将军的家人亲眷多多往来，保持良好关系。"

刘备有两位夫人，一位是糜竺的妹妹糜夫人，另一位是从婢女升上来的甘夫人。以前似乎还有好几个，不过死的死散的散，现在只有两位了。

今天说起后妃当然是很上等的地位，但是丈夫如果胸无大志，那就连平民百姓还不如，只是徒有后妃的虚名而已（后来孔明不得不帮助掩饰实际待遇，以便和后妃这个称呼相符）。

经常被丢在战场上不管、被吕布曹操抓去做人质、战败后被拖着到处逃窜，一辈子都住在借来的房子里，生活非常辛苦。天天过这样的日子，不坚强一点根本活不下来吧。刘备的夫人远比一般老百姓的老婆大胆，也更不怕刀兵，这一点从"赵子龙单骑救阿斗"的一幕中也能看出来。刘备肯定也怕老婆。

刘备姑且不论，关羽、张飞居然也有妻子，对于《演义》的粉丝来说，有时候也会觉得很多余，这两位豪杰原本都是不近女色的模样，应该整日在战场厮杀，至不济也该在城市的街头因为蝇头琐事——比如走在路上蹭到肩膀啊、多看了一眼啊、表情不太对啊，诸如此类——便动手殴打乃至杀人的，一旦有了妻子就不好玩了。

不过话虽如此，英雄豪杰也不能完全没有女人啊。

关于这一点，到底不愧是张飞张翼德，没有背离民众的（我的）期待。张飞夫人的来历有一段不能大声宣扬的秘密，不过说是秘密，却被明明白白写在《三国志》里。

话说这件事情的发生地点无法确定，但时间是在建安五年。这一年发生了官渡之战，刘备军四处流窜，最后来到了汝南荆州一带。有个年方十三的姑娘，据说是曹魏的骁将夏侯渊的亲戚，去山里拾柴，结果被闲逛的张飞抓到了。当时姑娘大概比遭遇怪兽袭击还要害怕吧。张飞得知这个少女是名门夏侯氏之女，当即拿她做了自己的老婆。

如果这是事实的话，基本上算是山贼的行径。诱拐少女并加以终身监禁，这是身为人类不可容许的罪行——但张飞另当别论。不仅如此，这位少女还应该感谢苍天让自己成为张飞的妻子吧。狂热的孩子们对此只会羡慕，至于家人啊警察啊大概也只能对此摇摇头随他们去了。

张飞的妻子夏侯氏生了两个女儿，后来两个人都先后成为后主刘禅的皇后。张飞成为蜀国宫廷的强大外戚。再到后来，夏侯渊的次子夏侯霸在魏国的地位岌岌可危，便逃亡到蜀国，觐见刘禅，相谈甚欢，说到张飞的妻子是夏侯霸的族妹，刘禅说："如此论来，我的儿子就是你的子侄。"对夏侯霸赐予爵位，加以优待。夏侯霸的经历虽说很奇怪，但总之他也成为蜀国宗室的外戚了。

把张飞的女儿强行嫁给刘禅的，不是别人，正是孔明。有很多颇具实力的家族想把女儿塞给刘禅，不过孔明知道张飞的女儿具有魏国豪族夏侯氏的血统，这一场联姻说不定也是为以后埋下的伏笔。

"最好能不着痕迹地和干部的亲属家人拉近关系。"

黄氏点点头说："不过，我原本不谙世事，多亏了夫君才逐渐学会和人交往，恐怕还是要由各位深知世间劳苦的人来照顾我这样的大小姐。"

这不是人际交往困难，而是近二十年来一直养在深闺的结果。黄氏没有信心做好家庭间的交往。不仅黄氏是这样，显贵之家的女儿大多如此。

孔明一笑，说："不用多想。如果有人讨厌你，那肯定都是变态，心灵扭曲、思想怪异，总是鄙视一切，看低别人。那样的家伙也没必要交往。"

显然他完全没有认识到自己恰恰就是那样的人。

"你和我姐姐怎么交往的，和她们也那样交往就行了。"

"那样当然最好，但我实在不懂事，对刘将军、关将军的妻子，我想不能那样对待吧。"

"不，那样反而好。主公和关张两位将军的妻子，恐怕都经历了无数难以形容的苦难。我就算想象一下那些苦难都禁不住要落泪。你只要以后辈的态度去听她们讲述不同寻常的辛苦过去就好。扮演好听众的角色，带着诚恳的同情，拉着她们的手，像和她们一起在酷暑中忍耐、在严寒中颤抖一般落泪痛哭，自然就会得到她们的信任和喜爱。"

"这也让我畏惧。不过如果这样就能拉近关系的话，我会努力的。"

孔明认定刘备一党的妻子家人都是世上最不幸的人，是地狱的生还者。看他的神情，那言外之意是说，她们肯定会对黄氏倾诉千金难买的纪实文学，自己不能亲耳听到实在太遗憾了。比如张飞妻子对诱拐及逼婚之告白，孔明自己没办法直接去打听（张飞自己得意洋洋地说出来的另当别论），只能从女眷入手，让黄氏去打探。

但是，认为刘备三兄弟的家庭都很悲惨，这是孔明的偏见。人不能把一切都用自己的标准去衡量。就算刘备经历的苦难都是自作自受，也不代表他的家庭必然会很凄惨。孔明未能理解的是，在艰难困苦如洪水一般不可阻挡的人生中，反而（有可能）更加产生出（即使是小市民般的）幸福。虽然是天才军师，但毕竟太年轻了，还不能充分体会他人的心情、洞彻世事。——不过更加不容置疑的是，孔明本来就不会体察别人的心情。

孔明曾经对他人施展过各种不逊于曹操和司马懿的不光彩的计策，但基本上都以失败而告终。在《演义》里，为了将孔明作为智慧的化身，对于其计策的失败，采取了怪异的逻辑加以处理，即：计策失败绝不是孔明的过错，而是因为有蠢货妨碍了计策的施行。总之就是说孔明除了总看错人、情报分析也有问题之外，谍报能力也很糟糕，仅此而已。尽管这要是放在 CIA 长官身上立刻就会被免职。

但正因为这些失败，更显得孔明至诚至真，也正是孔明真正的魅力所在，甚至让人怀疑是不是他故意失败的。孔明擅长读取异常人士的心理（大概因为他自己就是其中的一员吧），然而对于分析普通人（或者略微偏离常人的普通人）的心理就不是很擅长了。比如说男女之间的欲望，哪怕小学女生恐怕也比孔明看得更透彻。

不过张飞的妻子又是另当别论，本人说不定确实有点可怜。张飞的英雄气概超出常理的事实，对他的妻子而言恐怕也是一种不幸。如果换成通常的骑士，在山里遇到少女，就算少女对自己诉说苦恼（比如说自己是无家可归的孤儿），一般来说也还是会绅士地护送少女回到家中，并由此陷入无可救药的一见钟情，接着在曾经最为喜欢的战场杀戮行动中也无法把少女的身影从头脑中赶开，精神恍惚地随便杀了五十个人就失去了干劲。对于这种不像张飞的表现，被赵云开玩笑地说一句"难不成初恋了"，他会面红耳赤一边否认一边发怒。然而鄙视这样浪漫的插曲才是真正的张飞张翼德！因为对张飞而言，最终结果还不是"在一起"吗？所以大家还是闭上眼睛接受吧。

张飞的妻子在熟悉了张飞之后到底是不是过上了幸福的生活，这一点除非向当事人打听，否则无从知晓。总之这不是作者可以随意推测的东西，我就不说多余的话了。

孔明总喜欢认为除了自己，别人都是不幸的。都是内心充满痛苦，表面装作平静的。

孔明认为自己所到之处便会如枯木逢春，只要他魔术般地提出妙计，就会生出爱与希望，他以不可思议的力量将梦想与欢笑播散到大街小巷，所以他认为自己无论走到哪里都应当受到最热烈的欢迎和最高的礼遇，否则他在《演义》中也不会采取那般目中无人、桀骜不驯的态度吧。而且，这也未必是孔明的妄想，所以也不能全盘否定他。

话说黄昏时分，张飞因为听说孔明偕妻子来新野下榻，便抱了两个酒樽前来拜访（虽然大哥那么说，但是现在还不能认可这小子。看他那副臭屁脸就生气。不过好歹入了咱们的伙，我张飞可不是心胸狭隘的臭老九，咱们大老爷们喝上一个通宵，就算喝得昏天黑地，也要喝出一个肝胆相照。

这就是张飞所考虑的军团之和谐。而且前些日子入团欢迎宴会的时候都被孔明混过去了。如果不能在酒杯里彻夜长谈的话，那就只能靠拳脚推心置腹了，这就是男人笨拙而可爱的纯情啊）。

孔明郑重其事地出门迎接张飞。

"我和先生还没有说过贴心话。今天晚上就和我这个粗人好好畅谈吧。"

孔明爽快地回答说："好。若是论武艺，我孔明莫说与张将军动手，就是想一想，都会化为尘土、形迹无存。不过要是说喝酒，还是能和张将军一决高下的。"

张飞眼睛放光（哟，这家伙，说得好像自己已经喝倒我了一样。那是因为我一直都没敞开了喝。我老人家真要是喝起来，一个晚上能把这世上的酒都喝干）。

"卧龙冈的那晚是输给你了，今天我可要痛饮到先生大败亏输。"

张飞咧嘴笑道，招呼随从，下了一条毫无道理的命令："把全新野的酒都扛过来！"

"尧舜千盅，孔子百觚，子路十榼"，这是自古以来夸赞圣人君子远超人类限度的酒量。尧和舜是上古传说中的圣王，孔子是春秋时期万世师表的大思想家，子路是自任孔子首席弟子的粗鲁君子。反过来说，喝酒喝到死掉一般的喝法，不是有病，而是肉身成神、圣人君子的证据，这是酒豪（酒精中毒者）们的借口。

士兵们运了四五个酒樽进来，张飞开始舔嘴唇。

张飞可是什么礼节都不知道的大老粗，他和知识分子打交道的时候，自有脆弱的地方，不知道该说什么才好。他的目的是要探出孔明的本性，但却不知如何推进谈话，也找不到合适的话题。勇猛的张飞竟然也怕生。由于他不敢和孔明对视，所以迟迟不能打开话题。

"把你的心肠掏出来给我看看！"这种干脆利索地直切主题的说法实在太直接了，每当说出口的时候总会变成别扭的说法，弄得张飞恨不得干脆直接把孔明解剖了省事。

（真糟糕，我应该预先准备好话题。）

于是张飞和孔明对坐无言，只有默默地将酒如水一样不停倒入他的虎口。

孔明也是故意使坏，什么也不问，什么话题也不提供。

终于张飞醉眼朦胧，害臊的神经差不多算是麻痹了。他大胆地挤出老虎打嗝般的声音说："军师……军……师，我说，赵、赵、赵——"

也搞不清他要问什么（大概是要问"军师，你对赵云赵子龙怎么看"吧）。这时候孔明拦住他的话头，说道："翼德将军且慢，我可不是军师。"

他明明和张飞一样狂喝牛饮，那声音却和一点没喝的时候一样。

"您这是说的什么话。大哥苦心请先生出山，就是为了请您帮忙军师军师。"

不用说，拿"军师"当动词用，是张飞喝醉了的说法。这个用法后来成为一部分刘备军中人士的流行语。用法如："我说法正，今天你军师了没有？""不行啊，庞统，你要好好为了主公军师啊！"诸如此类（话说回来这种犹如当今年轻人的用法也不错）。顺便说远一点，军师的发音是 Jun Shi，和中文的"僵尸"发音相似。说不定就是同类。

"军师？呵呵，我可没受到主公的任命，仅仅是回答咨问、阐述意见（杀了刘表！），说些（宇宙级别的）闲话。无论作战之事、治民之事、外交之事、谍报之事，我都没有任何职务。简单来说，我是无职人士。"

"这样啊？"

张飞一直以为刘备和孔明如同鱼水一般，亲密到公私不分的地步，给孔明任命了重装甲集团军军师或者新世纪战斗总司令之类不明所以的高位。总之孔明就是对张飞等人可以下达可耻命令的国王一般。（怎么能忍下这口气！）今天晚上过来也是为了争这口气的意思。

"对。弄得我现在也不明白自己出山到底是为了什么，难不成只是来做个摆设的吗……我在想是不是告辞算了。"

"这可不行，我去劝说大哥让先生军师。"张飞瞪大醉虎之眼说，"大哥那边我会去说，先生不能走。现在放弃还早了点。"

孔明拿白羽扇遮住面孔，仿佛要挡住喷薄而出的热泪，说："张将军的好意，我孔明感激不尽。"

张飞得知孔明的境遇和自己想象的并不一样，其实是受到刘备的忽视，放下了一颗心，换成了充满同情的眼神。

"先生，就算不能让您军师，您去做回农夫也不能灰心丧气啊。"说话间他拉起孔明的手，另一只手举杯往口里倒酒。

这样张飞便中了孔明的计策。接下来孔明郑重其事表示感谢，再对张飞大加吹捧，张飞立刻心情大好。之后孔明再看准张飞的兴奋点提问帮腔，张飞的舌头顿时破坏性地加速了。

"哇哈哈，先生好不了解战场的实况啊。曹操老儿再过几天就会来吧，到时候每天就有乐子了哟。在战场上把敌人的脑袋一茬一茬割下来啊，把他们一串一串戳成串啊，那血啊，咻的一下喷得我从头到脚都是，还是温的，没有比这个更爽的了。太爽了。嗝……我啊，简直就是为了这一刻活着的。嗯，我一直这么认为。打仗可真好。臭老九讨厌打仗，我真不知道他们脑子是怎么长的。身为男子汉，活在世上却没有好好享受生命，体会不到最高的乐趣。真是伪善，愚蠢。"

张飞一边胡说些充满危险的言论，一边咕嘟咕嘟喝酒。

"打仗的时候用不着军师。一个敌人都没杀过的人，带到战场上屁用都没有。反正对我没用。嗯，大哥大概是看别人都有，想学学吧。曹操天天带着荀攸、程昱什么的，吕布那家伙只有一身蛮力，但是脑子太不好使，所以就把陈宫这类的夹在胳肢窝里。唉，军师什么的，反正也就是大将的腰包而已。"大概是说军师就是免费赠送的皮带扣之类的东西。

野战指挥官历来都与军师参谋关系不和，相互指责。至于张飞更不用说，从根本的认识上就是错的。这大概也是刘备军自打成立以来就没有军师的缘故吧。

"原来如此，原来如此。不过我的好友徐庶，不久前一直在做军师的吧。"

孔明喝的不比张飞少，但态度依旧平静如故。

"哦哦，单福，不，徐元直啊，他不一样。他是知道血腥味的家伙。他不是混日子的军师，他自己杀过人坐过牢，搞不好比我还喜欢杀人，换句话说就是杀人狂。你看他明明什么酒都不喝，但是轻轻松松就杀了曹仁三万士兵。他很清楚杀人是什么味道。我在战场上的日子也算久了，可还没有经历过一战杀掉三万人呢。他是我追着屁股都撵不上的天生杀人狂，我太喜欢他了。"

这是让徐庶听到可会（太讨厌了以至于）都要哭出来的极高评价。张飞的眼神刹那间有点恍惚（错过好男人了）。看起来要让张飞认可自己，孔明不得不弄出一场一战杀死五万人的地狱景象了。

"我不需要军师。这意思就是说，我啊，要打的时候就冲出去打了。不过呢，以前我也搞过卑鄙的小动作。"

张飞开始讲述往事了。

曹操和袁绍在官渡对峙的时候，刘备逃出许都，来到徐州驻防。愤怒的曹操给了刘岱、王忠二将少许兵马，命令他们追讨刘备。刘岱、王忠在中军竖起曹操的大旗，伪装成曹操亲自领兵的模样。刘备对此心生疑虑。"如果真是曹孟德来了，咱们就不能主动进攻。不知道他会使什么诡计，恐怕会吃大亏。"

因此决定首先诱捕敌方的武将，探听阵中到底有没有曹操。张飞手举得最高，但是刘备丢下一句"你要是去，别谈活捉了，肯定直接杀掉，不行"，于是把这个任务交给了关羽。关羽带着侦察的意思凑近敌军，但是转眼之间就血染雪原，活捉了愚蠢地前来迎击的王忠回来了。王忠有吃人肉的前科，是被曹丕嘲笑为"吃人者"的人物。

王忠一受拷问，就供出曹操没有来的事。刘备美滋滋地想："和曹操当真撕破脸皮还早了点。不如顺便生擒刘岱，作为讲和的筹码吧。"

到了为捕获刘岱作战的时候，张飞当然不能沉默了。

"关羽哥哥抓了王忠，刘岱该我去抓了。"

但是刘备不相信义弟，说："抓具尸首回来没有意义。"

张飞目光闪闪："我要是杀了刘岱，哥哥，你就拿我的头抵。"

"哦？你要是有这个觉悟，那就去看看吧。"

张飞喜不自胜地出击了。

但这是一场苦战。刘岱畏惧张飞，坚守不出。张飞每天来到大营门前，用不堪入耳的言辞辱骂挑唆，按道理应该能诱出来了，结果起了反效果，胆怯的刘岱更如乌龟一样缩头不出。打个比方就像是黑社会分子来到家门口，哐哐哐一边踹门一边大骂："混蛋！刘岱！你有胆子挑衅你就有胆子开门啊！再不给我滚出来，我把你家都给拆了！趁现在滚出来，我还能饶你一条狗命！"

这种保证当然无法相信，而且连打电话找警察都不行。

（畜生，要是能把这些混蛋全杀了，早就搞完了。）

张飞抱起胳膊。照这样子，他一个人足以对付一万人的超常战斗力发挥不出作用。"生擒敌将"这个束手束脚的要求让张飞浪费了好几天时间。

张飞决定使出一条极像张飞的计策——虽然说想计策这件事极其不像张飞。他对手下的士兵下令：“我受够了。今夜袭营。你们都给我好好准备。”

然后抱了酒樽，从一大早开始就狂饮不止，“我的准备就是这个。”几杯酒下肚，眼神变得疯狂的张飞，让士兵十分害怕。张飞抓了一个过来，突然一拳重重捶在他身上。

他的理由是：“你的长相让我讨厌。”张飞对这个除了长相之外没有半点过错的士兵又是踢又是打又是扔又是踩，又施展擒拿术兴高采烈地玩起了摔跤，在这士兵九死一生的最后，还拿绳子捆住，吊到树上，一边朝他吐唾沫，一边骂：“今天夜里出兵的时候就砍了你的脑袋祭旗。”终于告一段落之后，张飞回到大帐里鼾声大作。

趁着这个空隙，看不下去的关系好的士兵把受害者从树上放下来，解开绳子说：“趁现在赶紧逃吧。张将军做得有点太过了。”带着“明天是不是就轮到我了”的同病相怜的心情，连马都给了他。这士兵发誓和张飞不共戴天，奔到了刘岱的大营里。

听到禀报说有降卒来投的刘岱，第一反应是“肯定是陷阱”，但是看到这士兵惨不忍睹无法直视的模样，顿时变得脸色煞白。刘岱的部下说：“这绝不是陷阱。我听说张飞本性粗野，一喝酒更是好发酒疯。而且我还听说，他平常就喜欢虐待士卒，为这个常常受刘备的训斥。”于是刘岱决定听听降卒的话。降卒一边流着诅咒的泪水，一边说：“张飞今夜来袭将军。请将军务必把这该死的张飞千刀万剐。”说完就力气尽失，昏了过去。

夜袭的行动，若是预先有所防备，便可以轻易击破，这乃是兵法的常识。张飞的人马只有三千左右，而刘岱这里将近三万人。刘岱想到若是不杀张飞，自己也不会有好下场，于是鼓起勇气，迎击张飞，在左右布下伏兵，正面也严阵以待，还准备了火攻，万无一失地迎接夜袭。

但是兵法的常识用不到张飞身上。他巧妙（到底也就是张飞式的巧妙）指挥士兵，成功完成了夜袭。只要刘岱敢出来，也就是张飞的囊中物了。正是为了诱出刘岱，张飞才故意从一大早就开始喝酒，又把无罪的士兵打个半死，让他逃去敌营。

大胜之后，成为张飞计策牺牲品的那个士兵怎么样了，无从知晓。通常来说，张飞应该是要把这士兵找回来，说明原因、下跪谢罪，加以重重赏赐，或者给他升官什么的。不过估计最可能的还是根本就把这人忘了吧。

张飞得意洋洋地结束了自己的讲述。

"我就这样把刘岱毫发无伤抓了回来，我家大哥也承认我张飞是智勇兼备的武将了。哇哈哈，怎么样，先生，这就是我的军师范儿。"

孔明一副赞叹不已的表情，爽朗地说："只能说不愧是张将军，这是只有张将军才能做到（才能被容许）的漂亮（嗜虐）计策。"

说是计策，也是充满了血腥气息的下策，而且这也是因为张飞平日里总是在虐待士卒才能成功。从士卒的角度看来，这是非常荒诞无稽的。如果是信奉"耳光底下出好兵"的旧日本帝国陆军的军官，大概会对张飞表示赞赏，也许帝国陆军的士卒培养不是以孔明、岳飞、戚继光，而是以张飞为楷模。如果是这样的话，败亡也不是什么奇怪的事。

但是纯真的孩子们听到张飞计策成功的这一场，一定欢欣鼓舞两眼放光。这就是孩子们的残酷之处吧，他们无从理解可怜士卒的被埋没的功绩。只要是张飞，做什么都行，就算喝醉了被部下偷袭斩首也是！

日后还有《演义》中的著名事件：周瑜施展苦肉计，借故痛打老前辈黄盖，黄盖愤而降曹，但是曹操怀疑黄盖的来意，不肯轻易相信。如果这里不是周瑜，而是张飞，曹操大概立刻就会相信了吧。

就这样，孔明陪张飞一路将他的自豪故事说到天亮。刚一说完，张飞便倒头睡着了。孔明自己又喝了一杯，轻轻说了一声"赢了"。他是想要战胜这位刚猛的张飞吗？（如果这样就能消除翼德心中的不满，倒也不错。）虽然是日出而作日落而息的农夫，孔明也习惯于熬夜。

——飞爱敬君子而不恤小人。

这是陈寿对张飞的评价。

"对于身份高贵的人低头哈腰，对于身份低贱的人趾高气扬"，这就是"对强者弱，对弱者强"的小混混属性，不过公平来看，陈寿也有庇护张飞的地方。

第二天，关羽抱着棋盘来了。

（孔明姑且算是大哥认可的人物。我要是一直嘀嘀咕咕，也有损我大汉关羽关云长的尊严。今晚就让我和诸葛亮敞开胸襟好好谈谈，把心中的疑窦洗个干干净净。）

关羽的想法是：一边下棋一边交谈，自然而然就能看出对方的性情。如果可以这样相互了解，接下去当然就是上马交手了。只有在生死相搏的战场上，男人的本性才会展现。这只能说是真三国男子学校。

关羽重重坐在孔明面前。他突然来访，也不说有什么事，只管把棋盘"哐当"一下拍在桌上。这意思就是说，尽管嘴上不说，反正我是想下棋。于是孔明说："那我斗胆来做将军的对手。"便坐到了关羽的对面。

关羽看起来比四方棋盘更加坚硬。

"关某不才，心底洁白，所以只取白棋。"关羽拿过放了白子的棋盒。

"关将军喜欢围棋吗？"

"围棋是女子小人玩的无聊游戏。不过，身为男人，也有明知死地而不得不战之时。"关羽说着，哗啦抓起棋子，自说自话地取了先手。他的第一手带着满怀的气魄"嗷呀"一声敲在天元上。这样子也许一盘棋下完的时候棋盘就碎了。棋子大概也会裂开，不能再用。

关羽的围棋，每一步都仿佛蕴含了自己的全部生命与灵魂。每颗棋子都在棋盘上激烈跳动，犹如惊天动地的杀人绝技一般。所以关羽的棋气势非凡，就像是在战场上血花翻飞，那股气魄连鬼神都要退避三舍。

这确实是与英雄豪杰相应的阎罗之棋。再加上关羽的长须犹如蛇尾一般垂在棋盘上很碍事，但又不敢跟他说让他把胡子挪开，所以对手只能在没有胡须的地方落子。普通人在关羽发出野兽般的咆哮并敲下棋子的时候，都有种要被青龙偃月刀斩杀的心情。走不到三个回合，就只能如平卧的蜘蛛一般匍匐在地，一边流泪一边用颤抖的声音说："我、我输了！我认输！请、请千万饶恕我的性命！"

因为这个缘故，关羽的围棋（象棋也是）基本上都是大胜，浑然不知失败为何物。常常在判定双方下棋能力之前就结束了棋局。

（卧龙，如何？围棋也是生死搏斗。在这里展现你的男子气概吧。）

硬汉中的硬汉关羽，心中燃起熊熊的斗志之火。血色的气场就是这样的东西吧。（孔明，你怎么走！）

关羽看了看孔明——怎么回事，孔明这不是闭上双眼了吗！关羽惊讶不已。（这小子，是瞧不起我吗？还是打算放弃认输?）

孔明继续闭着眼（说不定还塞了耳塞），静静放下一枚黑子。他真知道棋子放在哪儿了吗？这副样子看上去倒也像是剑客为了不受视觉迷惑，故意将眼睛蒙起来，以期保持身心静谧的那种故弄玄虚。（这小子，还有这一手。）

关羽振作精神，"呔！"继续用棋子轰炸棋盘。孔明还是静静落下黑子。遇到关羽碍事的胡须，也毫不在意地顺手拨开。就这样，一刻钟之后，孔明轻松获胜。孔明的眼睛是不是微微睁了一条缝啊。

关羽低声道:"输了……"双手无力垂下。

"关某完败。"

"不，关将军，虽说我孔明胜了，也是侥幸之胜。如此可怕的蛮力围棋，在下孔明是首次体验。果真是险象环生。"孔明爽朗地说，也不知这是在讥讽关羽，还是在吹捧关羽。

"闭目下棋这个……孔明，不不，先生，我关羽第一次知道还有这样的围棋。"

"古人曰，心眼不欺胜机。如我这等贫弱之人，要在乱世生存，只能磨练心感。"孔明微笑着说出煞有其事的话语。

孔明以瞑目之奇策击破无敌之关羽！关羽也只能拜服。

"关某也算是一介武夫，在此坦率承认自己的失败，对先生甘拜下风，感谢先生的指点。"这意思大概是说，如果是战场上我可不会认输，不过围棋就无所谓了。

"我在将军面前闭眼才是失礼，应该向将军道歉。我还想和将军再来一局，这次想睁眼对局。"

"如先生所愿。"

这就完全遂了孔明的愿。

刚好黄氏温了昨夜剩下的酒送上来。下酒菜是小鱼干。

"关将军，请慢用。"

"哦哦，龙女亲自上酒，关某惶恐。"

酒过三巡，关羽一边下第二局，一边开始磕磕巴巴地对话："请问军师——"

"不，我还不是军师。"孔明如昨夜一样回答。

"先生说什么？"

"我连最低的职位都还没有，在主公的部下中，算是先从奴婢开始的位置。无论如何，我这无能之辈，能侍奉刘皇叔，已经是感激涕零了。关将军也请莫要唤我卧龙，还是请将军喊我蠢龙、呆龙。"

孔明抢在前面让关羽辱骂自己，这话就像是明明满怀怨气，却不能直说的意思。

"先生何出此言？关某无言以对。"

"可是，若非如此呢……？"

"怎么？"

"有朝一日，待我身为军师立下功劳，那我可要对各位尽情发威了。所以要想讥讽我孔明，最好趁现在一吐为快，以后可没这个机会了。"孔明用白羽扇遮住面庞，爽朗地说。在某种意义上，这也可以说是对关羽的挑战。

不过，关羽并不讨厌这种软中带硬的说话方式。

"关某明白了。正是因为这个原因，大哥才用尽手段请来先生。确实如先生所说，所有一切，都请先让我们看看先生的手段。"但是，如果没有功绩，那可不是辱骂几句就能完的。夸下的海口，要用命来偿还。

孔明看到关羽的表情稍稍缓和，于是换了个话题："我因为没有职务，整日游手好闲，晃荡度日，不过今天去校场参观了练兵的情况。其中有个无人匹敌的年轻人吸引了我注意。我问了赵子龙将军，才知道原来是关将军的长子关平大人。"

"哦，看到平儿了吗？"关羽喜笑颜开。

"关平将军在和赵将军练枪，几次被打倒，但每次都站起来重新来过。那份不屈不挠的坚韧，还有连赵将军都招架不住的恳切，真是天下无双的大好青年。一言以蔽之，这是年轻的猛虎啊！我和黄氏都看得入神，连时间都忘了。如果我有女儿，一定要把她嫁给这样的年轻人。"孔明就像是棒球联盟里主力球手的球迷一般，对关平神魂颠倒。

"先生过奖了，平儿还要多多磨练。"关羽喜形于色。虽然一个劲摇头，但那副高兴的样子，从他犹如触角一般不停颤抖的胡须上便可一目了然。

"关平将军将来必定是超越关将军的大将。将军可以自豪了，真的。"

"哇哈哈哈，先生也这么看吗？不过在他本人面前可千万不要这么说，不能让他太骄傲了。"

关羽有三个儿子，自上而下是关平、关兴、关索。关平没有字（不过不清楚他有没有字），这时候二十一岁，是被寄以厚望的勇士。关兴和关索还没到十岁，所以没有参加练兵。不知什么缘故，《演义》中说关平是养子，而《三国志》中说他是关羽的亲生子。

关平生为关羽的儿子，没有比这更辛苦的了。从小就是特训接着特训，不断接受锻炼，无数次九死一生。关羽培养目标就是要把儿子培养成杀人之星，每天都围绕这个目标进行。据说幕末吉田松阴接受叔父的彻底武士教育的时候，松阴的母亲看到惨烈的特训过程，情不自禁地呼喊："寅，快点死吧！"那意思是早点死了还能舒服点。我想，按照关平这个情况，差不多每天都是："平儿，死啊死啊的就能不死了！"

于是关平就被培养成犹如关羽分身的杀人机器。

顺便说一句，张飞的独生子张苞这时候十岁。他挥舞一丈八尺的点钢矛，与关兴结义为兄弟，勤勉于杀戮。但是并不嗜酒，这一点不像他父亲。据说张苞英年早逝的时候孔明大受冲击，吐血吊唁（孔明的能力到后来已经发展到更深的层次，悲痛的时候不仅是流泪，连吐血也可以自由控制了吗？）。

孔明整夜不停夸赞关羽和他的儿子直到天亮，让关羽志得意满。话题刚一结束，关羽俨然端坐，鼾声大起。

孔明大概已经事先完成了对付关羽和张飞的通用手册。

关羽的气势令人神往，端坐不动便可作为壁橱的装饰，这是宇宙的定论。这般气势曾经让人才搜集狂的曹操垂涎三尺，满怀诚意要将他迎到自己的麾下，比对自己的老爹还要恭敬。

但是关羽的麻烦之处比张飞还多。不知道是不是他的自尊心过强，特别喜欢藐视他人，倨傲不已，而且与豪放磊落的外表相反，内心犹如后宫的女人一般终日翻滚着阴郁的巨大嫉妒心，性情非常恶劣。

虽然很想单纯把他作为"气量小胡须长的男人"不去理睬，但因为他强大到天下无敌，一个人可以歼灭一万士兵，犹如战术核武器 Type-I 的嗜杀达人，所以又不得不给予相应的敬意。

据说关羽年轻时曾在河东郡解县做过私盐的买卖（盐与铁是官府专卖的），因此被官府通缉，亡命于涿郡，与当时在那一带的刘备相识，交往之下被他的人格吸引，以至于发展成"请让我称呼您葛格"。

一开始关羽是个强大到可怕的萌正太。

"玄德葛格，为了葛格，我至少要拿黄巾的家伙五百人血祭，葛格要看哟。"

"葛格，那人有钱，我去让他自愿捐献点食物、酒水还有女人，葛格等一下哟。"

美髯少年，而且身上还隐然透出一些铜钱的气息。因为他做过黑市商人，对算账很拿手（据说也因此成为财神）。

不知从什么时候开始，关羽令人出乎意料地爱上了《春秋左传》，喜欢到那种一边在战场杀人一边一字一句丝毫不差地全文背诵出来的程度（就是一边念诵南无阿弥陀佛一边把人送进地狱的感觉）。受到《春秋左传》极大（糟糕）影响的结果，逐渐变得严于律己和他人，让人禁不住想要抱怨他也该适可而止了，总之就是非常麻烦。

关羽彻底放弃了一切计算损益的能力，转生成为重度《春秋左传》的原教旨主义者。而且尽管《左传》有很多优异的注解，但关羽一概不看不听，全部按照自己的想法解释，可以说是《左传》的极右派。就连拿筷子的方式都要和《左传》一模一样，还总是教育儿子说："听好了，为了'义'，可以舍弃一切人性。必要的时候可以化作战斗机器，也就是为了杀戮而生的无情机器。好好记住了。"

一旦关羽化作毫无仁慈之心的杀戮机器，就连大哥刘备都无法约束。

受到书本的极端影响而走上歧路的理想主义者也不是没有，而关羽难以相处的原因是因为他的动机完全是"义"。这条（理论上的）道路不能说有错，而且所谓道义确实也没有人能够否定，加上大家都因畏惧而不敢指出关羽的错误之处，更没有具备足够的勇气对他进行忠告的朋友，这一切都导致关羽的自尊膨胀到无法抑制的地步。

如果说这世上只有一个人能和这种危险的意识形态轻松对抗，那个人不是别人，必然只有孔明。关羽可不像张飞那样只有动物般的肤浅。一切全看你的了，孔明！

有很多关羽骄傲的例子。其中让他赔上性命的就是对东吴孙权的侮辱和非礼。在刘备夺取益州之战进入最后阶段的时候，在荆州辅佐（巧妙操纵）关羽的孔明不得不动身前往益州，于是关羽便独自掌管了荆州，导致他的自尊更加膨胀。吴王孙权恭恭敬敬来给儿子孙登提亲，想要迎娶关羽的女儿——要知道关羽只不过是刘备军中的一员武将而已，然而这时候关羽却唾弃道："貉子敢尔！"（住在长江边上的土狗崽子也想娶虎女？）

不管怎么看，说出这样的话也是骄傲过头了（如果孔明在荆州，肯定连骗带哄也要促成这桩婚事）。就算出于骄傲而拒绝，也应该舍弃私心，着眼公事。哪怕讨厌孙权，也会说些别的，毕竟对方是同盟国的领袖。尽管常人很难理解关羽的想法，但孙权的心情大概是很容易理解的吧（话说换成谁的儿子他就会同意把女儿嫁掉呢？我是不知道了）。这恐怕可以作为一个典型案例，用来研究人类的骄傲心理到底可以膨胀到何种地步吧。

但是，这种超越时空的桀骜不驯（以及难以应付的飒爽长髯）恰是关羽最认真的地方。不能体会这一点的人都应该去死！本来就不应该把女儿嫁给孙权的小崽子！——关羽的粉丝都是这么想的。

当时，孙权正和刘备因为荆州违约借地的问题纠缠不休（显然刘备方面在道理上说不过去），尽管孔明驱动宇宙级的诡辩术，施展三寸不烂之舌闪烁其词，将这个暂时糊弄过去了，但依然是个充满火药味的话题。如果惹急了孙权，就会演变成不义之战，然而自信心爆棚的关羽似乎完全没有听闻到。

即使不用卑躬屈膝地对待孙权，但如果成功结亲，至少不会像在黑夜里被人背后捅了一刀似的大叫"哎呀"。这一刀不仅断送了关羽自己的性命，而且更是丢掉了荆州。这是孔明和刘备的大战略的基点与生命线，可以说是罪该万死。关羽的不死之身也到了头，真的死了。

驻扎荆州的刘备军干部尽管知道以后会被刘备痛恨，可是谁也没有救援关羽。可见他受人讨厌的程度一时间甚至超越了孔明。干部当中有个叫廖立的，也特别讨厌关羽（也很讨厌孔明）。不仅批判关羽的性格，也大肆批判关羽作为武将的能力：

> ——是羽怙恃勇名，作军无法，直以意突耳。故前后数丧师众也。

强烈批判关羽的无敌武将之说。也许就因为这个原因（因为泄露蜀国的重要机密?），孔明立刻将廖立贬为庶民，流放到汶山的劳工棚一样的地方去了。大约是因为所谓刑不上大夫的惯例，所以智慧的孔明先将廖立贬为庶民然后再做处理。廖立一生未获赦免，听说孔明在秋风五丈原陨落的时候，据说还哇哇大哭（喜极而泣?）一场。

曹操非常喜爱表里如一的关羽，但是他下一代人似乎都憎恨关羽。蜀国灭亡之后，他们彻查关羽的血亲，把他的后代一个不剩全部杀光。这不能算是庞会（被关羽杀死的庞德之子）一个人的恶行，而是这世上的"业"吧。旧机器随他去了，但是下一代主战型关羽严禁制造。《演义》的主角中唯一一个没有后代的不孝者就是关羽。

这样的人物成为世界各地的中国人的心之寄托，变成受人无上尊崇的"神"，也许是因为《演义》的魔法般的神力（或者是出于孔明的计策）。

陈寿对关羽的评价恰与张飞形成对比：

——关羽善待卒伍而骄于士大夫。

（"关羽对待下级士兵很好，但对士大夫十分傲慢。""对弱者和蔼可亲，对强者反而不必要地强横。"）

这与张飞恰好相反。

——羽刚而自矜，飞暴而无恩，以短取败，理数之常也。

陈寿也只能得出如此苦涩的结论。

"关张两人悲剧性的（不光彩的）结果，说不上是谁的责任，只能算是自作自受（再说下去刘备也是如此）。"如果要代为辩解的话，大概只能这么说吧。

总而言之，关羽和张飞虽然还搞不太清楚孔明的本心，不过好歹认识到孔明确实有异才（也就是非常滑头）。话虽如此，也不是没感觉到他又溜了。

翌日，孔明在官衙抓到了（自己声称）最近为了防备曹军来袭而到处乱跑、搞不清到底人在哪里的刘备。

"我想借赵云大人和一千士兵。"

"没问题。先生，您这是掌握什么敌情了吗？"

"不。只是有些情况想确认一下，拜托了。"

"想确认什么事情呢？"

孔明"唰"地一下取出白羽扇，说："主公也知道的，我对战场一无所知，对用兵也一无所知。所以想借少许兵马做个演习，顺便给博望坡点把火看看。"

孔明一本正经地说："我对火攻一直有兴趣，不过还没有烧过（别人家），不太清楚该怎么烧。"

"哦。"

"主公施展火攻、遭遇火攻的经验都很丰富吧？我想问的是，在一片荒野上放火，敌兵能烧起来吗？田野山林可以去烧，可是兵马能烧得起来吗？冬天的时候，原野上草木稀疏，又该烧什么好呢？"

孔明刻意提了一个幼稚的问题。

"先生，兵马可没有那么容易烧。要准备木栅栏、枯枝，用油浸过，看准时机放火。当年徐元直迎击曹仁的时候就是这样。放火是烧城里的建筑，建筑一起火，兵马自然会被火包围。我曾经被烧过好些次……"刘备就像小学老师一样回答，一副不以为然的表情（这家伙连这种事情都不知道，行不行啊？）。

但是孔明装作不明白刘备的意思，又问："还有，'在左右埋下伏兵'，这话说得简单，但在宽阔的地方埋伏一千两千是没问题，可是敌人真的会稀里糊涂走过来吗？有时候连马也一起埋伏，敌人有这么笨吗？如果派出侦察兵，埋伏什么的不是一下子就露馅了吗？而且敌人应该也不会乖乖沿着道路走吧？"

孔明的表情相当认真。这些都是《演义》当中一笔带过、从来不用详细解释的基本战术问题。

"当然，如果你说的是山岳之类的狭窄地形，埋伏的人马一转眼就会被发现。但如果是没有草木的平地，那只要准备遮蔽物，或者挖掘战壕，就有隐蔽的地方了。想当年我也曾经忽然发现前后左右都是伏兵，好几次死里逃生……"刘备颇为热切地辩解。那意思是说，我可不是笨蛋啊，我虽然知道中计了，但敌人的埋伏太完美了，发现不了的，真的发现不了。

刘备确实好多次都被同样的伏兵包围、被同样的火攻焚烧，吃够了苦头。而如果他自己埋伏的话又会立刻被别人识破，可以说这两方面的经验都丰富得无与伦比。作为一军的指挥，他是非常失职的，而且还是不知吸取教训的常年败将。如果不是关羽、张飞、赵云发挥出惊人的战斗力杀出血路，刘备恐怕早已死了几百次了。那你倒是稍微长点记性啊！

刘备越说越想起自己如何疏于初级军事战斗能力而不断失败的事实，不禁面红耳赤地说："哎呀，先生，兵法这东西光靠口头说是没用的，这样吧，新野的兵都给你，你想研究什么就研究去吧！"

"一千人足够了。那么，我暂且借用一二日。"

"随你便。"

刘备闷闷不乐地跺着脚走了，真希望他能以这份力气来对付刘表啊。

孔明来到军营，对赵云解释了过程，说："就是这个情况。"

赵云说："末将得令。这正是让孔明先生好好看看我军精锐的机会。"

赵云对孔明也颇为怀疑，虽然不至于像关羽、张飞那样。他特别挑选了一千精兵，告诉他们要比平日更加努力，要像实战一样行动（可别被我这支人马的凶悍吓得跌坐在地上）。队伍中也有身为队长的关平。

于是这支队伍前往新野北面的博望坡。孔明不骑马，步行跟随。

这一天的风向反复无常。平原上天气和煦，阳光充足。

"先自由行动。带了干粮也可以现在吃。"

孔明这么一说，士兵们顿时高兴地叫喊着四下散开。这样子就像是出来郊游一般。其实就是郊游吧。

孔明登上附近的山丘。无事可做的赵云追随孔明上了山丘。

"军师。"赵云招呼道。

孔明在行"站"功，就像棍子一样竖在那里，不过只有赵云能看见。

（真是怪人。）赵云放下枪，在旁边盘腿坐下。

从山丘上放眼望去，只见一条大路自远处的丘陵中穿出。如果要埋伏士兵，道路略窄的山麓一带是最好的。那么要放火的话呢？

当神仙之秘法"站"的锻炼成果展现出来的时候，人的身体内部充盈的"气"（类似于意识的某种东西）就会透过皮肤渗透出来，按照今天的说法，就是在身体周围形成不可见的精神场。如果产生出类似衣服一般的阻隔层，施展武功就会得心应手了。而且如果继续精进，意识范围将会更加扩大，能够以身体为中心，在上下左右前后形成半径数十米的球状意识，甚至随着功力的加深可以扩展到数千米乃至数百公里。一旦抵达神仙级别，那意识更可以达到与空间和时间浑然一体的地步。

在意识不断扩大的同时，五官、特别是皮肤的触觉会特别敏锐。整个地区都化为自己的躯体，被纳入神经控制圈中。在这个范围内发生的事情就像发生在自己身上一样。这可不是超能力一类的未经确认的伪科学，而是"与自然融为一体"的第一目标——意识覆盖天地，既然如此，试试也没问题吧。

在我读过的道藏（道教文献的全集，相当于佛教中的大藏经）的艰涩文献中便有这样的记载。

真的可以那样吗？！我虽然不敢确定，不过既然是孔明，要做到这种小事当然毫无悬念。后来孔明那种无人可以解释的魔法般的战斗指挥能力也可以得到理解了吧。

大约过了两个小时，孔明收纳气息，解除了"站"，向旁边摆成"大"字形打盹的赵云招呼说："差不多该开始了。"

赵云猛地跳起来，问："开始什么？"

"当然是火攻演习。"孔明说。

他在山坡上指示放火地点："那边、那边，还有那边。"

"没有放火的材料吗？这样的草地恐怕放不了大火，一会儿就灭了，连烟都冒不出来。要想放火，还是那边的矮林比较好。"

"你先让他们放放看。"

赵云喊来各队队长，大声下达指令。

士兵们在孔明指示的几个地点一齐放火。让赵云吃惊的是，先是小火一点点烧起来，然后火势连绵，逐渐变成大火，再然后就化成了火海。小看了火势的士兵们顿时惊慌失措，纷纷逃走（还有许多躲避不及被烧伤的）。

没有预先埋下油壶、安放引火物，居然也烧得火光冲天，让赵云露出一副难以置信的表情。孔明眺望着熊熊燃烧的博望坡恍然出神。据说纵火狂不会满足于点火，一定要回到现场亲眼看到自己放的火，才会得到近乎性高潮的兴奋。孔明用白羽扇遮住嘴角，脸上的表情十分恍惚。

（这、这就是卧龙的力量吗？！）赵云在不寒而栗的同时，产生出一种近乎畏惧的心情。

孔明，（毫无意义地）火烧博望坡！

这场突如其来的红莲之炎，也许如启示录一般预示着人类的命运，它将不仅仅烧掉孔明的敌人，还会将刘备军也一起卷进来烧得干干净净，并且一直烧到世界的终结。

"太让人惊讶了。火攻也有关键之处吗？"赵云心悦诚服，"孔明先生最厉害！"

赵云也开始对孔明产生敬意了，即使还只有一点点。

在《演义》第三十九回中，孔明的第一战是在博望坡迎击攻来的夏侯惇、于禁、李典的十万人马。孔明施展火攻，总算堵上了关羽和张飞不停唠叨的嘴。然而后来的研究者却都断定这是彻头彻尾的谎言，毫无可信度。就算创造了"诸葛亮火烧博望"的剧目也没用。没有就是没有。

与史实相符的是，博望坡之战是在二〇三年左右由徐庶和前来侦察的曹军之间发生的战斗。

但是后世之人不能容忍接徐庶班的孔明在上场之时居然没有给大家表演鲜活的节目。哪怕是多管闲事也没关系，反正就给他创造了这个故事。

故事确实很优秀。首先是独眼猛将夏侯惇向曹操申请出兵歼灭刘备。曹操虽然点了头，但荀彧之流却在这里给出了谏言——其实已经不能算是谏言了，连缺乏事实认知都说不上，根本就是谎报军情吧："刘备本是英雄，又刚刚说服诸葛亮加入。诸葛亮虽然年轻，尚无成绩，但听说是足以和周之太公望、汉之张良匹敌的奇才，不可轻敌。"

夏侯惇嗤笑道："何出此言！刘备鼠辈，我必擒之。"

如此一说，徐庶（不知道从哪里）跳出来，说："将军切勿轻视刘玄德。如今玄德（已经是直呼名字的关系了）得诸葛亮为辅，如虎生翼。"就是说，过去的主公和自己的朋友合体成为如同狮鹫一般来历不明的怪兽了。

曹操问徐庶："诸葛亮是什么人？"

徐庶大概是想逗曹操玩吧，回答说："诸葛亮字孔明，道号卧龙先生。有经天纬地之才，出鬼入神之计。他乃当世之奇才，不可小觑。"

曹操觉得奇怪，故意问："这是凡人吗？比你如何？"

徐庶拿手的自虐批评顿时爆炸了，说出了乖僻的比喻："庶安敢比亮？庶如萤火之光，亮乃皓月之明也。"

徐庶简直像是为了吹捧孔明才出生到这个世界的一样。

因为实在不像是真的，所以没有听从徐庶的忠告，夏侯惇还是领兵出击，结果中了孔明的计策，大败于博望坡。尸横遍野，血流成河（都输成这样，过了两个月曹操还能率领五十万大军前来，他那无穷无尽的兵力也太惊人了）。

夏侯惇大军兵临新野的消息传来的时候，关羽、张飞对于新人孔明的霸凌正在渐入佳境。

"哥哥，既然夏侯惇的人马来了，就让那个新军师去吧。他肯定能搞定，给我们看看嘛。"对孔明不满的张飞把责任全扔给了孔明，关羽也频频点头。然而孔明不慌不忙，对刘备说："我只怕关、张二人不肯听我号令。主公若要亮行兵，乞借剑印。"

于是孔明从刘备这里抢来了军队的绝对指挥权，狐假虎威地宣布说："不从我令者，与忤逆主公同罪，斩无赦。"

关羽说："姑且听令。可是我等皆出迎敌，军师却做何事？"

孔明干脆利索地回答说："我只坐守县城，与简雍、糜竺准备庆功宴。"

这回答让张飞气得肺都要炸了。"我们都去厮杀，你却在家里坐守。你这军师好不知耻！"你端坐在安全的后方，让士兵奔赴死地！用有着大好前途的年轻人的鲜血来换取自己的利益，真是卑鄙的政治家！

刘备军的武将一个个怒不可遏，但是刘备还是用帅气的台词庇护了孔明，所以孔明并没有被张飞杀掉，这一场就结束了。

可是孔明的作战大获成功，关羽、张飞两人情不自禁地拍手喝彩：“先生真军神也！”

　　孔明真可怕！于是有诗赞曰：

> 博望相持用火攻
> 指挥如意笑谈中
> 直须惊破曹公胆
> 初出茅庐第一功

　　谈笑之中，孔明指挥了一场连鬼神都不忍卒睹的大屠杀，后世之人理想中的孔明模版，到底有着孔明般的异常。这场博望坡的大胜（虽然是编造出来的），甚至还让人们忘记了之后不久刘备便在曹操大军的一触之下崩溃，慌忙逃往南方的历史事实。它成功地让人们的目光都集中在这场小小的、微不足道的胜利之上。可怕的孔明！让人以为它是真的，甚至还写诗来赞美！

　　关、张二将无可匹敌的潇洒风范以及令人艳羡的出色表现，早已有他人描述，在此无需赘言。这里说的是孔明调皮地放了一把火，不过用词夸张了一些，鸡蛋里挑了骨头，实际上对他是赞赏的。孔明真正的活跃是从什么时候开始的？且听下回分解。

第二回　孔明被公子软禁、泣而定计

　　曹操南征前发生了许多事。去年年底军略之鬼郭嘉的过世让人十分痛惜。

　　另外被称为医圣的后汉末年的华佗也在这一时期被杀的传说深入人心。曹操最喜欢的儿子曹冲重病，而没有得到华佗的救治。当然，郭嘉也没有享受到华佗的治疗。

　　华佗为了治疗曹操的偏头痛顽疾，想给他做脑外科手术，但是曹操不能接受这种二十世纪的尖端医疗，认为华佗是想暗杀自己，于是将华佗处以极刑。

　　华佗是有着浓厚古代游方郎中色彩的神秘医生，国籍、年龄都不甚明了。也没有执业医师资格证（宫廷医师好歹还有个职务名），有时候非法收取诊疗费，有时候则是免费治疗，是个可疑的人道主义者。历史上华佗是因为不愿被曹操束缚，编造谎话回乡，结果谎话泄露被杀。所以《三国演义》中在此之后的华佗都是以幽灵的身份登场的。

　　如果华佗在世，曹冲的病说不定能治好。

　　曹冲字仓舒，二〇八年十三岁的时候夭折。据说他是连曹操都为之惊叹的天才儿童，五六岁的时候就见识过人，而且宅心仁厚。在曹操的严刑峻法导致许多人因莫须有的罪名而死的时候，曹冲插手调查，机智地拯救了许多无辜之人。对于这样忤逆自己的行为，曹操非但没有责罚，反而大加赞赏。

还有一回，孙权给曹操送来大象（不知道他想干什么），曹操想知道这个巨型动物的体重，然而身边的群臣，包括程昱、荀攸这样的智者在内，大家全都无计可施。这时候曹冲发挥出一休般的才智说："把大象弄上船，浮在湖上，在船的吃水线上做个标记，然后再用石头堆上去，直到同样的吃水深度，然后称一称石头的重量就知道了。"

曹冲提出了阿基米德式的方法，让曹操狂喜不禁。

同时，曹冲在文学、诗歌方面也隐约展现过出类拔萃的才能。

曹操也许是想让曹冲继承自己的事业，他曾经说过："如果冲儿在世，丕儿不会继位。"

曹冲病危之际，曹操前所未有地以自己的生命为他祈祷。曹丕安慰他的时候，曹操说了一句话，让以曹丕为首的诸多蠢儿子脸色煞白："冲儿的死对我是大不幸，对你们却是大幸。"

顺便说一句，曹操后来说过"生子当如孙仲谋"之类的话，再一次将曹丕踢到失望的谷底。曹操似乎很讨厌才华不如自己的曹丕，总是喜欢用言语羞辱他。对曹植（情色诗人）似乎就没有这样。

曹操带着失去曹冲的深切悲痛被迫展开了荆州攻略。甚至有人评价说，曹操在赤壁的失败也是因为过于悲伤导致头脑转动不灵的缘故。

至于将孔子的末裔孔融处刑，则是再后来的事了。

总而言之，给人留下的印象是，直到南征开始之前，曹操失去了身边许多东西。曹孟德的人生哲学就是失去的东西要用更多的来补偿。所以在这样的时刻，如果得不到江东二乔（孙策的遗孀和周瑜的妻子），下半身是无法满足的。

另一方面，荆州东部发生了一件大事。

江东的首领孙权亲自领军进攻夏口、江夏，目标是黄祖的首级。他这一次的阵容空前强大，带着不达目的决不收兵的坚定信念猛攻而来。

防守一方自然是江夏太守黄祖，然而不知什么缘故，他的处境十分可悲。江夏、夏口是与吴接壤的边境地带，是江东的暴徒常年挥舞兵刃冲杀过来的最前线。尽管如此，刘表在政略和战略上对于此地都不加处置，任由黄祖管理。所以江夏一带既是荆州的要地，却也如同陆地上的孤岛一般。

本来刘备投奔荆州的时候，不应该把他放在战略价值很低的新野，而应该安置在江夏黄祖那边。但没有任何人提出过这样的意见。

刘表和他的谋臣大概比较嫌弃黄祖。其实黄祖对于作战并非不拿手，这一点从他几次击退孙策、周瑜等人的东吴兵马上就能看出来。

初平三年（一九二年），孙坚受袁术的指示进攻襄阳，迎击的黄祖人马一触即溃，但是败兵放的箭不小心射死了孙坚，这变成了黄祖不幸的开始。黄祖自己被黄盖抓住做了俘虏，不过通过交换孙坚的尸体，得以生还。在现代，用俘虏交换尸体的事情经常在以色列对阿拉伯诸国的战争中发生，以色列人相信，不管自己怎么死的，必然会被埋葬在迦南，所以才勇猛善战。其实如果黄祖知道日后的辛苦，恐怕会想还不如这时候死掉算了。总之从这一天起，黄祖就被视为孙家最大的仇敌，一直被追杀到死。

刘表大概是怕引火上身，便打发黄祖去做了江夏太守。说是太守，实际上是要黄祖自己在江夏筹措所有的人马资金，刘表对他没有任何经济与军事上的支援。加上江东的憎恨都集中在他身上，差不多每天都有亡命之徒杀过来，中小规模的战斗更是家常便饭。可以说黄祖这个江夏太守做得毫无乐趣。

不过刘表也并不是没有送过任何东西。有一回他给黄祖这边塞过来一个祢衡。说起祢衡，那是中国历史上首屈一指的天才诽谤家，曾被孔融故意评价为"天下拔群之人物"。他的嘴极其刻薄，整天像是机关枪一样挖苦不停，所以被各个诸侯踢来踢去。刘表把祢衡塞过来的目的是要借黄祖之手杀了祢衡，算是让他给自己擦屁股。即使如此，黄祖还是坚持战斗、勉强支撑。后来做了吴国将军的甘宁，一度也曾在黄祖手下。他之所以离开，也是因为长期的备战体制使经济萧条，黄祖拿不出优厚的条件招待甘宁。这一切只能让人认为，刘表之所以把黄祖安置在这里，大概是为了在孙吴这头猛兽面前吊一个诱饵或者祭品吧。

始终面临这样的待遇，不管是谁都会心灰意冷的吧。如果黄祖有足够的才能（有刘备那么厚的脸皮），也可以宣布脱离刘表独立，成为反政府武装，打倒刘表，自己来做荆州之主。在《演义》里，这类事情司空见惯，而且常常得到事后的承认，算是太守的权利之一。但是黄祖和刘备不同，他既没有这个心思，也不是这样的性格。

曾是黄祖手下的甘宁，在这一次为江东作战的策划中发挥了很大的参谋作用。甘宁深知黄祖的弱点和夏口的脆弱之处。

甘宁字兴霸，是益州巴郡出身的无赖汉，年轻时候颇有人缘，和手下一起搞了个事务所，也就是黑社会，和官府勾结，盘踞乡里，后来下长江做了水贼，人称"锦帆贼"，再后来痛改前非，一开始投奔刘表，之后做了黄祖的雇佣兵。

甘宁的经历说起来和刘备没什么差别，但是他的战略眼光远比刘备高明，具备谈论天下大局的头脑，实战能力也很强。

"第一步要取了黄祖的首级，拿下荆州北部，也要夺取巴蜀。"

他后来的这一构想在当前这个时间点上有点过头，不过和周瑜的意见差不多。孙权夸赞说："魏有张辽，我有甘宁。"并任命他做不怕死的特别行动队队长。可以说他是颇受孙权信赖的实干人物。不过对于偏爱刘备的《演义》的读者来说，他只能算是个有点小聪明的地痞而已。如果甘宁错误地投身到刘备军中，至少也会被视为匹敌赵云的名将吧。

在作战会议上，有位老者面现难色："吴郡人心未定，如果倾巢而出，向西进军，此地必定发生叛乱。"

这是从上一代就存在的说教老者，唯一一个可以劈头盖脸训斥孙权的臣子，刚正不阿的内政官，比鬼还可怕的张昭张爷爷。对于他的反对意见，甘宁嘲笑道：

"我们出兵的这段时间，防止叛乱不就是您老人家的任务吗？"半路入职的甘宁还不知道这个江东无人敢于顶撞的张昭真正可怕之处。

"主公重用大人，期待您能有萧何之功。如果您有愧此任，不如趁早辞职了吧。"

萧何是辅佐汉高祖刘邦的大功臣，始终如一地将内政万事处理得井井有条。甘宁面对连孙权见了都抬不起头的张昭，丝毫不惧，出言顶撞，让孙权内心十分欣喜。他一边在心中鼓励（甘宁，再说两句），一边装模作样地责备说："兴霸，慎言。"

"讨伐黄祖为父报仇，是我等的夙愿。不报此仇，恐被天下嗤笑我东吴十余年不能为父报仇。"

讨伐黄祖也关乎孙吴的脸面，张昭总算不再反对。鲁肃、诸葛瑾等人也没有意见，他们驻守在内，全力防备内乱。

以前孙权也策划过多次歼灭黄祖的作战，但都是混战一场，而且都以失败告终。自古以来，吴越的作战传统就是依靠武力展开一面倒的混乱攻击。这种战术需要有孙坚、孙策之类的大将才能奏效。对于孙权来说，这个担子太重了。他要改变毫无章法的作战方式，委派甘宁制定方案。

"此战决不能半途而废！我锦江龙甘宁可不是首鼠两端之人！"孙权差不多把全部兵力都投入到夏口—江夏作战之中了。

周瑜、吕蒙、甘宁、徐盛、周泰、凌统、潘璋、董袭……孙权麾下的野蛮队长轮流劫掠江夏，终于抓住了黄祖，将之碎尸万段。孙权把黄祖的首级捧到孙坚、孙策的墓前："爸爸、哥哥，终于、终于杀了敌人！"

死去的孙坚、孙策的巨大笑脸浮现在空中（完全是孙权的脑补）。就这样，冻结在孙坚死去那一刹那的东吴之指针，终于开始滴答滴答走动起来。

让人难以置信的是，对于孙权的进攻，刘表没有任何动作。只能认为荆州政府不仅仅是制度疲劳，而且已经到了死后僵硬的阶段。甚至连个抗议都没有，黄祖也算是死不瞑目了。东吴的战略目标并不是夺取领土，而是黄祖的脑袋，差不多等于黑社会火并的性质。对于荆州来说，这也算是不幸中的万幸。

荆州方面应该得到了孙权军以前所未有的规模大举入侵江夏的情报。通常来说，刘表应该指挥水军封锁汉水、长江，同时派兵增援夏口。但我完全不知道刘表在想什么（如果说刘表卧病在床，那应该还有蔡瑁、蒯越主事），连原因都无从推测，总之就是什么也没做。这样无能的僵死政权，真是败给它了。禁不住认为孔明那个"立刻杀掉刘表"的主张也是很有道理的。

因为这一战的功绩，甘宁升任都尉（话是如此，但这只是孙权自己定的官职，只能在吴国通用，不是公认的官职）。杀了黄祖，蹂躏了江夏，实现了长年的夙愿之后，显然应该长期占领江夏，将之作为对荆州的攻防据点。一开始孙权确实是这么想的，但是老张昭又像历来一样阐述了尖锐的反对意见。

"孤城不可守，不如且回江东。刘表知我破黄祖，必来报仇；我以逸待劳，必败刘表，可再取江夏，彼时再图荆襄。请三思。"

这个意见与其说是慎重，不如说是连张昭自己也解释不通的奇谈怪论。刘表前来复仇的可能性很低，这一点张昭自己也很清楚。而且既然已经占领了江夏，守备的军力还是有的。已经拿到的东西先还回去，再找个时间重新抢过来，只会徒增麻烦。

"江夏这地方很美味。"满怀期待的众将当然表示不满。

但是，孙权做了一番深思熟虑的模样之后，采纳了张昭的意见，放弃了江夏，只是挟裹了民众和物资而还。

尽管可以把江夏作为孙吴的直辖孤岛，但在当下这个时间点上，必须因此对诸位将领论功行赏，这对孙家是不利的。张昭的意见中隐含的就是这个意思。（到底是伯伯，真是老狐狸。）孙权也立刻察觉了张昭的用意。

这里要对江东孙吴的状况做个介绍。

简单说来，吴国是一个个自成一家的豪族联合体。孙家当然是老大，但也只是类似于有任期的会长一样的职务。孙权绝不是江东江南一带犹如国主似的万众所归的统治者。

"经济与武力出众的组织，掌握东吴的最高权力。"

这一潜规则受到各组织的默认。江南地区的各个组织基本上都有加盟，但并没有老老实实向孙家上贡的体制。所以孙家必须时刻防备反孙权派的组织得到新的利益。侵犯地盘之类的行为受到严格禁止，一不小心就会发生流血事件。

孙家只是江东的豪族之一。孙权既非扬州的刺史也非州牧，孙家从来就没有过那样的地位。自从袁术死后，扬州基本上就成为被中央忽视的空白地区。孙权之所以能够立足，可以说只是华北的大统领曹操高抬贵手而已。拿今天打比方，被称为吴越的战乱地区，包括上海以南、浙江、江西、福建等地，是中央政府政令不通的危险地区，需要旅行者加以注意的地方。

如果是器量恢弘、令人羡慕的已故孙坚、已故孙策做首领，跟随他们倒也没问题，可是既然这两个人依次过世，那就另当别论了。土豪们认为，孙家原本就和我们没什么差别，现在又是孙权这种小屁孩掌权，没必要和他推杯换盏。大概就是这样的感觉。

孙权的位置非常不稳定，说不定什么时候就被人砍了脑袋取而代之了。关于这一点，作者在《三国志》中写道：

　　——然深险之地犹未尽从，而天下英豪布在州郡，滨旅寄寓之士以安危去就为意，未有君臣之固。

能称为孙吴控制区的，只有会稽、吴、丹阳、豫章、庐陵一带，其余大部分地区都是无政府状态。强大的豪族自作主张夺取州郡，外来人士都要观察形势，仔细考虑应该投靠哪一家。君臣主从的上下级关系还不成立。当时东吴就是这样的状态。总而言之，东吴还不是个统一的政体。

直到二〇八年，张昭还苦着脸说："吴郡人心未定，如今进兵，必起反乱。"

直到这个时期，孙家连国内平定都还没有做到。反孙权派的土豪、山岳蛮族的叛乱，都是孙权直到晚年依旧未能彻底解决的内患。

　　无法确立稳固的君臣关系，可以说是孙吴初期的最大弱点。赤壁之战迫在眉睫的时候，群臣大加议论，反战投降派掌握舆论的主动，也是孙权控制力衰弱的证据。说什么孙吴和曹操争霸天下，根本就是荒诞无稽的说法（话虽如此，比起刘备来还是有希望得多）。

　　《三国演义》中把吴的军队描写成高度组织化、精强如铁一般。如果真是如此，孙权也就不用那么累了。

　　通常情况下，孙策应该指定长子孙绍作自己的继承人，由孙权、孙翊、孙匡、孙仁（朗）等兄弟辅佐。但他之所以特意指定弟弟孙权继承，正是因为东吴的组织基础薄弱，自家年幼的儿子不能继承事业，不得不放弃。孙策给孙权的遗言是：

　　——与天下争衡，卿不如我；举贤任能，使各尽力以保江东，我不如卿。

　　从这遗言中可以深刻感受到当前守住江东乃是最为优先的事务。

　　从一开始，对孙权的最高要求就不是夺取天下，而是要让孙家成为江东的实质统治者，并获取中央政府曹操的认可。一旦孙权得意忘形放出豪言壮语，老张昭必然会出面阻止。这正是因为孙策的遗言是要孙权防守，张昭的责任就是要让孙权认清自己的工作。所以，没有人要求孙权夺取天下。夺取天下是一场豪赌，是被禁止的。孙权就像是被束缚的优等生一样。说他是守成之才，听起来很漂亮，其实整个《演义》里再没有人像他这个主公当得那么束手束脚的了。

　　事实上处在风雨飘摇中的孙家政权的基础，表面上看来好像是由张昭、周瑜、鲁肃、诸葛瑾四大天王支撑，实际上背后还有军中长老程普、黄盖、韩当等人虎视眈眈（如果说再后面还有幕后黑手吴国太和乔国老也没错）。这些智囊团才是孙权继承自孙坚、孙策的最大遗产。

（必须增加由我直属的军队。）鲁肃也曾如此进言。这也是孙权热衷于招募甘宁这类地痞的原因。

"孙权喜好侠义，注重培养人才。"

甘宁为之求情的黄祖部将苏飞，也是其中的一人。

顺便说一句，一般认为"凤雏"庞统庞士元这段时间也在周瑜的组织里，担任鄱阳郡主簿（文书）或者功曹（郡县官员的人事职务）。庞统虽然得到周瑜的赏识，但怎么也不受孙权的喜爱。而且尽管庞统的才能逐渐为人所知，周瑜却也没有像当初推荐鲁肃的时候一样热情洋溢地向孙权推荐。

只要打了胜仗，那么不管三七二十一必定要召开盛大的宴会，这不仅仅是刘备军的惯例，也是东吴联军的习惯。不过东吴的宴会上因为各个光膀子的黑社会头目云集，经常发生流血事件，杀手、保镖更是济济一堂，难以让人开怀畅饮。

话说这一回酒宴正酣的时候，突然间一个年轻人大叫一声，拔出兵刃，撒起了酒疯。难不成是要切牛肉吗？年轻人一边哭喊，一边扑向甘宁，举刀就砍。

甘宁立刻扔了酒盅，举起椅子架住砍刀。

"你这小子，找死啊！"甘宁一脚把年轻人踹翻在地，可是他一个鲤鱼打挺又跳了起来。他的胸口到肩膀处都刺着刺青。这并不是黑社会的规矩，而是吴越地方自古以来的传统。东吴的男汉子、女汉子，都背负着凝聚匠心的图案。

这年轻人是凌统。孙权吃惊不小，喊凌统的字说："公绩住手！"

凌统虽然挨了甘宁一记重拳，但还是敏捷地翻了个身跳起来，握紧拳头，正要一拳砸到甘宁身上，这时候孙权像裁判员一样插进来仲裁。"难得的酒席，你这是想掀起腥风血雨吗？"

已经在下血雨了。凌统不顾额头和嘴唇都在往下滴血，叫道："老大，求你别插手。我、我、我不能放过甘宁！他杀了我老爸，和我是不共戴天之敌！我怎么能和他一起喝酒！"

凌统脸上都是血泪，还有鼻血。这时候凌统差不多十九岁左右，正是莽撞的年纪。凌统的父亲凌操确实是被甘宁射死的。那是四年前的事。当时甘宁还在黄祖手下，双方在交战。

"兴霸并没有错。那时候兴霸是黄祖的手下，各为其主罢了。现在兴霸不是投奔我们了吗？黄祖这个罪魁祸首已经千刀万剐了，也算是给你父亲报仇了。好了，好了，公绩，眼下就给我个面子，别闹了。"孙权劝说道。

"不行。甘宁是我不共戴天之敌，我不亲手把他千刀万剐，会被天下人耻笑。老大，我求求你，让我杀了他！"恨不能把甘宁浇上混凝土沉到扬子江里去。凌统朝甘宁吐唾沫，瞪着他不放。

"你来试试看啊，小子！"甘宁扯了上衣，从腰里抽出兵刃握在手上，杀气腾腾。

大家连哄带劝，总算把凌统软禁到隔壁房间去了。但是诸将看笑话是免不了的。

"就放手让他们拼个你死我活也不错嘛。"

"哎呀，不死一个这事儿完不了吧。"

这种事情常有，也不是稀罕事。甘宁瞪着眼睛喊："你要来就来，老子奉陪到底！"

甘宁确实有将才，但是动辄杀人。甘宁家的厨师差点被甘宁杀掉，逃去吕蒙处。通常情况下有吕蒙这样的朋友做调解，也就算了。可甘宁不是。他先向吕蒙保证绝对不杀厨师，于是吕蒙把厨师还了回来，结果第二天甘宁就射杀了厨师沉江（厨师就没有人权了吗！），把吕蒙的面子折了个干干净净。吕蒙勃然大怒，冲到甘宁家里去问罪，甘宁躺在床上，若无其事地说："今天不小心又惹事了。"

甘宁就是个杀人如同家常便饭一样的人。

尽管如此，他的行为也只是被吕蒙笑说："兴霸也真是麻烦，这个坏脾气什么时候能改改。"当成逸闻趣事一般容忍下来，可见吴越地区如何无法无天了。大战之前的东吴杀伐成性，由此可见一斑。

甘宁与凌统的血之抗争时断时续。

在《演义》中被视为劝人的第一把好手、具有最强协调能力的孙权孙仲谋（兴趣是可爱的狩猎老虎），头疼的事情又多了一个。他和周瑜、诸葛瑾商量之后，把甘宁调到夏口方面去了。

却说孔明随手烧了博望坡之后如何了？这件毫无理由的事情在新野的百姓中引发了强烈的反感。

"犯下这种滔天罪行……恶魔！"

和我料想的一样，民怨沸腾。博望坡并非荒无人烟的实验区，或者受到诅咒，带有放射能导致万年寸草不生等。这里既有农田，又有牧草，颇为丰腴。结果半天时间不到，这里就被烧成一片灰烬，百姓发怒也不是没有道理。

"我看到的。博望坡像是地狱一样烧起来了，好多士兵都被烧死了……"

"孔明这家伙真是疯子！"

大多数人连精神鉴定的工夫都省了，皱眉唾骂。

"为什么干下这么过分的事？我过世的老父亲的田还在那儿哪。我这委屈找谁说啊？"老农妇眼角带泪地说。儿子给她抚摸后背。

"为什么像刘将军那么正直的人，会招收那样的二流子啊。"

"这是刘将军中邪了吗？真不明白。"

"哎呀，大概刘将军是被骗了。"

"是的，一定是被卧龙骗了，肯定的。"

"畜生！孔明这个畜生！欺骗刘皇叔这么纯洁的人，知道他从不怀疑人的。刘皇叔真可怜。"

诸如此类满怀感情的责难之声此起彼伏。

孔明，与激昂的民众为敌！

话说回来，一开始孔明就是这副德行。

不过百姓对刘备的高评价也并不是没有失误，但就算是沽名钓誉，至少能够做到看上去像是大好人。这是成为大明星（大坏蛋）的条件。

孔明一把火烧掉博望坡，绝不是像小孩子恶作剧一样的恶意纵火，而是预见到遥远未来的必要一环——是不是这样，我也不知道。但是可以确定的是，荆北百姓这几十年来一直很幸运地没有卷入战火，所以孔明的纵火成了不可饶恕的罪行。某种程度上，这恰恰可以视为百姓生活幸福的证据。董卓、吕布、曹操、袁绍各个诸侯纵横肆掠的地区，生活在那里的百姓可没有田野被烧这么简单。不单田地被军队踩躏，人也会被抓去服劳役、被杀、被侵犯。就算艰难存活下来，刚想要重新耕田种地，又会再一次被烧、被杀、被掠夺、被侵犯、被军马肆掠。这样的循环无休无止，只能说是凄惨至极。百姓因为刘表毫无争霸之心而得到了意料之外的和平，因而才能度过幸福的日日夜夜。

比方说，在现代日本，如果国内连续发生十分可怕的恶性事件，就会导致百姓对未来惶惶不安。但不管怎么说，只要没有敌国的航空母舰停靠在海岸边，没有三天两头飞机过来轰炸，没有装甲车在高速公路上飞驰，没有装备了自动步枪的士兵在市内巡逻，可以说是非常和平的社会。这类情况在中东、车臣、非洲等地都是屡见不鲜的。在这些地区的百姓看来，就算听说有个自称孔明的奇怪家伙在霞之关①放火、国会议事堂突然间火光冲天，包括首相在内的参众两院议员及其他数百人一齐烧死，紧接着涩谷、池袋等地又因为连续爆炸化作废墟，大约也就是严肃地发表一下感想："哎呀，不是什么大事……日本人还算幸福啊。"就是这么悲惨的世界。

也就是说，荆北的居民和华北的居民相比起来，享受的是无人打扰的和平大餐。不过再过十几年，襄阳一带也会追随洛阳之后，成为血流成河的大战之地。直到那个时候，这里的百姓才终于感叹说："刘景升大人的治世多好啊。曹操、刘备、孙权，全都吃屎去吧。"成为通常意义上的乱世百姓了。

孔明火烧博望坡，就是为了让荆北的百姓提前了解日后将要遭遇的苦难，事先做好准备——他肯定没有诸如此类的想法吧。

"这才是刚刚开始。"孔明想的大概是下一次火烧新野吧（再下一次是火烧曹操的大军）。

新野的官衙门口从一大早就挤满了抗议"诸葛亮火烧博望"的民众，让接待的人员束手无策。

"辞退孔明！"

"赶出新野！"

---

① 日本中央政府所在地。——译者

"不够不够，那样只是让他放任自流。要把他关进牢里，一辈子不见天日！"

"你们这些人怎么做臣子的？为什么让这样的家伙来到刘将军身边，也不知道阻止？！"

"求你了，趁早把孔明杀了。"

简直就是绝食抗议的架势。外面的骚乱使得孙乾、糜竺、简雍不得不从里面出来应付。

但是，民众的诉求更是无休无止。简雍想用拿手的猥琐笑话来缓和场面，也是完全不管用。民众就是如此强硬。

"哎呀，你们说的，我们其实也这么想，虽然不想说，不过我们确实从一开始就这么想。"庇护孔明只会和暴徒化的民众发生冲突，所以简雍他们只能迎合。但是这些事情总不能继续往上闹，对于"让孔明出来"的要求，只能回答说："诸葛先生今天和刘皇叔一起去襄阳了。"

这是事实，同行的还有张飞。

新野的百姓一听说孔明的名字就非常激动。"你们肯定把他藏起来了啊"，如此叫喊，不像平时那么听话。这也是卧龙传说的缘故，是孔明自作自受。不过孙乾等人也不得不想："诸葛亮这个名字，评价如此之差啊。他到底做了什么过分的事……明明还这么年轻。"

在原野放把火这样小事居然也能闹到这么大的地步，不得不认为他平日的行为有问题。照这样下去，刘备军、进而连首领刘备的评价也有暴跌的危险。

眼看百姓就要开始暴动的时候，结束了晨练回来小憩的赵云，看到官衙门前的人潮，下马站定，把兵器涯角枪的金箍用力往地上一插，然后猛然暴喝一声："哎——呀！"

这凄厉的呐喊，让闹哄哄拥挤不休的民众一个个如同石头一样安静下来。

"这么乱是怎么回事？"

做事认真而又无比凶猛的武将赵云目光锐利地扫了一圈，没有人敢开口。

孙乾简短地把事情说了一遍。赵云点点头，哼了一声说："火烧博望的事情，诸葛先生得了刘皇叔的许可，是我赵云赵子龙亲自监督进行的。在我看来，这是诸葛先生为了歼灭迟早要进犯的曹公军马而定下的秘计之一环。我虽然并不知道诸葛先生心中有何种妙计，但他是我家主公刘皇叔信任的先生，我当然也深信不疑。"

在赵云这份认真而又如同恐龙一般的气魄之下，自然不可能有人敢于反对。大家扭扭捏捏起来。

赵云严厉的表情缓和下来："各位，我这话说得有点过分，抱歉了。有损失的人请不用顾虑，提出来。在这里就请给我一个面子，先别闹了，行吗？拜托了！"

赵云低头道歉。奋勇又文雅的好青年、使一杆烂银枪的龙骑士赵云（而且还是单身）这么说，大家也只有叹息收兵了。

"哎呀，是我们抱歉。赵将军既然这么说，我们那个什么，孔明他……"

"喂，我说你们，这里交给赵将军吧。这样出色的人在盯着，就算卧龙也搞不出什么怪事的。"

新野的民众于是朝赵云和孙乾等人行礼，纷纷散去。

糜竺擦着额头的汗说："哎呀呀，得救了。子龙要是不来，这回不烧了官衙完不了。"

"你们也够了。"赵云说，"孔明先生已经是我们的同事了。如果展现出对先生十分信任的态度，众人也不至于闹成那样吧。"

"子龙相信孔明？"

"我刚才已经说过了。这么说来，宪和、子仲、公祐，你们不相信先生吗？"

宪和是简雍的字，子仲是糜竺的字，公祐是孙乾的字。

"啊不不，没有没有。"几个人的表情略微有点尴尬。不管谁都会这样吧，从来没接触过孔明这样的人，难以判断他的品性。

比方说简雍为了套近乎，故意展开十分色情化的交流，观察孔明的反应。其实孔明对这些完全无所谓。如果是正经人，通常会表示不快甚至发怒；而脾气好的人则会笑嘻嘻地附和，或者用更下流的话来应酬。简雍与不太熟稔的人搭讪的时候基本都采取这种凡是男人必定会有响应的办法，这是他测定人性的基本方法。如果对初中女生说这样的事情，一辈子被无视也是没办法的。

但孔明是个例外。简雍出于顾忌，只说了中等程度的色情话题（对于一般人而言已经十分重口了），没想到孔明竟然开始落泪了。吓了一跳的简雍问："这、这是有什么伤心事吗？"

"听了宪和大人的话，我想起了故乡山东琅琊的山河。唉，身为男人，想到故乡，情不自禁泪流满面……我这哭哭啼啼的家伙，不可饶恕！"

孔明独自沉浸在山上追兔子、小溪边钓鱼的诸如此类的乡愁之中。为什么听到黄色笑话会想起幼年时候的故乡情景？简雍不禁愕然。真是不可理喻。琅琊这地方有那么怪异吗？（山东琅琊盛产著名的仙人和方术家，这一点确实十分怪异）简雍身为一般人，实在无法进一步追问。

简雍是刘备的同乡，现年四十一岁，按孔子所说，已经是不惑之年，是举兵以来的坏伙伴，拥有不管是谁都可以立刻敞开心扉成为朋友的特技，因此常常做被委任重要事务的使者。然而就连这样的简雍，也完全不知道孔明是怎样的汉子，甚至到底是不是汉子都不知道，更不用说做朋友了。

"在了解孔明以前，实在不好说相信他。"简雍坦率地承认。

赵云仰天叹道："相信不需要理由。这不正是我们的价值观吗？！"

说话时语气肯定，仿佛正在深入敌腹的万里之外纵目展望过去未来。

赵云这样大概没问题吧，唉，就这样吧，（引入孔明的不是别人，正是主公刘备，姑且只能装作相信了。）孙乾、糜竺、简雍，这刘备军中的文官三人组这么想。

刘备一行上午过了樊城，眼前就是襄阳。张飞率领五百士卒跟随，戒备森严。孔明很少见地骑着马。

张飞说："嚯，先生骑马骑得不错啊。"

"哦，就会一点点。"

像是说"我也就刚考了个驾照"的感觉。

"我加入皇叔大人的队伍之后，占了一卦，却得到一个不祥的结果。卦象说，有可能会遭遇一次敌人的追击，屁滚尿流地抱着马鞍狂奔，所以我有点紧张。"

听到这话的刘备默然不语，很不高兴的样子。张飞却拍胸大笑："哇哈哈哈，先生还真是喜欢担心。放心吧，我张飞决不让先生遭遇此辱。"

骑在前面的刘备回过头问："诸葛先生，这么说来，先生的妻子是蔡瑁的侄女吧？先生见过蔡瑁吗？"

黄氏和刘表的次子刘琮是表姐弟。这话是问孔明和襄阳的权臣们是不是相互很熟悉。孔明若无其事地回答："我连蔡瑁长什么样都不知道。"

这一次上襄阳是刘表的召唤。不过可以认为蔡瑁从中做了手脚。

孙权进犯夏口、江夏，太守黄祖身首异处的消息，也有速报报到刘备这里。说是孙权军屯兵柴桑，对江夏虎视眈眈。

"北有曹操，东有孙权。腹背受敌啊。"

刘备召集军中干部聊天时叹道。

正当此时，张飞目光一闪，满怀期待地说："大哥，在这里絮絮叨叨也没用处，让我去把孙权那小子收拾了吧。"

"翼德，别说混话。我们现在对付曹操都忙不过来。"赵云说。

"你说什么，子龙，你这个胆小鬼，看我教训你一顿才知道吧。"

两个人一如既往又开始扭打起来的时候，忽然从襄阳来了使者，传的话只有短短一句："有事商谈，请来襄阳。"

刚巧在场的孔明说："这恐怕是要商议江夏之事。我以为应该速去。我当然也要同行。"

这大约是因为孔明知道自己在博望坡的纵火引起了民愤，一旦被百姓抓住肯定要受私刑，所以想暂时逃离襄阳一阵吧。黄氏因为借居在关羽家里，没有人身危险。

刘备骑在马上问孔明："刘表说不定要派我们去为黄祖报仇，先生，如何回答景升大人为好？"

孔明虽然很想说："你现在还问什么？问来问去我就一个回答，赶紧杀了刘表。"不过还是忍住了，回答说："不管刘景升拜托什么，都请主公敷衍，交给我来回答。"

一行人到了襄阳，立刻被领去馆驿。张飞和军队一起在城外等待。张飞杀气迸发，说："我也一起去。蔡瑁这个畜生说不定又要害大哥。我先杀了他！"

但是刘备说："一开始就带着你这种好吵架的过去，有点太过分了。行了，给你点零花钱，去那边喝点酒去。"

"但是大哥——"

"张将军，"这时候孔明插进来，在张飞耳边小声说了什么。

"唔，原来如此。"张飞露出狰狞的笑容。

"好，交给先生了。要是有哪个混蛋找大哥的麻烦，你给我好好军师了他！"张飞说完便下去了。

刘备好奇地问："你说了什么，让飞弟这么老实？"

孔明爽朗地回答说："没什么，我只是拜托他说，一旦有事，会以大火围城为号，请他立刻突击而来，在此之前，先请少安毋躁。如此而已。"

不知道为什么，孔明只要说起放火，大家仿佛就安心了。这大概是因为赵云大肆宣传了火烧博望的缘故吧。连张飞也认可孔明的纵火能力吗？

刘备领孔明来到谒见之处。过了半晌，气色比以前更糟糕的刘表拄着拐杖出现了。几个人相互拱手行礼。刘表首先为之前暗杀刘备未遂的事情絮絮叨叨地道歉。

"有这种事吗？哎呀，我已经完全把这件不和谐的事忘到九霄云外去了，啊哈哈哈哈。"刘备轻轻一句带过。刘表为他心胸的宽广感动不已。

"这一次请刘皇叔过来，不是为了别的，大约您已经听说了，孙权犯我江夏，杀了黄祖。我在想要不要报仇。刘皇叔能去吗？"

眼看心身衰老的刘表，话中充满了软弱感。刘备面对这样的人，无法冷面以待。

"黄祖性情粗暴，不能用人，与其说是被孙权杀的，不如说是自取灭亡。报仇一说，更会导致与江东的大战。"这是把过错都怪到黄祖头上。"而且北方曹操的进逼更是燃眉之急。"

刘表重重叹息了一声："唉，我现在觉得自己就像徐州陶谦一样。我年纪大了，又这样病重，偏偏这时候又是国难接连不断。刘皇叔啊，你从新野搬到这儿来吧，行不行？为了荆州，助我一臂之力。我来日无多了。我死之后，你就做这荆州之主吧。"

今天屏风后面没有站着蔡夫人和蔡瑁。大概因此刘表才自暴自弃地说出这样的话。

大好机会！孔明听到这话，内心大概是在暗暗喝彩吧。然而刘备的回答却令人极度不解。

"景升何出此言？像我这样的愚人，为什么要托付我这么重大的任务？不要逗我了，我刘备刘玄德只是一介匹夫……"刘备还要继续往下说出更加贬低自己的话，孔明不得不用恶狠狠的眼神制止。刘备恍然大悟般地说："啊，景升大人，请容我想一想。"说完飞快退下了。

一回到馆驿，孔明便责备说："难得刘景升说要让荆州，主公为何拒绝？"

刘表自己主动出让荆州，省去了杀而夺之的麻烦，刘备的声望也不受损伤，这不是好事吗？

孔明这么一问，刘备给出的回答很是漂亮："景升待我之恩数不胜数，我刘备绝对不能趁他虚弱夺取他的领地！"

孔明以一种彻底呆掉的语气说："啊，主公真是仁慈之主。"这意思当然就是："你是白痴吗！"

"先生啊，我如果当场点头答应，那不是跟饿狗一样吗？别生气，别生气。刘景升已经那个样子了，荆州等于已经到我手里了！像这种事情，谦让两三回乃是惯例。先生您不也是吗，有什么事情要拜托您的时候，您也是推脱再三才答应的呀。"刘备笑嘻嘻的，很是开心。

"哼。"

（我错过了好时机吗？我应该就算强迫也要当场立个字据什么的。）

孔明非常后悔。他没有想到刘表居然会彻底撂挑子，更没有想到刘备的神经那么大条。两个意料之外，让孔明也被搞了个措手不及。

就这样，刘备失去了荆州和平让渡的机会。

"明明有我随行，居然还这么失败。"恐怕今后的千百年间都会有人嘲笑自己的失误吧，孔明想。对于这一场失败，孔明一生念念不忘，就像卧薪尝胆的故事一样，总会时不时想起，让他的斗志重新燃烧起来——我是这么认为的。

不管怎么说，虽然并不清楚刘表如何看待跟随在刘备身边的孔明，但这确实是孔明第一次实质性地登上外交舞台，然而却失败了。再没有比这个更打击人的了。

（要辅佐这样的人物夺取天下，该有多辛苦啊。）

孔明决定以这一次为契机，对刘备进行严厉的教育。他取出白羽扇，瞪起眼睛——可是就在此时，刘琦忽然来访。孔明顿时很不耐烦。

"呀，这不是公子吗？"看到孔明不知为何一下子变得很不高兴，刘备赶紧从他身边逃开，开心地招呼刘琦进来。

刘表的长子刘琦也是个麻烦的人，一关上门就开始哭哭啼啼。印象中每次见他的时候都是脸色煞白，哭个不停。他排在蔡瑁的打击名单的第一位。在襄阳，帮助刘琦就等于死。他的境遇十分可怜，不但没人敢接近他，臣仆还一起欺负他。（不过话说回来，这一年他也差不多三十四岁了。）

刘琦把许多礼物堆在刘备面前，一边叩头一边说："我为继母

（蔡夫人）所恨，早晚性命堪忧，请叔父大人可怜我的处境，救救我。"

刘琦每次见到刘备都会拿这件事来请教人生。刘备一边暗自嘟囔（又来了），一边摆出满脸慈爱的表情说："原来如此，这也确实辛苦。但这是贤侄自家的事情，我不方便插嘴呀。"

说着话，刘备偷眼向孔明示意，露出不明所以的笑容。

"那边就是卧龙先生吧？孔明大人，我的处境十分窘迫，能请您助我一臂之力吗？"刘琦满脸泪水地望向孔明。

"这是一家的私事，不是他人可以多嘴的。"

孔明和刘备说的一样，但是语调冷得犹如木星卫星木卫三的冰冠。

可是刘备之前向刘琦夸下了海口，和他说过这番话："我军中有卧龙先生孔明。这位先生，能把任何不可能的事情变成可能，没有任何谜团解不开，号称天下第一怪侠兼名侦探。等下次来襄阳的时候我给你介绍他认识，你好好求求他。"——所以这时候也不好装作不知道。

刘备送刘琦出去的时候，附在他耳边悄悄地说："明天我让诸葛先生去你那边，你如此这般这般如此。"

刘琦的脸上顿时放出了光。这一幕没有逃过孔明的眼睛。

《三国志》中记载：

"刘琦非常推崇诸葛亮的才能，每次都向诸葛亮请教自安之术，但诸葛亮每次都严词拒绝，不与处画。于是有一天，刘琦定下一计……"

但是，当时的诸葛亮比刘琦还年轻七岁，找他哭诉商议骨肉相残之事，未免太不合情理。

　　从孔明的立场来说，对这个襄阳地区被杀几率第一且受到众人欺负的人物刘琦，敬而远之乃是常理。不要说刘琦，对于整个刘表一族，孔明就没有什么好感。不过不用担心，这段《诸葛亮传》中的故事有许多被怀疑为胡说的部分。《三国志》也好、《演义》也好，围绕孔明的虚虚实实之怪，果真是天衣无缝的（?）。

　　在《演义》中，刘备同情刘琦，于是传授了他一条计策，逼迫冷淡的孔明不得不接受商谈的邀请。刘备的这种为他人出谋划策的优秀闪光点，在《演义》中应该是非常重要的描写吧。可是这其中也有奇怪的悖论。如果孔明会轻易落入这种幼稚的陷阱，那刘备还有必要三顾茅庐吗？而且这样的人根本无法在三国的乱世生存下去吧。但是话说回来，如果当场点破主公的计策，让他恼羞成怒的话，那更是连活在世上的资格都没有了。

　　所以正确来说，孔明是完全不屑于点破这个计策吗？反正也是无关痛痒的事情，孔明大概也觉得不妨装作上当的模样吧。虽然说帮助刘琦就等于成为蔡瑁怀恨的目标，不过这种事情根本不放在孔明的眼里。

　　翌日一早，一起床刘备就抱着肚子痛得哭。

　　“我从半夜开始就一直拉肚子，疼痛难忍。唉，昨天晚上的饭菜里该不会被下毒了吧？”

　　刘备因为是不说谎的仁义之人（真的啊），迫不得已的时候下意识地说出幼稚的言论了吧。

　　“我倒没有任何问题。”孔明冷冷地说。

　　刘备捂着肚子在床上乱滚，不停往厕所跑，不愧是演戏的一把好手。他的演技极其逼真，换作普通人肯定会被骗。

　　“昨天刘公子送了很多东西，今天不管怎样都要回礼。”但是刘备也没让孔明去请医生，只是痛苦地说，“先生拜托了，替我去吧。我玄德可不想被人笑作收了东西不知回礼的混蛋家伙。"

孔明冷冷地俯视痛苦的刘备，说："知道了，我去。但是主公，下不为例。"

就算是演戏，毕竟也是主公的命令。孔明骑上马，直奔刘琦的住处而去。

听说孔明来了，刘琦撞飞下人，飞奔出来，连声召唤："哎哟哟，孔明大人，等您好久了，快，快，快请进。"

刘琦自甘下首，请孔明上座，又是敬茶又是倒水。刘琦就像是快要淹死的人一样，拿卧龙做稻草了。他毕恭毕敬地用生命侍奉孔明，而孔明只是简单寒暄几句，说了声主公刘备的回礼在此，"那么我就告辞了"，起身要走。

刘琦赶紧拉住孔明的袖子，让他坐下。

"请问，"刘琦以誓死的表情说，"我被继母怨恨，不知还能活几天。孔明大人，无论如何请您给我指点一二。"

孔明冷冷拒绝道："我只不过是客人之身寄居在此而已，别人家的事情不能置喙。而且，万一这样的事情泄露到外面去，那就不好收拾了。"再度起身又要走。

"难得来我家，还没有好好招待，请再稍留片刻。"

刘琦也很执着，又把孔明请进里面的房间，摆出酒菜。孔明一脸不耐烦，应付了一两杯。

"我被继母怨恨，说不定今天就会被杀。求先生教我该怎么办才好。"刘琦再度请教同样的问题。

（这问题本身不是已经有答案了吗？你本来也不想让继母喜欢你吧。那就被杀之前先杀了她不就行了？）实在不理解刘琦为什么没那么干，孔明想。

在孔明看来，这简直是刘琦应该扪心自问的问题。

对于这个优柔寡断的男人，如果按照《演义》的一贯思路，干脆利索地给他正确的建议："立刻把蔡瑁和蔡夫人杀掉。必要的话连刘琮一起杀。"刘琦恐怕会当场脸色发白、晕倒在地吧。

为了收拾祸乱家国的奸臣，就算犯下十恶不赦的杀人罪行，也是英雄所为。如果这样做，大家反而会受到鼓舞，对其能力重新评价，聚集到身边来，后世的史家说不定也会将之夸赞为果敢决断。刘琦眼前明明有这样一击逆转的大好机会，却丝毫没有往这个方向去想。可以说他完全不适合出演《三国演义》，生命受到继母威胁也是自作自受。

孔明十分不屑这种只知道依赖他人的公子哥，严词拒绝道："刚才我也说了，这种事情不是我能指手画脚的。"随后又要告辞。

刘琦也拼了，呜咽着阻止孔明："我明白了，我再不说这件事了。请先生先别走。"

孔明没办法，只得再坐回去，自嘲地想："如果被人知道有这种蠢事，肯定笑都要笑死了。"

如果是庞德公，一定会说一句"磨磨唧唧烦死人了"，运足气"嘿——"的一记崩拳（中华风的中段直击）捶到刘琦的肚子上（去死吧）。孔明想象着这一场面，不禁扑哧一笑。

这是孔明今天第一次展露笑容，刘琦备受鼓舞，说："对了对了，我有些珍贵的古书，想请孔明先生过目。那都是非常有趣的书，可惜我读不来。"

刘琦以古书为诱饵，劝诱孔明。

"书在后面。"刘琦说着带领孔明去了小小的高阁。那是类似二楼储藏室一样的地方。

在《三国志》中，高阁是后院的小楼，有梯子可以上去，类似望楼的建筑。可以在这里置备酒菜，一边观赏庭院风景一边吃喝。

孔明看到高阁并没有书，于是问："古书在哪里？"

这么一问，刘琦突然"哇"的一声大哭起来，拜倒在地："我被继母怨恨，说不定一个时辰之内就会被杀。孔明大人要抛弃我吗？请您赐我一言吧！"

孔明勃然变色，站起身立刻就要下楼去，可是梯子却不见了。

孔明，被公子囚禁在楼上的密室了！

这是可怕的事态（意思是说刘琦危险了）！

刘琦说："我乞求孔明大人的教诲，可是大人似乎担心泄露到外面。所以我明知无礼，还是出此下策。这里上不及天，下不及地，出孔明大人之口，入我刘琦之耳。求求您，求求您，教我一言吧！"

天不知地不知神不知鬼不知，亲爱的，这是我们两个之间的秘密——刘琦大概是想这么说吧。可即使如此，孔明还是一个劲地摇头，说："古人曰疏不间亲。我这并不是担心泄露，而是为公子出谋划策之事，于理不合。"

终于刘琦"哐啷"一声拔出剑来，道："无论如何都不救我吗？那我只有在继母杀我之前，就在这里自杀了！"

刘琦对于自杀反倒表现得很坚决，举剑就向自己的脖子抹去。

"快死吧。"孔明开心地想。但如果在这间密室里自杀，自己就算对旁人解释说，"确实有这样的密室推理"，旁人也不会听吧。十有八九会认定孔明是凶恶的杀人犯。

"卧龙把可怜的刘琦拖进房间杀了他，然后伪装成自杀。"卧龙孔明的恶名又将轰然作响。真是没办法。

但是在这里我有个很不解的问题，不知道谁能给出合理解释：刘琦为了避人耳目而大费周折弄出来的楼上的密室谈话，怎么会在

《三国志》里写得清清楚楚？

"给我喊承祚（陈寿的字）上来！"

我非常想这么说，但是陈寿很久以前就死了。证据湮灭。

刘琦给孔明设下陷阱，而且还惹怒了他。冒着这一生命中最大的危险制造出来的密谈，还是在空中的密室里进行的，却被史书大书特书，未免太滑稽了，刘琦太可怜了，这根本就是霸凌。孔明是装着黄氏发明的窃听器呢，还是说孔明自己把这刘表一族的耻辱大公开呢？虽然都是毫无根据的想法，但硬要这么想也没办法——这是被泄露的密谈之谜。

捏造的疑团十分浓厚，实在很难轻易相信。与其说刘琦是毫无防间谍措施，不如说是根本还穿着纸尿裤的小屁孩吧。这是中国史书可怕的构想之死角、权力之坟墓。不过，以前在"隆中对"的时候也说过，后世的史家将之视为潜规则，在可能的范围内从不将之视为问题，否则历史无法成立。

当然，自古也有喜欢鸡蛋里挑骨头的文人，对于玩笑性质的矛盾与荒谬之处大加批判。到了清代，钱大昕、王鸣盛、赵翼等人的考证学研究照亮了《三国志》的黑暗之处，将潜规则一下斩断了。

另外，在中国大约有着儒者应当具有特定历史观的传统，有很多思想家兼做历史学家的例子。朱子学的朱子（朱熹）和阳明学的李卓吾（李贽）就是其中的知名人物，他们都写了带有思想倾向的史书。这些书固然有趣，但更重视自己的解释，将事实和公正放在第二位。只要政府不发怒（偶尔会受到封禁之类的处分），说什么都可以。既然如此，《三国志》和《演义》又有什么不同？反正都不能说是科学。不过历史这东西原本也就是这种性质。

明白说吧，历史和 History 以及记录，乃是不同的东西。

这就是说，不管是政府认可的史官，还是不至于被政府杀死的野史家，他们写下的文字就是历史，是"历史"的真实，但和实际的史实没有关系。"历史"这一词汇本身，从一开始就包含了某种带有指向性的观念。

"历史不可轻易相信。"

这一教训，不是别人，正是中国的史家给出的非直接的警告。可算是最初的历史研究者的孔子，在《论语》中说"文胜质则史"。这里的文就是文饰的意思。所谓史官，原本就是以文辞加以修饰的人。

"以史为鉴"、"没有正确历史认识的人不可交往"，各位应当明白在这些话的背后隐藏的危险黑暗面吧。特别是从当政者口里说出来的时候。

正因为是在这样的环境——也就是思想上人为构造出来的宇宙（上下左右前后的空间加上时间）中——孔明这样的人才可以栖息遨游。朱熹之类的人物对孔明的喜爱近乎变态。无论刘备军犯下怎样的恶行，比如说在道义上无论如何站不住脚的夺取益州之行为，都被朱熹说成不是孔明的谋划，而是刘备自己所为。他就是如此不惜捏造历史，也要维护孔明的清白，使他保持正义廉洁的形象。

比如当下的孔明，被刘琦逼得走投无路，只得和他讨论人生。在这时候，就算史家如此描写： 孔明爽快地回答说，"那就制造一场天使变恶魔的神话吧！"

对于刘琦哭诉的问题，孔明完全可以回答说："人在编织爱的同时创造历史。两个人的相遇是有意义的。不知何时才会注意到背后有着指向遥远未来的翅膀。迸发出的热切情感令宇宙熠熠生辉。释放出比谁都要明亮的光芒，变成神话吧！"

越是有良心的研究者，越是不能否认孔明可能会给出这类驴头不对马嘴的"悲哀由此开始"的回答。（顺便说一句，对于孔明而言，自由的经典乃是《老子》《庄子》和《易经》之类。）

"孔明大人！"

"啊，太不可思议了！这个早晨，唯有你受到了梦之使者的召唤！"

"我明白了，就照您说的做！"

不管怎样，就算是多元宇宙，只要刘琦被说服就没问题。

好吧，不开玩笑。在历史的公论中，孔明总算给了刘琦一点提示："公子可知申生、重耳的故事？"然后说，"申生在内而亡，重耳在外而安。"

这件事要是让喜爱《春秋左传》的关羽讲解的话大约会被再创造成著名故事，在《史记》中也很有名。

公元前七世纪的时候，晋献公有申生、重耳、奚齐三个儿子。却说献公宠爱名为骊姬的妖艳女子，奚齐就是骊姬生的儿子。骊姬为了让奚齐成为晋国之主，出谋划策，给申生和重耳定了谋叛之罪。这个名叫骊姬的淫惑妖女！这故事是令人想到女人之可怕的名作，有空的人不妨一读。话说申生、重耳危在旦夕，左右的心腹劝说他们逃命。申生说："与其背负恶名而逃，不如清白而死。"于是自杀。

在这危急的关头，重耳不顾一切逃去他国，但因为本国派的杀手屡屡来犯，重耳便和少数忠臣一起流浪了十九年，直到六十二岁才回到晋国，做了晋文公，成为历史上明君之一。这是读书人无人不知的王子流浪记。

也就是说，孔明暗自提醒刘琦"请取重耳之道"，如果知道自己在襄阳迟早会被像狗一样杀死的话，那不如远走高飞。

"亡命而逃的话，该去哪里为好？"

孔明取出白羽扇，飞快地由右向左一划，道："江夏太守黄祖刚刚被杀，可以是说天助公子。公子赴任江夏太守即可。请向令尊请求这一职位，刘皇叔也帮忙说话，此事必成。"他人的不幸正是计谋的发端。此处暗藏孔明的黑暗计算。

"但是，孔明大人，江夏的兵马被孙权歼灭，民众也被裹胁而走，我这一去是赤手空拳啊。"

蔡瑁肯定不会让刘琦带领人马过去。于是孔明怀里取出一个锦囊，递给刘琦，说："不必担心。你先以自己之力聚集黄祖的遗兵。之后如果遇到束手无策的状况，就打开这个锦囊。"

据说锦囊中写了谜语般意义不明的文章，同时也是能让人于九死中得一生的秘策。刘琦大喜拜谢，将锦囊藏进怀里。

可是，孔明明明并不打算帮助刘琦，那他到底是什么时候准备的锦囊呢？真是琢磨不透的男人。

刘琦大声召唤下人，重新放好梯子。这是差不多是十刻（两个半小时）的胁迫监禁。刘琦又是告罪，又是道谢，把孔明送出去。

翌日，刘琦向刘表申请去做江夏太守。刘备被刘表请去商谈。孔明已经预先和他交代过了。

"江夏是重要的据点，公子前去，比其他任何人都合适。这样的话，刘某也可以专心防御西北方面了。"刘备表现得非常赞成。

于是刘表决定派刘琦赴任江夏。刘表也知道刘琦生命危险，为此非常头疼。长子赴任太守的事情传出去虽然于名声有损，但在当下却是一个绝妙的主意。

回到隆中卧龙冈。孔明的每日功课便是时而"站"，时而读书，时而著述，偶尔提锹，每天基本都要午睡。当然也有像之前去襄阳那样忙碌几天的时候，不过去过之后也就没有后续了。

这一天孔明也在草堂无聊闲坐，逐渐沉浸到香甜的午睡之中。虽然已经过了春眠不觉晓的季节，但不管春夏秋冬孔明都能睡觉，过着"既然如此那就做个名副其实的卧龙"的日子。

就在这样的日子，孔明的姐姐来了。她和黄氏、习氏唠唠叨叨地闲聊，草堂热闹起来。

孔明睡足了午觉，闲庭信步地眺望挥汗如雨地舞动锄头的诸葛均。孔明的姐姐喊："亮弟。"

"哦，姐姐，来了啊。"

"你泡的茶挺好喝的，去泡点儿来。"基本上就是公司老板命令前台小妹的口气。

黄氏说："算了，我去泡吧。"

"没关系，懒得要死的人动一动也是好事。黄氏，你也别太惯亮弟了。"

孔明的姐姐不管什么时候过来都能看见孔明在睡觉，所以她只能认为孔明是个懒惰的家伙。明明受到了刘备的提拔，可是从来不做任何像样的工作。

孔明从刘备处顺来了颇为上等的茶叶，和以前家里常备的茶截然不同。孔明很快送来了芳香四溢的茶。

"前几天你和黄氏去了新野吧？我正在听黄氏说。"

孔明的表情就像是咬到了舌头。

"你坐下来。"

孔明唯有姐姐不敢忤逆，像是被训斥的小学生一样乖乖坐下。

"我听说了，你在那边放火什么的，搞出来好多麻烦事吧？可是你为什么还在这儿优哉游哉旷工偷懒？照这样子下去会被刘将军赶走的。"这算是爱护弟弟的申斥。

　　孔明一脸吃不消的样子，说："我也不是要偷懒。可是我在刘皇叔那边没什么用。真的，我都快要坚持不下去了。"这就是说，本以为刘备终日都在为迫在眉睫的危机思考对策，却不料他还是整天按照自己的方式傻笑度日，真不知道他到底有没有意识到危机。"我想过很多次，要不干脆走了算了。"孔明叹气道。刘备那种前无古人后无来者的无忧无虑，就算描述给姐姐，姐姐大概也无法理解吧。

　　"虽然我想说不行，不过亮弟你要是有别的什么特别想做的事情，我也不会阻止你。人啊，终归要看适合不适合自己。"姐姐说。

　　如此一来孔明爽朗地说："啊，尽管嘲笑我吧，很久没跟姐姐诉苦了。不过，适合不适合都没关系。知其不可为而为之，这是关乎孔明面子的问题。"

　　比如说有一天孔明一到官衙，却见刘备难得坐在大堂里，手里不知道在捣鼓什么东西。仔细一看，原来一门心思在编帽子。有人给他送了牦牛的尾巴，刘备就像组装乐高的孩子一样乐此不疲。到底当年靠卖草鞋讨生活的，动作十分灵巧。

　　孔明顿时变了脸色，说："主公在此多难之际，忘记了远大之志，对这种事情神魂颠倒了吗？"

　　"难得有空，稍微放松一下。编好了送给先生。"刘备装糊涂说。

　　有空？这时候还能有空？孔明不禁有点想撒手不管了，不过还是问："主公认为刘景升和曹公相比如何？"

　　"远远不及吧。"

　　"那么，主公自己和曹公相比如何？"

　　"绝对比不上。"刘备回答得很轻松。

　　"曹公正要大举进攻之际，我军的防备薄弱得无以复加，主公打算如何迎击？”

“我也为这事情一直头痛，但是一直没想出好主意。难得想要忘记烦心事，你又让我想起来。”刘备只是靠编帽子逃避现实罢了。就像考试前一天晚上拼命玩电子游戏的高中生一样。虽说两者的紧迫程度完全不能相提并论。

“但是，既然诸葛先生下就我玄德，我也就不用再担心了。先生，万事拜托，能让曹公心胆俱裂的奇谋就靠你了。”

真是推卸责任的悠闲人士。孔明只有一声叹息。

还有一日，在刘备军的定期会议（类似）上，大家讨论对曹操的战略。

“根据细作的情报，曹公这一次的人马非同小可。怎么办？”刘备问孔明。类似的会议上已经无数次讨论过同样的话题了（因为眼下除了这件事也没有别的值得讨论）。

“我虽然是不知兵法的门外汉，不过也认为新野小县不足以抵挡曹军。”孔明说。

新野在襄阳北面，就像襄阳拉出来的一坨屎。相比之下，樊城算是襄阳的眼睛和鼻子，信息传递也快，可以与襄阳联动。现在应当做刘表和他谋臣的工作，将刘备军转移到樊城去吧。

说了一些诸如此类的战术安排，孔明又说：“虽然主公的耳朵听得都要生老茧了，但最新的消息显示刘景升已经卧床不起，危在旦夕。主公应该尽快夺取荆州，这不过就是稍微送刘景升早走一步而已。如果坐拥襄阳与江陵两座城池，未必不能一举击破曹操的大军。”

这是孔明难得提出一个一般人容易理解的计策。在场的刘备军干部不仅心中赞同，连全身都在表示同意。

但是刘备就是那种傲娇的人。越是大家都同意，他越是偏偏要反对。"确实如先生所言。可是，我的回答也是老生常谈。那样的不义之事，我刘玄德怎么也做不出来！"

真不愧是名演员，到现在还在演戏。

"就算失去生命，刘某也不能背弃大义！"刘备的眼角泪光闪烁。刘备军的干部纷纷感到惭愧，而孔明虽然很想说"那就按你喜欢的去死吧"，不过还是忍住了。

"还有点时间。下次再谈吧。"孔明给自己留了个台阶。

后来孔明抓住糜竺问："我家主公一定不肯杀刘景升，是有什么隐藏的缘由吗？"

糜竺也是束手无策的表情，说："完全不知道。"

关羽则是只会说："大哥是大义之人。"

至于张飞，"哇哈哈哈，就算没有荆州的人马，我一个人也能把曹操的百万人马杀个片甲不留！"

孔明已经无法忍受了。

因为这些事情，孔明才会对于姐姐含泪说出："我已经受够了。"

（罢了，就当主公是老年痴呆，我还是仔细想想如何在不夺取荆州的前提下迎击曹操吧。）孔明只有当作做头脑体操了。这样一来，自也有其有趣的地方，（能行吗……能行）在卧龙的头脑里，掠过可耻的无情预感。

孔明带着"这是最后一次"的觉悟，又去见了刘备。

"时间紧迫，请将这当作我的命令。若是不听，我这便归隐山林。"孔明以这样的严厉态度，再一次抛出夺取荆州之策。

刘备露出很为难的表情，一边用大猩猩一样长的胳膊挠着后脑勺，一边感慨地说："先生所说的，我玄德很明白。但是啊，也请先生理解，我毕生的目标是汉室复兴。匡扶汉室是我的天命。所以啊，虽然我的智慧有限，不能说得很清楚很有条理，但要杀掉刘景升，这就有点走偏了。我们率兵作战，如果是为了复兴汉室的目的，我绝不会有半点犹豫，可以一往无前去战斗。但是刘景升是汉室的旁支，不是仇敌啊，不是吗？我们和曹操作战，既是因为他是我们的宿敌，也是因为打败他、削弱他，能对今上（献帝）的朝廷有利。但是，就算杀了刘景升，今上也不会快乐，对于今上也不是喜事。当然，正如先生所言，杀了刘景升，夺取荆州，会让曹操很是头疼，所以也可以说是为了今上，这个道理我也明白。但是，不管怎么想，进攻刘景升，我还是感觉不对头啊。"刘备吐露了魔怔的心情。

"我孔明若是瞒着主公自行杀了刘景升，由我来背这个恶名，即使如此，主公也不愿意吗？"

刘备当场回答："对。"

"但是无论如何都要和曹公一战？"

"对。"

孔明表情一改，说："知道了。我这一计再不说了。只是主公，这样一来，荆北的百姓所承受的损害程度可就有大大的不同了。"

"这是什么意思啊？"

"简单地说，如果主公拿下荆州、迎击曹公，百姓的死伤不过十之一二。但是，按现在这种情况要去对抗曹公，百姓死伤就会有十之五六。这是非常大的差别。主公怎么想？"

这样一来，刘备浮现出衷心的悲痛表情。"人民是我的生命！这不能忍受。太不能忍受了！无论如何，以先生的力量，十人之中损失四人、不不，损失三人，不行吗？总之不能少些吗，先生？"

"啊，主公真乃仁慈之主啊。"孔明叹息道。

说起来凡是有战争，必然会导致士兵和百姓死伤，这是无法避免的。但在《演义》中，虽然知道这是罪过，却没有人愿意停战。如果有人说出不战而降的话，那就会被喊作叛贼。

说到如何看待人的生命，在刘备闪亮的男性温柔中，没有一点阴霾。他不能接受可以减少百姓损伤的杀害刘表夺取荆州之计，与此同时，也是真心诚意想要尽量多多拯救百姓。就算被人拿剑指着脖子，刘备纯真的矛盾中也没有半点虚伪。在他九死一生的前半生中，之所以连战连败尸横遍野，只能说也是因为他那极富魅惑力的仁慈使然。

刘备刘玄德的魅惑本能溢出得太多，这是令人困扰的根源——孔明感觉自己差不多看到了，虽然只是一点点。

"先生，可以不弃我而去吗？"

"只要主公不抛弃我这样邪恶的阴谋人士。"

"先生！先生绝不是恶人，恶魔是我！"

我是恶魔！刘备的眼中滴下泪来，孔明也不得不再度用白羽扇遮住眼睛。

已故的司马辽太郎在《街市行览》中，以尖锐的司马史观批判刘备说："和没有本钱还要到赛马场去的赛马狂没有区别。"

刘备这个人，明明有机会从刘表这边拿到本钱，可还是一文不名地跑去赌场。只能说他是赌博之魔附体的人。

在庄家看来，他这完全是一个百无是处的混混，输的时候除了全身剥光之外，再拳打脚踢打个半死教训一顿，但也只能如此。而他之后又是好了疮疤忘了痛，突然探个头进来（然后又输个精光，庄家发怒……以下再度重复），所以就算被说成是无可救药的赌博狂也没办法。

后来，在为夺取益州作战的时候，这样的魔怔心也拖了刘备军的后腿……不过现在先不说了。

　　北有曹操，东有孙权。眼看刘备的危机迫在眉睫，又无一计可施。孔明颇为不满，但又迫不得已给公子刘琦献了计策，受到刘备的喜爱，只能说心情十分复杂。虽然很想说事到如今就该不择手段，但即便如此刘备可能有所成就吗？无论如何，一切要看刘备的心情。孔明又该如何打开局面？或者说，孔明你快点吧。

　　且听下回分解。

第三回　孔明，这回烧了新野

虽然嘴上说干不下去了，但实际上孔明却略微活跃了一些。有时候孔明去见刘备，也会告诉他一些当下正在发生的事，仿佛具有预知能力一般。

其间还有过曹操派来厉害杀手想要暗杀刘备的事。

其实这肯定是编造的，没有半点可信度（裴松之①也这么认为）。这段时间发生的情况虽然不甚清晰，但也不能这么胡编乱造。

前门曹操，后门孙权，都让刘备头痛不已。走投无路的刘备，似乎连一双识人的眼睛也失去了作用，把一位前来拜访的陌生人请进了房间。这个人谈吐不俗，长得也颇为帅气。也许刘备请他进房并不是要听他说话吧。曹操肯定知道刘备喜欢什么样的类型。

那个刺客与刘备在房中促膝而谈，刘备拍手笑道："说得太好了，和我想的一模一样！"

刺客微微一笑，心中说不定在想："呵呵，真是单纯。要骗取这个蠢材的信任，实在太容易了，连三岁的毛孩子都做得到。"

"刘将军，我还有妙计中的妙计，不可为外人所知。请附耳过来。"说着话，刺客握住藏在袖子里的短刀，一点点靠近刘备。刘备以为他要告诉自己什么厉害的计策，眼睛放光，毫无戒备。

刺客的匕首,进入了攻击距离,只要胳膊一伸便足以刺杀刘备。玄德危矣!

就是这千钧一发的时刻。不知为什么孔明突然懒洋洋地晃进了房间。虽然是别人的房间,但也带着一脸逛腻了的表情。

不管怎么说,到底是鱼水之交的男人。从理论上讲,就算刘备下令闲人莫入,孔明也可以毫无阻碍地进入刘备的房间。不管刘备正在寝室里和妃子行房事也好,或者正在厕所里做最后的努力也好,孔明都具有无需许可就能进入的特权(关羽、张飞也有同样的特权,赵云稍微有点微妙)。真不愧是鱼水之情!分开就会死(虽然只有鱼这一方会死)!亲密到这个地步,应该就不需要礼仪什么的了(大概确实也没有吧)。

孔明一边扇着白羽扇,一边肆无忌惮地观察刺客,然后"扑哧"一声,歪着嘴唇笑了起来。那犹如舔舐一般的变态视线,让刺客如坐针毡,心情也变得恶劣。这是对客人极度失礼的态度。如果这是事实,那孔明真是极其讨人嫌的家伙。到最后,刺客忍受不了孔明的气场攻击,露出颇为恐惧的表情,展现出小便即将失禁的演技,借口说要去厕所,逃出了房间。

刘备没有看到孔明的恶劣行径,不但没有责怪他,反而很满足地说:"呀,优秀的人才前来投奔我,能够协助先生啊。"

孔明故意问:"是吗?不知主公说的是谁?"

"就是刚刚去上厕所的那位……不过这小便可真长啊。"

这是当然的(吗?),刺客已经逃走了,再也不回来了。

刺客身份明明还没有泄露,为什么要逃走呢?理解起来有点困难。不过从字里行间看,大概是因为孔明的存在太让人心情恶劣了

① 裴松之(372—451),著名史学家,曾为《三国志》作注。——译者

吧。如果是冷酷无情的杀手，就算猎物数量增加一个，也会顺便把孔明也收拾掉，然后若无其事地离开吧。因为诸如感觉糟糕之类的理由就放弃行动，作为专业杀手情何以堪！（裴松之也怒了）。这样不成体统地逃走，难道没有想到会触怒曹操而被砍脑袋吗？

孔明以一种"哎呀呀"的表情说："主公挑选武将的眼光确实有独到之处，但挑选文官的眼力有点太平凡。"

刘备不高兴了，说："他对曹操的内情知之甚详，告诉我许多曹操的弱点和针对性的打击策略。我看他是很不错的谋士。先生，难不成我弄错了吗？"

"我一进房间就觉得有些奇怪，所以站在一边静静观察。来人确实不是一般人。"

"对吧？来投我军，是天赐之喜啊。"

"非也。此人举止怪异，脸色多变，有种奇怪的畏首畏尾感（这是因为有孔明在），一直垂着眼睛，偶尔会用湿润的眼睛（马上就要哭出来了）偷偷看我，可以说是凶相毕露。邪恶表情浮于表面，必定意味着心中藏有邪恶的想法。此人必定是曹操派出的变态。"孔明爽快地断言。可是把一个变态送到敌方阵营有什么用呢？孔明自己倒是有可能干出这种事。

"客人回来我要告状的。"听了孔明的分析，刘备一本正经地说。

但是左等右等刺客也没有从厕所回来。为他辩护了很久的刘备终于也耐不住了，于是就这样结束了。

如果孔明晚到一分钟，也许就会发现刘备浑身是血倒在地上，胸口还插着一把短刀。这个故事可以写成间不容发的危急一幕。

但是，真的是孔明一直怪异地瞪着来人，让他心生厌恶，不得不逃走吗？这样说来，变态到令人恐惧，甚至不惜抛弃职责的人，难道不是孔明吗？

记载了这个故事的裴松之对刺客大加批判，说了许多道理：

——凡为刺客，皆暴虎冯河，死而无悔者也。

责备这个刺客不称职，因为旁边多了个孔明就放弃了刺杀刘备的任务。最后又说："（这个刺客）到底是谁？为什么之后再也没有听说过他的名字？"

满腔怒火跃然纸上，感觉裴松之写到这里一定是把蘸满了墨汁的笔扔到桌上了。既然这么可疑，从一开始就不要写不是更好吗！不过裴松之就是这样傲娇。

裴松之的笔法大约可以称之为"连环吐槽笔法"。也就是说，陷入自己记述的奇闻轶事中，不知不觉钻进了牛角尖里。裴松之刻意搜集各种充满谎言气息的小故事，一个个剖析。"都给我别扯了……"

把这些轶事一个个解剖开来研究，大概是裴松之消愁解闷的方式，要不然就是裴松之的服务精神释放出的精湛注解技艺。如此一来，研究者也不得不在这技艺中寻找乐趣。

历史上，在中国的读书人中间，不知怎么有一种不正确的评价占据优势，认为陈寿是性情恶劣的文痞，裴松之则是名门出身的优秀史家。这种看法差不多算是定论（说起来这也有孔明的原因）。

陈寿在生前就一直被人说成是令人吃惊的不孝之子（为父亲服丧期间居然还服药），因为私怨歪曲历史（孔明对陈寿的父亲用了耻辱之刑，孔明之子诸葛瞻对待陈寿很粗暴，所以为了复仇，陈寿写了孔明父子的坏话），记载好事的时候要求贿赂（给我送米我就把你父亲的传记写漂亮点），各种坏事层出不穷，是个风评极差的人物。这些都是《晋书·陈寿传》里记载的。想来是因为陈寿在写《三国志》的时候惹到了某个纠缠不休的人物吧。但是，尽管不知道陈寿本身到底是不是个好人，《三国志》却是客观、简洁、持正公允的名著，这一点谁也不能否认。就算是坏人，也未必不能写出好文章。

另一方面，裴松之在生前就是评价极好的人物，年轻时就被公认为学富五车，是历任南朝宋（刘宋）的要职的所谓精英人物。裴松之特别喜欢"事实"，对于谎话、大话、假话十分厌恶。曾经不遗余力地消灭具有夸大词句的碑文。所以皇帝（南朝宋的文帝）劝说裴松之写"三国志注"。

"好，鄙人便洗清承祚的恶评，还他一个好男人的名声。"

裴松之私下尊敬陈寿，决定拔刀相助。于是他搜集关于三国时代的"事实、非事实、事实、非事实、非事实、非事实、非事实"，将《〈三国志〉裴松之注》付梓。

裴松之的天性似乎舍不得删除任何一个有趣的故事，他运用扑灭主义的"连环吐槽笔法"，以史家公正的批评视角进行演绎，同时强行塞入大量典籍（结果受到后人的高度评价，说这是历史性的贡献）。不知不觉间，陈寿苦心营造的淡泊世界观被涂改得面目全非，变成明朗快乐却又像是充满了谎言的世界。明明加了注释，却让读者的疑惑更深。裴松之可以说是《三国演义》的恩人和开拓者。

皇帝赞赏"裴松之注"曰："不朽！"

"裴松之注"中有许多有趣的故事，与陈寿简洁的本文相比，读起来殊为有趣。不知从什么时候开始，《三国志》的陈寿本文和裴松之的注变得密不可分，直至今日。也许陈寿并不喜欢，不过

《三国志》事实上变成了两个人的共著。这也算是一种鱼水之交。

陈寿走钢丝的简洁笔法，和裴松之追求趣味的庞杂记述，哪种算是史家的良心，就需要各位读者自己考虑了。

说了上述这些故事之后，孔明对姐姐说："我也一直希望自己偶尔能起点作用，但全是这些无聊的事。我也很无奈。刘皇叔并不采纳我的计策，我身为臣下，也不能强行推行自己的意见。"

"对了，庞老先生近来如何？他还是只会抱怨，没有安危之策吗？"

"这个，啊，是啊。"

孔明这么一问，孔明的姐姐支支吾吾起来："再过不久，曹公的大军便要来到此地。"

做出这个预言的庞德公召集家人亲族，先听取了大家的意见，然后给予指示指导。特别对儿子庞山民说："你的死脑筋是你唯一可取之处，所以别妄想和襄阳城玉石俱焚什么的蠢事，给我老实一点。"

庞山民是将来的一家之主。而且由于庞德公号称自己隐居了，所以事实上已经成为了庞家的家长。庞家的财力和势力相当可观，可称荆州豪族，所以保证家族平安乃是头等大事。

"只要采取合作的姿态，曹公自然会对我庞家另眼相待，不会乱来。曹公顺利占领襄阳之后，出仕于曹公那里也没关系。"

庞山民恭恭敬敬地听着。"谨遵父亲大人的教诲。那么，父亲会在这岘山安居，躲避战祸吧。"

"我和你不同。这样就能行的话，我就不用苦思对策了。"

庞德公是荆北名士，大名早已远扬四方。曹操必然会逼他出仕，把他强行揽到自己帐下。这和拒绝刘表招揽时候可不一样。忖逆曹操，关系到庞家的存亡。

（到了这把年纪，我还能忍受天天打卡上班吗？）

正所谓伴君如伴虎。因此有一天，庞德公忽然说了一句："我差不多也到了该升天的时候了。"

孔明的姐姐吓了一跳，问："您老怎么突然说了一句胡话。"

"怎么，我老人家不能羽化登仙吗？"

"登、登仙？"

升天当然是死亡的意思，但也有成为仙人的意思。

"当然。很久以前我研究过不死的仙药，现在终于找到了。"

据说成为仙人的最简单、最大众的方法，就是服下不死的仙药。但是配制这种仙药则是自古以来的难题，必须要得到特殊的植物、矿物、动物，诸如此类的危险化学物质。数不胜数的凡人热衷于配制不死仙药，耽误了人生的故事，历史上比比皆是。

"过几天我要去深山采药。"

从这一天起，庞德公就开始散布流言，启动了与升天相衬的精心准备。不过并没有说明去哪座山。

"先生要去采药吗？"

"是啊。虽然说从来都是这样，搞不清他是开玩笑还是当真。"

孔明的姐姐有点担心。"亮弟，不死的仙药什么的，真能配出来吗？公公以往对那样的怪东西从来都嗤之以鼻。"

孔明悲伤地说："庞老先生也变得急功近利了呀。想靠服药来白日登仙，这方法太容易了，太堕落了。"

不过忽然又像想起了什么似的，用白羽扇遮住嘴角，小声低语："不过，与其不做，还是做了而又惨败更好吧？"

"什么意思？"

"没什么。像我这样的人，也曾被世人（因视为蠢货）喊作仙人。我必须告诉先生，为了羽化登仙而放弃做人的危险药物其实并不需要。我也来升天吧。反正闲着也是闲着。"

那口气就像去门口买包烟一样轻松。

"等等，你怎么也开始了？"孔明的姐姐本打算和弟弟商量庞德公的事情，没想到惹出这样的结果。

孔明不管不顾地说起来："要成为仙人，第一步是尸解。"

"尸解？"

孔明的姐姐一脸困惑，不过黄氏却是听得津津有味。

在这个时期，中国有许多著名的仙人相当活跃。不远的东吴有葛玄、介象、姚光等可怕的术士。如果有关这三个人的传言属实，他们狂暴起来的时候，具有能将十万部队轻松歼灭的破坏力。不晓得孙权是不是吸取了兄长孙策因为镇压仙人而早夭的前车之鉴，将这几位奉为上宾，竭力逢迎。既然如此，请他们成立一支仙术别动队应该很不错吧——可惜仙术的大规模军事运用还是不得不等到《封神演义》登场。

受到曹操通缉的不良仙人左慈，是东吴葛玄的师尊，却在天下四处游荡，有一回还来过刘表这里。他应该是靠揭示妖术的存在来糊口的。还有孔明的故乡山东琅琊，传说有着仙人的秘密培训机构。五斗米道的张鲁也被许多人认为身怀仙术。

普通百姓之中据说也有某种程度的仙人，不过那些都是荒诞无稽的故事，什么幻想戏法呀、不死不老的四维空间人士呀，是就连容易迷信的古代人都要唾弃的胡话。但是，就算不相信杂耍般的仙人仙术，不知为什么，唯独"长生不老药"却具有奇妙的真实感。这到底该说是中国人的国民性，还是人类本身的原罪呢？

这些情况孔明肯定知之甚详，而且说不定去找过葛玄他们切磋，确定了各自在仙人榜上的排名吧。

"所谓尸解，简单来说就是自杀。不死一次，就不可能成为远远超越常人的人物。"

"那就不是单纯的升天咯？"

"非也非也，这是个秘密。在他人看来，尸解者似乎只是凄惨地死去，其实他是自己从尸体上脱离出来了。所以叫尸解。"

"那是鬼魂吧？身体都没了，还叫什么仙人啊。"

"非也非也，这可是秘密中的秘密。尸解者的身体也完全脱离了。举个例子，比方说有个人自杀，家人抱着他的尸身痛哭，可是在真正有慧眼的人看来，那抱的不是尸身，而是扫帚、棍子什么的。只要尸解者自己不解除仙术，家人也好、邻居也好，都不会发现，乃至会把扫帚、棍子下葬。尸解者就是通过这种方法和人界一刀两断，成为真正的神仙。"

所谓尸解仙，有诸般说法，不过恐怕都是从蝉或蛇的脱壳得到的灵感。特别是蛇的几次蜕皮，每次都会获得新生，所以使人抱有这样神秘的观念。

人类死一回、蜕一层皮，就会随之上升一个等级。尸解大约就是在暗示这样的事吧。

孔明在用这种明显的蠢话捉弄姐姐的同时，在他奇怪的脑细胞（也许连形状都和普通人的脑细胞不同）中，似乎已经产生了常人无法理解的奇策（恶作剧）。

过了几天，刘备和赵云主从前往卧龙冈。

"我一个人就行了嘛。"

"哎呀，末将也很挂怀。"

刘备和赵云都是忧心忡忡的模样。

原本孔明每两三天就会到新野露个面，但这些日子完全没有来上班。虽然每当孔明要说什么的时候刘备都是一脸不耐烦，但是有段时间没看到他那张脸，刘备也有点不放心。就像是具有依赖性的孔明中毒症。

"主公有什么头绪吗？"

"没有哇。不过诸葛先生好几次给我献计献策，我都没有采纳，可能是在闹别扭吧。"

带着这样的想法，刘备决定在百忙中抽出时间来安抚孔明的情绪。（"哈哈哈，是为刘景升的事吧。""我们不是同志吗？为那点小事情就生气，先生也是够小气的。"）

杀刘表夺荆州的这一深谋大略，被刘备说成"那点小事"，他的胸怀之大可谓如宇似宙。这是刘备的感情系统，大概什么也没多想吧。

原本说来，刘备以三顾之礼请出孔明，是因为被孔明的智慧以及天下三分之计感动的缘故，而这计策从一开始就包含了夺取荆州的战略。既然请出孔明做自己的军事参谋，就应该立刻实行他的战略。可是没有这样做，那么从孔明的角度看来，不得不将之视为令人失望的背叛吧。

为什么刘备没有立刻实行孔明的计策，这是《演义》的谜团之一。从后面的事态来看，没有在一开始掌握荆州，是一个直到后来都有无数麻烦的大问题，甚至可以说是刘备掌控天下之事业失败的最大原因。如果在当前这个时间占领荆州，就不用付出痛苦的代价了。对孔明来说，这一点正如掌纹一般清晰可见。刘备以仁义之名拒绝采纳这一战略，实在无法评价。

刘备和赵云在卧龙冈的门前下马，呼唤孔明。喊的时候如果用文言文就显得太严肃了，所以他们大概就是这么喊的："孔明在吗——？""孔明，在——里——面——吗——"就是小学生喊自己小朋友的语气。

首先从门里出来的是孔明的弟弟诸葛均。他看到像是怪猿猴一样的刘备，还有仿佛弄错时代的恐龙一样的赵云，像往常一样"哎呀"一声又要瘫倒在地上。诸葛均和刘备是见过的，但和赵云是第一次见。这两个人站在一起特别可怕，就算大脑告诉自己说已经不用害怕了，但还是条件反射，像是被丢进动物园的虎栏狮栏里一样。

不过这恐怕也不能说是诸葛均的过激反应。

对于普通的百姓来说，《演义》的英雄豪杰肯定是看起来非常吓人。在这里，孔明和庞德公的反应不能用作参考。比如说你正在家里吃饭，突然斯大林和波尔布特①之类的人来到你家拜访，表情还特别可怕，要说不畏惧紧张是不可能的。门口站了两个这样的人，就算你什么事情也没干，也要脸色煞白、喘不上气、不知所措吧。

"请原谅我——"诸葛均一边颤抖，一边匍匐在地。

赵云一脸"这家伙怎么回事"的表情，不过刘备已经习惯了，抚摸诸葛均的后背，温声说："好了，好了，小均均，我是玄德啊。你看，没什么可怕的。这个大哥哥名叫赵子龙，你别看他一身肌肉啊，他连路边的小花都会喜欢得掉泪呢，内心很温柔很温柔的，不用怕哟。"

诸葛均好不容易冷静下来，说是冷静了，但还是因为极度紧张的余韵，抽着鼻子进去里面通报了。以后诸葛均也将不得不成为堂堂刘备军团的一员，真的没问题吗？

终于黄氏出来迎接。

---

① 波尔布特，柬埔寨红色高棉领导人。——译者

"啊，刘将军，赵将军，光临寒舍，不胜荣幸。"这一回总算是通常的寒暄了。

"请问两位将军有何贵干？"话题切入也很快。

"夫人，那个，孔明先生好些日子没来新野，我们有点担心他是不是生病了，所以过来看看。"

"两位将军的情谊令小女子十分感动。站着说话太不像样子，里面请。"黄氏把两人领去里面。

"正好在做面条，请两位务必尝尝。"

大概是诸葛均披着木人的外壳在驱动大车轮吧。

"啊，那个，我们——"

"不用客气，我家先生出去之前吩咐了，今天中午的时候应该能见到刘皇叔大人，让我准备午餐。完全言中了呢。"

"这么说来，先生去哪里了？"

"哎呀，我家先生没有告诉刘皇叔吗？"

"没有啊。先生说他去哪里了？"赵云带着一丝紧张问。

黄氏微微一笑，没有立刻回答。

"是秘密外出吗？"

"不是，先生留了话离开的，但就算说了，是不是能相信……"

"难道说，是去宇宙……"

这意思并不是说飞上太空。当时"宇宙"一词的意思和现在的宇宙不同，不是指太空，而是近似于时空连续体的意思，所以那样的地方如何能去（不过，现在各位所处的不也是时空连续体吗）？就连爱因斯坦也做不到吧。所以说要去宇宙的回答虽然很有趣，但却是不可能的。

"去泰山了。说什么碧霞元君来了邀请，要去和她说说话，讨取她的欢心。"

碧霞元君是泰山的女神，也是玉女，据说曾经指导过房中术。不用说，泰山是和琅琊（这个地名的汉字本身就很奇怪）并称的山东神秘地域中心，号称灵山，终日都有参拜的怪人和百姓络绎不绝。

"哇，这个了不起。真不错啊，先生。"说这话的是赵云赵子龙。他那颗少年的纯真之心永远不会丢失。

刘备则是刘备的样子："唔，既然是碧霞元君有事，那也没办法。"

（恐怕根本就是胡说八道吧，这家伙。不过说不定在另一个意义上也有点真实性。可是，就算是去玩，好歹找个更好点儿的借口不行吗?）刘备有种奇怪的理解感。

当年，前汉的著名官员东方朔（有仙人的嫌疑）常常怠慢工作，武帝质问他的时候，东方朔一脸严肃地说："哎呀，我被西王母拉去聊天拉家常了。"要么就是："和南极老人下围棋去了。"

武帝之所以没有像对付司马迁那样切掉他的小鸡鸡，或者干脆把他给烹了，是因为武帝喜欢神仙，东方朔也有迎合的机智，让武帝只能一笑置之。这也是所谓的人德。

总之两人姑且先吃乌冬面。

"好吃。"赵云飞快吃光，伸出大碗。

"啊，别客气，还有很多，多吃点。"

"哎呀，不是客气，我还是第一次吃到这么好吃的乌冬面。有福气啊，诸葛先生。"

赵云像是饿扁了回来的棒球少年一般又要了一份，说："太美味了！"

长江流域以米饭为主，因此粉食的乌冬面也许就是美味佳肴。

"哎哟哟子龙，在我面前这么露骨地调戏先生的夫人，你现在成长为很不错的色武士了嘛。"刘备调侃说。

赵云面红耳赤，语无伦次地说："主公，这，不、不是这样的，我……"

不知道是不是应该说他意志坚定，总之赵云从少年时开始就只对杀人有兴趣，对女性基本无缘，也不在乎。大家都认为他其实并不明白简雍说的下流话，只是跟着大家一起笑而已。

赵云挥手蒙混过去，换了话题。

"厨房里一直有美味的乌冬不断送出来，而夫人只是把面端过来，并没有下厨吧。厨房里有大厨吗？"

黄氏似乎正期待着他的问题，回答说："不是不是，我家里制造了自动做饭机械，我只要把做好的东西送出来就行了。只要我不停止，机械就会不断制造乌冬面。"

刘备和赵云满脸惊讶。黄氏说："呵呵，难得来一次，请来看看令我自豪的烹饪兵器吧。"

黄氏站起身，将两个人领去厨房。不愧是孔明的妻子，在令人吃惊的方面也是非常相似。不一会儿，便从厨房传来感叹之声："这是什么——""太厉害了！"

庞统庞士元从大中午就开始喝酒，一边喝一边翻文档，看完一批再喝再看，就这样不断重复，需要的时候拿朱笔批示。就像把文书当做下酒的茴香豆一样。

庞统坐在位于鄱阳郡的某处官衙里，但是官衙里除了庞统再没别人。这里的官员全都跑去参加讨伐黄祖的战争了，还没有回来。

"我们是官员，但首先是血性男儿。"

那些家伙一边切自己的手指发誓，一边叫喊不停。他们仰慕周瑜这个男儿中的男儿，纷纷跑去他身边。在鄱阳郡整顿军马的周瑜虽然劝他们说："管账也是堂堂正正的男人工作。"但是没有任何效果。

年近六十的老汉都热血沸腾。男孩子在犯下错误，或者撒谎骗人的时候，就会被叱骂："你干了这样的坏事，周郎不会要你了！"

男孩子因此明白了自己比人类中的渣滓还不如，会从晚上一直哭到天亮。如果老婆在外面偷人，假如男的一方是周瑜（虽然这是不可能的），丈夫反而会觉得光荣，充满自豪地大声宣布："我老婆跟周郎睡过啦！"就是这么异常。

可以说鄱阳郡的所有女人都为周瑜神魂颠倒。他的候补妻子率是百分之九十九点九。女人们丢下家务活和养儿育女的任务，结成娘子军追随周瑜。"虽说已经有了老公，但妾身的生命是周郎的。就算身子给了丈夫，心还是要献给周郎。"

这是鄱阳所有女性的心思。就算七十岁的老婆婆，只要看到周郎走过，也会返回三十岁。包括四岁的女童，也是一边挥手一边唱歌的预备军："姑娘我正值好芳龄，送多少钱也不稀罕听。给你做妾也欢喜，但求周郎身边醒。"

这样的状况简直让人怀疑是不是同一个中国。单单说是因为吴越一带还残留着浓厚的野蛮气息，远远不够解释。周瑜周公瑾这个人，正是生活于这片土地上的人们思慕的对象。这一点本身就说明他是值得崇拜与热爱的人。

前所未见的美周郎，中国历史上屈指可数的美男子，再没有男人这么招惹女性的爱慕。周瑜真是罪孽深重的男人。

庞统绝不是冷血汉。他虽然确实有点乖僻，但是心中也藏着滚烫的热情。可是，因为周围都是这样的人，他不免被看作薄情汉，受到同僚的各种数落，所以就算去了也没有意义。没有参加狩猎黄祖首级的旅行，肯定也在背后被人说了好多次。

"差不多该跳槽了吧。"庞统想。这座官衙充满了黑社会事务所的气息，不识字的人也都往这里面塞。这里的行政事务基本上就靠庞统一个人维持。虽然说对庞统而言不算什么难事，一边喝酒一边就能处理掉，但只要庞统辞职，肯定立刻崩溃。庞统倒了一下酒葫芦，里面的酒已经一滴都不剩了。

"哎呀，今天就到这里吧。"就在庞统红脸低语的时候，却听到外面传来令人不舒服的歌。

> 凤兮！凤兮！
> 灼灼烁光
> 似暗夜林间火焰的莹煌
> 往者不可谏
> 来者犹可追
> 已而，已而
> 怎样的神手神眼
> 造就你匀称可畏的美健

这是楚狂接舆和威廉·布莱克①的诗混合而成一般的歌。唱歌的人，当然就是诸葛孔明！孔明一边如部署军队般挥舞白羽扇，一边踏入官衙。

楚狂接舆是在《论语》中登场的人物。孔子在楚国旅行时，他在孔子的车旁高歌而过，唱的就是那首著名的"凤兮！凤兮！"的神秘时事问题歌。孔子听到这歌，大受冲击，下车要找接舆详谈，接舆却逃走了。接舆不是人名，而是"靠近车大喊大叫的奇怪人物"的意思，到处都能看到。楚国当然就是三国时代的荆州。

孔明不作曹操那样出色的诗文，但要说随便作首打油诗那还是

---

① 威廉·布莱克（William Blake，1757—1827），英国浪漫主义诗人。——译者

手到擒来的。

"凤兮！凤兮！灼灼烁光。好久不见啊，庞士元，我以为你死了，没想到这么健康，可喜可贺。"这是孔明式的久别寒暄。

庞统斜眼瞪着闯入者。

"吃惊吗，凤？"

庞统将葫芦举到嘴边，但想起酒已经喝完了，只得又放下来。他带着一脸嫌弃的表情，慢慢地问："我先问你，凤是什么意思？"

庞统这么一问，孔明爽朗地说："当然是你的绰号。不过正式说来还有个'雏'字。"

"孔明，你没事吧？"

"什么？"

庞统大概是想说"你的脑子没事吧"，不过最后还是说了别的。

"没有被村里人刁难，顺顺利利过来的？"

纶巾鹤氅白羽扇，这副打扮确实是这一带少见的怪样。

"没有，打听道路的时候，大家都很亲切。还有伯母给我塞零钱点心什么的。"

这是在可怜疯子吧？

"现在这附近的壮丁都出去打仗了，不安全啊。"

要在这一带旅行，必须依靠船只，在如毛细血管一样编织在一起的大小河流中穿梭。另外这里相对比较平静，但往南一点的柴桑、江夏一带，应该还是杀气腾腾的。大军压境，实行严厉的通行管制，不是可以从襄阳轻松过来的状况。

"这家伙打扮这么怪异，居然没在渡口被抓起来。"这是庞统第一个念头。（花了不少钱吧？）

不愧是日后刘备军的军师，并没有因为孔明的出现太过吃惊，反而想到了周围的事情。不过不管怎么说孔明确实也是神出鬼没的人，就算问他怎么来的，他肯定也会回答说自己隐形了、易容了什么的，问也是白问。

在庞统说"你坐吧"之前，孔明已经坐了下来。他坐在这所官衙最高长官的桌子上。

"鄱阳湖（又名彭蠡泽）真大。它和洞庭湖谁大啊？士元，你有没有在里头游泳？钓鱼钓过的吧？"

"这些事情你去外面问小孩子去。"

孔明和庞统在水镜先生和庞德公处求学的时期多少有些前后差异，大约只有半年时间在一起，所以并不是非常亲密，也没有谈得十分融洽。也就是说，只是相互认识的程度，并没有熟识到可以用"凤啊"之类不明所以的绰号呼唤的程度。

孔明也是去年年底才从水镜先生处得知"凤雏"的人选是庞统庞士元。

庞统猛然站起，瞪了孔明一眼，向官衙的储物室走去。

（这家伙到底来干什么？听说他闹了一阵之后跑去做刘备的顾问了。）

储物室里堆满了空白的竹简、木简和笔墨纸砚。再往里面走，架子上摆着各种形状的葫芦、瓶子、酒壶。这些东西里面全是酒。酒是这个衙门的必备消耗品，常年不缺。就像是某些人家里的冰箱必然塞得满满的都是三百五十毫升啤酒一样。庞统取了一个葫芦，想了想，又拿了一个。

（本来为了保证健康，定好一天一葫芦，但是今天例外。）

庞统一边揣测孔明的意图，一边出了储物室。

（襄阳现在应该正是鸡飞狗跳的时候。他既然给刘备打工，应该不会有闲工夫出来游山玩水——等等，这家伙说不定是为了那件事来的。）

即使如此也太唐突了。

（我和这家伙也算不上是朋友。什么凤不凤的，开什么玩笑。）

庞统回到办公室。怎么回事？孔明这不是从书架上随手拿下组织关系文书，哗啦哗啦地翻看吗？

"你在干什么？！"

"我在看什么？我在看文书啊。士元，去年收成不错啊。"

孔明头都没抬，继续一页一页地翻。这种偷窥机密文档的行为，如果有血气方刚的人在场，立刻就要冲上去围殴他，手大概也要被砍下来吧。

"孔明，你是来做奸细的吗？！"

孔明这回翻开了周瑜组的干部名单。

"当奸细我才没兴趣。这种没意思的事情是我孔明会干的吗？因为你不和我说话，我无聊随便翻翻而已。"孔明将干部名单放回书架，回到原来的座位。

"你这小子，要是换个人在这儿，你已经死了。"

庞统扔给他一个葫芦。孔明稳稳接住，"砰"的一声拔出盖子，将葫芦凑到嘴边，一手叉腰，身子后仰，一口气喝了差不多半壶，才吐了一口气。

"这酒好。味道浓，特别有股灵妙的味道。能尝出来是用了上等的糯米。"

庞统想要一剑砍了孔明，但是他不习惯随身带兵器。要是回到储物室，去房间一角从武器堆里拿了双节棍什么的过来又太傻了。

庞统也拔下葫芦的塞子，举到嘴边。（这个变态！）

庞统恨恨地说："孔明，你来到底是干什么的？我毕竟是这里的人，别闹了，再闹真把你砍了。"

　　但是孔明还是爽朗地说："士元，你现在的脾气变大了啊。是这片土地的关系吗？不行啊。唉，谁让你是那个庞老先生的侄子。大概本性就是那样的吧。"

　　庞统冷静了下，心中暗想不能让这家伙太得意。他按捺住感情，沉声说："喝完就走吧。我还在上班。"

　　"是吗？这可不好啊。话说我很累，想休息休息。今天晚上住的地方还没定。不好意思，能让我住你家吗？"

　　"露宿去。"庞统不加理睬。

　　"嚯嚯，真是冷血的人。话说回来，凤本来就是对人类很冷淡，不过也是绝好的生物。虽然还比不上龙。"

　　"谁冷血了？"庞统本想无视，但孔明说的每句话都让人生气，终于还是忍不住回答了。特别是因为庞统被官衙的同事私下里喊作冷面人，虽然他不认为孔明会知道自己这个绰号，但还是忍不住心烦意乱。

　　"士元，你不工作吗？让你一个人留下来加班，这是你干错事情的惩罚，还是大家欺负你啊？要不我来给你帮忙吧。天下两大奇才携手，转眼就能处理掉。"本人说话时到底还是一副美式英雄的形象。

　　庞统咕嘟喝了一大口，对孔明说："不把你先处理掉，没法工作。"

　　"怎么样，还是想和我说话了吧？"孔明开心地说。

　　"行了，到底有什么事，直接说。简略点。不过你要是想来找什么工作，你就来错了。"

　　"什么叫来错了？"

　　"别再装腔作势了。我可不是你的同伙。你要是怀有什么奇怪的期待，那可就错了。"

庞统这么一说，孔明举起白羽扇上下曼舞，像是在抚摸什么似的。"看来你有根本性的误解啊，士元。"

庞统瞪着孔明，一脸"休想蒙混过关"的表情。

"要说有事，不是别的，就是你叔父庞老先生的事。庞先生貌似下决心成仙，号称要进山去采神秘的草药。可是，没有广博的知识、敏感的神经、新鲜的气息，不可能发现神秘的草药。像庞老先生这么皮糙肉厚的人，当然不可能找到。江南一带未开拓的山岳很多，罕有人迹，唯有山越蛮族出没其间，可以说相当危险。另外，虎熊狼豹也不会放过庞先生那汁肥肉美的大肚子。所以为了庞老先生，我孔明也只有赤膊上阵，先来这里探索一番。我孔明对师尊的心情，你可理解？"

"我说，孔明——"

"你是庞老先生的侄子，对这一带的情况应该也很熟悉。我想找你帮忙，也想多问问当地的药草通，能不能找到神秘草药的线索。凤啊，能借你那扶摇千丈万里的眼力用用吗？如此一来，我这变换自如的龙……"

"我说，孔明，"庞统拦住孔明的话头，"我是认真在问你——"

庞统"砰"地一拍桌子，道："别在这边花言巧语了，你就直接说你的目的。"

但是孔明毫不退让。"我没有花言巧语，我是很认真的。你要我简略地说，那就是，我找你一起去采草药。"

孔明一句话说完，庞统哑口无言了。

"真的？"

"真的。以我爷爷的名字发誓。"

不知道孔明的爷爷叫什么名字，不过他的祖先中确实有一位名人，前汉末年的司隶校尉诸葛丰。诸葛丰有段轶事，据说他忤逆了当时皇帝的宠臣，被贬为庶人，是颇有直名的人物。

（既然你说到这个地步，我就奉陪到底，看谁耗得过谁。）

庞统的想法是，孔明肯定有奇怪的目的（虽说采仙草也是十分奇怪的目的），既然如此，我就故意跟着你，倒要看看你到底想干什么。如果你装模作样去采草药，那你真正的目的就实现不了，迟早会跟我抱怨。（就让他哭去吧。）

"好，明白了。我陪你去。反正这个衙门关几天门也没事。"

"哦呀，到底是好朋友，总算答应了。"

"那么明天赶在天不亮起身，好好找找，直到找到神秘的草药为止。"

庞统一边说，一边窥探孔明的神色，却连半分窘迫的表情都没看到。

"说到草药的范围，我大致有个想法，但还是想听听士元的意见。"

孔明开始详细介绍这一带的地理和菌菇草药的知识。

（演得真不错啊。我看你演到什么时候。）庞统在心中邪恶地笑了。

然而与庞统的预想相反，从第二天开始，孔明竟然真的开始专心致志进行植被调查了。

天还没亮，孔明就和庞统进了附近的山，在丛林中披荆斩棘，一旦发现未曾见过的植物，便仔细做成标本。又拜访当地的农民、木匠、猎人，和他们谈话，特别是对草药非常了解的人，哪怕献上礼物也要向他求教。每天都是这样。不要说风雨无阻，那样子就算下子弹也不会退缩似的。

（这、这家伙，真要找神秘的草药啊?）庞统不禁愕然，不过转念又想："不对，还没到时候。再有几天，他大概就要跟我谈东吴的政治动向了。可别被他骗了。"

庞统也是个固执的人。他决心和孔明耗到底。可是孔明说来说去都是围绕植物的话题。

"这种蘑菇很有嚼劲，很好吃，就是有毒，所以必须用水漂洗，把毒去掉。"

从蘑菇到地衣，孔明什么都不放过。

"士元，这个草很好玩唉。"孔明满身是汗地挥舞铁锹，把深埋在地下的根挖出来，仔仔细细观察。有时候还会一边眺望远方一边说："当年神农为百姓寻找有用的本草，把草根树皮一样样放进口里品尝，时不时会遇到有毒的东西。和他相比，为自己探寻仙草的行为实在太肤浅了，你不这么想吗?"

在寻找草药的过程中，庞统也逐渐开始觉得调查植被很有趣，忘记了自己的固执，开始热衷于和孔明一同在山野里逡巡。那样子好像要在几天时间里把鄱阳周边的植物图鉴弄出来似的。不愧是天下两大奇才携手，不管什么困难，都没有难倒他们。

过着满身泥水在山野里摸爬滚打、时不时在树木间用枝叶做房顶露宿的日子，庞统的心情不知不觉变得亲近大自然，发自内心地感谢自然的馈赠，就像是返回野生状态一般。

（我怎么会想变成那么无聊的人类呢? 回想自己十几岁时候所抱的青云之志，今天的我太渺小了，太可耻了。）和大自然接触过多，人类的精神就会变成不知好歹的出世状态。孔明的打扮他也看习惯了，倒也不觉得怪异了。（这家伙，说不定真是仙人啊。）

仙人大致可以分为超自然的仙人和自然的仙人。两者固然有重合的地方，不过基本上还是属于不同的类型。庞统对此也有所了解。

　　查看历数、观天望气、占卜方位吉凶，固然是军师的重要工作，也是自然仙人的研究内容。在这个意义上，军师也可以说成是军仙或者军事道士。

　　辛苦的回报是找到了几十种可以滋阴壮阳、治疗疾病的草药，也有不少尚未命名的草根树皮。

　　"这些草药虽然不晓得是不是仙药，不过似乎都有很不错的效果，虽然还得经过临床实验才能证实。那位张先生的书里还没有记载这些草药的方剂。"

　　张先生是指张仲景（张机），正在撰写被后世称为《伤寒论》的医书。张仲景是为了躲避中央的战乱逃来荆州的学者，在做关于细菌性急性热病的临床研究，治疗上主要用煎药，详细记载了治疗的处方。与华佗那种以无法效仿的特殊技能进行治疗的秘密主义不同，张仲景写的书中记载了详细的治疗过程，就算一般的医生都能看懂，可说是划时代的医书、医圣的手笔。《伤寒论》后来成为中医的经典，是中医必备的书籍。

　　张仲景是历史名人，这段时间应该在荆州（有人说他做了长沙太守，也有人说他移居到西蜀去了）。三国时期，医生被视为如同方士一般的卑贱职业，所以《三国志》中没有为张仲景立传，这是陈寿的遗漏之一。而在《三国演义》中能够看到他的名字，大约是因为到了后世，人们开始认为张仲景是不容忽视的伟人了吧。孔明当然认识张仲景，也读过《伤寒论》的手稿。

　　这时候明明是曹操即将南征的危急关头，孔明和庞统却在为了药学和植物学的进步而努力。这时候发现的草药被称为"诸葛草"（也有人称为诸葛菜），后来在百姓和士兵的疾病预防与治疗中起了很大作用。

这十几天时间，庞统差不多变成了一个 herbalist（草药医生），每天思考如何更有效地煎药、提取有效成分。如果能够制造出治疗晕船的药物，曹操也不用在乌林把大部队结成连环了吧。

"啊，人类必须爱护植物啊。"庞统对于人类破坏环境的行为非常痛恨，深刻体会到保护自然的必要性。

"文明本身就是恶的。人性本恶。"庞统眼看就变成过激的环境保护者了。

"这一带鱼类贝类很多，吃坏肚子的事情常常发生，有时候不仅是肚子痛，孩子和老人也会因此而死。有什么药能治疗吗？"在深山里的帐篷中，庞统和孔明认真讨论。

"唔，这件事咱们去和张先生讨论看看吧。"

"我也想要拜会张仲景先生。我叔父（庞德公）要是认真起来也能做不少事，让他别再躲起来下什么呆棋了，有时间跟我们一起研究。"

庞统与孔明就像是惺惺相惜的年轻学者，作为志同道合的朋友，在植物医学的研究道路上充满热情地前进。这对搭档（——我们不是搭档，是团队）如果要写医药学主题的论文，肯定能够出色地完成任务，说不定真能制造出长生不老药。

这时候，庞统忽然想起来了。这硕果累累的十几天，最早的起因是庞德公的成仙愿望。孔明是要寻找仙药，暗中助他一臂之力的。

"孔明，我叔父他真的说要成为仙人？"

庞德公并不是合理主义者，但却是现实主义者，对怪力乱神之事多加嘲笑，是具有独立思想的人。

"我姐姐在照顾庞老先生。有一天他不留神说漏嘴了。"

其实庞德公不是不留神，是故意的，目的就是散布流言。

"我真搞不明白，反正是乖僻的老头子的无聊想法吧。为什么你这么认真尽心尽职？你是在侍奉刘玄德，没时间做这样的事啊。"

"一言以蔽之，为了报恩。庞老先生确实是脾气古怪又任性的怪老头，但如果没有他，荆州的诸葛家不会是今天的模样。最好能得到仙草的线索，就算得不到，也可以告诉庞老先生损益得失。而且呢，我对这一带的山岳也一无所知，所以想提前一步过来勘察。"

本来庞统不可能轻易相信孔明的话，但因为这几天的山野共同生活产生了某种敬意，所以相信了孔明说的。

调查草药的时候，既会遇到熊虎之类的猛兽，也会遇到十分危险的地形。如果只是为了欺瞒自己，孔明应该不会冒这个风险。在山林里进行实地考察，弄不好会丧失生命，而孔明勤勉的身影看起来应该是发自内心的喜欢。受到孔明表现的影响，一开始满心怀疑的庞统，逐渐也显示出超越孔明的热情。很久没有这样在学问上一争高下了。

"卧龙这个称号倒也不是浪得虚名啊。"庞统想。

"卧龙，你搞不好还真是个不错的家伙。"

这么一说，孔明取出不论如何险峻的地方都绝不放手的累赘又碍事的白羽扇（孔明有着必须随身携带的理由，就算把一百样必需品丢掉也要带上它），"呵，突然说什么啊，凤雏。"孔明毫不羞涩地说。

之后的几天，两个人也继续在野山中逡巡。

"唔，找不到新的草木了。虽说季节变化的时候有可能找到珍贵灵芝。"

差不多该结束探索了。两个人满身污泥，扛着一大包药草，穿着皱巴巴的衣服返回人世间。

他们在村里借宿，洗干净身子，整顿装束。

"孔明，接下来做什么？"

"当然是马上回去。因为还不知道哪些药草能够用于长生不老，所以要赶紧（用诸葛均做实验对象）实验疗效。这回还采了不少种子，我也想在隆中种种看，看能不能生根发芽。"

"你真是为了采草药而来的啊。"

庞统心悦诚服地说。直到最后，孔明没有提过一句东吴的政治、军事、人才之类的话题。

"我一直以为你是暗地里抱着什么奸计出现在鄱阳的。是想骗我做什么坏事。"

庞统一开始对孔明抱有毫无道理的偏见，不过这也是正常的吧。鄱阳是东吴的重镇，是周瑜的根据地，历来不缺细作。刘备的军师孔明出现在这里，不做邪恶的推想倒是奇怪了。

"不过想想也是，想知道什么事，你也用不着特意过来，问问你家兄长诸葛子瑜就知道了。"

"哎呀，那可不是。我投奔刘皇叔的时候，就和兄长断绝了音讯，如今基本上形同陌路。不然兄长在孙吴难以立足。"

孔明的兄长诸葛瑾字子瑜，如今是深得孙权信赖的幕僚。

诸葛瑾是孔明的兄长这一身份，日后受尽东吴人的谗言欺侮，也有多次被孙权讥讽，所以诸葛瑾必须更加严谨敦实才能维持孙权的信赖。与孔明有关的人全都受到充满恶意的欺侮（参见诸葛瑾与驴脸事件），不得不辛苦地证明自己。不管宣布多少回说自己早已和孔明断绝了来往，还是得不到信任。而且每当孔明对东吴进行恶意欺诈的时候，就会受到迁怒。只要孔明活在世上就摆脱不了，真是让亲戚和家人头疼的家伙。不过，诸葛瑾的长子诸葛恪似乎继承了孔明的变态，诸葛瑾曾经叹息预言：

　　——败我家者恪也。

　　不幸言中了。诸葛恪常常惹出小孔明级别的事端，也许他对叔父有着格外的尊敬和向往。

　　孔明与庞统来到岔路口。往前走是荆州，拐弯就是去鄱阳的郡衙。

　　"你打算一直在周公瑾这里吗？"

　　孔明这么一问，庞统说："再说吧。"

　　"上面没人看中你吗？"

　　"掌管这种官衙，轻松又安全。现在我是个闲人，天下不需要我。照这样下去，我说不定也会变成叔父那样的怪老头。"

　　"当下无用，和现在的我一样。不知什么缘故，刘皇叔为了大义什么的食言了，封杀了我的神机妙算。真是靠不住的主公。"

　　如果襄阳传来刘备军大败的消息，那也不是我的过错——孔明这是在暗地里先做辩解。

　　"哦，这样也不错。幸亏这样，才能在山野里做学问。但是凤啊，我想庞老先生的生活方式可不适合你。"

　　"这段时间的交流，就让人明白跟着你走是一场很大的赌博。连神秘的草药有没有都不晓得，就冒着危险四处去找，这是孤注一掷。"

　　"是吗？我倒自信这是不错的投资呢。"

　　"你这奇怪的自信真不知道是从哪儿来的。这赌博还是很危险啊。"庞统自嘲般地笑了。

　　"呵呵，无论如何还是感谢你的帮忙。这个情我迟早还你。拜拜，凤。"孔明像是演电影一般地说。庞统笑眯眯地举起双手。然后孔明与庞统各自朝相反的方向走去。

　　孔明闯入江南的山岭，采了许多草药回来。庞德公从孔明的姐姐处听说了这件事，说："哼，孔明这小子，多管闲事。"

　　孔明的姐姐问庞德公什么意思，庞德公回答说："我要是进山，在众人看来岂不就是在学孔明吗？不过，孔明要检查他采回来的药草？哈哈哈，采来这些没用的药草，以为我会高兴吗？！"这一声断喝，可以说是这个场合的礼仪。有种颇为挑衅的感觉。

　　"公公，这有点太可怜了……"

　　"没事。孔明也在期待我这么说。不死的药草哪有那么容易得到。"

　　孔明的姐姐完全不明白庞德公的真意。

　　时隔一个半月，孔明再度到新野上班的时候，刘备哭着跑过来。

　　"先生！"刘备满脸是泪，脏兮兮的。

　　孔明若无其事地躲开了刘备的熊抱。

　　"刘某以为先生抛弃我了，心情无比沉痛。"刘备跪在地上，眼泪鼻涕一起往下淌。

　　孔明安慰他几句，进入官衙。

　　房间一角，关羽和张飞抱着胳膊大吐口水，用带刺的目光瞪着孔明。

　　"困难时期还这么悠闲。战前逃亡是斩立决的大罪。"其他干部也是类似的想法。（战争可不是儿戏！）

　　大家对孔明都是白眼相视。难得只有赵云亲切地招呼说："先生，欢迎回来。"

　　刘备像是中了鱼水之蛊一样，展现出发自内心的释怀："先生不在的时候，刘某心中忐忑不定，连体重都减了好些。先生能回来真是太好了……"

但是绝不杀刘表。真令人无法捉摸。

孔明沐浴着冰冷的视线，淡定如常（因为早就习惯了），眺望着百姓安居乐业一派欣欣向荣的新野城（尽管曹军马上就要来袭，城池朝不保夕）。在蜡烛燃尽之前的一刹那，烛光会格外明亮。当下的新野就是这样的吧。

孔明猛然转身。

"主公，我以为今日这新野应该已成空城了。主公早已搬去樊城了。"

孔明很想知道自己不在的这一个半月里刘备军到底做了什么。然而刘备还是历来那副"Going My Way"的口气。

"哎呀，确实如此，确实如此，不过刘景升已经同意我们迁去樊城，什么时候都行。所以先生，不用那么急，慢慢来。"

荆州大门前只有新野和樊城两座小城。大军来袭的时候，新野首当其冲，怎么挣扎都不可能保住，所以在一早的军事会议上就决定了搬去樊城。又要迁移百姓，又要移防军队，一个月的时间都未必够用。孔明本来就是算准了搬家的时间去江南游玩的。

但是现实就如他所看到的，刘备完全没有搬家的意思。如果曹军的先遣部队突然出现，打算怎么办？混战是难免的，就算能够击退曹军一两回，损失也不会少吧。立足樊城，与襄阳联手开展防御战的基本战略也早早告吹了。只有等着大败吧。（像这么不听人话的也是够少见的。）

貌似刘备军定期会议上的决定，和真正付诸实施，是两回事。孔明也不禁感到头痛。如果不管何种妙计都不被采纳，那就不能发挥任何作用。这已经不是信任不信任的问题了，而是要怀疑刘备是不是故意反孔明的计策而行。孔明禁不住想问刘备是不是有着日本式的毁灭美学观。

刘备军历来都是火没烧到屁股就不会惊慌出动。这一点至今未变。敌军不到兵临城下的时候，刘备军都不会认真对待。就算在某处布阵，敌军若是不现身，阵势自己就会散了。从来没有预先计划、防止疏漏之类的事，就像是必须受到刺激才会做出反应的单细胞生物一样。就拿这一回来说，曹军南下的征兆一点点显现出来，刘备便对这些刺激产生生理性的反应，比如派点兵出去、向刘表提个建议等，但构筑无懈可击的迎击态势这种无聊却最为重要的事情则被放到了后面。大概不到曹操五十万大军就在眼前的时候，不会有这种心情吧。

孔明也没有想到刘备竟会迟钝到这个地步。相比之下，还是动不动大惊小怪的主公更好吧。

一般的军师面对这种主公肯定无计可施。震惊之余，为了不受到灭亡余波的波及，逃走也不奇怪。在《演义》中，因为主公不接受自己的计策而逃跑乃至背叛的军师也有不少。但孔明不是一般的军师，他到刘备这里是来"给他军师"的。

（这是逼我不去献策、直接驱动他去做吗？虽然没什么效率，但看来不这样不行了。）抛开主公自行商议对策，正是身为智囊的军师参谋应尽的职责。（尽管不想这么做，但如果不能推行计策，那只能束手待毙。）天下三分之类的梦想已经快要变成妄想了。这就等于先要从训练宠物狗开始。

孔明绷着脸沉默不语。刘备像是给自己找借口般地说："先生，我也曾召集新野的长老们，说了移居樊城的事。但是，大家都抱怨，不肯抛弃这么繁华的新野。"

自从刘备做了城主，新野发展到前所未有的繁荣程度。而大功臣刘备居然提出要放弃新野，这是背离民心、欺骗百姓的坏事。

"就算曹贼来袭，我等也将跟随大人，还有关将军、张将军、赵将军。我等齐心协力，还有什么可怕！请向我等下令，为刘将军助阵。"

大家对刘备这么一说，刘备也慷慨道："众位父老乡亲都这么说，那还有什么可怕的。只要我等齐心合力，何惧曹军。"

"所以先生，我不忍践踏民心。"

刘备这是又被感情欺骗了自己的眼睛。

当然，百姓说这番话自有缘故。这几年难得一片祥和，谁也不愿意从这块安居乐业的土地上离开。

"我们还讨论过我军独自迁移到樊城去的方案。哎呀，先生，走的时候我都忍不住哭了。"

据说刘备军的一万人马要走的时候，百姓们一个个缒袖曳足，拦着不让走。"刘将军要是走了，我们该怎么办啊？还不如趁早死了好。"

刘备听百姓这样说，心口再次发热，道："各位父老乡亲如此看重我这个匹夫吗？！不用担心，我不会抛弃诸位！"

最后刘备终于如此宣布。实际上刘备军的一万人里有一半以上都是新野的百姓，和在这里的家小。迁移刘备军基本上等同于迁移新野百姓。

刘备就像是被束缚在土地上的农奴一样，被百姓的感情打倒，无法动弹。老百姓也有老百姓的狡诈，充分掌握了刘备的泪点。不管危急关头刘备如何卑鄙无情，在平稳祥和的时候再没有比他更加感情脆弱的人了。

"万恶的战争。如果不用打仗，那也就不用把百姓从土地上剥离了。"

那么是无条件投降吗？要么刘备一家人去荒野流浪也可以

啊——孔明很想这么说，不过还是没说。这是刘备的价值观。

总而言之，刘备优柔寡断，碍于人情，那么只能准备曹军如雪崩般杀来的时候一触即溃了，但这样的结果又会给百姓留下对于刘备的好印象。刘备这种魔法般的民本主义，将要把十万人变成难民。而刘备虽然主观上没有丝毫恶意，但却不能洗脱自己的罪责。

"先生，要让新野的百姓马上迁移，确实强人所难，事实上也是不可行的。我们大家还是一起慢慢说服教育，尽可能在本月内完成，先生你看可好？"听完刘备的辩解，孔明取出白羽扇，遮住嘴角，叹了一口气。

新野的百姓也是够了。不管前途有什么苦难，都想死心塌地留在这里。一旦曹军占领新野，此地的百姓必然会被征用，那将会是非常悲惨的命运，更不用说刘备军自己也将陷入危险的境地。这些事情孔明早已反反复复说过多少次，连自己都觉得烦了。

"我明白了。"孔明说，"赵将军。"他呼唤赵云。

"啊，什么事，先生？"

"烧了新野。"

"什么？"

"让部下把消息送出去，就说我孔明三日后要火烧新野，让红莲之炎吞了新野城。另外各个路口也都高悬告示。"

赵云只犹豫了刹那，随即大声应道："得令，先生！"随即便出去大声向部下下令："集合！"

刘备军的干部们纷纷翻起白眼，半晌无言。刘备小心翼翼地问："先生，那个什么，真的要烧吗？"

孔明也不点头，也不摇头，白皙的面孔上露出爽朗的笑容。

新野城内从上到下一片混乱。骂孔明的声音响彻云霄，但孔明的火是米吉多之火①，亦或是圣艾尔摩之火②，总之新野的百姓没有任何人怀疑孔明的火绝对能把新野从这世上彻底烧光。他的火绝不是红色的，要么是黑色，要么是白色。

孔明，强行逼迫新野的居民搬迁！抑或这也是空城之计？

一言倾城，易如反掌。一声放火恰如龙吼，威力无穷。

刘备目瞪口呆地望着只用两天便化为鬼城的新野。关羽、张飞的下巴也要掉下来了，什么话也说不出来。

孔明一副理所当然的表情："那么，不可能失信于民。"

他轻轻把木板做的迷你新野城模型（黄氏的手笔）点上火，让小小红莲之炎吞没了它。"啊，我的第二故乡，新野被烧光了……奸贼曹操！就算上天许你，玄德也不能许你！主公，是这样吧？"

孔明爽朗地笑了，朝着有点茫然的刘备说："这也是为了百姓着想。如果和曹操的大战之后新野能够安然无恙，百姓还会回来的。"

根据《三国演义》，建安十三年七月丙午之日，曹操终于在群臣面前宣布进攻荆州。在那之前，孔明已经在博望坡痛烧了夏侯惇率领的十万人马。

夏侯惇向曹操负荆请罪，说："末将中了诸葛亮的奸计，被火攻烧得一败涂地，末将愿自刎谢罪。"

---

① 即烧毁了索多玛与蛾摩拉二城的天火。——译者

② 一种雷雨中海上的自然现象，船只桅杆顶端会产生火焰般的蓝白色光。——译者

　　夏侯惇像罪人一般拜倒在地。曹操没有问他的败战之罪，而是说：“元让（夏侯惇的字），你身经百战，怎么会不知道在狭窄地方必须要注意火攻的常识呢？”

　　很像是独眼海盗船长的夏侯惇是曹操的堂弟，和曹操关系极好，就算直呼他“阿瞒”也不会被训斥。阿瞒是曹操幼时的名字，意思是“撒谎的小孩”，和“阿门”不是一回事。

　　从曹操起兵的时候开始，夏侯惇就是令人恐惧的猛将，而且是连自己的眼球都会吃掉的美食家。一旦开战，就算赤手空拳都能上战场的真正的战场精英。

　　夏侯惇的精湛本领任谁都不敢小看，不过也有蛮勇，有一回竟敢和关羽单挑（两次差点被杀），和单纯的老练配角并不一样。夏侯惇第一次杀人是在十四岁的时候。起因是因为教他学问的师傅骂他是蠢货（不知为何官府没有追究）。从那以后就以脾气暴烈、手段狠辣闻名乡里，让附近的百姓畏惧。

　　夏侯惇说：“我本来是小心的，但是不知为什么，队伍内部烧了起来。等于禁、李典发现的时候，已经是一片火海了。”

　　就像是被狸猫骗了的老头子一样。孔明的 Plan of Fire 就连身经百战的人都注意不到，悄无声息地燃烧起来，果然十分巧妙。

　　“刘备得了能人，上了路子，难以收拾了。”

　　曹操怒上心头。明明二十万人马就已经太多了，曹操却出动了五十万大军，要将刘备军送上西天。

　　曹军如云霞般突然出现是在九月左右，这时候搞不清刘备军在发什么呆，反正就是还驻扎在新野，让人禁不住怀疑他们到底有没有认真准备，恐怕连侦察都没有好好做吧。

　　而且继承已故刘表的刘琮早早向曹操送出了降表，而刘备军却始终被蒙在鼓里，连如此重大的事情都毫不知情。明明是在乱世艰难求生，竟然还能悠闲到这个地步，也真是有病了。虽然有孔明加入，但也要明白刘备军的谍报工作力完全没有改善。

或许神仙般的孔明也并不是毫无察觉，他很可能是故意保持沉默，以便让新野的百姓和驻军都陷入极度危险的状态，以至于被迫烧毁新野（这是全新的假说）。

话说曹军到了博望坡。刘备按惯例大哭不止，可是不能再找借口了，于是说："暂且先逃去樊城吧。"

这也已经迟了。刘备再一次证明自己屁股不着火不会动弹。既然如此就别说什么"逃去樊城"这样没出息的话，直接把襄阳占领了不是更好……

"不问男女老幼，想要跟随刘备军者，请立刻和我等一同去樊城避难。不可迟延。"

刘备在四门高悬告示，又让士卒四下通知。这一任性的行为中隐约也有股强制的味道，可以说是人祸。敌军正在四十里开外的地方奋勇前进，而刘备军则连思考的时间都不给新野的百姓，连哄带骗地拐走。

完全不明白为何会陷入如此愚蠢的危机状态，而且毫无对策（肯定是孔明故意这么干的）。刘备进退失据，找孔明商量说："先生，该如何应战啊？"

孔明不慌不忙，悠然自得地朗声说："主公且宽心。前番一把火，烧了夏侯惇大半人马；今番曹军又来，必教他中这条计。"

随后孔明将新野城变成捕鼠笼，把担任先锋来袭的许褚、曹仁、曹洪的约十万士兵关进新野城，烧了个一干二净。孔明又按照兵法的常理，开了一扇门给曹军当做逃生之道。争先恐后逃跑的士兵蜂拥而至，引发大混乱，无数人相互踩踏而死。好不容易逃出去的士兵，又受到等待多时的赵云虐杀，接着又被糜芳、刘封追杀，剩下运气特别好的士兵们逃到白河，结果在上游拦了水坝的关羽一声令下，又淹死了好多，爬上来的又被张飞无限杀戮的长矛刺杀，曹军蒙受了无法恢复的损失。

曹操接到报告，勃然大怒。"诸葛亮这个村野匹夫，竟敢如此愚弄老夫！"

曹操的眼睛里终于看到了孔明，他成为曹操要杀的男二号。

许褚、曹仁、曹洪之所以没有战死，是因为他们也是拥有不死之身的幸运武将。

徐庶说："能够从诸葛亮的计策中保全性命，可谓名将。"

孔明是自然界食物链中的武将天敌、武将杀手。通常武将若是胆敢以孔明为对手，都逃不了落入陷阱被杀的命运。

自吹自擂说"终身不设一谋"的徐庶不知为何随行了这一次的战役。刘晔（这个人的第一次杀人也是在十三岁的时候，对少年恶性犯罪的低龄化作出了贡献）强烈推荐他去给刘备传达曹操的意思："你们再要不识好歹，我就把襄樊的百姓一个不剩全给杀掉。"

徐庶和久违的孔明说了一番旧日情谊，最后警告说："孔明，你做得有点过了。曹操这家伙被你气到了，要来真的了。"

然后就回去了。

> 奸雄曹操守中原
> 九月南征到汉川
> 风伯怒临新野县
> 祝融飞下焰摩天

这首诗的意思是说，曹操南征的开幕战触怒了诸神风伯（风神）、祝融（火神），刹那间十万人马被烧得一干二净。其实大家都知道，曹操不是触怒了诸神，而是触怒了孔明（正中下怀），导致遭受无法恢复的打击。焰摩天是佛教的第三层欲界天，因为火焰冲天燃烧的感觉很 Good 而用的。

博望坡之战与新野之战，两场前哨战，孔明合计葬送了大约二十万敌军。损失如此之大，通常来说曹操应该和他的谋臣讨论暂时撤退的方案了。照这样子继续进军的话，剩下的四十万人马也要遭遇孔明的毒手，不要说到达襄阳，就连曹操肯定也会被消灭于这个宇宙中的。

可怕的卧龙！奇男子曹操的性命也如风前的烛火吗?！我记得自己当初还是一名普通读者的时候，心中便涌起曹操必亡的确信，澎湃不能自已。

但是，背叛读者自以为是的期待也是孔明的工作（吗?），不知为什么，从这以后刘备军就开始了自暴自弃的逃亡（其中当然也有孔明的献策）。就算是作为故事的《三国演义》，这也变化得太仓促了，没有这样的道理吧。而《三国志》中对于这时候的事情经过也给人一种表情暧昧默默旁观的印象。

唯一可以确定的是，孔明早已事先料到了所有的一切，这大概更容易令人接受吧。但是这么一来，所有责任都推给了怀有仁爱之心的刘备，对于孔明的形象丝毫无损。大概还是因为杀掉刘表的提案屡次被驳回，在和刘备闹别扭吧。

但是，新野的火攻也是紧随火烧博望坡之后的第二大谎话，这一点也在学者间达成了共识。在《三国志》中，曹军来袭之前，刘备军的驻地便迁到了樊城。刘琮不战而降的消息也毫无隐瞒地传到樊城，导致惊慌失措的刘备军上演了《演义》中屈指可数的逃亡一幕。

近年来的研究多数都是否定的，"三顾茅庐不存在""赤壁之战没有过""关羽根本未曾见过青龙偃月刀"，导致历史的捏造与抹杀到底哪个罪过更大的争论甚嚣尘上。其实只要不违反当前政权的方针，哪个都无所谓，这就是历史。

总而言之，一心投降表示恭顺的荆州谋臣集团，与身为客将的刘备之间，意见和立场产生了巨大的分歧，以至于刘备无法再在樊城和襄阳停留下去。面对曹操来袭，荆州的谋臣集团只要投降就可以安然无恙，但是刘备的前科太多，如果向曹操低头，那就等着被砍吧。不仅如此，说不定荆州兵会反过来攻击刘备，作为献给曹操的礼物。刘备没有及时夺取荆州是他的巨大失误，而错过了逃亡的时机则是又一个失误。这样的逻辑大致是可以理解的。

但是，"不能只顾着逃跑，好歹要给曹操一个下马威再跑也不迟。不然这故事还怎么讲下去。"

小说作者非要在这里加入嘴硬的过场，让问题变复杂。博望坡和新野的火攻就是出于这个动机。然而既然给了一个下马威，那就是难得的机会，应该一直把对手揍得爬不起来（交给关羽和张飞），或者勒住脖子绞杀（这个赵云可以做到），这样不好吗？不过刘备军团的历史上总是有这种白白放过好时机的事。

在实际的战争史中，遭遇大敌不得不躲避的部队，在逃跑之前虚张声势展现攻击姿态的情况也不是没有（这也是为了迷惑对手），但刘备军的问题在于指挥官会强迫记录员记载自己这一战是充分反抗了的，而且这种事情还不少。杀戮成性的张飞就坚决要求说："你就写我立马在长坂桥杀退曹操的人马，吼声让曹军心胆俱裂，颤抖不已，不敢上前。我趁机且战且走。和赵云那种叛徒被追得到处逃窜有着天壤之别。给我好好这么写！"

这样也未尝不能说不可爱。但刘备军上上下下每次都是这样，恐怕其中的一种考虑，是站在阴郁官僚的角度，担心不战而逃成为职业生涯的污点，影响到日后的升迁吧。简言之就是自私自利。逃跑有什么不好？可以说是在学习刘备嘛。不过刘备也确实太没有军人的威严，可谓白璧微瑕。

在不期而遇的遭遇战情况下，当己方部队有灭亡危险的时候，采取回避行动，并非是军人的耻辱，有些时候也是需要名将级的指挥能力。但越是对自己没有自信的人，似乎越会介意失败的结果，于是就会产生对旁人，特别是对上司加以隐瞒的心理。

"拂晓，我队遭遇敌兵一千两百人，以寡击众，不畏玉碎，奋勇激战。因而顿挫敌军锋锐，之后迅速脱离战场，毫发无伤，保全我军声誉。"

记录者受到私下威胁，怀着疑问写下这类对战况毫无影响的记录，就会导致日后的读者无法理解当时的逻辑。所以说读战争史是很难的。

孔明火烧博望、火烧新野，都是类似于这种情况的记载，而且是彻头彻尾的捏造。不同之处是，两场战斗对孔明的职业生涯并没有任何影响（但是影响到孩子们对孔明的评价），而且孔明也没有逼迫作者这么写，更不是当时的政府施政方针的要求，仅仅是因为后世的记录者对大规模屠杀怀有满腔的热情吧。这就导致后世充满锐气的研究者们心中燃起熊熊的正义之火："必须将孔明的谎言钉在耻辱柱上！"

其实他们误解了历史。作为专业的研究者，没必要对小说家言吹毛求疵。而且，为了书写正确的历史教科书，些许虚伪和捏造似乎也是可以容许的。

所以孔明至此为止的军事活动，没有一个经得起推敲。不过可以辩解说，因为受到刘备方针的拖累，孔明并不想表现太出色吧。

　　总而言之，尽管有刘玄德的责任，但孔明自出山以来一直游手好闲，没有什么了不起的成就，这一点委实让说书人头痛。如果接下来还没有什么漂亮的作为，可就不好办了。

　　那么，且听下回分解。

第四回　刘皇叔做狮子吼魅惑百姓，携民渡江

在宣布进军南方的七月，曹操向荆扬地区派出了许多间谍，情报工作方面也是滴水不漏，确保万无一失地击溃刘表、刘备、孙权。益州刘璋不用担心，只会虚张声势，私下里甚至在讨论是不是要助曹军一臂之力。曹操最头疼的不如说是远征途中自己的后方频频爆发的叛乱。

虽然说曹操已经平定了华北，但其实远不能说收服了所有的豪族领主。各处都有中小规模的武装叛乱，层出不穷。这是可以在《三国志》中看到的。曹操不得不四处出兵镇压叛乱，就像打地鼠一样。因此，内政参谋荀彧对南征的态度颇为慎重。

"战事非易，先将领地治理得坚如磐石，叛乱者自然就没有了。那时再论荆扬之事也不迟。"这和平时一样都是很有见地的意见。如果领地的政情安定，徒劳无益的叛乱自然也会减少的。

但是，民政和战争两手抓两手都要硬，这是曹操一贯的风格，这一点不容讨论。虽然必须留人马预防叛乱让曹操头疼，但他已经下定决心，这一回远征必须一举解决南方问题。等战事告一段落再来施行根本性的仁政。安内必先攘外，这个顺序不能搞错。

"总不至于比收拾袁绍一族更费事。对荆州江南的讨伐要速战

速决。"

不可否认，曹军上下都带有这样的乐观看法。荀彧的建议虽然稳妥，但还是放到战后再执行吧。反正筹措军费的辛苦差事历来都是荀彧的。

荆州和东吴的谍报消息更增强了对胜利的信心，这也是显而易见的。首先，作为曹军第一目标的刘表和刘备就毫无危机感。如果他们认真一点备战的话，荀彧的负担或许还不至于那么大，这说起来也挺奇怪的。

与其说刘备军不善于谍报战，不如说他对此根本一无所知，所以内部情况完全暴露在曹操的面前。在这种情况下，就算孔明有什么神机妙算，也很可能被荀攸、贾诩等人进行彻底地分析解剖，然后来个将计就计。因此也许不用任何计策才是最好的吧。

曹操虽知道刘备军中新来了个名叫诸葛孔明的家伙，不过不清楚是个什么样的人。根据细作的报告，对此人的主要评价是极为糟糕的变态，而且据说号称卧龙，也就是整天呼呼大睡、貌似不能起任何作用的龙。

曹操喊来徐庶一问，徐庶说是庞德公和司马徽门下身怀异才广受期待的新星，但就算尽可能向好的方面解释，大概也会被认为是那种无法适应社会的偏执狂吧，反正所谓天才基本都是这样的人。

不过，刘备虽然看起来不怎么样，但识人的眼光还是不错的。为什么他会以三顾之礼请来这么一个毛孩子，让曹操心中有点疑问。

于是针对这一点进行了详细调查，孔明半是上班半是玩耍的工作实态也暴露出来。

"诸葛亮看来完全不受刘玄德的信任，没有什么正经工作给他的样子。"荀攸说，"根据报告，刘玄德多次驳回诸葛亮的计策。大概他是个只会纸上谈兵的小青年吧。"

但是曹操苦着脸说："哎呀，刘备这家伙，历来就是不听人话的。"他接着对谋臣们吩咐道，"所以诸葛亮的计策未必是空谈。就算只是个夸夸其谈的小毛孩子，总之也要留心。"

刘备虽然显示出敬重人才、仔细听取意见的态度，但并不代表赞同别人的意见。他总是会坚持只有关羽、张飞才能理解的逻辑、想法和志向。因为这个缘故，刘备长期以来都没有好的军师参谋。总而言之，他不是能够遵照别人意见行动的人，所以就算实现了汉室复兴的大志，也很可能不听献帝的话，说不定会做出比曹操更加不知羞耻的事情。

"天下实在不能交给这种家伙。"曹操想。

曹操是唯才是用的人才搜集狂。只要有才，就算是痴汉也好、小偷也好、疯子也好、狂人也好，不管人格人品兴趣爱好，只要有才，哪怕是人格异常，也会收作自己的臣下。不过也经常有因为违反曹操的美学观而被砍脑袋的事。

司马懿，字仲达，就是讨厌曹操这一点。尽管他年纪轻轻，就谎称中风，把自己关在家里。

仲达的司马家，是历代民政官员辈出的世家。父亲司马防是京兆尹（长安一带的民政官）。司马家是天下知名的清流，在后汉末年搅得天下大乱的党锢之禁中也不改初衷。

司马懿的亲哥哥司马朗早早侍奉曹操，任主簿之职。主簿相当于内阁总书记，是非常重要的职务。作为二弟的司马懿虽然被任命了会计系统的工作，但他没几天就辞职了。似乎司马懿的想法是，反正长子司马朗已经受到曹操重用，司马家自然安稳，自己没有工作的必要。不过这样的尼特族的禀性当然不可能一直通行。司马懿担心曹操早晚有一天要剥夺自己不工作也有饭吃的好日子，因此伪装成变态的病人（和孔明的理由刚好相反），快乐地生活。在彻底的伪装之下，司马懿从没有妄想过天下统一的事。如果哥哥司马朗一直健在的话，也许日后不用和孔明战斗也可以安稳度过一生吧。

但是，讨厌的西曹掾（录用官员的丞相秘书）崔琰一早看穿了司马懿的才能，趁着新设了文学掾的时机，向曹操强烈推荐。曹操的眼睛犹如看到美女一般闪亮，说："快带来。"

崔琰拜访司马懿，说："仲达，拔擢了哟！"

崔琰本以为司马懿会喜出望外，却见司马懿头上裹着紫色的头巾，像是头天晚上喝得酩酊大醉的浪荡子一样在床上扭来扭去，带着一脸明显的厌恶表情说："殊难奉召。当下中风正厉害，下半身麻痹不能动。三十不能而立，妻子结婚以来备尝照顾的辛苦，不裹尿布站在曹公面前，说不定当场就失禁，这可不好。"

司马懿在这时候就很擅长装病，后来到了准备发动武装政变的时候，他扮演了一个衰弱老年人的形象，那精湛的专业演技足以获得奥斯卡男主角奖。军师本来就是要多多锻炼演技的，司马懿可以说从小就在实践。

这里的中风，正确说来是被称为"风痹"的四肢筋肉麻痹，是令人不能起居的疑难病症。司马懿特意选了这种特殊的疾病来伪装，是为了向世间宣布自己已经病入膏肓无法治疗了，同时也是对自我的高难度挑战。如果能够完美地表演"风痹"，那往后再要装什么病都不成问题。

后来在五丈原，孔明做过送司马懿女装的（变态）事情。

"我想看你美丽的女装姿态。军营中没有一点女性气息，长久的渴望已经让大家的心灵遭受了创伤。以你的演技，应该可以扮演美丽的女子。"

身着丧服的女性的艳丽风情难以形容。在孔明的字里行间，仿佛飘荡着一种无言的请求。

崔琰凝视着司马懿，说："病得这么重啊。"

"我已经是废人了。"

但是，这时候的司马懿的演技还不够好，被崔琰看穿了。（恐怕是装病吧。）

崔琰向亲密的伙伴司马朗夸赞说："你弟弟仲达，聪明诚实，刚毅果敢，有出色的才智，恐怕连你都不及。"

"你对我弟弟的评价太高了，这倒是没关系，但他自己不想工作的话也没办法。"司马朗叹气说。随后他对崔琰吐槽了弟弟的好多事，因此崔琰多少也知道了司马懿从外表上难以察觉的古怪地方。但这样的奇异性质在魑魅魍魉成群的政界说不定反而是武器。

"不过仲达，我说，这可是曹公征召，你就算要拒绝，到底也要自己去说一声吧，不能光在床上躺着。就算让用人抬着也要去一回。不然的话，我的面子往哪里搁？"

如果向曹操推荐的是蠢材，不仅蠢材会受处罚，连带推荐的人都会受罚。从这个意义上说，崔琰也是蛮拼的。在曹操以前，推行的是所谓"举孝廉"制度，只要有钱有门路，再蠢的蠢材（就算不是蠢材也是个普通人）都可以理所当然发迹当官。曹操废弃了这个制度。

"你也知道曹公的想法。他评价管仲和陈平说，从美德的角度考虑，这些人根本不能聘用，但对成就大事业却极有帮助。"

当年管仲过着黑社会老大一样的不道德生活，还曾经对齐桓公搞过恐怖袭击，但齐桓公还是录用了他，成为知名的霸主。而陈平则是强奸嫂子、收取贿赂，但在投奔刘邦之后，给出过许多就连张良都自愧不如的谋略。总而言之，管仲、陈平按照举孝廉的制度是绝不可能录用的，但在他们的出色才能和光辉成绩面前，那些缺点根本不值一提。而曹操就是这种只要有才，其他都可以不顾的人。

如此贯彻唯才是举的曹操，他的人才观是多么超越时代啊！而且，要驱使那些人格有缺陷的人物，没有足够的自信当然也是不可能的。

"唯才是举是曹公的信条。仲达，只要有才能，就算半身不遂只能躺在床上，就算一直尿个不停，这点些微小事根本不值一提。曹公不会因为中风就放弃人才。你要是不去，派廷尉抓也要抓去。"

这是半带威胁了。就算是病人，只要有才，也要被榨取。

"季珪（崔琰的字）大人，这太勉强了。我可不认为自己有能取悦曹公的才能。"

"不，你有。"崔琰断言，"一定要给我有。求你了，你要是不想看到我被杖责一百，一定要榨出你的才能来。你看孔文举的前车之鉴，人才推荐数量不达标可就糟了。"似乎推荐数也是有业绩要求的。

"孔文举吗？的确，该是没有什么人能取代他了。"

这样说来说去，司马懿也只得放弃了。被曹操盯上（其实是被崔琰盯上），只能算是自己不走运。都怪自己的演技还不够好。（季珪先生也是说了不少多余的话呢。）

如果硬是拒绝出仕，弄不好会发展到抄家什么的，那自己不但不能再游手好闲，对家族也没办法交代。而且打听下来，新设的职务文学掾，貌似是文书整理一类的工作，不需要特别的能力。（随便干干就行了。）

于是司马懿装作高高兴兴的样子，接受了任命。

可是，文学掾虽然是以起草公文和经学教授为主，但同时也兼任丞相秘书官之类的任务，需要超出预想的教养、机敏和韬晦，是很麻烦的工作，同时也有很多与朝廷高官接触的机会，包括曹操和曹丕。可以说是充满压力的职务。而且这个职务需要随时接受曹操的咨询，几年后还有机会升为主簿，再往后甚至可以成为曹丕的参谋。司马懿大概完全没想到这种情况吧，还不如真的病倒算了。

崔琰是刚直不阿的民政官，也深得曹操信赖。他寻找人才的眼光确实独到，拔擢了许多人才，其中最杰出的就是司马懿。八年后他触怒了曹操，死于狱中。这应该不是司马懿陷害的吧。

在崔琰推荐以前，曹操并没有关注过司马懿，而且之后也没有特别提拔他，似乎就算认可他的才能，也不喜欢他这个人。曹操曾经警告说："司马懿的眼神怪异，总是像狼一样警觉，绝对不能委任军事大权，否则必成大患。"（为什么这么重要的指示没有被遵守呢？）

据说司马懿可以做到肩膀纹丝不动的情况下只有脑袋旋转一百八十度去看背后。这连专业杂技演员也做不到。一般人更会发生颈椎脱臼乃至死亡。不知道为什么司马懿会做这种高难度的危险杂技项目。这就是所谓"狼顾"。曹操看到这个妖怪般的身体动作，感到无法形容的怪异，心脏扑通扑通直跳，暗想："可不能将军事大权交给这个动作太不像人类的家伙。"

但是曹操也认为司马懿有才，所以唯才是举的曹操即使认为他行为怪异，有不臣之心，也只是把他视为危险人物，而并没有杀他。后来司马懿在魏国官场上的人际关系中吃了不少苦，都是因为大家看到曹操在感情上无法接受他的缘故。

出演了三国时代终场的顽固坏蛋、《三国演义》中被憎恨程度仅次于曹操的第二号反派滑稽配角司马懿，就这样静悄悄地登场了。

刚才的对话中出现的孔文举是指孔融。在曹操宣布南征之后不久就被砍了头祭旗。

孔融，字文举，是孔子的二十代孙。作为圣人的后裔，是天下闻名的特殊人物。他在《三国演义》里被描写成非常好的人，是因为忤逆曹操而被杀的受害者。但他对邪恶的毒舌机器人、最善于讥讽他人的祢衡却大为赞赏，说他"才能胜我十倍"。

孔融身为孔子的末裔，某些地方也有不仁。他在黄巾之乱的最盛期受到大将军何进的邀请出山，之后做了北海相，负责这里的行政事务。北海遭遇黄巾军的残兵袭击的时候，他派遣号称勇将的太史慈，向刚好在附近游荡的刘备求援。当时刚刚崭露头角的刘备激动得热泪盈眶，说："大圣人的后裔孔文举大人，竟然也会知道我玄德这只卑贱的虫豸吗！"

刘备没有放过这个宣传的好机会，立刻带了关羽、张飞急行，尽情屠杀了黄巾军的残兵。在那之后，孔融和刘备共同行动了一段时间。

不用说，从那以后刘备就开始得意洋洋四处夸耀说"孔子的后裔请过我"。孔融大概是把刘备视作毫无教养的战争痞子吧。难得给他一点建议也是完全不听，当然也不想做他的参谋。

孔融除了血统高贵，同时还是建安七子中的文人，但是陈寿在《三国志》中却根本没有给孔融立传。他在《崔琰传》中写道：

——太祖性忌，有所不堪者，鲁国孔融、南阳许攸、娄圭，皆以恃旧不虔见诛。

"太祖（曹操）的性格就是嫉恨心很强，有些人就是无法忍受。孔融、许攸、娄圭，都是因为傲慢恃旧的不逊态度被杀了。"感觉就是不管怎么讲都是孔融不好似的（顺便说一句，关于崔琰被杀之事，陈寿写了是不实之罪）。

裴松之更是引用了事例来说明孔融令人无法容忍的态度。

孔融刚过十岁的时候，求见当时名声很响的河南尹李膺。李膺因为访客众多，疲惫不堪，所以立了个规矩说："非当世英贤及世交的子弟不见。"

孔融说："我就是世交子弟。"

于是李膺接待了他，然后一问他世交的详情，孔融得意洋洋地说：

"我家先祖是孔丘，字仲尼。我家祖先求见过你家祖先李老君（老子），成为弟子兼好友，并肩传播德义。如此算来，我和你已经是多少代的世交了。"

李膺是老子的子孙，大约是个诙谐的玩笑。再者说，孔子拜访老子的事情虽然在《史记》里有记载，但在要紧的《论语》里却一字未提，只能算是可疑的传说。孔融这是老气横秋的自吹自擂，不过在场的人都认为这是机智的诡辩，夸赞说："真是了不起的孩子，神童啊。"

太中大夫陈炜却不喜欢，教训说："小时了了，大未必佳。"

意思是说，你过了二十岁也就是个一般人吧。但是，孔融回嘴道："这么说来，你小时一定很聪明吧。"

李膺大笑，说："你长大了一定是个了不起的人物。"

少年孔融才气逼发，学识与机智使得人们充分感到后生可畏。不过肯定也有不少人认为他是个认死理的狂妄少年吧。

孔融这种总是显示自身优越的性格到死都没有变化。自从侍奉曹操（正确说来是侍奉汉室）以来，变本加厉，这是因为他自认远比曹操高明的缘故。仗自己身为孔子后裔，不但自以为比曹操了不起，似乎不小心就会流露出比汉室的献帝还要高贵的模样。

孔融不论说话写字，必然不会忘记狠狠讽刺曹操的最大忌讳"宦官之子"，而且越说还越起劲。孔融说的正确言论，曹操也有认可并坦率听从的。即使每每都对孔融冷眼相待，但也没有处罚他，因此孔融认为，"曹孟德没有那个胆量责罚我。"于是干得越来越过分。

因为谷物收成不好，曹操不得已颁布禁酒令的时候，孔融说："尧不饮千钟，无法完成圣业。而且桀纣沉湎女色而亡国，为何不对婚姻也下禁令呢？"

这基本是善恶不分了。他还和祢衡相互吹捧，得意忘形，彼此称呼为"仲尼再世"、"颜回复生"，让人不禁奇怪他怎么看待自己的祖先。又满口韩非子那种否定儒学的言论，谩骂道："鲁国就因为过于看重儒学而灭亡了。儒学也应该禁止。"

到最后更是放言说，"父亲对儿子能有什么感情吗？原本说来也不过是性欲的表现而已。儿子和母亲的关系也是如此。就像是放在瓶子里的东西，出来了就没关系了。"将孔子学说的重要基石，孝道，以挖苦玩笑的方式加以动摇。

邺城陷落之际，曹丕抢了袁熙的妻子甄氏，孔融写信给曹操讥讽此事说："昔日武王伐纣，以妲己赐周公。"

博学多才的孔融喜欢从古典中引用故事。曹操第一次听说这事，见孔融的时候就问他出处。孔融回答说："以如今之事揣度，当年必定有那样的事。倒不是哪里有什么出处。"

也就是说，"看到曹操把敌人的妻子赏赐给自己儿子，周公旦的时候也大概有那种感觉，不是吗？真讨厌呢。"

诸如此类的狂言和讥讽不仅知识分子厌恶，连一般百姓都不能接受，终于曹操也无法容忍下去，以大逆不道、伤风败俗的罪名将他和妻子一同问斩。

　　孔融有两个还没有换牙的孩子，孔融就在他们眼前被逮捕，可是两个孩子还是无动于衷地玩双陆棋。捕吏感到奇怪，说："你们的父亲被抓了哦。"

　　两个孩子回答说："覆巢之下，焉有完卵。"

　　意思就是说，该发生的事情发生了而已，没什么好哭好闹的。裴松之对孔融认为两个孩子不可理解表示很诡异，其实孔融教育出了这两个带有情感障碍的孩子，一起被斩首的时候大概也是无动于衷的吧。

　　我对于儒学之祖孔子，有各种沉思，如果孔子在这个时代置身于孔融的立场的话，会做什么呢，我想象。不会仅仅做一个学者的。恐怕会有许多刚直的、反骨的行为，但我想不会捏造诽谤强词夺理。不过孔子也说过"邦无道，则可卷而怀之"的话，所以说不定不会登上政治舞台吧。

　　但是也有人坚持将孔子视为带有夸大妄想的偏执狂。如果真是这样的话，孔融也许正好继承了他的 DNA 吧。难道孔子生在三国的话也会和孔融一样吗？

　　《三国演义》中如此描写孔融：

　　　　孔融居北海，豪气贯长虹。

　　　　坐上客长满，樽中酒不空。

　　　　文章惊世俗，谈笑侮王公。

　　　　史笔褒忠直，存官纪太中。

　　令人眼前浮现出气节高尚的反权威、反权力的勇敢者形象。

　　话说在《三国演义》中，孔融被杀是因为曹操宣布出兵的时候孔融反对说："刘备、刘表均为汉室宗亲，不可轻言讨伐。又有孙权掌控六郡，兼具长江之险，非轻易可取。出师无名，徒失天下人望。"于是引来杀身之祸。

在《三国演义》的世界里，曹操本来就没有半点正义，是以恐怖和暴力进行黑暗统治的形象，所以这个忠告实在没有意义。

关于战争的名目，只要得到献帝的敕命，自然是奉旨伐贼。州牧、刺史（刺史原本是调查郡太守、县令的地方检察官，不知不觉变成了具有行政和军事权限的长官，有时候直接盘踞一州进行巡查，变成了牧的职务，因此可以认为刺史、州牧基本相同）原本都是汉帝国皇帝任命派遣的地方总督，并非来历不明的野鸡军团，自然也该遵从中央的指令行动。

后汉末期的州牧、刺史，名义上是汉帝国的臣子，实际上都是地方独立军阀的头目。荆州牧刘表、益州牧刘璋、豫州牧刘备（只有孤家寡人不知道为什么还能这么称呼），既然是牧，那都是献帝的大臣，自然应当服从朝廷的命令。既然其中有人蔑视汉室，采取犹如独立王国一般的不敬行为，那就必须拨乱反正加以讨伐，以安圣虑。

至于东吴，也只是临时委任孙权作为豪族杂居的扬州的管理者而已，这一次更要好好整顿，让合适的人来坐州牧之位。根本谈不上强抢土地。东吴的人瞎闹腾，自己跟自己争执是要投降还是要抗战，这事情本身只能说是个笑话，糊涂到家了。

为了四处讨伐反叛朝廷的逆贼，曹操经年累月、辛勤工作，恨不能为这项大任粉身碎骨。地方上的黑恶势力就算想给曹操找茬，挑剔他在大义上的毛病，但是怎么也不能自圆其说（奇怪的是，也只有孔明这样的人可以毫无破绽地强词夺理）。曹操的压倒性优势在于，不管怎么看，他都是师出有名的。反过来说，只要这个优势有必要保持，那么曹操就算想要推翻汉帝国，也做不到。

未能打消曹操南征决定的孔融出了丞相府，像那位著名的伽利略一样叹息说："以至不仁伐至仁，安得不败！"

为什么一口咬定刘备军就是至仁呢？大概是因为迷信般的理想主义，就像拒绝把地心说逆转为日心说一样。

如果孔融真是这样想的话，那只能说他明显缺乏客观分析天下形势的能力。偷听到这句话的人向曹操告密，曹操大怒，降罪孔融，将他处斩，曝尸街头。

而在《三国志》中，只是曹操宣布南征的时期刚好和孔融因为长年的"过激言论"而获罪的时间相同而已，两者之间并没有那么强的关联。

六月，曹操废除三公（司徒、司空、太尉），将权力集中到丞相一职上，这也引起各种絮絮叨叨的批判。说起来，废除财务、法务、国土交通、经济产业、农林水产、民生福利、防卫、警察、文化科教的各大臣长官，让首相一个人全部负责的改革计划，除非首相是超人，否则必然会过劳死，所以谁喜欢谁就去做呗。顺便说一句，因为当时的中国的外交方针是世界上不可能存在与中国对等的国家，所以外交部之类的部门规模比省厅级单位还小。

由于曹操与孔融之死可能有关，所以对他的批判经久不息，人们都认为孔融是清流果敢之士。然而这恐怕不是果敢，而是在欺负曹操吧。孔融出身名门中的名门，而且他的文人之名天下敬仰，自然不会把曹操放在眼里。实际上夏侯惇、曹仁等曹操的亲属兼武将们曾经怒气冲冲地说："为何不塞上那腐儒的嘴巴？"

而荀彧、荀攸等名士则是顾虑孔融的威名，没有当面斥责，但也会常常去开解曹操的愤怒。毕竟无论孔融的性情如何恶劣，要打消杀他的负面影响实在太费事了。

孔融问斩的消息传遍全国，各地的知识分子全都怒发冲冠，纷纷表示深刻的同情。

"孔融这等世所罕见的一流人物，竟然因为细枝末节的小事被曹操给杀了！"

对曹操的厌恶感顿时高涨。曹操则是表现出罕见的乖戾，乃至发出布告说："你们因为不知道孔融的讨厌，才会那么说。才不是细枝末节的小事呢！"也是因为这件事，大家终于认识到曹操南征的认真程度了。

不过孔融虽然性格怪异、棱角突出，作为官吏，他也几乎是毫无成绩。但可以说孔融是在以其文化的存在力支撑着朝廷的一角，而曹操身边暂时也没有能够立刻填补这一空缺而又听话的人。如果孔融完全碌碌无为，就算是圣人的后裔，大概也会被立刻赶走。而且连接不断放出性质恶劣的言论，曹操更加早就要不耐烦了吧。

在南征过程中，曹操的人才搜集行动也在积极实行。在襄阳，曹操得到了王粲、蒯越，这让他喜不自胜。

斩了孔融之后，曹操留荀彧镇守许都，将人马分为五队，交给张辽、于禁、乐进等身经百战的武将率领，依次出发。这些名字说出去都是能让小儿不敢夜哭的。曹操的心腹军师也一同出征，差不多是总决战的态势。人马超过五十万，号称百万。在《三国演义》中，先锋曹仁、曹洪、许褚的部队被孔明一把火烧光，所以减了十万。而曹军真实的数量大约二十万左右，之后又追加了在邺城玄武池接受水军训练的五万人，总计也不到三十万。放在幻想世界里，这点人马根本不够用，只要孔明轻轻一挥白羽扇就会全军覆没。不过在现实世界，这却是极具威胁的大军，是曹操征战史上最庞大的动员数。请想象一下二十万人马连绵前进的场面。日本历史上屈指可数的关之原大会战，一般认为东军十万四千，西军八万五千，双方合计都还不到二十万。

军马越多，移动越迟缓，命令很难传达到各个士兵。如果还要运送巨大的攻城武器，那就更麻烦了。白马、官渡之战，袁绍军被抄后路的原因之一，也是因为指挥大军非常困难的缘故。就算只有一千人马，指挥起来也并不容易。需要有历经千百年的经验锤炼出来的各种诀窍，以及大量的训练才行。这是单看《演义》无法体会的。简单地把人聚集到一起，给他们下令说全军突击，根本行不通。在《演义》中，要展开多面埋伏，或者诱敌深入之类略微高级一点的战术行动，那份辛苦大概会让指挥官的白发又多几根吧。无法想象当年二十多万人的组织性行动有多艰难。

二〇八年七月由邺城和许都出发的曹军向南阳、宛城、叶城进军，九月起开始在新野附近劫掠。也就是说，从曹操下令出兵到部队抵达，花费了一个半月。即使如此，这也是曹操疾风迅雷的用兵速度，如果不是曹操，大概要花三个月。

看看中国的地图我想就会明白，在如此广大的土地上移动十分困难，需要花费无数心血。就算坐上吉普车奔驰，肯定也会累得不行。打个比方说，就像是在北海道计划从旭川进攻函馆（当然不能去港口坐船），要在连道路都没有的旷野密林前进，而且大部分士兵都是徒步，还有不少队伍走错了道，跑到江差去了。辎重、武器、粮草都是用牛车牵引，途中要渡过洞爷湖那么宽的河，一到地方就要用铁锹开始艰难工程，相当于把六本木大厦推倒改成耕地那种程度，运气不好还会落入孔明的残酷陷阱，被烧得焦头烂额。总而言之，这是现代日本人根本想都不敢想的待遇，恐怕在半路上就会有连续不断的逃亡吧。想攻下函馆那要花上多少天啊。

"主公，恳请安装中程导弹，挂上核弹头也好、挂生物武器也好，总之用那个进攻函馆吧。"产生出这种随着科学发展而诞生的反人道攻击的需求，也不是不可理解的吧。

旭川到函馆还算是短距离，至少从青森到下关的行军比较轻松。古时候的人们在侵略中投入的热情，足以使我们这些后人赞叹。确实浪漫。

而襄阳的刘表阵营在七月中旬听说了曹操的进兵公告，而且据说确定性很高，顿时大为慌乱。曹操派来使者劝降的时候，有种被"将军"的感觉。

一开始刘表还在世的时候，坚持主战的人还是不少的。不战而降固然羞耻，断然抛弃多年的主公刘表，从心情上来说也难以接受。在主战派的心中，也有不少盼望刘表率先做出投降的决断。与荀攸、程昱、贾诩等人的分析相同，荆州的士气极低。

严厉的"将军"招数，又给了一个月的考虑时间，虽然没有交战，精神上已经处于交战状态了。这会促使荆州阵营的内部瓦解，对于曹军是有利的。

投降指数一日高过一日，在这样的大氛围中，却有一个人跳出来说豪言壮语。不用说，这人自然就是刘备刘玄德。

在刘表因为病危而不能出席的会议上，刘备吹起了天下第一大的牛皮，让刘表的谋臣们重新认识到刘备是如何好战。对手是曹操的情况下更是坚决主战，可谓战争狂人（但结果总是输）。

"刘将军，若是没有必胜的把握，是不是还是坚守不出为好？"蒯越问。

"岂可说这种泄气的话，我军必胜无疑！各位难道看不到曹操的首级已经放在桌子上了吗？"刘备抚摸着想象中的曹操的头，用Ｖ字形手势戳他的眼睛，拿拳头顶他的太阳穴。在刘备的眼睛里，曹操的首级仿佛就像全息投影一样浮现在面前，但是其他人完全看不到。

就在半年前，刘备还对曹军的来袭提心吊胆，神经过敏，整天沉着脸低声嘟囔自虐般的话。因而现在他的转变反而更让人无法信任。

蔡瑁看起来马上就要把唾沫吐到刘备脸上似的，说："刘皇叔有什么好消息吗？以某所知，皇叔过去一次都没有胜过曹公，是吧？"

"确实，至今为止刘某用兵不善，不止一次让曹操狼狈逃脱，但是这一回我有秘密武器。"

"什么秘密武器？"

"哇嘎嘎嘎嘎嘎，都给我听好了！当世大贤，隐士司马水镜和庞德公联名推荐的天下第一等天才军师、卧龙孔明先生，投入我帐下了！"

在座的诸位齐声发出"哦"的惊叹，在惊讶的表情过后，则是扫兴的声音："那是谁啊？"

其中也有知道孔明的，不过更没有什么感动。

"各位可不知道诸葛先生的真正的神秘力量。"刘备完全没有注意到各人的白眼，力陈道，"先生已经在博望坡做了放火实验，掌握了歼灭曹军的诀窍。又在一夜之间便将新野化为废墟，有这等手腕，曹军已经是濒临灭绝了。反过来说，如果再不温柔对待，反而于常情不合了。诸葛先生就是这么可怕！"

就算周围人都是拿自己当傻瓜的表情，刘备的舌头反而动得更快："我军和以往已经大不相同了。与诸葛先生的异常相比，曹操之流充其量也不过是平凡人物而已。诸位，就请聚集在卧龙的旗下，像踩死蝼蚁一样出击吧！"

如果孔明在场，听到这话不晓得会露出什么样的表情。总之襄阳的谋臣们对孔明的评价更是暴跌。

伊籍在旁边悄悄拉拉刘备的袖子，附耳阻止说："在这里提到孔明先生的名字会起反效果啊。"

刘备近来一直像这样忙于说服襄阳的实权人物，但因为毫无说服力，什么效果都没有。大家暗地里达成了默契，对刘备不予理睬。后来孔明在东吴也遇到类似的情况，不过他靠强词夺理击溃了投降派，那是后话了。

日后归顺曹操的文聘等人一早到了宛城，但到底打还是不打，依然没有定论。大家似乎都在等待刘表咽气。襄阳的谋臣撇开刘备私下商议，基本上确定了投降的大方向。由于伊籍悄悄把消息通知樊城，刘备也得以掌握襄阳的这一动向。

"真是没有骨气的家伙！襄阳的窝囊废，真想拿张飞的指甲泥一起煮了喝。"

刘备愤慨地抓到在院子里照顾药草的孔明，问："先生，襄阳城里都是一群没有自尊心的家伙，照这样下去荆州就完了。该怎么办啊？"

孔明冷冷地说："这种事我可不知道。"

刘备顿时火了，说："先生不教我计策，我军就要完了。"

"既然不能和襄阳联手，那就只有逃跑。我劝主公趁早逃走，越快越好。曹操大张旗鼓，就是要来对付主公，主公若是一逃，他打不到你，必然会满心懊恼，捶胸顿足。这也可以说是胜利，也是败中求胜的妙计。"孔明不咸不淡地给刘备出了这么一条计策。最多也就是给曹操造成一点精神上的不快。

"不问了！"刘备气冲冲地走了。决不可不战而逃，这是刘备的原则。这一条不能让步。

但是说真心话还是想逃的。

孔明已经不想再重复说了。只要刘备不夺取荆州，就不可能对抗曹操。在迁移到樊城的时候，孔明曾经有过微弱的期待，明里暗里还絮絮叨叨说过几次夺取襄阳的事，但到底还是没用。在刘备的精神世界中，杀掉刘表乃是根本不可能存在的选项。

孔明也在思考下一阶段的战略，但前提首先是刘备军要能存活下来，所以存活本身就是有力的计策。既然如此，逃跑就是不二之选。（但就算说得再怎么清楚，主公也是只会发牢骚，不会听从的吧。真是输上瘾了，这回不被彻底碾碎不能开心吧。）

换作普通军师、甚至是高级军师，都无法应付这样的情况。但是，孔明既然号称卧龙，断然不能忍受自己刚刚加入不久，刘备军就被全歼、主公刘备也被砍了脑袋的耻辱。孔明原本觉得军师的工作很轻松，然而因为有人阻碍——这阻碍的不是旁人，正是自己的主公刘备——却成了困难之极的工作，可谓举步维艰。不过，是不是正因为如此才点燃了卧龙的斗志呢？虽然在庭院里照顾药草，孔明的心中是不是已经有了妙计，当下尚且不知。

刘备说，"没办法，只能直接去见刘景升了。"他带着关羽、张飞，去往刘表养病的江陵。

刘备一来，却看见本应该驻守襄阳的蔡瑁、张允正大大咧咧地摊腿坐在那儿。

"切，战争狂的猩猩来了，还不知道事情已经决定得差不多了。你就是个跳独角戏的小丑吧。"蔡瑁等人心中虽然如此想，不过因为背后的关羽和张飞飘浮着酒与血的气息，赶紧对刘备点头哈腰，恭恭敬敬。准备好不管三七二十一先装醉把蔡瑁暴打一顿的张飞，对于这种就像最下等的宦官一样的谄媚态度倒是颇为满意。

刘备固然受到荆州谋臣的排斥，而刘表也好不到哪里去，差不多也是被丢在一边没人理睬的状态，基本都不知道最新的情况。刘备的热切话语也是左耳进右耳出，说起话来三句不离自己的死。

"刘皇叔，我已经不行了。"刘表虚弱地说。

热血男儿刘备则慷慨激昂："请不要说什么不行了。病由心生。每天早上用干布摩擦，洗冷水澡，朝着升起的太阳放声吼叫，一口气喝光鲜红的胡萝卜汁，身体内就会有通红的火焰冲天而起，恨不得马上就砍杀了身边两三个人，直接抢了他们的妻妾女儿抱进房中。"

"玄德每天早上就是这样做的吗？"

如果是的话，那可是董卓以来的真正枭雄！

"不是做不做的问题，而是有没有这股气势的问题。'已经不行了'这种话，可不是掌握着荆州九郡生杀大权的魔鬼独裁者该说的话。"刘备口中喷薄而出的火热话语仿佛要将疾病吹得灰飞烟灭。

"不管怎样，玄德的气概令我羡慕。正是如此勇猛的你，才值得拜托。"刘表说到一半，又咳嗽起来，"我这病已经治不好了。人的生死是注定的。在这个乱世，能够这样过一辈子，也算幸运了。只有一件事让我牵挂的，就是我的不肖之子啊。"刘表的声音又断了。

"虽然以前你也拒绝过，但我还是要再说一次。能不能请你做我儿子们的监护人啊？他们又可怜，又没有才能继承我的事业，荆州会丢的吧。如果是这样，还不如请玄德你来治理。"

"请不要再说了！景升大人当我玄德是忘恩负义的畜生吗！"

刘备猛然伏在枕边痛哭起来。

"我会尽全力辅佐我的侄儿们，但是夺取领地的事情我绝不考虑。"刘备一边哭一边叫喊。

在旁人看来，这真是充满仁义的帅气表现，不过张飞小声在关羽耳边说："要是说一声收下了，就收下了，不是挺好。大哥也真搞不懂。”

张飞以为关羽肯定也会赞同的，但是关羽的回答却并非如此：“飞弟，这可不对。这是大义。大哥是以大义为先。大哥说的、做的，都会成为新的大义。大哥没有半点做错。”

“是吗？大哥是义的化身啊。”

“嗯。义凝结而成的人身，这就是大哥这种稀有生物的本质。”

关羽心中的理论就这样得到了补完，所以刘备就算做了什么不仁不义的事，也和自己为了大义跟随他的目标之间没有矛盾。关羽可以说是《春秋左传》的原教旨主义者。顺便说一句，孔明被认为是智慧凝结成的人身。

刘备继续嚎啕大哭，把要紧的话彻底忘了。他来是为了让刘表下达斩钉截铁的最高指示，粉碎蔡瑁等人的阴谋："荆州与刘备团结一致，迎击曹军！”

大概是因为义的缘故，刘备把这事彻底忘记了。

就在此时，外面骚乱起来。关羽和张飞到外面一打听，人说："奔赴宛城的文聘人马受到曹军攻击，转眼就被歼灭了。”

张飞的眼光闪耀起来，道："等了好久的日子终于来了，哇哈哈哈哈！”

关羽也频频颔首。

"什么！奸贼曹操，趁我们探病的时候偷袭！速速返回樊城！”刚刚在哭的刘备也愤怒地站起，

"景升大人，眼下是紧要关头。喏，就请看我等如何将曹军漂亮踢飞，让这满天乌云烟消云散！”刘备说着话走了出去。到最后还是没想起最要紧的事。被漂亮踢飞、烟消云散的最终只能是刘备军。

这是刘备与刘表最后一次见面。刘备虽然也常常不满于刘表的

优柔寡断，但到底还是喜欢这个人的吧。两百个饥肠辘辘的流浪汉来到自己的领地，就算婉拒也很正常，然而刘表却把他们安顿了下来。这份宽仁，不管孔明怎么说，刘备是发自内心的感谢。要践踏这份恩义，实在于情理不容。

刘备走后，刘表呼唤侧近书写遗书。遗书的内容是让现居江夏的长子刘琦继承荆州，刘备辅佐，刘备的话就是自己的话，诸如此类，不知道这算是荆州的希望之光还是刘表的自暴自弃。蔡瑁、张允就是为了防备这个事态才从襄阳来到江陵的。他们立刻撕碎了这封遗书，和蔡夫人商议关闭城门，断绝了与外界的消息。

刘表陷入昏迷状态。历史上不清楚刘表到底是死在江陵还是襄阳，多数说法都认为死在襄阳，而《三国演义》中则说是在江陵。考虑到刘备和刘备军中的干部没有见证刘表的过世，在江陵的可能性大概更高吧。

听说父亲病危的消息，江夏太守刘琦带兵赶来。孙权的人马已经如退潮一般从江夏撤走了，刘琦得以抽身离开前线。但是蔡瑁在城外拦住了他，说："主公命公子镇守江夏，以备东吴。这是极其重要的任务。主公若是知道公子擅离职守，必定无比生气。惹得父亲不快，加重病情，这可不是孝子所为。"

刘琦吃了闭门羹，只得和往常一样弱弱地流泪，老老实实回了江夏。这本来是身为臣下的蔡瑁从中作梗，刘琦只要强行闯关即可。明明是一战立威的好机会，刘琦却垂头丧气地回去，这是自己抛弃了继承的机会。真是没有"三国精神"的男人。

刘表的咽气是在八月戊申日。在这样的时期上演了一场戏剧性的死亡。

刘表之死需要发丧，但内外的状况都不容许荆州大张旗鼓操办丧事。刘表的死讯也传到了东吴。刘家与孙家本来是征战不休、不相往来的状态，但是鲁肃向孙权进言说："曹操南征，我们东吴应该早做准备。给刘表吊唁是个和解的好机会，老大，让我去吧。"并说服了孙权。

　　按照预定计划，曹军将宛城作为营地，等待全军的步调在一定程度上协调一致。因为是大队人马，抵达时间也是参差不齐，所以必须先整顿部队，以待进攻襄阳。另外，蓄势待发的态势也可以起到恫吓襄阳的效果，如果襄阳吓得投降，那就不用开战了。荀攸等人大概是这么计算的。

　　所以紧张地固守在樊城的刘备军，还没有遇上张飞挚爱的激烈战斗。

　　樊城远比新野大，如果说新野是小狗窝，樊城就是个二层小楼（这么说来襄阳就是钢筋混凝土的五层楼吧）。城墙有两重，相当坚固，各个城门也是特别加固，可以承受激战。护城河也是围城一周，又宽又深。只要进入樊城，自然就会产生安全感。孔明肯定也想烧了樊城，但因为需要不少准备，一下子难以实行吧。

　　刘备军与原本驻守樊城的人马合计略少于一万五千人。但樊城的士兵是否可用，颇有疑问。刘备在樊城城外设下栅栏，展开人马严阵以待，刘备军的干部在后方的营帐里坐镇。刘备从早到晚都在各部间奔忙。

　　"坚持抗战到底！目标只有一个，就是曹操的首级。我们的口号是——报仇雪恨！"刘备燃烧起来，以二十倍于往日的紧张感督战。能算是刘备挚友的简雍看得就很清楚。（主公真是拼了啊，不把自己燃烧起来就要疯了，肯定的。）

　　刘备燃烧的身影牢牢吸引了樊城以及从新野搬来的百姓。大家都认为刘备值得依靠。

刚刚进入备战状态的时候，张飞开心地到处乱转，就像放暑假的孩子一样，一会儿捶一个士兵的后背，一会儿又抽另一个小队长的耳光。张飞的本意大概是要拉近自己和士兵们的感情，可是挨他拳头的士兵要么骨折、要么昏厥、要么痛得满地打滚。

"哎呀呀，到底还是打仗最好。这阵子闲得我腿都麻了，说实话，再闲下去我可真受不了了。老贼曹操，快来进攻吧。看我一枪戳你个对穿！"

张飞呸呸在双手上吐唾沫，紧握蛇矛，像疯了一样挥舞。"杀！杀！杀！"

但是过了两天，过了三天，过了十天，还是没有看到曹操大军的身影，连小规模的战斗都没发生。张飞跑去找刘备哭诉："大哥，我受够了。曹操再不来打我们，我们去打曹操吧！大哥，求你出兵啊！"

刘备很难办，只能安慰他说："再等等，曹操肯定会来的。"

可还是不来。张飞的能量转向内部，心情日渐抑郁，眼看着他的人消瘦下去。这是急性抑郁症，只要杀人就能治好。另外还禁止喝酒，张飞更加无处发泄，时不时发出怪声，失去控制，非闹到关羽、赵云出面才能收拾的地步。

"大哥，照这样下去飞弟要坏掉了。无论如何，借他一百士兵吧。"关羽向刘备请求小战的出击许可。

"云长，百年一遇的大决战就在眼前，何必如此心焦。根据侦察，敌军将近二十万，现在都能听到地动山摇声。"

到底还是没同意。

张飞和关羽一样，都是被曹操阵营评价为"万人敌"（单独一个人就能匹敌一万人的怪物）的可怕人物。他们已经超越了武将的领域（赵云因为加入刘备阵营较晚，没有得到这类人肉兵器式的评价，应该一直在懊恼吧）。据说张飞是卧蚕眉，豹环眼，虎髯怒张。大薮春彦有本小说名叫《不要用看野兽的眼神看我》，可以说这个标题完全是给张飞的心情做注解的。一万人以下的部队，张飞一个人就可以杀得干干净净，不过这回曹操的人马稍微多了一个零。

平时张飞都被视为刹车坏掉的重型卡车或者没有保险的炸弹，严禁任何人刺激他。因为他时常会搞出无辜的士兵牺牲者，所以严格来说，应该拿锁链锁住关在牢里。不过那样做会影响到全军的士气，所以只能祈祷这个可怕的破坏性能量会在二十万敌军中爆炸吧。

刘备也同样受到恐惧和焦虑的煎熬，几乎都要发狂。不过他并不像张飞那样想要去和曹军厮杀，而是恨不能光着脚逃走。刘备吓得连腿都是软的。而且不单刘备，樊城的一万五千守军基本都是如此。二十万大军杀来的话，这座小城肯定会被碾得粉碎。一旦兵临城下，士兵必定脸色煞白，转身就逃。

但也正因为是这样的时候，身为大将更应该四处散播正能量，展现自己毫无畏惧的气魄。刘备根据过去的经验，知道眼下只要自己露出一丝惧色，士兵立刻就要乱了。（看来只有逃跑了，而且和以前不一样，这一次可以不战而逃了。）

根据探子传回来的消息，曹军斗志昂扬，军容整肃，十分可怕，看起来不达目的誓不罢休的模样。半年前就预测到这一事态的刘备，经过苦苦挣扎，请来了孔明，但又偏偏不肯采纳孔明的计策，结果坐视自己的担心变成现实。这就是令人不明所以的刘备的奇妙战略。

“哎呀呀，实在有点担心呢，不晓得曹操什么时候会进兵。背后也有点担心。”刘备对糜竺说。

背后指的是襄阳。襄阳和樊城之间只配备了极少的荆州兵，而且都没什么干劲。两座城池隔着汉水，相距不过十多公里，使者往来却少得可怜。

襄阳的谋臣会议也不请刘备了。唯一可以指望的伊籍似乎也被发现他把消息泄露给刘备的事，被赶去江夏陪刘琦了。当然，蔡瑁等人为了迷惑刘备，找了个一眼就能看穿的借口说："为主公服丧期间，任何会议都不召开。"

"大哥，襄阳还是要投降的吧？"因为愤怒和禁酒而导致双手微微颤抖的张飞，趁着欲求不满和戒断症状怒吼道，"能让他们做这种事吗？我们应该大闹一场，把他们硬给拖进战争。一旦开打，那就是我们的了！再说什么投降都晚了。先打起来再说投降，那个杀人丞相曹操肯定不能高兴。要是再说投降，不用找曹操，我就去把襄阳的这些狗屎赶到战场上去。这场大战，逃不掉的。"

刘备说："请诸葛先生来吧。我想听听先生的真知灼见。"

糜竺恨恨地回答说："孔明今日缺勤。"

虽然从新野搬到樊城，孔明自由自在的上班态度还是没有变化。

"这是什么人啊！卧龙真的能有什么用吗？先生是不是只会耍耍嘴皮子啊？我们被骗了吧？"

刘备不提他自己不好用孔明，只是仰天叹息。孙乾也颔首不已，赵云"唰"的一下站起来，"先生不是那样的人！"取了枪说，"我去侦察"，转身出去了。

刚勇之将赵子龙，仰望苍穹，心想："先生，请快回来吧。照这样下去，我们就要四分五裂、一败涂地了。我家主公心中害怕，嘴上逞强也就罢了，张飞也越来越奇怪，眼看就要不行了。拜托了，先生。"赵云眼中含泪，犹如小学生通宵写作文一样衷心祈祷。

这时候，孔明正在隆中卧龙冈召开家庭会议。黄氏、诸葛均、习氏坐在一边喝茶。

孔明慢慢举起白羽扇，盯着扇子看了半晌，道："终于到了要离开这里的时候了。"

孔明瞥了诸葛均一眼。单这一眼，诸葛均就打了个寒颤，差点把茶杯掉了。

"我想了很多，怎么都对你放心不下。"

"啊？"

"丢下你不管，太残忍了——这可不是学我家主公的口头禅。"

孔明姑且当作自己再也不会返回卧龙冈了，把大量书籍和图纸装进箱子，无数不明所以的工具也收拾停当。这些东西都将寄放在姐姐那里。

"不管何种乱世，我和黄氏都能过得下去。习氏也是坚强的人，我想肯定也没问题。均弟啊，只有你……"

"我不要！兄长，我、我、我会在这里做一个老百姓好好生活！我非常非常坚强！"诸葛均意识到孔明要说什么，叫喊起来。

"我守在这里等哥哥回来，不，就算不回来，我也会在这里耕田种地，一直到死。东吴的大哥（诸葛瑾）那边也好，别的什么地方也好，我都不要去。"这是对哥哥第一次的叛逆。虽然反抗期有点来得太迟，诸葛均到底还是稍微成长了点。

"唔，你的志向很好。"孔明的嘴角露出笑容，"可是，你也必须离开这里。辛劳是我诸葛一族的宿命与规矩。"

"不，我不能遵守那样的规矩！"

"你说是这么说，均弟啊，好好想想吧。你是我孔明的弟弟，是天下无法隐藏的卧龙的龙弟。曹公那里的可怕人物必然会来这里，蹂躏田地，搜查房屋，抓住你，拿你要挟我。那样的话，我为了维持冷酷无情的形象，就不得不眼睁睁看着你被杀掉。"

"这、这太过分了！"还有比刘备他们更可怕的人来这里吗？诸葛均愕然浮现泪花。太荒谬了。都是哥哥异常行为的错，自己美好的人生都被破坏了！（混蛋哥哥！你去死吧！）

孔明的眼角也浮现泪光。

诸葛均也有一定的才能，如果下定决心，就算被捕，也可能被吸收做曹操的臣下。只要是可用的人，曹操并不太在意有没有亲属家人在敌方任职。但是，诸葛均如果被收入曹操的帐下，就算受到很好的待遇，只要被要求，"你来跟我们好好说说你家兄长诸葛亮的情况"，单此一句，诸葛均必定会变得歇斯底里，冒出意义不明的话语，弄得不好会被关进犹如中世纪欧洲疯人院地牢一样的地方。孔明的占卜（或者说是预知能力）让他就像亲眼看到那样的情况似的。

诸葛均就像撒娇的孩子一样，一边在地上打滚、手脚乱蹬，一边哭着叫喊："坏哥哥！变态！白痴！混蛋！丧家犬！小丑！电波！厨房！臭仙人！牛太郎！色魔！王八蛋！不是东西！"

把知道的脏话一股脑全骂了出来。

这时候，习氏握住诸葛均的手，一边说"相公"一边把诸葛均的手放在自己的肚子上。

"啊？"

诸葛均大吃一惊。习氏意味深长地点点头。

"难道，我的，孩……"

习氏"嘘"一声拦住他，温柔地说："相公，请听兄长的话。不要丢下我一个人……"

诸葛均猛然跳起来道："兄长，请将我这无德无能的诸葛均带走吧！"并展现出与诸葛均相适应的、富有责任感的男子汉表情。

孔明与黄氏擦着眼角点头不已，不过嘴角带着诡笑。实际上习氏怀孕是演戏，是预先和习氏商量好的。习氏的怀孕根本八字都没一撇，如果到时候诸葛均问起来也打算反过来说他误会了。习氏很明白事理，知道留在卧龙冈的危险性。而且就算过两年才生孩子，对于没有受过性教育的诸葛均来说，也只会以为"在妈妈肚子里住了两年啊"，而完全不会奇怪。无论如何，他是那种很容易对孔明的话信以为真的人。就算孔明告诉他老子一出生就是百岁老人，他也会立刻相信。

出于好心说服（欺骗）诸葛均的孔明，打算让两个人去黄承彦那座城堡一般的豪宅去避难。他也打算让黄氏去，但是黄氏已经全副武装，招呼道："喂，去樊城吧。"

"这样啊。既然如此，那就和关将军、张将军的家人一起行动吧。"孔明没有反对。可这么一来，黄氏的闺蜜、如亲姊妹一般亲密的习氏也举起手说："姐姐既然去，那我们也去樊城。"让诸葛均颜面扫地。

"唔，这也不坏吧。这样的话均弟也可以为了天下而行动一次了。"

离开卧龙冈的时候，因为在这里生活了十年，诸葛均双手掩面，大哭不已。其他三个人则是说说笑笑，像是外出郊游一般。

《三国演义》中记载，曹操一占领襄阳，便派手下去隆中寻找孔明的妻子家人，但是一无所获。本来向孔明发誓一辈子在卧龙冈耕田的诸葛均不知道为什么消失不见了。难道是挖了防空洞一样的地洞在里面躲了无数年吗？暂且解释为孔明计算到曹操会来搜查卧龙冈，故事先派人把妻子转移到三江藏起来了。其中是不是有诸葛均，书中没写。后来听说孔明这一安排的曹操，对孔明的愤怒更深了一层，简直比海沟还要深了。

孔明夫妇和诸葛均夫妇半路上去了一趟鱼梁洲，见了庞德公。庞德公全副武装，像是要去深山老林的打扮。按现代的话来说，他脚上穿着登山靴，还绑着绑腿，背上背着满满六十升的登山包，还捆着睡袋，手上拄着登山杖，腰里吊着带有刀具和锯子的求生刀，一副十分专业的打扮。

"户外刀能救命。"庞德公周身上下弥漫着一股就算敌人有一个师团，也能在山林中歼灭的感觉。真是十分狂野的老者。

孔明说："先生辛苦了。但是先生还年轻，没必要羽化成仙。"

庞德公哼了一声，大声骂道："孔明，你小子要是收拾了曹公的远征军，我也就不用这种打扮了。我左等右等，你都干了些什么？不中用的家伙！"

但是孔明毫不生气，道："先生其实不用着急，就像平时一样，逗曹操玩几天再走也不迟。肯定是很有趣的。"

"切，正因为有趣，见了面反而麻烦。"

"那，先生去哪座山呢？"

"鹿门山。唉，因为要带小女孩去，一开始姑且定在那一带吧。"

据说鹿门山是在襄阳县东南，准确来说是在哪里，我也不知道。

"何时归来？"

"你要是抢了荆州，把这里变成人间天堂，那我随时都可以回来。"说着，庞德公又哼了一声，"你打算怎么办？樊城的刘皇叔有希望吗？"

"哦，照这样子下去，刘皇叔大概一战就会灰飞烟灭吧。"孔明完全事不关己的模样。

"这样下去能行吗，不会就这样置之不理了吧，呵呵，那样才好哪。"孔明爽朗地露出白牙。

"唔，告诉你姐姐，安顿好了抽空给我来个信。"

"先生呢？"

"小混蛋！要担心我的事，你还早了一百年。我羽化登仙之后，乘云游历四方，你就一边哆嗦一边等着吧。"

孔明没有露出任何表情，合十告辞。

君子之交淡如水，而这一对师徒虽然情深，交往也是极淡的。

孔明断绝退路，进入了戒严的樊城，而且是拖家带口。

"先生！"城门附近的赵云发现了孔明，赶紧下马，像是宠物狗一样冲过来，开心得简直要啪啦啪啦地摇着尾巴、气喘吁吁吐出舌头一般。他的右拳"啪"的一声打在左掌上，"先生，终于回来了！"

赵云对黄氏也以目行礼。

"子龙，这么激动干吗？我可是刘皇叔的臣下哟。"孔明说道，"哈哈，不过也有人不相信，真让我很懊恼啊。"

樊城中大概也有想对孔明扔石头的人。不过因为红色青年将校赵云犹如贴身护卫一般紧挨着孔明一同进城的缘故，没有闹出骚乱事件。孔明唤道："赵将军。"

"在，先生。"

"有件事情想拜托你。"

"啊，只要我能做到，先生尽管吩咐。"

孔明的身高比赵云稍高一点。可以轻松凑在他耳边低语，传授给他不知什么计策。

赵云一听完，立刻道："得、得——令！"

一声暴喝犹如闪电，周围的空气都随着这一声振动起来。黄氏微笑看着这一幕。赵云的目光和她一接触，顿时面红耳赤。而旁边的诸葛均则是像被雷劈中一样，一屁股跌坐在地上。

　　樊城比新野大得多。终于到了官衙，孔明请赵云送黄氏和习氏去休息。

　　"请交给子龙。"赵云回道。

　　"赵将军可不能做这些鸡毛蒜皮的事情。"黄氏说。

　　"没关系，没关系，刚好我也没事。"

　　赵云做护花使者，给女眷领路去了。孔明则带着诸葛均去拜访简雍。

　　简雍正枕着胳膊肘读禁书。作为刘备军的外交官，积极掌握新鲜资料大约是非常重要的吧。自从人类文明诞生以来，这类书籍总是会以某种形式存在。比如中东地区，在《圣经》里也有许多相当色情的记载，肯定让读书的牧师心里扑通扑通的。

　　"宪和大人。"

　　"哎哟，孔明先生。"

　　简雍起身重新坐好，堂而皇之地把禁书推过来给孔明，毫无害臊的感觉。

　　"先生，你看这本书，很辣的。"

　　当然是纯文字的书，没有图画。

　　"先生，这里的意思不太明白。"

　　"哦？"

　　这部分是引用《诗经》里的句子。如果不明白典故，就无法理解真正的下流之处。孔明唰唰唰读了一遍，对简雍解释了其中的意思。

　　"原来如此，有这样的机关啊。果然应该好好学习经书。"

　　简雍心悦诚服。知识分子写起小黄书来，古典的预备知识是必需的。正因为如此，格外会有一种神秘的下流味道。

　　"哎呀，不愧是先生，对这个也很了解。"简雍赶紧记笔记。

孔明把躲在身后的诸葛均拉出来，说："宪和大人，这一位是我弟弟，诸葛均。"

被突然拖到前面的诸葛均，大概是混乱了，满嘴胡言乱语道："在、在下诸葛均，年方十六。"明明已经二十了。

"呵呵，宪和大人，我弟弟自小在隆中务农，有许多不谙世事的地方。尽管不得不来到世间和各种人打交道，可是怕生得厉害，让我很是担心，所以想请宪和大人锻炼均弟，尽可能让他可以独自应付这个世间。"

"啊，我明白了。我年轻时候也十分羞怯，让父母为我的前途担心。给我勇气的，是主公胡吹海侃的大牛皮。就算不能负起任何责任，也要讨个嘴上的胜利。从那以后，不管面对什么样的厉害人物，我都敢挺起胸膛和对方侃侃而谈（黄色话题）了。"简雍感慨地说。

据《三国志·先主传》记载，在刘备的涿县老家附近，有一棵桑树，枝叶繁茂，犹如皇帝舆辇的天盖，游方的道士预言说："此家必出贵人。"

年幼的刘备放出大话说："我必有一天乘此羽葆盖车。"

家里的大人皱眉说："你别说胡话，会灭门的。"为此还揍了他。

另一方面，关于少年刘备的为人，有记载说：

——少语言，善下人，喜怒不形于色。

紧跟在后面又是，

——好交结豪侠（按今天的话来说大概就是高校生之类声名狼藉的小坏蛋和暴走族之类的年轻人吧），年少争附之。

话很少，但是能够一脸严肃地说出大话，让少年们的庞克之心熊熊燃烧起来。刘备的这一形象跃然纸上。

简雍也是为刘备倾倒的不良少年中的一个。

"我相信这一点，所以拜托宪和大人指点我弟弟成长为一个大人吧。"

"孔明先生，这件事就交给我简雍吧。我一定不负重托。我将把自己所有的社交力（猥琐力）教给你弟弟，让他成长为堂堂正正的男子汉。"

很会照顾人的简雍一边说话一边拍胸脯。男人把自己的孩子托付给另一个男人，这是让被托付的一方非常自豪的事。侠士都会对这种托付表示感激。

"多谢了。这真是黑暗中的烛光，大恩不知如何感谢。"

"哈哈哈，先生言重了。"

"既然如此，均弟，你要将这位宪和大人视作父兄，学习做人的重要道理，要成为宪和大人这样的勇敢之士啊。"

"呜呜呜，知道了。"诸葛均无法说出"我不想要"。

孔明频频点头，道："那么宪和大人，拜托了。"

"嗯，交给我吧。"

孔明丢下眼看就要哭出来的诸葛均，飞快走掉了。从这一天开始，诸葛均的男子汉修行开始了。只是离堂堂蜀汉校尉的目标似乎还很遥远。

黄氏与习氏稍微休息了一下，便去拜访刘备、关羽等人的家属。黄氏和各位夫人的关系确实很好。

自古以来，夫人之间的交往，如果一开始关系没处好，或者中途因为些许小事闹得不开心，比如早上扔垃圾的时间不对啊，晾衣

服的方法不喜欢啊什么的，就会有各种阴险使坏的招数，最后甚至
会发展到自杀或者杀人事件。后宫尤其辛苦。后宫是男性无法理解
也无法应付的阴暗领域。如果想在太太团中掌握霸权，不与其他人
搞好关系的话，处境会很危险。而黄氏则是以其不会招惹嫉妒心的
容貌、名门闺秀的端庄举止，还有小孩子一般喜欢各种奇怪玩具的
优点，一下子就消除了危险，融入了太太团中。

各位夫人原本就对嫁给孔明这种充满了怪异传闻的黄氏抱有难
以形容的同情，对她十分担心。

"如果，我是说如果啊，孔明大人继续那种不知廉耻的发疯行
为，让你不断遭受难堪的痛苦……说到底，我是说如果啊，假如真
有这样的事，你随时都可以来找我们商量哟。"

每位夫人都体贴地这样说，反而让黄氏诚惶诚恐，道谢不已：
"现在还没有那种事，没关系的。"

"都是女人，不用这么拘谨。男人哪，从来都是自私任性的家
伙。"刘备的夫人一句话道破了男人的本质。她有过许多次被刘备
丢在战场上的经历。

"特别是孔明大人这样的人，更是让你费了好多心，说都说不
完吧。"就算黄氏说孔明是很好的丈夫，大家也不会相信。

孔明认为刘备、关羽、张飞的妻子每天肯定都过着凄惨至极的
日子，而夫人们则认为孔明的妻子才是卧龙的陪葬，被打入地狱
般，备尝辛酸，有着不幸的境遇，所以十分亲切，几乎令黄氏毛骨
悚然。这大概也是卧龙名声的效果，或者也是因为黄氏一开始就被
认定不谙世事。总之多亏了孔明，黄氏立刻融入了刘备军的太太
团，受到优厚的对待。各家的各种信息不用刻意询问就会绵绵不断
地传来。说不定孔明的妻子真是宇宙第一等的幸福女人。

孔明踏入房间，说："水。"

刘备顿时大叫："鱼！"

完全没有排练过，暗号也丝毫不误。

"果然是主公，很遵守游戏规则，这一点曹公一定比不了啊。"孔明莞尔一笑。

"这种事情算不得什么，先生。"

"我知道。这些日子，我孔明关在家里，熬夜熬得眼睛通红、吐血不已、天旋地转、备尝辛苦（全是胡说），终于有了计策。"

刘备一下子瞪大眼睛，"先生有何妙计？"

"挡在曹公大军面前。在旁人看来，我军是为了名誉，不惜牺牲性命，也要堂堂正正一战的模样。尽管最后还是惨败而逃，但看起来却像是大获全胜一般，而且不会失去百姓的支持，让希望在新的天地里奔驰……这些事情，若是一般的军师，肯定会情不自禁地认为实在是异想天开，但我心中已经有了能够满足主公任性要求的计策了！"

"真的吗！连我都已经放弃了。我还在想，天底下没有这样的好事，是我想得太乐观了……您是说，我这样的痴心妄想能够实现吗？"

"在此之前，主公，我想再确认一下，刘表刘景升已经不在世上了，主公要报恩的人已经不在了。现在收拾掉蔡瑁之类的叛臣，拿刘琮作傀儡，把襄阳收入囊中。这是清君侧、除奸臣，就算收了襄阳，天下也没人能说您不仁不义。还不如说放任不管才是对刘州牧忘恩负义——即便如此，主公还是不打算夺取襄阳？"

刘备断然道："不。"

"果不其然。"这是孔明预想的回答，但也是刘备罕有的正确意见。如果到现在刘备竟回答说："好，抢了！"说不定会让孔明决定对他进行人格改造手术。

"孙乾和糜竺他们也劝过我，但是这样一来，就变成讨伐刘景升的儿子了。我不忍心做这样的事。不过，现在说这些也没用了，全都来不及了。"

"到最后也没有杀刘景升，这是主公艰苦忍耐的失败。"

后世的恶意史家指责说，刘备之所以没有夺取荆州，并不是因为感激刘表的恩义，而是因为他知道自己就算夺取了荆州也无法收拢荆州人士，难以抵抗曹操或者孙权的侵略。

确实，当年陶谦将徐州让给刘备的时候，刘备连屁股都没坐热就被打跑了。但是，荆州和徐州的情况不同。因为现在有孔明在。他说了有十全之策，所以大可以将一切托付给孔明。

"唉，是我运气不好吧，大概平时没有积德，刘景升要是六月、要么七月过世就好了，蔡瑁等人在襄阳乱搞一气，我就可以师出有名……连一个月时间都没给我啊。"

虽然现在也可以进攻襄阳，但如果真的动手，不到十天，曹军就会从后面袭击围攻襄阳的刘备军，将之彻底包围的吧。就算有一部分荆州士兵心向刘备，但在曹操大军兵临城下的时候，到底会投靠哪方，实在难以预料。

所以《三国志·先主传》中孔明在此献的计策让人感觉十分愚蠢。

　　——过襄阳，诸葛亮说先主攻琮，荆州可有。先主曰："吾不忍也。"

这是刘备一行人弃樊城逃跑时路过襄阳的对话。这时候曹军已经到了新野一带。新野和襄阳相距约九十二公里，一过汉水便再无遮拦。曹操的骑兵部队只要一天就足以跑完全程。哪有时间让刘备军威胁刘琮、夺取荆州。就算刘琮宣布，"把荆州献给叔父"，在没有无线通讯的三国时代，十万荆州兵大概也不可能马上就按刘备的设想行动。夺取襄阳的时机已经过去了。

也许这段对话只是孔明诱导刘备再度说出他的口头禅"不忍"二字，让自己的心神继续荡漾吧。不过，裴松之早早打破了读者的幻想，斩钉截铁地否定说："刘表根本没有理由在临终时将荆州托付给刘备。这完全是空穴来风。"所以也就没有什么忍不忍的。我怀疑想要刘备不忍的实际上不会是陈寿吧。

刘备坐立不安，问："那么先生，先生的妙计是什么？"

孔明欲言又止，犹豫半晌，终于开口："我军若是据守樊城迎击曹军。这将是彻头彻尾的愚蠢行为，等于是自杀。决不可被曹军围城。"

"先生，我军少而羸弱的情况，我非常明白，但是没有什么妙计来改善现状了吗？当年曹操在官渡大战袁绍，以至弱破至强。就算行险道，先生只要有妙计，是不是也能有些作用？"

刘备对孔明的魔法充满了期待，他也有着强烈的守城心情。如果离开这里，等在未来的又是流浪狗一般的生活。

"所谓至强至弱，说到底至少是在同一个舞台上的人之间进行比较。袁曹之战，乃是强虎与弱虎之战。与此相反，和曹军的精锐相比，我军恰如在虎群面前老眼昏花的哈巴狗一样。"

孔明如此评价官渡之战："曹操的名气和势力都不如袁绍，但最后还是能够获胜。之所以至弱胜至强，不仅是因为曹操得了天时，也是受益于人的智谋。"

智慧是最大的胜利因素。但在刘备军中没有能与荀彧相当的智谋人物。当年荀彧独守许都，力保许都无恙，又完成兵站的责任，还斥责了说丧气话的曹操。如果得到襄阳或者江陵作据点，有了荀或级别的参谋，刘备军才能勉强算是与曹操站上同一比武台的至弱角色。

离开了新野的刘备军，又受到襄阳方面的冷淡对待，连粮草的定期补助都失去了。尽管有一万士兵，也很难说是真正具有战斗力的队伍，可以说只是一枝一个晚上就会枯萎的残花而已。这几年靠刘备的温情得以维系的部队，一旦和襄阳决裂，立刻就是树倒猢狲散的命运。

刘备军一直都是没有立锥之地的流浪军。就像是无处可去的剑客，闯进别人家里强行给人做保镖，半带勒索地吓唬说："来个人给老子献上酒食！"

刘备军从来都是这样的打算，所以不断在搜索有经济实力的、能够养活自己的富豪。离开荆州之后，只能走上以强盗为本职的犯罪集团道路（还有一条路是成为孙权的手下）。这些自己连饭都不知道上哪儿吃的家伙，偏偏一本正经地讨论复兴汉室、打倒曹操，不管是谁听到这话，只要稍有常识，都会目瞪口呆，忠告他们说："你们先想办法自力更生吧。"

不管谁来做军师，第一件事就是要给刘备军找到不带任何附加条件的粮草和资金，换句话说就是不用依靠他人就能获得定期收入的来源。在三国时期，达到这个目的只有获得领土一个方法，而荆州则是最容易获取的优秀不动产。其他方法比如像五斗米道那样组成宗教团体，广收信徒。天地人号称三才，总之人与地是农业生产的基础，没有这些，国家是无法存在的。在后汉末年，就算是强盗团伙也会有自己的地盘，而刘备到现在竟然还没有。汉室复兴固然是大义，然而这一最高纲领却没办法变出食物。即使是在赤壁之战迫在眉睫的此时此刻，刘备军的本质也不过是一支本领很糟糕的雇佣兵部队而已。放在《演义》的群雄中看，档次比其他人差了好几个等级。

没有要守护的领土，也没有爱戴自己的人民，刘备军作为战斗力的存在，实际上是空虚的，常常会从心底涌起一种犹如无根之草般的悸动，所以也难怪他们不参与长期战斗（没有坚持）。他们总是在夜晚的繁华街道偷偷摆出无证的路边摊，一旦遇上警察就到处逃跑；有时候向同行的前辈借用场地；有时候为了一块地方和人争吵打闹——这样的生活谁能满足呢？

除了孔明，其他许多人也都劝说过刘备，让他拿下荆州，建立自己的政权。但刘备出于恩义，还是没有理会这些建议。等于从一开始就抛弃了他人的智慧，而且没有丝毫反省。在这样的状态下，就算是孔明，也做不出什么成绩。即使孔明绞尽他那神秘智慧的脑汁，充其量也就只能做到博望坡和新野烧掉曹军二十万人（虽说是捏造的）。但即使做到这种程度，只要刘备军的体制一天不改，最终结局便不会有任何不同。

所以说，孔明首先不得不做的，并不是基于天下三分的大计制定针对曹操和孙权的战略，而是对刘备军进行根本性的体制改革，就和医生或者破产重组指导员的工作类似。而且，这是要将刘备军常年的宿疾一气摘除的大手术，就算是名医，也说不定在全力以赴的最后还是免不了病人猝死的结果。另外在军队内部的抵抗分子（类似于免疫系统）说不定也会持续抵抗，最后甚至会因为激烈的休克症状而自行导致死亡。更说不定抵抗分子的头目就是刘备自己。

我在讨论刘备军缺点的时候（当然，和其他势力相比，刘备军也有自己的优点，不过这些优点在《演义》中得到各种强调，这里就不重复了），一直都想提出一个问题（而且很奇怪，没有别人指出过）：孔明的最大功绩，其实是在不知不觉间彻底改造了刘备军的体制。在孔明的心中，这个问题就算不是最重要的，肯定也是排在第二或者第三位的。至于孔明是如何做到的，在《演义》中只能隐约看到一点，仿佛魔法一般。

刘备军自从揭竿以来，虽然积累了许多经验，也得到了惨痛的教训，然而始终不能得偿所愿。这个情况在孔明加入刘备军之后，经过几年时间，逐渐得到了改善。如果没有这样的改善，刘备的后半生是不可能发挥出实力来的。集团组织这种东西，时间越长，越会丧失自净能力，无法再进行自我改革。然而刘备军在孔明加入之后，变成了完全不同的东西（比如说张飞成为了真正意义上的军队指挥官这类近乎奇迹的变化）。后来，曹魏和孙吴都对孔明表达出一定的敬意，"孔明虽然欺诈成性，但正是他把刘备军整顿成形了。"

一般认为，曹魏和孙吴惧怕的正是这种将不可能变成可能的可怕改造力。

孔明接着说："如果要战斗，决战地不能选在樊城，要在别处。"

"在哪里战斗？"

孔明没有直接回答，接下去说："另外，迎接整支大军的攻击，也是自杀行为。我们直接面对的对手，最多只能保持在两万人左右。要挑选一个合适的地点，实现这个目标。这样的话，至少可以避免一触即溃。"

"那就是慢慢溃败？"

"如果关张赵云几位将军怀着杀身成仁的决心，以万夫不当之勇奋战，只要坚持半日，我军便可保存。但这也需要地形配合。"

"……先生，这真是良策吗？听起来很悲惨啊。"

但是孔明依旧没有回答，继续说：

"还有一点，我军拼死奋战的情况必须让百姓清楚看到，所以地点要开阔。这样一来，主公的名声才会在百姓中永恒传诵。"

刘备忍耐不住，说："先生，等等，输成这个样子，我们就再也起不来了吧？我会是什么下场啊？"

这么一问，孔明将白羽扇在刘备面前摇了摇，说："这是以大败为前提的计策。"

"这、这是什么意思，先生？"

"如果在这座樊城迎敌，一刻就会被怒涛吞没，二刻就会崩溃，三刻所有人就会身首异处，要么就是沦为阶下囚。主公，我的这个计策，则是要九死一生的计策。九死加上一生。如果有大英雄的度量，将这个计策吞入胸中，那就会展现出希望的新天地……说不定会展现吧。我孔明为了主公，呕心沥血想出这条妙计，主公这是要放弃吗？"

"唔……如果横竖都是死，有没有计策不都是一样吗？听起来，如果施展这个计策，我不管怎么说都是死路一条啊，先生。"

"十之八九会是如此。但是主公，无论如何，是因为主公不肯采用占领荆州的计策。然后又不肯早早逃走。在我的头脑（宇宙）中，我军已然溃灭了。为了颠覆这一死亡，我只能以既死之命作担保，从冥界借了生命与运道。那是类似于一日一成的高利贷。"

孔明是打算和恶魔做交易吗？

"唔，好吧，生死有命，富贵在天。我也就是个小小的武夫，就算死了，我军的忠烈传说也许会残留在天下人的心中。好吧，先生，在你这条计策中，百姓会如何？"

"我以前也曾说过，尽量把十人之中六人的牺牲，变成三人左右吧。这是最困难的地方。"

刘备盯着孔明，眼神就像是看着明知是个骗子的家伙扔骰子似的，说："是吗？我有一点特别想问，这个计策，我当然是知道自己难免一死，不过到那时候先生会在哪里？"

被刘备如此一问，孔明微微一笑，爽快地回答说：

"那时候我孔明当然也不能苟且偷生，必然与主公一起悬首城门。"

听到这话的刹那，刘备眼中顿时喷出灼热的液体，叫道："不要！"接着说，"如果先生都要赌上性命，这让我如何自处！都交给我吧！不要为我殉情！"

孔明躲开喷着眼泪扑过来要抱自己的刘备，说："我就想听这样的话。"孔明从怀中取出地图展开，一边道，"只要有这样的话，我孔明便发誓守护主公的生命和名誉。接下来要说的计策，请求主公暂时在心中埋藏一段时间。"

即使如此嘱咐，刘备也会对关羽和张飞说的吧。然后军队干部全都知道也就是个时间问题。不过这也无所谓了。（关键的部分现在还不能说。总有一天主公会认识到机密情报是关系部队存亡的大事吧。）

刘备军一直无法隐藏任何机密，乃是无比光明正大的团体，就像漏斗一样（从军事上说，这种状态大错特错）。

刘备凑近地图。这是荆州的详细图。孔明用犹如女性的修长手指，在地图上划过，随后停在一点上——当阳。

当阳位于襄阳南方约一百四十公里，差不多刚好在襄阳和江陵的正中。当阳东北四公里处是长坂坡。

"这里就是预定战场。"孔明说。

刘备抬起满是疑惑的脸。（如果去当阳，不如直接去江陵更好吧?）江陵是荆州的第一物资集散地。

"我明白主公想说什么。但就算能够占领江陵，只要没有拿到整个荆州，我军依旧只会在曹军的猛攻下崩溃。"

"唔……不管有多少物资，云长、翼德都不适合守城。"

"主公明白了吗？绝不是弃樊城而逃，而是在此处布阵，迎击曹军。"

"那么快快领兵去当阳吧。"

孔明摇摇头，道："现在还早。等到襄阳不战而降、樊城无依无靠的时候再动。那时候，曹军差不多也会开始进攻了吧。"

故意拖到最后一刻，是为了让樊城的民众惊慌失措，失去判断力吧。

"先生到底还是认为刘琮会投降吗？"

"这不是木已成舟的事吗？连这里的小孩子都感觉到了。密使差不多已经在去宛城的路上了吧。"

"哎呀呀，刘琮刚刚继承州牧，这行为很不孝啊。蔡瑁、蒯越之流，还有刘表的众多家臣，全都是可耻的家伙，活该绞死！"

"主公的怒火晚了三个月。"

"唉，这样的现实实在让我心痛。我本该是侄儿的保护人。"

"如果这么生气，那就去一趟襄阳，用你的大脚刨点沙子，给它来场沙尘暴吧。"（如果接着给刘表的坟头来一点那就更好了。）

然后孔明解释了具体的计划。

从某种意义上说，阻止了张飞发狂的，恰恰是襄阳的谋臣们。

刘表的发丧根本是敷衍了事。开会讨论把刘琮扶上州牧的位置，实际上就是确认投降的步骤。《三国演义》中对此过程记载得颇为详细。

刘琮这时候应该是二十四岁，在《三国演义》中被写作十四岁的孩子。因为命运的预设就是要在投降之后被恶魔曹操杀死，所以还是年轻可爱的主人公更有戏剧性效果吧。在真实的历史上，刘琮并没有被杀，而是被送去青州，提前退休养老去了。中国的说书人为了给听众留下强烈的印象（曹操是个大坏蛋），不惜伪造证据，毫无羞愧地捏造历史。真是奇怪的正义感。

蔡瑁不顾还在刘表的服丧期，说："好了，从现在开始，你就是荆州之主。"

让刘琮坐到原先刘表的座位上。刘琦和刘琮兄弟都被刘表评价为"毫无能力保住荆州"的不肖子弟，而且臣下们也多有同感。但不知什么缘故，在这时候的刘琮却突然变聪明了，问在场的诸人："父亲虽然亡故，我兄长在江夏，叔父玄德在樊城。你们立我为主，如果兄长与玄德不服，起兵问罪，该当如何？"

这么一来，强硬派的李珪说："公子所言甚是。尽速遣使者去江夏，迎接大公子做荆州之主，由玄德大人辅佐，当可与曹操、孙权一战。"李珪显然就是那种搞不清楚状况的人。刘琮对他的话还频频点头。

但是蔡瑁不干了。已经说好的事情难不成还要推翻？

——汝何人，敢乱言以逆主公遗命！

蔡瑁的意思就是说，刚才你明明已经同意了（虽然有点勉强），现在怎么又反悔了？你当你是说话不用负责的熊孩子啊？

李珪原本就讨厌蔡瑁，大概是貌合神离的状况吧，顿时反骂回去："闭嘴，你个卖主求荣的猪！你才是大奸臣！和蔡夫人都没统一遗言的口径，就说要废长立幼，把荆州当作自己的玩物，你这贼胆也是包天了！主公若是在天有灵，必定会附体上身，诛杀你！"

蔡瑁勃然大怒，立刻拔刀把李珪斩了。

"我不是猪，我是主公的忠犬！"据说李珪一边喷血一边对蔡瑁骂不绝口，至死方休。

给了李珪致命一击的蔡瑁，对刘琮微笑说："残酷秀很好玩吧，哈哈。"

一边揉手，一边笑着说："蠢材人人得而诛之。世界清静了。"

突然就拔刀相向，砍死了一个人，这是笑的时候吗？刘琮很想问。

就这样，蔡瑁杀掉了最后的反对派，进行了符合自己设想的内阁改造。但内阁大臣们只是不得不赞同投降曹操而已，并不允许蔡瑁这样为所欲为。

（这个畜生！有机会一定要碾死他！）

在这样的憎恨之情下，荆州刚刚进行了政权交替，便已经是四分五裂的状态了。即使是小孩子，刘琮对此也感同身受。"请好好干吧。"对这句嘱咐，刘琮只有叹息。

蔡瑁大概是害怕被亡故主公的灵魂附体，急匆匆下令将刘表的遗骸埋在襄阳的东方。没有告诉刘备和刘琦。

蔡瑁的篡权行动告一段落，刘琮正在想是不是要平静下来重新服丧的时候，曹操大军即将来攻的消息到了。接着又来了劝降的使者，于是又召开了蔡瑁主持的紧急会议。

"本以为终于可以好好玩玩，结果又要来看蔡瑁的杀人表演。这回不晓得是谁被杀啊？搞不好是我吧？"年少的刘琮又叹了一口气。

蔡瑁、蒯越、傅巽等人已经决定了方案，把荆州九郡全部献给曹操。而且这事要瞒着刘备。

他们把方案告诉刘琮。刘琮大概也实在忍不住了（我说，有这么办事的吗?），讽刺说："我刚刚才做了荆州牧，就要送给别人啊?"

蒯越姑且解释说："如今曹操征讨荆州，必称敕命，若不听从，就要背上天下逆贼的污名。荆襄之民听说曹操来了，都是颤抖不已，连战斗的力气都失去了。"

"情况大概是这样吧，可是亡父生前的伟业就这么轻易地舍弃，会变成天下的笑柄。你们看那个刘玄德，他连荆州之主都不是，不还是憋足了力气要大干一场吗? 为何我等这么快就要夹着尾巴投降，引来天下的嗤笑，接受曹操的轻蔑呢?"说起来，十几岁的青春期少年，自尊心是最强的，最讨厌被人嗤笑。

"而且，刘玄德在樊城为我们抵抗曹军，不告诉他投降的决定，这也太没有信义了。"

刘琮这么一说，在座的人纷纷摇头："哎呀呀，这都是因为刘备太古怪了。"关于这一点，大家的看法倒是出奇地一致。

"如果刘玄德知道了我们的投降决定，必定会怒而发狂，露出饿狼之牙，袭击襄阳。就算玄德忍了，他的义弟张飞也不会善罢甘休（而且说不定孔明还会煽风点火）。"

"玄德叔叔不是那样的人。"刘琮虽然这么想，但也不是很有自信。

总之刘琮总算还有点良心不安，嘟嘟囔囔地表示很难办。

这时候帅气出场的是王粲。王粲被认为是旷世奇才。可是，听任蔡瑁这种小人飞扬跋扈，该算是渎职吧?

王粲字仲宣，山阳郡高平人，这时候大约三十一岁。王粲年少时就被誉为奇才，为了躲避中央的战乱，来到荆州做了刘表的门客。如果刘备三顾茅庐请出这样的人物，世人的评价大概会比得到孔明高上百倍吧。不过王粲相貌平平，身高不足五尺，可能正因为如此，没能刺激到刘备的占有欲。曹操就不会以貌识人，所以占领襄阳后立刻提拔了王粲。位列建安七子之一的王粲，后来在曹魏的仕途一帆风顺，历任魏国的要职。

当年王粲还是孩子的时候，天下闻名的大学者蔡邕曾经跪坐在他面前，摆出一副近乎弟子的态度，说："此子乃当世奇才，我远远不及。"蔡邕这个态度实在比较异常，说不定蔡邕因为董卓问题而有点精神失常了吧。

王粲有着魔法般的记忆力，在路边看到的碑文，只要扫一眼就能丝毫不差地背诵出来。他看人下棋，遇到狗跳上来把棋盘弄翻了，他可以一步不错地把棋局重新恢复出来。王粲大概是具有瞬间图像记忆力吧。除此之外，他从算术到文章都出类拔萃。

上面这些都是《演义》里的记载，但因为他赞同对刘备见死不救的计划，后来又做了曹操的官，所以似乎活该被人斥为歪门邪道、没有任何正面的记载。但王粲好像很难被处理成坏蛋，大概是因为他的人格和才能远远超过了负面因素吧。又对刘备不利、又是曹操的战友，居然没有被打上大坏蛋的烙印，说起来还真是罕见。

只不过这个不凡的人物此处的出场却显得很平凡，而且对事实的记忆也有错误的地方。王粲像是碾压刘琮一般地说："少主公，曹公有精兵强将，麾下谋臣如云。擒吕布于下邳，灭袁绍于官渡，逐刘备于陇右，破乌桓于白登，平定的诸侯不计其数。"

其中的"逐刘备于陇右，破乌桓于白登"，不知道是王粲从哪里听来的。裴松之对此批评说："刘备到陇右乃是很久以后的事。曹操征讨乌桓的时候，也不可能经过方向完全不对的白登。"

即使是天下闻名的王粲，裴松之也是毫不留情地大扇耳光。也许这是王粲故意在说谎吓唬刘琮吧。

总而言之，王粲以《演义》中常见的问题逼问刘琮："将军（刘琮）以为，自己与曹操相比，何者为上？"

逼着对方拿世上的英雄和自己作比较，一直逼到被提问者承认自己是毫无生存价值的废物为止。这是毫无逻辑的阴险诡辩术。虽然不太清楚刘琮如果年少气盛地回答"当然是我厉害"的时候王粲打算怎么办，不过在这里王粲接下去说："傅巽、蒯越诸公所言乃是长久之计，不可犹豫不决。"

毫无奇才光辉的平庸问答，总算把刘琮诓进来了。其实就是连训带骂让刘琮听话。真是帅气的出场啊，王粲！

王粲毫无价值的总结发言之后，刘琮总算答应不战而降。于是迅速写好降书，秘密让宋忠送去宛城的曹操大营。

"终于来了。"

荀攸等人故意按兵不动，就是在等这个。曹操下达命令兵分七路进军，明日一早在襄阳会合。

顺便说一下，并不是曹军二十万人都奔往襄阳。曹操的头脑中已经在考虑对孙权的作战了。在宛城停留的期间并不仅仅在做部队的整编。如今刘琮已经屈服，荆州更不需要二十万人马了。如果说荆州还会发生战斗，也就是和刘备军及其支援者的局部战争吧。荆州失陷必定会大大震动孙权军。接下来就要开始揭开与孙吴交战的序幕了。

赤壁之战并非仅仅是曹军主力在陆口、乌林一带与吴军相遇的小范围战争，而是由北方向南方压迫过来，战线自江陵绵延到吴郡。曹军主力加上已经纳入麾下的荆州水军，沿长江而下，直刺江南的心脏部位。赤壁之战便是基于这样的大战略而实施的。

曹操的策略是，沿长江北岸部署人马，广泛覆盖各个重要的战略据点。臧霸在广陵、陈登在东城、李典在合肥、李通在信阳，凡是吴军有可能攻击的渡河口，都会修筑攻防两用的平原战阵地。这并不是拙劣的兵力分散。在各个地点，曹军都部署了与吴军全军等同的，甚至超过的兵力。在这之后，曹操的主力加上荆州军，打算堂而皇之渡过长江，击破东吴的大门，直取柴桑的孙权。

曹操恐怕早在和乌桓的一战之前就已经策划好对东吴的作战方案了。郭嘉全心全力研究这份作战方案，他发现了几处重要的遗漏并且告知了曹操，但在修正方案完成前病故了。

由长江北岸的动向得知曹操意图的张昭，强烈反对与曹操开战，"今长江之险曹操已与我共，我军无兵可守长江沿岸，如此绝无胜算。"

这确实是正确的判断。不管说什么，吴军的主力只有周瑜指挥的长江水军，而陆军无论质量还是数量，都远远不如曹军。依张昭看来，孔明这种人就是两手空空跑到人家家里，毫无责任地引发灭门之祸的害群之马。

为了进驻不战而降的襄阳，曹军向新野、樊城开进，第一批人马大约八万人。这是由曹操、张辽、于禁、乐进、徐晃、张郃等身经百战的勇将率领的，阵容只能用"豪华"二字形容。奉行"兵行诡道"、以诈取敌军为人生价值的荀攸、程昱、贾诩等老谋深算的作战参谋也保持着大脑的高速运转，一同随行。

加上殿后的夏侯渊、曹仁、曹洪诸将，这个阵容可以说称霸世界也不是梦（谨慎小心的荀彧和夏侯惇留守许都，这是事先的约定）。以这般阵容投入荆北，对于曹操来说，虽然并不是怕刘备军，不过所谓战事无常，总有一抹隐约的担心吧。

话说宋忠这员武将十分不走运，回来的路上被关羽的侦察队抓到了。

"抓到一个奇怪的家伙。"

关羽带着宋忠回到樊城。一开始宋忠还打算保持缄默，但是张飞瞪着空虚的眼睛，手里抓着丈八蛇矛，感觉不到一丝人类的气息，朝他逼近，怒吼一声："给我老实交代！"

宋忠顿时就像阀门坏了的自来水管一样全部坦白了。

听到襄阳会议的情况，确认了投降决定之事实的刘备，情不自禁地大叫："不可忍耐！"

他拔出剑来，对准宋忠，"你们就干这种事吗？也不来和我商量，到现在才让我知道灾祸迫在眉睫，这做得也太过分了吧！我对你们做了什么没良心的事吗？"刘备恨恨地说。

张飞用犹如被诅咒的恶鬼一样的声音说："大哥，让我杀了这家伙！拿他祭旗，千刀万剐，让其他人好好看看，然后一举攻入襄阳，把蔡瑁、蔡夫人、刘琮，还有蒯越、王粲、傅巽、张允这些狗屎一个个碎尸万段，回过来再把曹操的人马全部杀光。大哥，让我杀吧！"

但是刘备把自己的剑收回鞘里，并阻止了张飞。"你闭嘴。我有我的考虑，而且，事到如今，大丈夫再斩这样无足轻重的人，反而是耻辱。"

说着话，颇为同情地放了宋忠。宋忠百般拜谢，连滚带爬地跑走了。不过这是真的吗？这时候还拦住张飞的话，要么他会发疯而死，要么会离家出走再也不回来了吧。

"放了之后我就管不了了，飞弟随你干什么吧。"如果不来这么一出，张飞肯定会爆发的。反正宋忠在这之后确实再也没有出现过。

对刘备来说，宋忠的下场无关紧要。（到底还是决定投降了吗……）

"去请诸葛先生来。"

孔明在总部的时间不是很多，吧。

刚好在这时候，做了刘琦参谋的伊籍来了。

"哦呀，这不是机伯（伊籍的字）大人吗？来得好哇！"

刘备出来执手迎接伊籍。伊籍受刘琦的委托，带来了商议的书信。

刘琦被蔡瑁所阻，连父亲的遗体都没有见到。不单如此，一切消息都隐瞒着他，让刘琮继承了荆州。刘琦受到这样的无情对待，陷入了深深的自我厌恶，于是派遣伊籍过来，一如既往在信中哭诉："请求皇叔大人站在我这边，一起对襄阳怒吼，弹劾蔡瑁等人的罪过。"

刘备读完刘琦的书信，把它撕碎，扔得老远，又朝它吐吐沫。伊籍说："这是为何？"

刘备眼泪汪汪，擤着鼻子说："已经迟了。机伯大人，你可知道，刘琮已经将荆襄九郡全部拱手送给曹操了？"

"什、什么？这是真的吗？"

伊籍仰天长叹，脸色煞白。刘备将抓到宋忠问出的事情仔仔细细说了一遍，伊籍激愤不已，简直像是张飞附体一样。

"既然如此，那就不用再顾虑什么了。借吊唁之名杀入襄阳，抓了刘琮，把他们这一族全都杀个干净，荆州就是刘皇叔的了！然后再把襄阳的各位迁去江陵吧。"

摇晃着白羽扇款款前来的孔明（这有一半是在演戏），也附和说："机伯大人所言甚是。主公，快快行动吧。"

刘备的真心与报恩的心情，被襄阳的狗屎（语出张飞）践踏了。而且都不给要以自己的躯体守护荆州的刘备军知道，完全就是夜里把短刀卖给曹操的意思。

"不可饶恕！"

关羽、张飞、简雍、糜竺等在场的刘备军干部，全都怀着迫切的心情——既然如此，刘备也要毫不犹豫踏破襄阳了吧——等待符合心意的屠杀号令从那张口里如雷鸣般喊响。

但正是这个时候，映出的却是刘备很帅气的脱口秀。刘备不会放过任何一个叫喊仁义言辞的机会。他的眼中已经扑簌簌流下了眼泪。

"我不忍哪！"

——什么？！

"兄长（刘表）死前将遗孤托付给我，我却要夺他的领地，抓他的儿子杀掉，这样无情无义的行为，我如何能做得出来？！"

刘备一边哭喊出仁义的台词，一边捶胸顿足。

"做出这样的事情，他日我在黄泉之下，有何面目去见兄长啊！"

刘备军的干部们想"又开始了"，但同时也情不自禁地生出深深刺痛心灵的热切感动。（我家主公，真乃君子也。）

"身为男人，不不，身为人，我不得不说，现在也许是应该狠下心肠……但是我做不到哇。我不能舍弃自己的正义之心。哎呀呀，我这样天下第一等软弱的人，不配做你们的主公。各位，请原谅。要笑话我的人，现在就可以走了，走吧，去哪里都行！"

刘备将中年男人燃烧的拳头重重敲在桌子上，翻着白眼，涕泪横流。刘备军的干部当然没有一个人走。

"主公！"

"主公！"

"我们到死也会追随你！"

接连不断的声音响起。

"玄德大人，真了不起！"

还不是军队一员的伊籍不知不觉也心驰神往了。

"唉，和我一样软弱的人们哪。"

刘备用袖子擦干净眼泪，摆出精气十足的正义POSE。

冷眼旁观的孔明啪啦啪啦拍起手来，跟着响起了盛大的鼓掌和欢呼声。刘备抬起一只手："谢谢，谢谢，谢谢大家！"

完全就像是明星的架势。

孔明递过擦汗和眼泪的巾子。

"主公，如果不想夺取荆州，曹军已经在宛城了，主公打算怎么办？"

孔明这么一问，刘备严厉地说：

"忤逆我之大义者，必然要与之一战。"

拍手声再度响起。

"主公，襄阳投降曹操，就意味着我军既要北向迎击曹军，又要南向抵挡襄阳守军，这是两面夹击之势，情况极其危险。在这樊城作战，只能将民众卷入战乱。"孔明说，"既然如此，应该急速进攻兵力薄弱的襄阳。投降了曹公的襄阳，虽说是刘家的，但也等同于曹军的一部，可说是背弃大义之徒。讨伐他们，并无不义。"

但是刘备很顽固。"我说了，这不行。作为人，我做不到。"

既然如此，那么又为什么要和曹操抗战呢？即使曹操是在恶意使用汉朝这一刘家的大义前来讨伐，但考虑到献帝（襄阳的蔡瑁扮演的就是曹操的角色），也应该加以忍耐才对，因为这就和刘表一族的情况差不多。总之，刘备的言行充满了矛盾，不是遵循逻辑，而是依赖感情——受到这样的批判也是合情合理的吧。刘备历来都是双重标准，不过不擅长理论思考的他，大概并没有意识到自己是双重标准吧。

反正这种事情现在并不重要。

"既然如此，主公，为了避免夹击，只有在襄阳南方布阵对抗曹军了。行动要快。"也就是说，现在就要立刻离开樊城。

"明白了。我军放弃樊城。"

刚好在这个时候，张飞一副从厕所回来的样子进来了，袖口带着血迹，不过没人追问。

"怎么了，大哥，我听到说要放弃樊城。"

因为激动的杀人欲望稍微得到一点满足，张飞没有愤怒发狂，大家都放了心。

"不是的，飞弟，在这样的地方没办法和曹军放手大打，所以要转移到开阔的地方去。"

"大哥啊，这不就是撤退吗？这可不行啊。"这种时候张飞总是很敏锐，"转移到有利的地方去，曹操害怕了不敢来了的话，不就没法大杀一场了吗？"

"飞弟，详细情况你问先生。我已经做好准备，现在是危急存亡的时候了！"刘备大叫一声向外跑去。他是要从张飞身边逃开吧。

被张飞一把抓住的孔明，不慌不忙地翻过白羽扇，向张飞脸上一指，"翼德，你可不能逃！这是拷问你男子气概的时候。"

张飞瞪起眼睛说："男子气概是什么意思？"

"翼德，你可知道，这个樊城的樊字是什么意思？"

孔明用木棍在地上写了个樊字。不太识字的张飞只知道好像这个字念作"Fan"。

"军师你要说啥子？"张飞眨巴着眼睛盯着孔明。

"樊字的意思是说用篱笆围在一起。也就是说，就像是关在鸟笼里的小鸟一样。这可不是男人应该待的地方。"

后汉的许慎撰写了《说文解字》这一历史上最早的字形解释的巨

著，距离这时候大概是百年以前。《说文解字》就是这样解释的。

"什么，笼中鸟吗？"

"翼德，我军是那种啄食地上米粒的麻雀、鹌鹑吗？应该不是吧。留在这样的城里，只会失去豁达之心。只有在天上自由翱翔、猛扑向猎物撕开吞噬的鹰鹫，才是配得上我军——不、才是配得上张将军啊。在这样的小城里，满足于一点点小饵料，失去锻炼的机会，丧失猛禽的勇猛，这是要被天下嗤笑为只有燕雀的小心，绝无鸿鹄之志啊。"

孔明慷慨陈词，成功地让张飞（尽管不清楚留在樊城到底意味着什么）想，"身为男人，留在樊城太猥琐了。"

"哎呀呀，确实如此。我可不是笼子里的麻雀。"

"我以为，缩在家里等待战斗的，那是女子和小人。只有在路旁毫无意义地挑衅、如同无赖般地战斗，才是与我军相称的战斗。"

"的确如此。我们可不是在家里迎接流氓的老实人。谁要是想过来闹事，先堵到厕所打个半死那是理所当然的。"

"嚯嚯，不愧是翼德，很清楚男人的战斗应该是什么样子。"

有没有道理姑且不论，反正说服了张飞。

如果说掌握战略战术上的要点，将议题阐述得令论战对手无法反驳，合理合据地压倒对手，孔明其实也很拿手。但他在《演义》中并不太这么做，很多时候都是用相当离经叛道的怪异理论封印他人的认真说法。不过这回不一样。张飞本来就无法用理性来说服，也只有通过男性论来引导。

"城的名字不吉利。"

这种事情其实无关紧要，把它和男子气概关联到一起的说法，换作踏实诚恳的人，大概会不屑一顾。但这就是孔明的说服力。纵横之术没有固定的方式方法，被骗的人都因为自己本身存在弱点

（这是骗子的理论）。对于孔明来说，这一回只是牛刀小试，以后还会有满载恶意与迷信的理论登场，将无数人骗得晕头转向。

翌日一早，刘备把樊城的男女老少都召集到官衙门前的广场上。这时候樊城的士兵和民众合计据说有二十万人。

刘备登上用土垒起来的高台，面对眼前黑压压的无数观众，一般人大概早就被吓到了，哆哆嗦嗦连声音都发不出来，但是刘备悠然自得，把老人老妇、壮丁壮女、农夫商人、士卒小贩，连乞讨的都不错过，一个个看过去，仿佛要和每个人都对一对视线似的。这泰然自若的样子是英雄必需的气度。气度不可不大。

台上的刘备眼睛通红，像是彻夜哭泣过似的。民众仿佛都知道将要发生什么了。刘备用力吸了一口气，突然声嘶力竭地叫喊起来：

"我绝不抛弃人民！"

只此一声，民众便被刘备的仁义之心感动得五体投地。

"刘将军！"

"领主大人！"

无数声音响起。

"有你们才有我刘玄德，没有你们我刘玄德算是什么！"

民众愈发心驰神往。

"我苦恼了整整一个晚上……还是觉得必须坦白告诉你们。但这只是我们的事，不是命令，而且也不可能强制你们——所以对于我接下来要说的话，你们不用想太多。"

刘备又深深吸了一口气，紧紧握住右拳，弯起胳膊，一边叫喊，一边用尽全力向天击出："你们想去江陵吗——"

民众一下子呆住了。过了一会儿，有两三个小小的声音说：

"想去！"

"我也去！"

刘备弯下腿，弓起身，双臂抱住自己的肩膀，全身颤抖了片刻，猛然间双腿用力，跳了起来。

"你们，你们！"

刘备像是压缩的弹簧猛然弹起一样，一边向上跳，一边向天击出拳头，"想去江陵吗——"

刘备的声音犹如炸弹。民众和士兵都已经忍不住了，从小腹底部涌上来的冲动喷出喉咙，"想！"

回答声震天动地。

"真的吗——"

"真的！"

"相信我吗——"

"相信！"

"就算游泳也游过河去吗——"

"游！"

"要是我说别过来，怎么办？"

刘备故意挑逗地这么一问，血气方刚的年轻人怒吼："混蛋！看不起我们吗？就算死也要跟着！"

厚脸皮的人还叫："别看错我们哪！我们已经和刘将军穿一条裤子啦！"

"嘿，这个世上最蠢的蠢人啊。我管不了了。要来就来吧。"

"嗷嗷嗷嗷——"

地动山摇的跺脚。

刘备指向襄阳的方向。

"好，去襄阳吃午饭！"

"哦哦！"

接着高呼玄德的声音自然地涌起。民众的喊声震耳欲聋，樊城都要摇动了。

"玄德！玄德！玄德！"

（除了战斗之外的）天下第一等富有魅力的男人、刘备！有着热播连续剧男主角都无法比拟的超高人气。刘备挥手走进官衙，"玄德"的呼声还在震天动地。真是无与伦比的领袖魅力！

欢呼声在那之后还持续了很久，幸好没有喊他再出来表演一次。孔明在暗里看着，不禁也想："我卧龙再怎么了不起，但这一点做不到啊。"

即使面对数万观众，刘备的紧急见面会也是毫无悬念的独角戏，充满了魔法般的个人魅力。就连孔明也几乎恍惚了刹那。军中干部没有一人不落泪的。

于是刘备军堂堂正正地逃出了樊城。刘备一马当先，接下来是关羽、张飞、赵云，几个人都身披威风凛凛的鱼鳞甲，盔甲鲜明，十分气派，看上去就像是意气风发、要和敌人大战一场的队伍一样。

刘备等人从昨晚开始就在做出发的准备，但是新野、樊城的百姓却是措手不及，被迫紧急撤离。这时候，反而越是没什么家产的人走得越早。

第一个目标是襄阳。昨天晚上糜竺等人已经找好了渡过汉水的渡口，在那里备了不少渡船。

尽管前面已经提过，这时候孔明又一次没记性地向刘备提议进攻襄阳，然后被刘备训斥了一番："我不忍！"

一句话就把孔明的建议封死了，讨厌孔明的人们欢声四起。当然，这是预先商量好的演出。

听说刘备领兵出现，襄阳的刘琮和他的谋臣们当然会以为刘备是来攻打自己的。于是襄阳城门紧闭，城墙上士兵弓箭密布，恫吓刘备军。

襄阳是大城。在有守军守备的情况下，攻下城池需要极大的时间和劳力，绝不是几天工夫就能拿下的。而且曹军已经从宛城出发，正在尘土飞扬地进军，蔡瑁等人只要稍微坚持一段时间，就能安然无恙。很难想象智慧的孔明会真心建议进攻襄阳，他大概是故意说出这样的话让别人听到，目的是要向襄阳城里的人传达刘备的坚定，虽然不好说这种坚定是仁义还是愚蠢。

刘备来到城门前，下马大喊："刘琮大人，不，刘琮贤侄，我只是要救人，没有别的意思。我要走了，只是想和你道声谢，感谢你们这么长时间的照顾。另外还要去刘景升大人的墓前道别。"

就算刘备说，请放我进去给刘景升大人上一炷香，城里的人也不会相信的吧。如果只有刘备一个人还好说，可是如果连关羽、张飞、赵云都放进城里，襄阳城立刻就会变成停尸房吧。

蔡瑁下令城上弓箭齐发，刘备慌忙骑上的卢逃走。弓箭也落到张飞的马前。

张飞的眼睛闪闪发亮，"终于朝我射箭了啊。哇哈哈哈，我太高兴了。你们这是盼望我不光杀曹军，要连荆州兵也一起杀啊。我明白了。"

对于襄阳的蠢材不怒反喜的也只有张飞了。襄阳城中的兵将中有不少人叛逃出来加入刘备军，最大的动机大概还是为了以后遇到张飞的时候能有个保险吧。一定是的。

这时候城里有一员武将跑上城楼，向蔡瑁、张允怒吼："蔡瑁、张允乃卖主之人。刘将军仁义，现在携民众至此，为何要赶走他们?！"

这是襄阳城里罕见的有骨气的人，此人姓魏名延字文长，义阳人。魏延单单大喝还不满足，挥起大刀砍翻了看守城门的士兵，打开门，要招刘备进来。

"刘皇叔，快请入城，咱们一起把卖主求荣之辈杀了！"

魏延这么一说，让张飞摩拳擦掌。可是刘备却冷冷地拒绝了魏延的邀请道："恕难从命。"

接着魏延与文聘的人马厮杀在一起，刘备等人却自己早早走掉，好像不想和魏延发生任何关系一样。

在《三国志》中，魏延直到刘备进益州的时候才有了一点名气，不清楚他是什么时候加入的刘备军。最大的可能性应该就是在襄阳的这时候吧。在《演义》中，魏延没有跟随荆州群臣投靠曹操，而是跑去了长沙太守韩玄那里，之后投降了前来攻打的关羽。没有参加赤壁之战，是跳槽过来的魏延简历上的缺憾。

不知道为什么，孔明一看到魏延就感到恶心（硬要说的话，只能认为孔明就是讨厌魏延的长相，不然没办法解释），立刻断定他有叛逆之相，经常弑主，然后每次遇到什么事情都会激烈地批判他，给他各种小鞋穿。因为魏延仪表堂堂，所以刘备拒绝了孔明的挑剔，还是接收了魏延，后来又无视张飞的存在，破格把他提拔为汉中太守。因为这个原因，孔明与刘备之间的紧张关系陡然加剧，魏延问题成为《演义》中屈指可数的难题。

特别讨厌魏延的孔明，在最后一次北伐的时候，命令魏延将司马懿父子引到葫芦谷，计划要将魏延和司马懿一起用炸药炸死，不过运气不好，计划失败，面对回来愤怒指责自己的魏延，孔明笑嘻嘻地说了一堆歪理蒙混过去，这真是太像孔明的所作所为了。

　　这段颇为复杂的故事记载于嘉靖本（当下可以得到的最古老的《三国演义》的版本）中，不过不知道是不是因为太过暴露孔明的冷酷无情，在毛宗岗本（《三国演义》的修订标准版）中删除了。大概是因为这种事情太不像人上人的所为吧。不管魏延的头盖骨的形状长成什么样，这样的做法也未免太过分了，如此恶毒的孔明，就算是孔明的粉丝也不能接受吧，肯定只会引来魏延粉丝的愤慨。

　　在患有慢性人才不足症的蜀汉，对顶着（预定）背叛者的名号、放弃了一切坚持战斗的魏延大人，真的认为如此不堪大用吗？这只能说是一个巨大的谜团，是异常的对待（大概也正因为如此，有人认为是一种痴情）。难道不是孔明超乎寻常的欺凌反而让魏延的性格发生扭曲，使他产生了谋反之心吗？——这样的指责也是情有可原的吧。魏延无意中破坏了孔明最后的赌博，让他用以延寿的怪异巫术失败，也是合情合理的报复吧。

　　如果成功炸死了魏延，孔明打算怎么对因为信任自己而聚集到麾下的将士们解释呢？大概会说："要欺骗敌人，首先要骗过自己。同样，要杀死敌人，首先要杀死自己。魏延的灵魂不朽！"

　　引得大家产生深深的感叹和疑惑吧。大概是这样的。

　　魏延的事情之后应该还会说到，放到那时候再讲吧。

　　于是刘备就在襄阳城下大闹了一番。明明闹完就该逃了，可是刘备就像忘记了似的，偏偏故意在襄阳郊外滞留不去。

　　"不去给刘景升扫墓，不是人。"

　　刘备丢下这句话。这到底是孔明的计策，还是刘备自己的任性，没人知道。蔡瑁等人虽然把刘表悄悄埋在不为人知的地方，但毕竟还是有目击者。

　　这时候，受到刘备唆使的百姓，追随刘备军逐渐在襄阳城下聚集起来。人山人海的队伍让蔡瑁等人感到巨大的威胁。

刘备带着军中干部奔赴刘表墓，一到墓前便嚎啕大哭，泪水喷射出来，真是天下第一等爱哭的男人。刘备是《演义》中水分最多的人，大概通过哭泣来消解压力是刘备保持健康的秘诀吧。通过嚎啕大哭来哀悼自己犹如薄命红颜一般的命运，满足自己的受害者心理。

刘备在墓前叩头，献上自己的祈祷。泪水都快把坟墓淹了。

"我是诸恶之源！"恶魔刘备一边哭一边在刘表的墓前忏悔。

"我无德无能，不能完成兄长（刘表）的遗命。这都是我的过错，与荆州百姓没有任何关系。"在某种意义上，这话也可以解释为刘备早早抛弃了百姓。

"兄长在天有灵，一定会听到我的召唤吧。乞求兄长成为守护荆州的神灵，救救新野樊城的百姓吧！"拜托地下的刘表拯救逃难的百姓。所以如果百姓遭难，一半是刘表的责任。

亲眼目睹刘备扫墓的百姓和士兵，听到刘备悲痛恳切的话语，看到他那连塞子都塞不住的泪水，没有一个不落泪的。只有孔明无聊地扇着扇子。

刘备一脸悲痛欲绝的表情，在刘表墓前嘟嘟囔囔，迟迟不肯离开，禁不住让人想问他一个大男人到底想哭到什么时候。

就在这时，有骑兵探哨飞马奔来，传达消息说："曹军先锋已经逼近樊城！"

刘备这才依依不舍地起身，对刘表墓做了最后的道别，流着泪站起来。

在这十万火急的时刻，刘备还要做出如此不必要的隆重，想来是为了给襄阳自私自利薄情寡义的群臣一个响亮的耳光，让襄阳的士兵和百姓看看自己燃烧的仁义之心吧。必定如此。

就这样，不知是天使还是恶魔的、心中满满都是仁义的、连孔明都不能预料其魅力的、善良的罪恶男子刘备刘玄德，带着百姓踏上漫漫赴死之途！拜托了！为了天下和平，请发挥一点作用吧！哪怕只是少得不能再少的一点！

——大概还是不行吧。唉，可是总不能放弃啊。

于是且听下回分解。

第五回　孔明行走乡野，
孟德奋勇追击

关于长坂坡之战的经过，以及这一战是不是可以称之为"战斗"，研究者中有着不同的看法。其中一个共识是，长坂坡之战基本是由后世的《三国演义》确立的。

如果只看《三国志》，由于陈寿的分散记述法（将同一事件的各个片断分散在多个地方，让研究者欲哭无泪）以及马赛克般的写作方式，很难弄清到底发生了什么，所以将这些片断按照时间顺序重新排列的任务只能交给后世的史家。《三国演义》和《三国志》的记载中有许多相互违背之处，这也就罢了，可是《三国志》本身也有前后矛盾的地方，陈寿勘考疏忽的责任是逃不了的。这一现象并不仅限于长坂坡之战，在后面的赤壁之战中更是严重。

"承祚，行文平淡简洁固然不错，但满是漏洞的记述还是不要了吧。"让人很想这么说。

大概也是因为有这些漏洞的存在，罗贯中才可能趁机运笔庇护刘备，且写得不亦乐乎吧。

比方说，为什么十万百姓非要和刘备军一起逃亡呢？谁也不明白。陈寿也没有记载明确的原因。

十万百姓大约相当于樊城和襄阳近郊所有人口的四分之一。刘琼迅速投降了曹操，基本等于无条件投降，曹操不费一兵一卒就占领了荆州，军费开支大概也都是由刘琼负责。既然如此，曹操应该不会故意宣扬自己的恶名，非要在新收的领地上搞出襄樊大屠杀之类的惨况，百姓也不至于非要抛弃家园逃亡。只要百姓老实听话，最多也就是被顽劣士兵抢点东西，欺负欺负也就完了。实际上，没有跟随刘备逃亡的百姓基本上都平安无事，就算临时加税什么的，也比跟随刘备逃亡的好太多了。后者必须踏上饥寒交迫的逃亡之路，而且经常会被卷入刘备军与曹操军的战斗而受伤，甚至还会一命呜呼。

襄樊的百姓难道没有预见到跟随刘备军逃亡才是悲惨的命运吗？关于这一点，《三国志》中只是说，人家就是跟来了，有什么办法？为什么要跟来，我（陈寿）哪儿知道啊。

没有说明理由。中国的史书，自古就不爱写百姓的事情。《三国演义》根据这段记载，以曹操行苛政为前提，解释说："刘备有人德。"

趁机强调了刘备最受天下人的喜爱。要想一个除此之外的理由确实很困难吧。总之，《演义》的记载就是这样。

听说曹操的大军终于逼近樊城，孔明向刘备说："立刻舍弃樊城、攻取襄阳，以抗曹军吧。"

刘备说："可是我不忍舍弃随我至此的民众。"

"既然如此，那么请发布通告，想来的人就来，不想的人就留下。"

于是孙乾、简雍四处通知："曹操的人马来了哟，这里守不了，要走的人立刻和我们一起过河。"

很显然，就算曹军真的来了，百姓也不用一起逃跑，唯一需要拼命逃跑的只有刘备军。但是新野和樊城的百姓几乎全都叫喊着："我们到死都跟随玄德大人！"

（曹操是恶魔，他会把你们统统杀死。）很难否认孔明没有在暗地里如此煽动。

刘备让关羽先行一步，去襄阳对岸的码头接应百姓。但是百姓的人数实在太多，刘备军扶老携幼，连绵不断。随着人越来越多、越来越拥挤，一开始的搀扶也变成了强行拖走的情况。两岸百姓的哭声不绝于耳。

刘备在船上看到百姓的惨状，又像平时一样挤出眼泪，突然大声喊道："啊，为了我一个人，让大家遭受如此痛苦，我活着还有什么意思！"

刘备的疯病发作起来，作势纵身跳河自杀，引起一片骚乱，幸亏左右的臣下慌忙抱住按倒。这么忙乱的时候就别添乱了吧！可是目睹和听说这件事的百姓，又被刘备为民所想的心情深深感动，纷纷流下眼泪。毫无意义的、然而时机把握无比精准的自杀表演，到底只有刘备才能做得出来。

刘备过河来到南岸，对岸还没有渡河的百姓们又哭又叫。还没有遭受曹军的攻击，就已经惨不忍睹了。刘备大概预见到了这个局面，所以按照他的说法，全都是他的罪过。但是明知有罪还要去做，这就是所谓明知故犯。百姓遭遇的是刘备军惹来的人祸。

好不容易到了襄阳，在引发了前述的骚动之后（魏延和文聘在城里打成一团，连襄阳的百姓也受了牵连），刘备叹息道："哎呀，我只是想帮助百姓，没想到反而连累了他们。我们还是不进襄阳了吧。"

孔明说："那只能去江陵了。"

"嗯，大家都这么想。"

说是去江陵，可是动身之前又非要去给刘表扫墓，然后才慢吞吞出发。襄阳附近赶来的百姓越聚越多，就像赶集一样，等刘备军抵达当阳的时候，百姓的人数已经超过十万了。刘备军的干部（除了孔明），自然向刘备提出了合情合理的建议："照这样带着百姓走，什么时候才能走到江陵啊。要是被曹军追上，我军如何迎敌？快把百姓丢下，自己走吧。"

但这番建议却成了刘备发挥超常仁义的导火索：

——夫举大事者，必以人为本，今人归吾，吾何忍弃去！

"要成就大事，必须靠人。现在百姓信赖我，聚集到我身边，我怎么能丢弃他们呢？！"

哎呀呀，就算确实是百姓自己聚集过来的，但真正为他们着想的话，这种时候还是丢下他们不管比较好吧？吐出帅气台词让自己陶醉，也要看看时机。刘备疯狂的状况评估（严重的错误判断）让人无法谏言。而百姓们尽管已经听到过许多次，但还是被刘备的话语深深打动了心灵。

临难仁心存百姓
登舟挥泪动三军

"啊，我家主公真乃仁义之主。"
臣下们全都低下了头。这一点真的好吗？
于是继续行军。突然，后军乱了起来。刘备问："怎么回事？"
报告说："曹军追来了，正在后面掩杀百姓。"
"啊，不忍啊——"刘备又开始哀叹，差点自杀。可是并没有回去解救百姓，还是一个劲往南逃。

完全不考虑接下来的事态发展，只顾说一些招揽人气的话，结果让百姓遭受涂炭之苦——这确实是刘备的罪过。而孔明放弃了谏言（因为这本来就是他和刘备计划好的吗?），什么都没有说。孔明近乎仙人，所以他和刘备不同，对于百姓的遭遇毫无同情。说不定在他心中的某个角落还潜藏着恶魔般的想法，要将百姓当作对付曹军的肉盾吧。

《三国志》中的无情记载，在《三国演义》中得到详细的演绎，但还是没能很好解释十万难民的产生原因。东晋的习凿齿说："先主（刘备）就算颠沛流离，陷于困境，仁义之心反而更加坚定。就算情况危急、身处险境，言行也没有脱轨之处（确实可以说没有偏离道义……）。先主追慕景升的恩顾，行为举止感动三军，而受到先主道义的吸引，人们慕名而来，先主也没有抛弃他们，甘心接受失败。有这样的气度，先主最终能够成就大事，自然也是理所当然。"

然而如果不是出于宣传目的，而是真心这么认为的话，习凿齿未免也太偏袒蜀汉了，根本就是个醉心于自我心中理想世界的臭老九而已。被百姓痛骂的下场也是免不了的。按照他的说法，十万难民都是"受到道义吸引而来的人"，是信奉仁义的高贵之人，那可都是精英了。

实际上，对刘琮政权灰心失望，决心跟随刘备的中层干部之中，有霍峻、刘邕、陈震等人，但都不是能称为贤才的人，他们在曹操控制下的荆州没有出人头地的希望，选择刘备也算是一种赌博吧。同样的，十万（大概多了零吧）百姓之所以跟随刘备，也是因为被不知来源的磁力所吸引的缘故。同样不看好刘琮政权的蒯越、韩崇、傅巽、王粲等人，对自己的实力具有自信，相信就算在曹操麾下也一样可以出仕，所以完全没有受到刘备魔法般磁力的吸引。

　　总而言之，百姓极其讨厌曹操，如果接受他的统治还不如去死；对于刘备则是毫无原则的超喜欢，跟着刘备走，乃是成为天下最幸福百姓的必要条件。大概就是这个意思。长坂坡的情况，似乎就和当年摩西说"领你到那流奶与蜜之地"，率领以色列人出埃及一样，是不容否定的神圣而苦难的旅程。

　　只不过，和以色列人不同的是，领导者并没有展示迦南地，跟随刘备的百姓只是被丢弃在苦难中。也许这十余万百姓就像是奔赴自杀旅途的旅鼠群一样，受到盘踞在潜意识中的某种自我毁灭冲动的驱使吧。

　　刘备自己也对百姓的巨大数量感到惊讶和困惑。但在熊熊燃烧的仁义之心中，数量越多，越会产生被爱的心情。

　　刘备做了七年的新野城主，就算没有孔明的指示，本来也打算向百姓一一道别，所以在离开的时候，做出那些魅力略微过头的表演。但要说他在期待着什么，其实也并没有。无论如何，刘备也知道自己接下来将要踏上逃亡之路，就算百姓跟随过来，刘备也不知道该怎么才好。

　　在刘表墓前浪费时间的时候，忽然发现周围又增加了成千上万的百姓，就像是增殖了一样，到处都是衣衫褴褛的人，没有衣服干净整洁的。似乎生活略有盈余的人都在城里，跟随过来的都是没有土地的穷人。有钱人是不会跑的。

　　"哎呀，怎么这么多人？一个个都在瞪着我啊。他们不是恨我吧？"刘备手足无措，对左右说。

　　孔明安慰刘备说没事的，"民意在我。"

　　刘备迎合大众的民粹主义很有效果，支持率上升到历史最高的百分之七十左右，不仅有庶民，也有士人，不过基本都是下层士人，贫穷状况和庶民没有什么太大的差别。剩下的百分之三十都是现实主义的有钱人，不被刘备剧场引诱。比如孔明的岳父黄承彦这样的富人就不会跟刘备走，也就是所谓"不受道义吸引的人"。

"那些人都是望慕主公，追随而来的，主公请挺起胸。"

孔明这么一说，刘备立刻满面笑容："是吗？我是天下第一受欢迎的人吗？"

刘备开始向百姓挥手。

现在这个时候，要说最危险的人，当然就是刘备。谁都知道曹操的目标就是刘备，最危险的地方就在刘备身边，有刘备军所在的地方可以说就是战斗地带——可是虽然说一般情况下百姓对危险事物的嗅觉很灵敏，但有时候也会做出非常莫名其妙的错误判断。这是被刘备的魅力彻底俘虏了吗？或者是孔明施加了催眠术的结果呢？后者的可能性更大吧，我想。

这时候赵云来了。

"诸葛先生，都妥当了，就在那边。"

"啊，运来了吗？"

那是事先委派赵云监制的东西。

街道旁边停着三辆巨大的车，四个车轮上装了集装箱一样的东西，用两头牛拉的，速度很慢。这时候的马车基本都是没有顶的两轮车，需要站在车上。根据用途和乘客的身份，车辆会有各种变化，加上坚固的金属刺就是战车，加上车盖和车篷就是客车，还有像是日本的牛车一样装饰过度的硬顶车。拉车一般也是两轮的，四轮的车通常只有运送攻城武器之类重物的特殊车辆。后来孔明发明的木牛，有人认为那是无需燃料就可移动的自动车，且是零排放的环保型四轮驱动。

刘备很吃惊，问："诸葛先生，这是什么？也不像是攻城用的啊。"

孔明故意严肃地说："这是为了主公的安全而准备的装甲车。"

在襄阳郊外打发时间，也是为了等这个东西运来。

"可真大啊。这车叫什么？"

"这个啊，是得到子龙献身般的协助才制作完成的，就叫子龙战车吧。啊不，名字再可怕点，叫恐龙战车好了。"

"恐怖的龙之战车……这是只有卧龙先生可用的武器吗？"

"呵呵，一旦发生情况，便可像子龙那样，怪兽一般横冲直撞。"

孔明来到（临时命名的）恐龙战车后面，打开车门，只见里面有颇为华丽的座位。

"哦哟。"

火盆、酒具、坐垫、桌子、镜子、替换衣服一应俱全，墙板上装饰着长矛弓箭，俨然一个三叠大小的房间。透过窗户可以观赏外面的风景。虽然有点小，但舞者也能进来跳舞助兴。

"路上的时候，主公就请坐在这里面。"

"太奢侈了。"

恐龙战车仿佛是豪华房车一样的东西。

旁边的恐龙战车里，黄氏走了下来。

"夫君。"

"很顺利啊，做得很好。"

"不，都是赵将军的协助。如果没有赵将军的严格督促，工匠们也不会这么快完成。赵将军，多谢您了。"

"啊，那个，我也没做什么！"

赵云不必要地大声说。他的脸已经通红了，扭扭捏捏地低下头去。

"是吗？这车决定按照赵将军的名字取名叫恐龙战车。"

"啊，这名字很适合呀。督促工匠彻夜工作，终于使之完成的赵将军，确实像是恐怖的龙。"

赵云的脸红得只能拿一只手捂住，另一只手伸出来拼命挥舞，意思是别说了。

之前没有来得及说明，恐龙战车是由孔明提出设想，黄氏设计并亲自下现场指挥制作的东西。用两辆普通二轮马车相对组合在一起构成底盘，上面设置了缓冲性高的材料，然后再放上大箱子。同时也考虑到过河的情况，整个车辆可以分解成三体，实在不行还可以将上部车厢从车台拆下来浮在水上，还能改造成可以潜水的箱船。说不定还可以打开发射口，发射石弹、弓箭、连弩，是犹如〇〇七的座驾一般超越常识的可怕车辆。

孔明回樊城的时候，曾经拜托赵云说："我妻子虽说是女汉子，但到底是个女人，工匠恐怕不会好好听她安排。所以子龙，能不能借助你的力量，守护我的妻子？"

孔明为了不让工匠们轻慢黄氏，消极怠工，请子龙帮忙照看。这是常识范围内的委托。赵云感激于孔明的托付，全心全意燃烧起来。

"先生，我赵云就算舍弃性命也会守护您的夫人！"

和这位龙督工相比，就连民工窝棚的无赖工头都算是大好人了。工匠们个个吓得战战兢兢。

新野、樊城的工匠全被集中起来，开始建设如同装甲车一样的巨大装置，这是比盖一栋房子还费力气的大工程，而且要十万火急制造出来，对于接受委托的工匠和修车专家都是灾难。而赵云作为督工（守护黄氏的白马骑士），经常神出鬼没地出现，更是可怕的灾难。比如说工匠从经验出发的意见是，"这东西太荒唐了，夫人。图纸暂且不说，'把两辆马车拼起来就行了'，话说得容易，这么重的东西，连接材料需要有足够的强度。"

将两轮车合并在一起的时候，下部框架的制作本来就是难点。还有，"没有见过这样的部件，现在临时凿时间根本来不及。"

诸如此类，说得都很有道理，令黄氏也感到棘手，（到底还是我的设计不行啊。）也常常遇到让黄氏不得不彻夜修改图纸的技术难题。

但是来巡查的赵云当场认为工匠们是在扯淡，都是在欺负黄氏，"呀——嘿！"赵云头发倒竖，恍若战神一般瞪起眼睛道，"你们不要强词夺理，都给我照夫人说的做去！做不到的，来跟我赵云说！"

赵云挺起长枪，工场里顿时杀气弥漫。不要说偷懒，那真是不管如何勉强也要拼上性命去做了。

"以为夫人是女子就可以欺负，真是岂有此理！谁敢偷懒，我子龙就亲手把他送进地狱，都给我记住了！"有一回赵云真的拔剑要把工匠的头砍了，还是黄氏拼命拦住："赵将军，不是这位工匠的错，是我计算错误。"总算才平安无事。

因为这个缘故，原本不管怎么着急也要一个月才能完成（而且少不了无数抱怨）的任务，只用了十多天就完成了。工匠们因为过于劳累和神经紧张，一完工一个个都睡死过去。

没有赵云的话，恐龙战车确实不会出现在世上吧。不过到底还只是试验车，总有地方发生故障，最糟糕的情况下甚至有可能彻底坏掉，没有召回保证。

"那一台请给甘夫人、糜夫人，还有您的孩子乘坐。"黄氏说。

刘备执着孔明的手感谢道，"先生，什么时候为我夫人做了这么多的事情！我曾经一度怀疑先生无为无策，请原谅我！"

"呵呵，请将的卢交给马倌，上车吧。"

"民众中还有赤足而行的人，只有我一个人乘坐这么好的车，于心不忍哪。"刘备一边说，一边还是无法抑制好奇心，雀跃着坐了进去。

"请先试试乘坐的感觉如何。"肯定不输宝马、梅塞德斯、雷克萨斯。

关上门，孔明一下令，车夫就挥鞭子抽打默默无语只顾屙粪的牛。刘备乘坐的恐龙战车在先，其余两辆在后，车轮发出咕噜咕噜的声音，开始缓慢地移动。速度和人平时走路差不多。

孔明没有骑马，也没有乘车，走在恐龙战车旁边。

回头张望，只见后面的人群犹如蚂蚁的行列，有不少人还推着大车，车上家具粮食行李堆成小山，完全是搬家的模样。其实樊城并没有面临毁灭。如果刘备军选择坚守樊城抗战，那才是严重的危机，城里的百姓才应该趁夜逃走，去投靠远方的亲戚，或者在陌生的地方和命运赌博。

一般而言，一旦围城开始，守城的一方就会封锁城市，禁止城中百姓逃亡。所以到那时候再要走就很困难，被守军发现的时候甚至可能会被处死。《演义》里很少描写围城战，但是激战中的城池肯定也有不少百姓。城市和要塞关卡不同，通常都有百姓居住，只有士兵的围城战是很罕见的情况。各位应该时刻记住，围绕城市展开的战斗，经常会连百姓一起卷入进来。

无论何时，对于百姓来说，抛弃居所都是不得了的大事。那么现在跟随刘备逃走的百姓又怀着怎样的心情呢？让他们成为难民的，也许并不是畏惧曹操来袭的恐怖吧。

过了襄阳再往前，这些难民的性质愈发明显了。

襄阳附近一带，陆续都有百姓加入。刘备一开始劝诱的只是樊城的百姓，而对于襄阳的百姓，仅仅是说了一声自己要走，然后表演了一场出于情义的祭扫刘表墓而已。可是，刘备军这支流浪部队，却像磁铁一样把百姓纷纷吸引过来。这该算是从众心理吗？看到成千上万人在排队，就觉得自己也要走，不走不行，所以不做任何思考就加入了队伍。

而现在孔明也认识到人群会像滚雪球一样不断扩大的事实。他在感到诧异的同时，不得不承认刘备具有魔法般的魅力。可是就连没有见过刘备的人，也像雪崩一样受到影响，对此孔明也很难理解。（乌合之众太可怕了，无法以常理计算。）

现在的情况和孔明一开始的设想有点偏离。不过这也可能是因为孔明的奇异影响力在发生作用，导致产生了宇宙层面的可怕反应，最终引起刘备招揽客人的能力比真实能力增加了数倍。

孔明原本的计划是招来数千名观众，并让他们尽可能多地活下来，由他们来讲述刘备军的神话。说得大气一点就是做历史的见证人。而现在已经控制不住了。

（不行啊，十个人中不超过三个牺牲者的计算完全行不通了。）

难民的数量太多了。

（子曰，民可使由之，不可使知之。百姓真是不可知啊。）

在清醒的人看来，这些难民们在某种意义上都是疯子，禁不住想说："你们为什么要跟着？一群蠢货。"

张飞更是觉得这些家伙只会成为自己和曹军对垒时候的障碍。

"搞不懂你们想要干什么，跟过来有什么用啊？都滚，都滚。"

简直想这样把百姓赶走。江陵既非那飘渺的乌托邦，也非爱之国度犍陀罗。

孔明健步如飞，选了一个推车的大娘走过去。因为如果走到大汉身边说不定会被打。

"大娘，您好啊。"孔明脸上堆出笑容，刻意拔高了声音去打招呼。可是孔明，你这形象很糟糕啊。

"您这是要去哪里？"

大娘惊讶地看着这个高个子、纤弱、穿着奇怪衣服、手持羽毛扇的男人。大概没有见过孔明的真人吧。

"玄德大人说是去江陵啊。"

"江陵可远了，在长江对岸呢。"

"我知道，这点算什么远啊。"

"说起来，为什么突然决定搬家呢？"

"玄德大人不在新野，我也不想待了。"

"背后有曹公的大军追赶，说不定在抵达江陵之前就会杀到。这可太危险了哟。"

孔明这么一说，大娘顿时瞪起眼睛，高声叱骂："你说什么废话！你不相信玄德大人吗？你不是玄德大人的部下吗？小子，你还管那个混蛋曹贼喊叫曹公，我很不满意。难不成你是曹贼的奸细？"

"不不，我是刘皇叔的朋友，刘皇叔称我是先生。"

大娘一脸明显的怀疑。

"打扮古里古怪，说话莫名其妙，还说自己是刘将军的朋友，给我省省吧。"

大娘似乎认为，孔明穿的奇装异服是刻意强调个性，搬出和知名人物结识的经历是为了抬高自己的身价，总之就是个浅薄的蠢材。

关于孔明的时尚感，中国的研究者们也很怀疑（孔明的头脑是不是有问题），"诸葛亮无论何时何地都头戴纶巾手持鹅毛扇，这样的装扮在炎暑之季或是战争之时都极度不便，更说不上舒适。既然如此，又何必如此一身行头呢？尤其是为何常年持羽扇在手呢？（着实叫人苦思不解。）"

这是有百害而勉强算是有一利的奇怪打扮。如果是没有学问的平民，不用说，肯定对孔明这个异常的装扮皱眉不已。特别是现在，几万人在逃难，还穿成这样，特别不协调。

"奇装异服的年轻人，你给我听好了。"大娘开始教训孔明，"玄德大人有百战百胜的钢铁战将。还有无敌的英雄关将军等人辅佐。曹贼不管有多少人马，都是来送死的。"

大娘一个劲地夸赞刘备，就像是被独裁者洗脑的愚民一样。

孔明又去找了其他人攀谈，得到的回答都差不多。就算孔明说出事实，也没有人相信。

孔明和其他不少人也说了同样的话，都受到类似的反驳。孔明就算点破真正的事实，也没有人相信。孔子的反动愚民言论"民可使由之，不可使知之"，受到后世革命者的批判，但实际上说不定真是如此。

（真可怕。）

太平道的信徒一定也是这样的精神状态。

由于出现了出乎意料的大批难民，孔明不得不考虑改变作战方针。但时间还来得及吗？

"先生。"

孔明正在抱着胳膊思考，赵云来了。赵云和孙乾、糜竺等人本来负责安顿数量不断增长的难民，但难民仿佛无穷无尽，他们顾不过来了。

"先生，百姓人数太多了，单靠我们已经无法照顾了。"

已经出现了昏倒的老者和病人。

"另外，据说曹军已经进入了樊城。"

孔明表情深沉地说："我家主公的人德已经变成了犹如食肉鱼鮟鱇①身上的假诱饵一样，引来小鱼吗？"

"……确实。"

"百姓还会继续增加吧。"孔明说。

襄阳至江陵的道路本是大路，但在数万人通行的情况下，也只能称为小路了。想象一下，十余万人在两车道的马路上前进，那会是如何拥挤的场面。而且还有许多要靠人推牛拉的车混在里面，根本走不动路。

"可是现在也来不及驱赶人群（更重要的是因为刘备军的人数太少，做不到）。既然如此……"

"既然如此？"

赵云一脸天真无邪的少年模样，相信孔明一定会有妙计。

"唉，就算是泼冷水，也是身为军师的我的工作。好吧，我就和赵将军一起试试看吧。"

随后孔明将刘备军（理论上的）一万士卒的安排向赵云做了解释。

"我明白了。先生，我去布置。"

赵云去找孙乾、糜竺等人，让他们放下百姓的安顿工作，去跟踪曹军的动向。刘备军没有谍报机构，不过就算临时抱佛脚也没关系，总之先把这一块练习起来。孔明也打算趁这场逃亡战的机会，多多少少构筑一点新刘备军的雏形。

"对了，关将军和张将军在哪里？"

---

① 一种食肉鱼类，背鳍上的刺伸长后好似钓竿，前端的皮肤则似鱼饵，以捕食比它小的鱼类。——译者

唯有这两人不能和其他人一样对待。他们自己也认为，"只有大哥的命令才是束缚我们的唯一锁链。我们是自由的战士！"

这样的特殊待遇自然也会被军队里的其他武将讨厌。刘备三兄弟的坚实牵绊也有不够华丽的侧面。只不过刘备军现在很弱小，关羽和张飞的任性还不显眼，但却孕育着恶性肿瘤一般的萌芽。随着军队规模的扩大，这个肿块也会变得更加醒目吧。

据赵云说，关羽捋着美髯，悠然骑在马上，眼中仿佛看不到难民；而张飞则因为一直没有战斗，十分无聊，又没有酒喝，只好去找倒霉的难民发泄，抢他们的食物，踢翻他们的行李，等等。张飞发起疯来没有人敢管，能阻止他暴力行为的只有刘备和赵云两个（虽然说关羽也可以）。被张飞欺负的百姓哭哭啼啼地退出了逃难队伍，也因此得以避免卷入战斗，可算是福祸相依。

赵云说完话，拱手施礼，发动内力跑走了。孔明一边看他的背影消失在难民中，一边想，"什么时候到当阳呢？"如果难民继续增加，恐怕来不及抵达当阳就要被曹军赶上了。

但是孔明一副若无其事的表情，去追刘备乘坐的恐龙战车了。

孔明让车夫停下战车，敲门喊道："主公，我是孔明。"

"哦。"

门开了。只见刘备脱了盔甲，衣冠不整，一副惬意享受的模样。一只手拿着酒葫芦正在喝酒。

"哎呀，自斟自饮很没意思。先生，能叫两个小妞来吗？"

完全没有紧张感和迫切感。这种人竟然具有（向不良方向）吸引无数百姓的神奇能力，这可真是……宇宙之谜。宇宙也有罪过啊……

满心仁义的豪爽男儿、却又是不负责任的庸俗市民，两者之间的鸿沟让平民麻木了吗？

"恐龙战车很舒服。诶，先生也上来吧。"

"那我就不客气了。"

孔明由踏板上了车。

战车再度前进。

"现在到哪儿了？"

"刚刚走了差不多二十里。"

"是吗？"

"车身很重，又是牛拉的，所以不快。不过主公，我有要紧事汇报。据说曹公的军队已经占领樊城了。"

"什么！这样的话，可不能这么悠闲了。"

"我已经下令，等樊城的百姓过河之后，把汉水的渡船一只不剩全部凿穿，曹公的军队搜集渡船还要一段时间，应该可以拖延他们一阵。进入襄阳，最早也要到后天的傍晚时分。"

"这可不一定啊。先生还不了解曹操。那家伙的速度真是快得让人想象不到。曹操有时候比张飞更性急，没有船的话，就算脱光了游也要游过来。"

襄阳北侧的汉水很宽，流速也很快，游过来恐怕不行。不过曹操乃是常常在战争中做出疯狂之举的人，速度更是曹操的武器之一。

但是这回是要带着千军万马过河，还有无数粮草辎重。最快的方式是找来船只和木材捆在一起，在两岸之间架起浮桥。但再快也要整整一天时间。同为疯子的孔明是这么认为的。（既然如此，那就认为曹公明天傍晚赶到吧。）

孔明修订了自己的方针，但心中并不认为曹操会有那么快。

然而在这个问题上，刘备的看法是正确的。曹操一进樊城，便下令张辽选拔两百精兵，换上皮甲，只带弓箭和短矛，组成轻骑兵部队，干粮也只带一顿的量，向襄阳进发。张辽的高速骑兵具有北方游牧民族的骑术。

刘备军会把渡船凿沉的做法也被曹操预测到了。因为张辽的轻骑兵只有两百人，好歹总能找到几条船。到了襄阳，就可以让襄阳的人加紧准备，两百骑兵则是继续前进，去做地形侦察、情报搜集之类的工作。曹操的视线已经投向了江陵。不用说，刘备军的动向也没有放过。

曹操传话给缩在家里不敢出面的刘琮说："来樊城给我磕头！"

以此测试襄阳的领导层是不是真的投降了。到了樊城，随时都会被杀，简而言之就是人质。受到威胁的刘琮更是吓得卧床不起，只好由蔡瑁和张允代替，当天便紧急启程，赶往樊城。蔡瑁和张允演出了一场猪狗不如的谄媚表演，那卑躬屈膝的态度和滑稽过头的演技让曹操索然无味，也就放过了刘琮。

"够了。总之给你们半天时间把浮桥架好。把襄阳的百姓全给我派上去。"

第二天中午，浮桥差不多可以走了。襄阳人看到了七万曹军威风凛凛的模样。

"旅途中有些事要早作筹划，我军的干部需要主公的指令。"孔明说。

"哎呀，都交给先生了，就按先生想的来。"

"这也要看场合。现在这时候可不行。所谓军师，只能是黑暗中的商谈对象。如果臣子独断专行，就会变成下一个曹操。"

"我的声音就是先生的声音。大家不会说闲话的。难不成先生和大家还没熟悉起来？"

当年徐庶做军师的时候也是这样。刘备的优点之一就是天不怕地不怕的撒手不管（不负责任）。

"我孔明和诸将已经犹如数十年交情的老友了（当然这是孔明自己的看法），但在部署作战的时候，诸将不太愿意听我的话，认为我是完全不懂打仗的门外汉。"

刘备的部将之中，赵云、糜芳、胡班、陈到、刘封、关平、廖化、周仓（他好像是只有关羽才能看见的魔幻山贼武将）等，并没有什么问题。就算有所不满，也就是发发牢骚，但还是会照孔明说的去做吧。对于张飞，孔明也有驱使他的诀窍。问题在于关羽。要驱使这个人，比张飞困难好几倍。

关羽坚持遵循《春秋左传》中学来的（不知道晚了多少个时代的）兵法，有时候就连刘备的命令也无视，基于自己的固执想法而行动。可以说他比张飞的性格还要恶劣。有一回偶然在《孙子兵法》中看到：

　　——将受命于君奔赴战场，君命有所不受。战必胜时，君言不战亦可拒而战之。不可胜时，君言战，不战亦可。

这番话也可以解释为，战场上的指挥系统应该只有一个，大将对于战况的判断是独立自主的，有时候就算是君主的命令也可以不听。

（和我想的完全一样。正该如此。）关羽点头不已。"古书中正有我之兵法"，自我裁量权极度膨胀。后来赤壁大战之后，明明拦住了大败溃逃的曹操，偏偏违反命令私自放走；在总督荆州的时期，也自作主张强行攻击曹军控制下的樊城、襄阳，让刘备和孔明屡屡皱眉（关羽真是令人头疼）。

关羽就是这样的独断将军。

总而言之，要把关羽从这里调开，派去别处。

但是不管怎么说，关羽关云长都是刘备军不可动摇的王牌。只要有关羽，就有万人之力。刘备对于调动关羽表示出难色，但是孔明说："如果云长大人在，他那种性格恐怕会成为他自己的障碍。因为接下来的战斗不是普通的战斗，是奇战。主公不要忘了，战场上有无数百姓。"

张飞的话，大概根本不会意识到百姓的存在，只管唰唰唰砍倒敌军吧。至于赵云等人，就算意识到了，大概也会不小心伤到。毕竟是在战场上，误伤也没办法。但是，崇尚大义的关羽会如何行动，则完全无法预测。不过也许正因为孔明预测到了，才向刘备进言的吧。

"也不是说把云长一个人排除在外。"

"那让云长做什么呢？如果是无聊的事，他的美髯可是要抖起来的哟。"

"事情很重要。如果主公能再好好描述一番，关将军应该会欣然接受。"

"好吧，既然是先生拜托的，我就试试看。"

就像这样，孔明不断布下魔法的棋子。

长坂坡之战乃是《演义》的著名场面，是刘备军的重要展示场之一，特别是张飞和赵云显示出超越人类的强大，让这场战争成为响彻天下的痛快战斗（虽然还是输了）。但奇怪的是，刘备军的绝对王牌、具有超人战斗力的关羽，并没有以他龙卷风一般的威猛袭击曹军。他在这一战中的工作极其朴素。

虽然关羽不在长坂坡，但是作为关羽的粉丝，说书人恐怕不惜扭曲史实也要把这"万人敌"的屠杀机器投入战场。但是不管怎么编故事都说不通，最后只能放弃。这恐怕是出于创作上的平衡考虑吧。既然关羽、张飞、赵云、孔明济济一堂，就算曹军有几十万人，也没有不胜的道理。

假如四个人同时出场都没打赢，那么读者的失望之情大概会一直升到天上吧。刘备军果然还是无用废物的集合，之前的种种铺垫都成了吹嘘。长坂坡之战去掉关羽（就像是下象棋的时候去掉车的感觉），才让曹操打了个平手。如果关羽参战，曹军的大将肯定要死一半，士兵也要全军覆没，不然就怪了。关羽、张飞各自收拾一万人，赵云收拾七千人，合计两万七千人，再加上孔明的计策起到翻倍的效果，当场就可以杀死三五倍的敌人。

所以，长坂坡之战中关羽的去向，《三国志》和《三国演义》的记载也有比较矛盾的地方。

在《三国演义》中，孔明看到难民的速度慢如蜗牛，心急如焚，向刘备献策说，

　　——追兵不久即至。可遣云长往江夏求救于公子刘琦。教他速起兵乘船会于江陵。

这是坚持以江陵为目标的。《三国演义》中说，刘备当即同意，派关羽和孙乾率领五百士兵去了江夏。按道理说这件事情并不是非要关羽不可，孔明要调开关羽才是重点，但有必要分出五百士兵给他吗？只要有关羽在，就算道路上盘踞着无数敌军，也可以一路斩杀斩杀斩杀斩杀，圆满地完成任务。

长坂坡激战之后，尽管有张飞和赵云的活跃表现，刘备得以逃去汉津，但还是差点被穷追不舍的曹操抓到。就在千钧一发之际，

关羽骑着赤兔马出现，一声断喝，吓得曹操大叫："又中了诸葛亮的奸计！"放弃了追赶。

对着喜不自胜的刘备，关羽说："我听说了长坂坡的大战，什么都顾不得，急忙赶来。"

总算赶上了最后的出场，关羽也算多少满足一点吧。

在《三国志·先主传》中，刘备军抵达当阳的时候已经有难民十余万、辎重车辆数千辆，在路上进退不得，一片混乱。刘备不得已，下令关羽用数百艘船运送一部分难民，约定还是在江陵会合。也就是说，关羽没有去江夏（如果带着难民去江夏，不晓得要花多少天），带着数量不明反正就是很多的百姓去了汉水的某处渡口。那里似乎有几百艘船，至于是天助还是孔明预先备好的，那就不知道了。后来，刘备军被曹军追赶，一路逃窜，曲折奔往汉津，而本来应该以江陵为目标、沿汉水而下的关羽的船队不知为何刚好在那里，于是两军会合，然后又不知为何没有渡过汉水，而是过了沔河（有些资料说汉水别名沔水），总算平安逃到了夏口。

这段记载令人费解。首先无法理解关羽为何会在那里。看看地图就会发现，按照汉水、长江，以及当阳、江陵、汉津、夏口的位置关系，不管怎么看都不可能是这样的移动路线。

《关羽传》的记载也大致相同，"刘备自小道逃至汉津，恰与关羽的船队相遇，一起去往夏口。"

可是关羽一开始的任务：护送难民去江陵的任务完成得怎么样了？没人知道。到底是从哪个渡口上船的呀，关羽大人！

"他们就是遇上了，你让我怎么办？你有证据说是我编的吗？"仿佛可以听到陈寿这么说。

大概是陈寿弄错了，或者把事情的经过大为省略了吧。约定好在江陵会合的关羽，除非采取了违反命令的行动，否则不可能"刚好"遇到败逃的刘备。硬要说的话，两人相遇的概率只有百分之一，我想。乘船去往江陵的关羽，应该无法知道刘备正在逃往汉津。

"刚好在汉津和关羽的船队相遇。"《三国志》轻描淡写地写了这一句。实际上这一偶然事件说不定正是孔明苦心安排的密谋。如果没能在这里遇到关羽，刘备很可能就此完蛋。关羽的任务十分重大。

但是没有预先商议，也不习惯水上行动的关羽船队，真能恰到好处地出现吗？在遍布大小河川的广阔地带，以异乎寻常的速度移动，将各个地点完美地连接起来，可以说是奇迹般的概率。尽管记述的内容明显不足，但就连裴松之恐怕也感觉无从下手，只得放过。这只能说是孔明神出鬼没的计策，将时间与空间在四维层面完美结合在一起的结果吧（这是最合适的解释，再没有别的解释了）。

或者，关羽的大脑中具有能够感知刘备危机和位置的雷达一般的装置。察觉到刘备身处险境，关羽立刻将刚刚在船上松了一口气的百姓统统扔进河里，加快船速，用机器般的声音威胁船夫"去汉津"吧。

裴松之如果找到过这一类的史料，按照他那种喜欢引用荒诞故事的性格，肯定要加以引述然后批判的吧，可是并没有。

所以为了参考，不得不在这里求助于史料价值最低的《三国志平话》。《三国志平话》中写道，刘备一行来到长坂坡，孔明观察地形之后，做出了异次元的疯狂预测："在这坡上安排一员猛将和数百士卒，可破曹军百万。"

但是紧接着又后悔道："啊，我错了！我把关羽派往南方，让他到长江搜集船只去了。关羽还没回来吗？！"

这是孔明罕有的失策。结局可想而知，关羽没有在汉津出现，也没有在刘备的逃亡旅程中起到任何作用。历史事实真是无情。不过这样反而显得更合理。《三国志平话》的编撰者应该读过刘备和关羽会合的记载，但是大胆地舍弃了这一说法。

"怎么可能有那么巧的事！不给一个合理的解释，硬说成那样是不行的。"大概《三国志平话》的编撰者也想给陈寿这样一个教训吧。

自古以来，《演义》的作者们全都对这一场面的合理性头疼不已，做出了各种努力（也就是灵活运用小说的特性，大胆地加以适当创作），用想象力丰富的解释来消除矛盾。可以说，他们是在替陈寿和裴松之背黑锅了。

总而言之，在《三国志》中，刘备对关羽下令说："多用船只送百姓去江陵。"

跨着赤兔马这一法拉利象征的关羽，本应该极端厌恶把道路挤得水泄不通、行进无比缓慢的难民，却出乎意料地一口答应下来。

"得令。"自己放弃了长坂坡的出场机会。

携带难民的刘备军，到了当阳附近，速度变得更慢，"日行十余里。"

十余里大约相当于五公里。就算是元旦回乡高峰，并且发生了若干交通事故的东名高速，也不至于慢成这样。五公里的距离，就算是散步一样随便走走，也就是一个小时而已。用计步器测量的话，不是只要七千步吗？随便走走一个小时就能走完，却要花上整整一天，而且又不是爬雪山过草地，就算用太极拳的步法小心翼翼地前进，也不至于花费这么多时间吧！说他们是在原地踏步也不算言过其实。这么慢的速度，有没有认真逃跑啊刘备同学！

刘备军到底在想什么、做什么，后世无法想象。在搜集史料撰写《三国志》的时候，应该还有当年的难民活着，而陈寿、裴松之

也许是出于某些难以明言的理由，不得不在这里装糊涂。总之按照
这样的记载，刘备军自己也不能理解吧，大概。

　　在曹操来袭的骚乱中，有人在荆州东南地区来回奔波，差点死
掉。那路线比刘备军的走向还要令人眼花缭乱，奔走的距离也是大
大超越了后者。这就是东吴的鲁肃。

　　鲁肃可说是孙权手下第一流的谋士，字子敬，然而仔细研究他
在这一时期的行动，却显得非常外行。

　　鲁肃身负孙权的嘱托，前来改善东吴和荆州政府间的关系。

　　孙吴刚刚侵犯江夏、威胁襄阳、杀了黄祖、恣意掠夺，现在竟
然还敢在荆州露面，这说起来也是鲁肃的建议，是他赌上自己的性
命争取来的任务。这一九死一生的外交行动，只有周瑜、诸葛瑾等
极少数人才知道。对于和平主义的张昭严格保密。与荆州合作显然
意味着与曹操的决战，一旦让张昭知道，必然会被他阻止。

　　曹操意图进犯荆州，这对于东吴其实是个很好的机会，可以趁
机放下过去肆掠江夏的历史，与刘琦、刘琮结成共同战线抵抗曹
操，同时背后也有一点点蚕食荆州的可怕阴谋。鲁肃大概相信自己
可以拉拢荆州的谋臣吧。至于刘备，鲁肃基本上将之视为荆州的附
属，"顺路和刘备打声招呼，慰问慰问，他肯定会开开心心听（孙权
的）命。"

　　刘表死得适逢其时。鲁肃表面上可以作为吊唁的使节拜访襄
阳，再进一步亲切交流，欺骗荆州的首脑，掌握其弱点加以胁迫，
趁虚而入。这种手法，就如同那种伪装亲切取得信任，然后不知不
觉就让业主在地契上签字盖章的行为。如果一切顺利，东吴就可以
打开通往中原的通道，也能够获得足以同曹操对抗的武力和经济实
力。这条计策若能成功，鲁肃的名字就会像"感动全美！"的宣传

语描述的那样，让孙权喜极而泣。这条计策也将成为东吴不朽的著名计策被永远传诵下去。

可是这时候的东吴，情报能力极其低下，没能探查到襄阳的变化，就连荆州要投降曹操的内部决定都没有预料到。在东吴内部，各家都会拼命打探各组织的消息，然而一旦涉及到外部的情报活动，就会变得像现代日本政府一样，惨不忍睹了。

鲁肃发现实际情况大大偏离预期，不禁手足无措，最后只能去找四处逃窜的刘备。这也就罢了，可是不知道为什么偏偏还和逃窜的刘备军结成了同盟，自作主张地做出了这个显然成为日后祸根的决定（看到眼下刘备军惨不忍睹的模样，大概也很难想到日后他们会变成厚颜无耻的强盗。不过这也是因为掌握的信息不够，不了解刘备军的性格），最后犯下更严重的错误，协助孔明入境乃至渗透进东吴政府。

但是，被视为东吴第一流谋士的鲁肃，不可能是容易上当的老好人。到底发生了什么？难道是被孔明洗脑了吗……

总而言之，就是从这个时期开始，鲁肃对刘备军产生了献身般的善意，不懈推进亲刘政策，直到过世。他的种种行为，在东吴的反刘备强硬派看来，近乎于叛国，有些人还把鲁肃当作恐怖活动的目标。不过宇宙的法则就是和刘备交好的人都会在小说中受到善待，所以鲁肃在小说中得到了拯救。

大部分《演义》中，刘备与鲁肃的第一次会面，是在刘备刚刚逃脱曹操的魔掌，在江夏喘息的时候。鲁肃被刘备充满仁义的品格所感动，又对孔明的智谋心悦诚服，于是提出结盟。接受鲁肃邀请的孔明，当即决定与他一起去东吴。

而在《三国志·鲁肃传》中，清清楚楚地写着，刘备、孔明和鲁肃是在当阳长坂坡相遇的，然后鲁肃似乎和刘备等人一起去了夏口。关于这一段记载，裴松之没有提出异议。在《先主传》中也说是在当阳见面的。

可是，刘备等人在当阳附近遭遇曹军的猛攻，正在长坂坡逃窜，哪里有时间悠然畅谈？也许刚刚遇到鲁肃，曹军就杀到了，难道鲁肃没有卷入战火吗？如果一同逃往夏口，那么鲁肃必然也是在哀嚎的百姓和怒吼的士卒中逃走的，满眼看到的都是刀光剑影。这样的话，鲁肃和刘备就不可能安静交流，只能一同逃窜吧。也许正因为这样的交流太不自然，所以《演义》的作者们修改了鲁肃和刘备的会面时间。

不过话说回来，三个男人，一边连滚带爬地逃跑，一边讨论如何夺取天下，感情在战火中得以升华，这不是也很浪漫吗？

在《三国演义》中，鲁肃向孙权献计，是在曹操侵略荆州差不多快要结束的时候，也是够晚的，显得鲁肃十分普通（《演义》的倾向就是让鲁肃做一个天天被孔明震惊的捧哏角色），而将时间点处理为刘表刚死不久的《三国志》，对鲁肃要更和蔼一点吧。

——*刘表死，肃进说曰*

鲁肃以"终于盼到了"的心情高效率地禀告孙权。首先翻来覆去啰里啰嗦地强调了荆楚对于东吴的重要性，然后说："必须占领荆州。主公如果有志于称帝，这块地方决不能让给他人。"

这话的意思不是说和刘琦、刘琮结盟的话会有什么好处，而是说要趁机把这块地方抢过来。

"话是不错，可是荆州不好吃啊。"孙权说，"光是讨伐一个黄祖，就费了好大力气。"

"这也没办法，实在是我们的组织性太差了，就跟一群猴子聚在一起差不多。不过最近这一点改善了不少，这也是屡次合力讨伐黄祖的成果。辛苦也有辛苦的价值。"

虽说鲁肃是孙权的臣下，不过年纪比他大十多岁，所以有时候像家长一样啰嗦的说话方式也是被允许的。

"眼下刘表新丧，我听说他的两个儿子关系不好，还听说军中朝中四分五裂，客将刘备虽然是敢摸曹操屁股的英雄，但是完全不受刘表重用，十分浪费。不过话说如果刘备受到重用，那我们也去和他打打交道就是了。反正如果荆州根基不稳，我们就有机会。我会见机行事。老大，派我去做使节吧。"

"这样好吗？"

孙吴军肆掠江夏，还砍了黄祖的首级，这都是不久之前的事。双方还没有和解休战。打个比方，就好像两家黑社会团伙还在热烈火并，鲜血还没有干，一家就派人去参加敌方老大的葬礼，而且还不带黑衣保镖。这胸怀委实不小。献上白花的刹那，搞不好就会有报仇的匕首插过来了。不管做得有多好，鲁肃的性命也是堪忧的。

孙权表示了这些担心，然而鲁肃却放声大笑："我要是真被杀了，那就请主公一鼓作气为我报仇好了。难得有这样的口实，正好顺理成章把荆州连根拔起。"

"子敬，别说那么不吉利的话！"

"儿子为了老爹去死这不是理所当然的吗？我这条命就赌给老大了。"

"子敬！那，你要是死了……"

"哈哈，老大，不用担心，不会的。襄阳的小子没胆量杀我。看到我过来，肯定都会瘫倒在地上。再靠我三寸不烂之舌，跟他们说清楚利害关系，他们就会心悦诚服地和我们结盟。至于客将刘备，他根本不会打仗，听说我们能跟他一起对抗曹操，一定高兴得要命。老大，如果进行顺利，夺取天下的目标就又近了一步。总之要快，要抢在曹操前面。"

鲁肃用如匕首般锐利的眼神，对上孙权碧眼的视线。这是信义与头脑与胆量与忠诚与智慧兼备的勇敢男人的眼睛。

孙权用力握住鲁肃的手，用力点头说："都说到这个地步了，我有很好的臣子啊！交给你了，子敬，其他事情都交给我吧！"

"那就拜托了。"

"如果你有个万一，你的妻子孩子，一辈子我都会照顾。"

话虽如此，如果是强暴鲁肃的寡妇、把鲁肃的女儿收作小妾之类的照顾，还是不想要的吧。但这可是东吴常有的事。

于是鲁肃被赐予孙权的印信，立刻出发前往荆州。这时候鲁肃差不多三十七岁。作为谋臣，正是大展宏图的时候。

鲁肃是临淮郡东城人，大约出生于一七二年。年轻时候就很调皮，以惹麻烦闻名。幸运的是，鲁肃出生于富豪之家，花钱超级大手大脚。

"鲁肃置家业于不顾，胡乱花钱，把田地都卖了。"总之就是有钱的放浪公子哥。

当地人都传言说："鲁家一代不如一代，生了这么不争气的儿子。"

而且鲁肃时常大放厥词，好说大话，总是说什么天下如何如何（可惜没有到达宇宙级别，与孔明还有距离）。

"吹牛皮的鲁肃。"提起这个绰号，附近无人不知。

但是，鲁肃并不是单纯的公子哥或者慈善家。他以先见之明预见到天下将要愈发混乱，因此采取对策，悄悄募集血气方刚的年轻人进行军事训练、准备武器，打算组建专门杀人的私家军队，是观念激进的年轻当家。这一点和曹操的第一次"雌伏期"（辞去顿丘县令的时候）是一样的。但大概是鲁肃的特点吧，他不管做什么危险的事，外表上只能看到潇洒的公子哥模样，人们差不多都没有注意到他尚武的一面。鲁肃自身也修习武艺，特别是弓箭颇为了得。然而最后鲁肃军并没有揭竿而起，他的别动队后来被孙权军收编了。

当时，临淮是袁术的统治地区。周瑜在成为孙策的部下之前，做过居巢县令。那时候他听说有个蠢货富二代将财产随便扔进沟里，就决定去和鲁肃聊一聊。《演义》中描写的鲁肃和周瑜的初次相会，颇像一段佳话（而孙策与周瑜的初次相会则是绝对的佳话），但其实是一场比较危险的会面。

　　——周瑜为居巢长，将数百人故过候肃，并求资粮。

周瑜拜访鲁肃的时候带了几百人。这让人不禁认为周瑜是不是要带人过去恐吓鲁肃。如果只是单纯的拜访，一两个人就足够了，没必要带上好几百人吧。也许周瑜把鲁肃当成奸商或者别的什么了，如果鲁肃真是个蠢货，干脆就把他抢了。这样的解释更自然。

但是鲁肃比周瑜想的更愚蠢，也就是人杰。周瑜和鲁肃第一次见面，开口就要求援助自己资金粮草（分明就是硬抢），而鲁肃既没有拒绝，也没有讨价还价，反而笑了。鲁肃家里有两个大仓库。他领周瑜过去，满不在乎地说："全给你都没问题。不过还是请给我留一个，好让我救济穷困的百姓。"

说着话，鲁肃把一个仓库里的米，合计三千斛，直接献了出来。当时一斛大约二十升，换算成日本的米袋，大约两袋半。就算好几百人一起动手，要把这么多米全部运走，也要往返好几次才行。周瑜大为惊讶："这是奇人哪！"

当即换了表情，再度施礼。日后两人相交甚厚，据说结下了不亚于春秋时期郑国子产和吴国季札的深厚友谊。

几年以后，鲁肃被袁术招募为东城县令。孙策从袁术处独立，专心在江东杀人越货，周瑜成为他的 Most Beautiful Staff。鲁肃不满于僭称皇帝的袁术，带着他招募的老人、孩子、地痞等，一起去周瑜的地盘居巢投靠他。然后被周瑜说服，投奔了孙家。

有大将之风的兄长孙策突然死去，正在招募治国人才的孙权，在酒宴之后单独拦下鲁肃，说："再去喝一杯如何？"并把鲁肃带去另一个房间，和他促膝密谈。

孙权的想法是："周瑜把鲁肃夸上天了，他到底有什么本事呢？"这次密谈就是为了弄清这一点。

不管如何秘密的密谈，只要有陈寿的历史认知能力（超级想象力），都不可能逃过他那支神奇的笔。每次都是这样。我已经什么都不想说了。

"我啊，继承父亲和兄长的事业，想要成为像齐桓公和晋文公那样伟大的人。鲁子敬能做什么事情帮我呢？"

二十岁出头的孙权这么一问，刚刚成为臣子的鲁肃淡然道："那你能给我什么好处？"

这是个很不讲情面的问题。在利益至上的东吴集团中，这样的问题大约是很普遍的吧。

据说这时候鲁肃提出了历史上全然无名的"天下二分之计"，震慑了孙权。鲁肃说："迟早让你掌握天下。"吹起了不同寻常的法螺。

"曹操就是当年的项羽一样的人物。如今的我等不能与之争锋。只不过北方未定，曹操短时间里无法对我们出手。我们必须趁这个机会站稳脚跟，尽快整顿江东，斩杀黄祖，然后收拾刘表，将整个长江流域纳入我军的掌控。只要能占据荆扬，我们和曹操就是平分秋色。这时候主公便可以称帝，进兵中原。汉高祖刘邦做的也是同样的事情。这个计划如何？"

这么一说，小心谨慎的孙权畏惧于鲁肃话题的飞跃性，说："这、这、这可不行。这样的事情我可做不到。我只是想为汉室尽一点绵薄之力……只有这个想法。"（你这是劝我谋反啊。）孙权紫髯颤抖，结结巴巴地说。

鲁肃觉得自己可能说过头了，决定不再提起今日所说之事。但是实际上，这是刺痛孙权野心的精彩意见，（这个人，说了这么可怕的事。让我……向往。）从此孙权决定重用鲁肃。鲁肃还不了解孙权的性格和内心的微妙。

东吴的意见领袖张昭伯伯，一开始认为鲁肃只是个善于阿谀奉承、喜欢说大话的小子，很不喜欢他身上时不时流露出的大大咧咧，那是生长于富裕之家的人特有的。

"小子！你这是什么态度！"张昭多次这样训斥鲁肃。张昭的话语中有着一种恐怖的威慑力，简直能把人的魂吓掉。换作一般人，只要张昭一瞪眼就会像鼻涕虫遇到盐一样融化，患上创伤后应激障碍而死亡。但鲁肃非但没有屈服，反而说："子布（张昭的字）大人和我爷爷一样训斥我，真让人感动啊。"

"爷爷，爷爷！"

鲁肃自来熟地凑过来。张昭将这个行为也理解为富二代的傲慢以及神经大条的一种表现（不知人间辛苦的小子！），但也只能一脸苦色。无计可施，只好向孙权施加压力："任用那种轻浮的后生，只会让你被别家老大嘲笑。"

张昭翻来覆去和孙权唠叨，让他开除鲁肃，但是孙权每次都装糊涂，"是啊，张伯伯说得对。这人真不行啊。咱们看他什么时候干点蠢事，那时候啊，我立刻就开了他。"

孙权就这样装傻应付张昭。他不惜忤逆伯伯，也要维护鲁肃，官职和薪水更是不断上涨。鲁肃感激不已："为了老大，我可以粉身碎骨。"

鲁肃如何感动，这里就不用多说了。

以襄阳为目标的鲁肃，首先去往夏口。刚好这时候是曹操屯兵宛城、威胁襄阳的时期。夏口虽然归属江夏，但基本上已经不受荆州管辖，而是东吴的实际控制区。虽然刘琦是江夏太守，但夏口的归属颇为暧昧。

抵达夏口的鲁肃，从外派机构（孙权党夏口支部）得到曹操开始进军的情报。因为情报能力不足，没有掌握刘琮投降的消息，所以鲁肃想："还来得及。赶紧去和刘琮等人见面。"

顾不上休息就出发，昼夜兼程急匆匆赶往南郡（江陵）。因为他认为，既然曹军南下，荆州的领导层必定放弃襄阳，退避到江陵去。

但是鲁肃到柴桑的时候，东吴的情报机构竟然连曹军在宛城集结、很快就要南下的消息都没掌握，到底还是很奇怪（如果掌握了这个消息，鲁肃大概就不会再去吊唁了吧）。而且也没有预测到刘琮投降的可能性，难不成东吴的情报人员一天到晚都在忙着赌钱打架调戏姑娘吗？可以说东吴的情报能力和刘备军一样糟糕。作为自称是重视情报的孙子后裔之孙家，真让人不禁想问你们到底有没有好好读过《孙子兵法》啊！准确的情报是谋士最大的武器。没有准确的情报，谋士就像没有翅膀的鸟一样危险。

鲁肃费尽心力刚刚进入南郡，便听说刘琮在襄阳不战而降了，可想而知鲁肃会如何惊愕。鲁肃在情报上的碌碌无为才是真正让人惊愕的地方。就算是在赶路，至少也能下令间谍给驿站发送消息，等待自己去获取吧。结果就是，与刘琮、刘琦结盟的计划告吹。虽然让鲁肃目瞪口呆，但这都是鲁肃懈怠于情报搜集的结果，身为谋士，可谓自作自受。

荆州北部已经一片骚乱。一些百姓逃难而来，传来了刘备军慌乱败走、大概是以江陵为目标的消息。

再过几天，曹军肯定也要攻占江陵了。（我可不要专程过来踩狗屎啊。）失去任务目标的鲁肃，眼下还能在卷入混乱之前脱身。但是现在回去的话，如何向孙权复命呢？

"因为去了也没用，我就没去。不好意思。"这样的回复就像是哄孩子一样。对于谋士来说，完全是耻辱。

（好歹要带点东西回去才行，不然肯定被人嘲笑是笨蛋。）

遭遇这样的失败，自己还有什么脸面留在江东？切自己的手指谢罪吗？不行，不能这样。于是鲁肃做出了异乎寻常的决定。"去见刘玄德。"

鲁肃决定去接触刘备军。按照原先的预想，刘备军只是个附带的赠品，而现在却变成了最大的目标。大概到很久以后鲁肃才意识到，此刻的自己掌握着（向坏的方向）改变时代命运的罗盘。

鲁肃抓了几个北边逃来的难民一问，得知刘备军正在笔直南下。

（我去北方就能遇上吧。）鲁肃顾不上休息，再度上路。

不过这时候难道鲁肃还没有听说曹操的高速轻骑兵部队正在出发追捕刘备的消息吗？这也是因为情报不足的缘故吗？否则他为什么一个士兵都不带，只做旅行的打扮，就跑去即将变成杀戮战场的地区呢？

　　鲁肃匆匆北上的途中，向南逃亡的难民的模样越来越惨。鲁肃又问了几个人，得知当阳发生了激烈的战斗。

　　（诶！已经打起来了吗？为什么这么快啊？）

　　逃难百姓都是衣衫褴褛、头破血流的模样，非常凄惨。有时候还有稀稀拉拉的士兵打扮的人混在里面。逃兵是军队崩溃的象征。

　　可是不知为什么鲁肃并没有回去。明知道前面就是战场，也要一头闯进去，这是因为鲁肃的胆量异常之大，还是因为有什么奇怪的力量把他拉过去的呢？谁也不知道。不过鲁肃在当阳长坂坡和刘备与孔明完成了命运之相会乃是事实。

　　鲁肃在毫无准备之下目击了刘备军的真实（真虚）。

　　太祖，第一次踏上荆襄之地。

　　这是导致《演义》世界激变的巨大一步。

　　为了让曹操顺利占领襄阳，蔡瑁和张允竭尽心力。特别是蔡瑁，作为荆州第一等的奸臣，他的奸诈表现受到反复渲染。不过，他没做的事情也被安在他头上，这也未免有点可怜。这是对于他向刘表告状说要当心刘备（其实并没有说错）所遭受的报应吧。

　　在曹军进驻襄阳之前，忠臣王威向刘琮献策奇袭曹操。

　　"将军（刘琮）已然降曹，玄德又已南逃，现在曹操必然疏忽，放松警惕，轻忽冒进。将军不要放走这个机会，请给我数千士兵，在要害之地迎击曹军，定能生擒曹操。抓到曹操，将军必然威震天下，端坐家中也可虎行天下。中原虽说广大，传檄而定亦非难事。讨伐曹操不仅可以得到一次胜利，更是可以夺取天下的跳板。这是千载难逢的好机会，将军万万不可错过。"

　　虽然这个计策中的推测因素未免太大了些，不过曹操确实有得意忘形的习惯，所以成功的可能性倒也不是完全没有。王威提出的是《演义》式的好计策，不过双方的力量对比太悬殊了点。刘琮斥退了王威这个碰运气的计策。

王威的计策在《三国志》中到此就为止了，但到了《三国演义》里，这又变成蔡瑁公开杀人的表演了。

刘琮被王威过激的计策惹得心烦意乱，不小心告诉了蔡瑁。蔡瑁的眼中露出杀意，去质问王威："王威，你这混蛋！不知天命，妖言惑主，你想干什么？！"

王威也怒而回骂："你这卖主求荣之辈，是什么东西？我恨不能生食你的肉！"

王威是那种生气的时候会生吃人肉的食肉族（吗?）。

"你说什么——"

恐怕再没别人比蔡瑁被人骂为"卖主求荣"的次数多了。蔡瑁拔剑要杀王威，被蒯越抱住，没能成功。

虽说蔡瑁身上发生的都是这种事，但要说他是最坏的卖主奸臣，却也言过其实。他为了妹妹蔡夫人的儿子刘琮继承大业，出谋划策，赶走了刘琦，这一点也许算是罪过，但这类事情司空见惯，而且如果刘琦自己足够能干，反过来也会把他收拾掉的吧。至于献荆州，这也不是蔡瑁一个人的阴谋，襄阳的文臣武将基本都是赞同或者默认的。蔡瑁原本的计划是奉刘琮为荆州之主，由蔡氏一族掌控荆州。但是天运不济，奇迹般的和平时期结束了，现在不得不想办法讨曹操的欢心。

但是《演义》的作者完全不体谅蔡瑁的难处，总是把他当作欺负的对象，对他为所欲为，蔡瑁就是这么倒霉。他严厉批判了刘备（事实），企图暗杀刘备（可能确实有这种事，但也可能是编造的），不把投降的决定告诉刘备（事实），对离开樊城来到襄阳的刘备拔刀相向（估计并没有），身为刘琮的臣子，所作所为更像曹操的走狗（职责在身，曹操的入城宴会大概是由他负责的）。

　　所有这些事情，根本原因都在于他（基于正确的认识）严厉批判了刘备，可以说是祸从口出。实际上，态度和蔡瑁差不多的蒯越，就没有遭受这样可悲的对待。蔡瑁最后中了周瑜的计策，和张允一起被曹操斩首，可以说是典型的奸臣之末路（这也是编的）。和曹操那种被做过无数连自己都不知道的坏事相比，蔡瑁的所作所为其实算不得什么。然而蔡瑁没有足够推翻奸臣定论的才能，所以在《演义》中也就扮演了反面的角色。

　　于是曹操在盛大的欢迎仪式中进入了襄阳。一般人以为荆州是乡野之地，而经历了长期和平的襄阳彻底颠覆了人们的认识。也是因为刘表喜爱文学的缘故，襄阳成为南方的乐园，其时尚程度可以说仅次于焚毁之前的洛阳，任何地方都看不到一丝乡野气息。从城门外开始就有庆祝的鼓乐和美女的舞蹈（尽管刘表刚死不久）。欢迎仪式之盛大，简直都要被刘表的在天之灵诅咒了。

　　曹操骑在马上，前往官衙，频频挥手，但是脸上的表情很焦躁。襄阳的百官在路边列队迎接。虽说占领襄阳的过程很顺利，但曹操对于不知羞耻的人并不想给好脸色。那样的家伙当然就是以蔡瑁为代表。其他人，比如蒯越、傅巽、韩嵩等，脸上都没有笑容，个个垂头不语。也许袖子里正紧紧握着拳头，连指甲都嵌进肉里了吧。

　　夺取过许多城市的曹操，见惯了当地人无比悔恨的表情，也见过许多貌合神离的新臣子。这些人都要慢慢用诚意和实力加以驯化。如果是通过战斗攻下的城市，当然也不会大张旗鼓欢迎曹操入城。这时候就需要严厉追究士人民众内心的抵抗。

　　曹操对于表现出好意的荆州人士，心中有一股抹不去的不安。（遭受了侵略还兴高采烈，哪有这样的蠢货！这些人不是打输了不得不放弃的表情。没人甘心投降，看起来心里都觉得就算不行也应该打一仗的样子。）

荆州兵堪用吗？曹操在想是不是应该马上把留在邺城和许都的士兵也调过来。唯有水军不得不交给荆州。他决定回头问问荀攸、程昱等人的意见。

（不过总算来到这儿了。）曹操也不禁感慨万千。（差不多告一段落了吧。）

夺取荆州、襄阳和江陵，乃是天下统一的关键。

看看地图就知道，荆楚、襄阳之地，刚好在中国正中的位置。从华北平原来看，这一带（荆州往南几乎都是未开发的地区）作为政治要点，没有比这里更重要的了。在军事上，这里也是交通的要冲，地形四通八达，从这里向东南西北均可自如进军。

比如说要进攻被天险包围的巴蜀，益州，只有绕个大弯从汉中攻入这一条路，而且道路曲折，无法急速调动大军，只能以携带登山装备的部队像蚂蚁一样排队进入益州，在攻防战中白白损失士兵。所以基本上无法对益州发动军事攻击。后来魏国虽然有巨大的兵力，却还是对征讨益州犹豫不决，原因就在于蜀国犹如躲在螺蛳壳里一样，易守难攻。蜀魏之战自然就成为关中周边的争夺战，而且那也仅限于孔明胆大妄为的时期。

天府益州易守难攻。但是，如果从荆州出发，就会比较容易进攻益州。虽然有所谓三峡（瞿塘、巫、西陵）的航行难点，水军还是可以溯长江而上，同时陆军也可以沿长江岸而行杀入巴蜀，不需要特意绕去西边翻山越岭。益州刘璋要是敢说什么，曹操立刻就会溯江而上。东吴的周瑜、鲁肃、甘宁等人也是很早就注意到了这条路线，后来刘备攻取益州的时候也是选的这条路，不过还是因为他那莫名其妙的仁义方针，导致艰苦的战斗，付出了很多的牺牲。

另外，要想进攻被长江所阻的东吴，只能在扬州北部建设若干巨大的基地，训练渡河作战。要从东吴手中夺来制水权，那将是不知花费多少年的大作战，十分困难。长江是很宽阔的大河，有些地方的河面宽到连对岸都看不见，要把数万陆军送到这样的对岸去，绝对是非常艰难的任务，而且因为所谓南舟北马，北方的军队在这里没有地利之便，使用华北中原的战法难有胜算。后来曹操与孙权为争夺合肥而激战的时候，吴军只要作战不利就会迅速退回长江对岸去。

但只要有了荆州，这也不成问题。一方面水军沿长江而下，另一方面还可以从一开始就在长江南部布置陆军向东前进。对于东吴来说，荆州是其暴露在外的咽喉。

从相反的立场上看，荆州北部有着可以避开艰险地形的大路。从襄阳北上，转眼就能进入中原、威胁许都和洛阳。这是已故的孙策当年的目标。在曹操看来，如果不占据荆州、堵住这个口子，简直可以说寝食难安。

荆州具备了争夺天下的地理条件。无论如何，只要占领荆州，便可能轻松进出三个主要的方面。对于有志天下者，再也没有比这里更重要的地方了。

而且荆州还有附赠。长年的和平状态下，农作物的收成年年增长，各地人才不断流入，人口数量可以说数一数二。荆州是屈指可数的经济高度成长地区，是所有人都想要不顾一切夺取的地区。不知道此地优越性的，也只有刘表和刘备这几个人了。刘表是知道而不去做，所以最迟钝的人只有刘备。如果荆州之主是野心人士，真不知道天下会变成什么样子。

"幸好刘备是个轻浮的家伙。"曹操的军师们都不禁这么想。

进入襄阳城的曹操接见了刘琮。"这一次你们总算没有想错。明辨是非。陛下也会高兴的。"

蔡瑁嘿嘿笑着陪在一旁,那副谄媚让人禁不住想质问:"你的主公不是刘琮吗?!你什么时候变成曹操的走狗了?"

不用曹操询问,蔡瑁就把荆州十万常备军和水军战船等信息详详细细做了汇报,让同僚都不禁厌恶。

曹操遵守了荆州投降时的约定。

刘琮做了青州牧,即日赴任(事实),但是半路上被于禁带人将他和蔡夫人以及护卫的王威一齐杀了(大谎话)。刘表的旧臣各有封赏,被任命了新的职务。蔡瑁为镇南侯水军大都督,张允为助顺侯水军副都督,相当于海军大臣兼总司令官。蔡瑁原本就是舟船的总督,不过作为水战的指挥官并无成绩。不管怎么说,荆州的战事实在不多。

"唉——我怎么能担此大任哪,不行不行。"

对东吴用兵时,显然会有很大概率出动水军。蔡瑁扭着身子显出喜不自胜的模样。

曹操冷冷地道:"够了,就你了。"

蒯越来到曹操面前的时候,曹操突然非常热情地握住他的手,把蒯越吓了一跳。

"你就是异度吗?我一直想见你。在许都都能听到对你的评价。"

"啊啊,诚惶诚恐。"

"我啊,我啊,得了你,要比得到荆州高兴好几百万倍啊。"

曹操就像是见到了久别重逢的老友一般,欢呼不已。他的言辞和态度让蒯越异常感激。

曹操将蒯越任命为江陵太守樊城侯。

曹操也尽情夸赞了傅巽、王粲等人,总之都给了关内侯。傅巽

也是颇有名气的人物鉴定家，虽然和王粲相比略显黯淡，但他是很
早就注意到庞统的人物之一，"庞士元是不完全的英雄。"

傅巽给了有点含糊的高评价，不过关于孔明什么都没说，大概
是因为没有注意到他吧，还是因为根本不知道孔明的存在呢？不过
最可能的还是特别讨厌他的缘故。傅巽后来预言了魏讽的叛乱，其
判断力得到了证明，但是始终无视孔明。韩嵩、邓义也受到重用，
成为列侯的十五人。

"荆州是人才的宝库。"这话也未必是过誉之辞。

虽说是侵略他国，但是已经很少再像古时候那样屠杀当地人
士，或者抓来做奴隶（不过偶尔也会有）。只是换一换首脑、刺
史、州牧，重新设置官僚机构，仅此而已。仔细想来，既然并不
是拼死抗战，只要编入曹操的人事组织，官员的生命是没有危险
的。在东吴也好、在益州也好，只要不抵抗就行了吧。除非是 A
级反抗者，否则不用担心生命。曹操的度量更大，即使是 B 级反
抗者，只要有才能，也要收为部下。既然已经占领了，何必再杀
人呢。

襄阳的出色人才，曹操每一个都记得。虽然不认识长相，但只
要听到名字就能想起其对应的特点和才能，对每个人都以优美的言
辞加以勉励，赋予相应的职务。人才济济一堂，曹操十分高兴。荀
攸、程昱、贾诩等人不禁想："主公也是来者不拒啊。这些人有这
么优秀吗？"

也有一些妒忌，差不多想说："如果真这么厉害，也不至于这
么简单交出荆州吧。"就算交出荆州，也应该争取更为有利的条
件，才是优秀的谋臣。

"别的不说，让蔡瑁做水军都督，到底是什么打算？那种溜须
拍马的小人也能指挥水军吗？"

贾诩小声这么一问，荀攸说："当下谁做都是一样。我们比蔡瑁还不懂水军。主公迟早会从我军将领中提拔水军的指挥。"

"原来如此。"

在邺城玄武池结束了水战训练的曹军水军将士正在赶赴荆州。

曹操终于结束了对荆州文武官员的逐一勉励。

"……对了，文聘不在吗？"曹操发现少了一个人。这是多么厉害的记忆力啊。

蒯越说："文聘闭门不出。"

"为什么？喊他来。"

过了半晌，文聘衣冠不整地来了。

"我说过每个人都要到场。你违抗命令，处罚可免不了啊。"

"我早有心理准备。身为人臣，不能辅佐主公安邦定业，十分无能，愧不敢见。"

说着话，文聘呜咽起来。前日上演的与魏延杀成一团的精神哪里去了？

曹操心中感动，道："说得多好啊，你才是真正的忠臣！现在你是我的大将了。"

于是也赐了关内侯，任命文聘为江夏太守。

"我军要整顿军马，进军江陵。你就做先锋吧。"

"得令。"文聘完全恢复了精神，退下去做出战的准备了。

曹操极其大方地赏赐了江陵太守、江夏太守等职务，但是因为眼下江陵江夏都还不是曹操的控制范围，所以都是空头支票，而且之后江陵和江夏也没有成为曹操完全控制的地区，也就这样不了了之。关内侯也只是依照军功赏赐的临时爵位，没有领地，没有治民权，只不过是可以从关中地方的税收里接收一点零用钱的爵位而已。

曹操心满意足地打量襄阳的文武官员。

（呵呵呵，得到这样多的人才，来荆州真是好啊。）

就像是打游戏的时候得到了许多限定角色一般欣喜。然而这股欣喜却被荀攸等人的紧急报告拉回了现实。

"探马来报。"

"又是刘备的事情吧？不用听也知道，这家伙肯定正在慌慌张张逃去江陵。按照之前的方针，不能听任刘备占领江陵。要比他更快夺取江陵。大耳贼，你给我等着，这次看我和你算总账。"

曹操准确地估计到刘备会向南逃亡、直奔江陵。为了追击刘备，曹操特选了五千精兵，不带辎重，全是轻装，每个人还带上三匹精选的好马，是相当奢侈的超高速移动骑兵部队。

之所以还没有出击，是因为曹操打算亲自率领这支部队。他想亲手给刘备施以致命一击。这也是曹操的缺点。高潮的部分不想让给别人，就像任性的男主角一样。现在出击，到江陵为止，应该有充分时间追上刘备。

曹操"锵啷"一声拔剑出鞘。他的谋臣中没有了解猿类习性的人，所以没有人进谏说："主公，不可小看长臂猿。它有可怕的运动能力和暴虐的脾气，是极其危险的动物。"

不过和曹操的意气风发相反，荀攸的表情显得很困惑。

"怎么了？"

"不，没什么。只不过探马回报说敌军的动向比较奇怪。刘玄德的行动很怪异……说不定是陷阱。"

荀攸是刘备的隐藏粉丝吗，没有直呼刘备，而是称他为玄德。

"刘备从来都古怪。有必要那么介意吗？"

"其实是这样。"荀攸开始汇报探马得到的消息。

刘备现在的位置离江陵还很远，但不知什么原因，他非常怪异地带了十余万难民，把大道堵得水泄不通。速度只有一天五公里。刨去晚上睡觉的时间，按照一天走十八个小时计算，这是时速大约二百八十米的低速，让人怀疑是不是真心要逃。难不成是故意引诱曹操追兵的吗？就算是拖延战术，反正都是要输，再怎么拖延也没有意义（在野党想想其他的策略如何？），所以荀攸从军师的习性出发，自然会怀疑刘备的诡异举动中隐藏着陷阱。

之前派出的二百名张辽的骑兵先锋部队也被无数难民阻挡，无法提前赶到江陵。那种心情就是，"真想把这些家伙都踹飞。"

"我没有亲眼见到，所以无法判断刘玄德到底想做什么。"

这确实是很奇怪的状况。在曹操这边看来，十余万难民是让人百思不得其解的事态，当然应该怀疑其中藏有凶恶的诡计。

"那些难民，是被刘备绑架的吗？"

"不是，据说全是自发的，虽说难以置信。"

"百姓跟随刘备去江陵，是有什么好处吗？"

"应该没有吧。硬要说的话，最多也就是吃顿饱饭？"

"弄不明白啊。刘备为什么要招来这么多百姓，真是让人捉摸不透的家伙。百姓也不会那么蠢吧。"

这是足以和一县一郡的人口相匹敌的数量。这么多百姓朝一个方向移动，确实不同寻常。刘备这是在带走荆州地方的重要生产力。百姓就是财产。

曹操有点生气了。

"既然如此，就是说荆北的百姓并不欢迎我？难道说，比起我来，那个伪善的猴子更好？我是天下最让人讨厌的人吗？"

"绝非如此……但无论如何，这个数目太不寻常了。"

"奇怪。太奇怪了，主公。"贾诩也插口道。

"近来并没有要让十万之数的流民聚集到一起的事件。这必定是人为的计策，恐怕其中有非常狡诈的陷阱。"曹操说，"但是，刘备这个人并不擅长谋略，连骗小孩子都骗不好。所以这个奇怪的民众聚集大概是什么巧合吧。不过话虽如此……十多万人也……"

不管刘备的民众人气如何高，十余万这个数字也太大了。曹操一想到有十多万人讨厌自己，不禁变得心情郁闷。

就在这时，犹如死神一般容颜苍老的军师程昱用嘶哑的声音说："主公，也许这不是刘备的布置。您忘记徐庶说过的话了吗？刘备请了一位比他厉害万倍的天才变态做军师。"

"是说那个叫什么诸葛亮的愣头青吗？"

荀彧制作的襄阳人才列表中，最终没有记录孔明的名字，这似乎是徐庶拍着胸脯宣传的反效果。

"好像是。我听徐元直前言不搭后语的描述，感觉诸葛亮是个完全不按正理出牌的邪魔外道。虽然刘备人畜无害，但诸葛亮说不定是个极其阴险的阴谋家。不知道他是怎么把百姓煽动出来的，他很可能是那种把十余万百姓的生死看得还不如一根汗毛重要的下流军师。不然的话，明知是有生命危险的逃亡，还会把百姓带出来吗？"

"这么说，他打算把刘备藏在百姓当中？可是，你们也知道，不管怎么说，刘备对百姓很体恤（虽然也许是故意做出的姿态）。不是被部下稍微一劝就会听的。"

"一定是诸葛亮欺骗了刘备。"

哎呀呀，贾诩、程昱等人已经对孔明充满偏见了。

"如果这是事实的话，诸葛亮这个小子，品质太恶劣了。比小偷还不如。为了天下苍生，不能让他活着。"就连十分爱惜人才的曹操都不禁对孔明产生了厌恶。

"总之现在的状况很麻烦。"荀攸说。

刘备夹在难民的人潮中，如果打扮成百姓的模样，想把他找出来，那是非常困难的。设想一下，在十万个人里要找出一个人会有多难。否则就要下定决心把这十万人全部杀掉。

曹操感到自己的偏头痛又要犯了。

"自作聪明。不管带了多少难民都没关系。被刘备诓骗跟他走的人都是自作孽不可活。烦不到我。陷阱就陷阱。给我把刘备熏出来！"

曹操一拍桌子，站起身来道："出击。张辽、乐进、于禁，给我传令各将！"

"主公。"荀攸拦住曹操，"眼下的局面是和十余万人作战。主公率领五千骑兵先行，我等随后领七万人马追随。我想确认的是，这支军队的目的是刘玄德，还是占领江陵？哪个最优先？"

两只兔子都想抓，结果一只都抓不到。战略目标只能有一个。可是，曹操明知道这一点，还是说："两个都要！"

"主公，这似乎不妥。"

"公达（荀攸的字），我的脑中已经在和孙权作战了，所以江陵是必取的枢要之城。但是刘备这家伙如果不彻底打垮他，也是祸根。看起来是两个目的，其实是一个目的。"

"的确如此。"

如果等到曹操终于转入进攻东吴阶段的时候刘备还活着，他很有可能会像小学生一样一边嘿嘿笑着一边凑近前线基地，骚扰一下就跑。如果和吴军战斗的时候，被刘备悄悄潜到背后戳个软肋什么的，还真是受不了。虽然最多也就是小孩子搞搞恶作剧的程度，但也不能置之不管。

"遵令。我这就传令下去，以占领江陵和歼灭刘备军为目标。"

"不错。那家伙的阴谋休想逃过我的眼睛。"

曹操瞪起双眼，从大厅怒气冲冲地走了出去。

但是状况确实很奇怪。如果从上空俯视，就会发现，自襄阳南下直到当阳附近，有条像是蚯蚓或者变形虫一样的东西，绵延不断，阻碍交通，仔细观察还会发现它在一点点往前移动。然后，曹操率领的五千轻骑也从襄阳出发，目标就是那个奇怪的东西。

骑兵队的速度充分表达了曹操的急躁情绪。

"一日一夜，行三百余里。"

一里是四百米，三百余里差不多就是一百五十公里。昼夜兼程，彻夜突进，大致算是时速六十公里/时，去追一天五公里（时速二百七十米/时左右）的刘备军。这个速度差简直要让人笑掉大牙，真是阿喀琉斯和乌龟竞走的情况，一转眼就能追上踏平。

速度就是曹操的生命。可是，刘备军就算得到了曹军出击的消息，依然还是日速五公里，洋溢着一股闲庭信步的气息，十分怪异。这不是逃跑的速度，而是巡视仪仗队的速度。说不定当曹操满头大汗追上刘备的时候，刘备还会对他来一句："孟德，何故姗姗来迟啊？我在这里散步都散累了哟。"

大英雄刘备刘玄德没有半分焦急之色。

其实刘备是在恐龙战车自带的迷你酒吧里喝酒喝得醉醺醺的。一开始他在和孔明闲聊，说些宇宙的话题，很快就喝过了头。

喝醉酒的刘备，突然冒出一句幼儿的用词："嘘嘘！"

这是已经醉得不知道好歹了。按理说平时刘备的酒量没有这么差，大概是这些日子以来的精神疲劳和肉体疲劳像决堤一样喷涌而出了吧。

刘备排完小便，整理好衣服，看到正在咳嗽的老人，"老人家"，赶忙光着脚跑过去，用力抓住老人细细的胳膊说，"老人是国家的宝贝啊！（孩子是国家的垃圾所以少子化吗……）"

说着，抚摸着老人的后背。刘备并没有故意策划，他的男性温柔是与生俱来的。

"比起我这种只有力气的家伙，老人更应该乘坐恐龙战车。还有其他走累的人也都来坐吧。"

刘备抱起老人放入恐龙战车。又带进来好些走累的老年男女，请他们喝酒吃点心，说些笑话让他们开怀大笑，治疗他们的疲劳。老头老妇纷纷流泪："刘将军真是没有架子。"愈发拜倒在刘备的魅力之下。

这些都是曹操、荀攸之流一生都无法理解、也无法模仿的地方。超平民的英雄刘备从不会妄自尊大。

刘备把甘夫人、糜夫人、幼小的阿斗也赶出去，把剩下的两辆恐龙战车也向民众开放。

"生病的人、走累的人，不用客气，请来坐这辆恐龙战车！酒和饭都随便吃！就当是给我玄德稍微减少一点心灵的罪责吧。"

刘备一边说，一边招呼百姓坐进车里。三辆车来往纵横，引起一处处骚动，这样狂乱的男子气概，理所当然地让百姓感动落泪。

到了晚上，十余万百姓和刘备军都停下来休息，只有恐龙战车亮着灯。不眠不休的刘备，说着意义不明的冷笑话，开展盛大的舞蹈宴会，酒和菜没了就让部下去当地的村子征用。

有时候张飞也会出现，每次出现都会有五六个士兵满身鲜血昏倒在地。抱着婴儿的母亲想要孩子长得像张飞一样强壮，虽然很害怕也要凑过来："翼德大人，这个孩子身体虚弱，我很担心他的将来。想让他成长为将军一样强壮的人。请抱抱他吧。"

高兴的张飞把小孩子像球一样扔起来，而且还轮着扔，把小孩子吓得都抽风了。一定会长成乱来的家伙吧。

恐龙战车成为疲惫于苦难旅途的（后来则是疲惫于宴会酒席的）百姓的休息处，孔明、黄氏等人都下来徒步行走。

孔明啪嗒啪嗒弹着白羽扇，抬头望天。

"一直没下雨，真是太好了。"黄氏说。

"嗯，不过拦着不下雨也是很累的。"

孔明嘟囔着说，就像是正在施行天晴法术一样。已经完全习惯了丈夫奇怪言行的黄氏毫不介意，问："接下来会怎么样呢？"

"之后我也已经深思熟虑了，只是还没到时机。"

按照道理来说，现在刘备军本应该进入当阳，进行相应的会战准备，而且因为从一开始就不考虑围城战，要在野外布阵、迎击曹军，所以这时候应该开始做些奇怪的事，比如连环火攻的轰炸准备什么的……

可是，即便是孔明，也没有预料到会出现十多万难民。受此影响，直到现在刘备军还没抵达当阳。

（本来只要有三四千人跟随就好了。）

这是多了两个零的数字，导致计算结果出现了巨大偏差。而且算迟了曹操进驻襄阳的时间，也是孔明的疏漏。他决定今后要把估算的曹操运动速度提高一点五到二倍。

（曹公当下如何决断，是影响事态发展的关键吧。）

如果曹操和徐州大屠杀的时候一样狂暴，那他就会袭击刘备军和十多万难民，当然，这是最坏的情况。可是不管怎么说，曹操和他的优秀谋士们看到这十余万难民日行五公里的低速，也要忍不住想斥责说，"你们真的有逃跑的打算吗？"（如果曹公将此视作陷阱，那就太幸运了，能为我方争取一点时间吧。不然的话……）

不然的话，曹操恐怕会径直冲过来吧。

（如果在抵达当阳前被曹军追上，那就只有恐龙战车合体之计了。百姓会遭遇残酷的命运，我家主公也会因此郁郁寡欢。唉，这也没有办法。）

以计谋擅长的孔明心中，常常藏着好几张扑克牌，其中当然也有大小王。到了真正危急的时刻，恐龙战车就会在曹军面前展现出真正的实力和功能——迅猛龙！遗憾的是，这是另一个宇宙中发生的事，如果想看，请去另一个宇宙。

就在这时，有快活的声音招呼道："哟，孔明大人。"

声音的主人是简雍。

"哎呀哎呀，这么多人哪。这样的行军还是第一次哪，日后肯定会成为谈资吧。"

简雍身后是男子汉修行中的诸葛均。

"宪和大人。均弟也成为男子汉了啊。"

因为进军太迟缓，刘备军基本都放弃了骑马。

习氏也走了过来。习氏和黄氏在一起，被刘备赶下了恐龙战车。因为之前孔明与黄氏在说话，所以习氏稍微站远了一点。

"夫君。"

诸葛均的脸微微一动。简雍小声问："这是均儿的妻子啊？"

诸葛均表情僵硬地点点头。

"哎呀哎呀，原来是均大人的夫人，在下是孔明先生拜托照顾您丈夫的简雍简宪和。"简雍露出讨喜的笑脸，低头施礼。

"我在负责将均大人培养成我军不可或缺的堂堂男子汉。"

诸葛均的脸又抽动了一下，仿佛马上就要流冷汗似的。已经略微了解了简雍人品的诸葛均，害怕他会突然对自己妻子扔出超越常识的黄色笑话。

"均大人也正在一点点打开心扉，向我敞开胸怀。每天都在成长为不输于我军中任何人的男子汉。"

"啊，麻烦您了。"

习氏偷眼看着丈夫的表情，施礼道谢。

简雍用胳膊肘轻轻捅捅诸葛均，小声说："喂，均儿，在这儿给你夫人看一眼修行的成果怎么样？"

诸葛均"嘘"的一声，头上满是汗珠，"不、不行。"

"均儿，你这种扭扭捏捏的态度离男子汉可远了。不用担心。女人心里实际上盼望丈夫说些男人一样的话，显得又可靠又聪明。堂堂正正爽爽快快地说吧。"

诸葛均颤抖了半晌，视线游移不定，呼吸紊乱，天气不热却也满头大汗，不过因为简雍用慈父般的温柔眼神注视着、守护着他的缘故，诸葛均仿佛终于下定决心，喉咙咕噜一声，"妞，胸，胸，那，那个，看，唔，请给我看看。"诸葛均鼓起了全部勇气，开口说。

习氏"啊"的一声，伸手捂住自己的嘴。丈夫仿佛发疯一样，突然说了什么呀！她的脸变得通红，怒喝了一声："无耻！"

转身跑走了。如果没有旁人在，肯定一个耳光扇过来了。

"啊，娘子。"诸葛均惊慌失措地要去追赶，简雍拦住了他。

"均大人！"简雍摇摇头。

"不行啊。你那个离真正的男子汉差远了，所以你夫人才跑掉。你要明白才行。"

"这——不不，够了。我要赶紧去道歉！"

"我教过你吧。这种半上不下的做法，可不能让女孩儿安心哟。真可怜。"

"嗨——"

"你说的这些话，连你夫人都感到失望。你看你说的是什么啊，那种说话方式。'妞'什么的，都是流氓说的。你只要喊一声'那位姑娘'就可以了。而且，'请给我看看'这话不是拿自己当男人，而是当成孩子一样自降身份。这时候就应该说，'快露出来给我摸摸！'"

简雍斥责诸葛均，真是严厉的男子汉教育。

"其实啊，你夫人一定也只是表面显得愤慨，内心肯定再度被你迷倒了。现在要是追上去道歉，不是让你自己下不来台吗？这时候不需要道歉，需要的是诚意。你夫人一定在等待你变得更像男人。下一回要用男人的措辞淹没她。"

"——真的没事吗？"

"当然。真正男子汉的言语能够击穿岩石。更何况女人的心。唔，但是，刚才均儿的奋起勇气的发言，是男人之道的第一步。结果虽然是失败的，但也做得很好，让我简雍都不禁热泪盈眶。和一开始的时候相比，已经是飞跃的进步了。一起走吧，在成长的道路上。"

"是，是！"

诸葛均的眼中饱含热泪。简雍温柔地拍拍他的肩膀。

简雍一边安慰唔唔颤抖的诸葛均，一边向孔明以目施礼。孔明也微笑着以目还礼，说："宪和大人的男子气概绝无错漏。今后我弟弟也拜托您了。"

尽管孔明也不是看不出简雍是故意让诸葛均说猥琐的台词，但男子汉修行的重点正是在于大无畏的度量，就算被投诉性骚扰也决不退缩。简雍的男子汉观虽然不能说绝对没有问题，不过在培养诸葛均胆量的问题上是没错的。更何况，如果把诸葛均放在张飞那里，说不定会让他一天和五十个人干架，以此来锻炼他的胆量。说起来还是简雍的方法更合适，至少不用担心他在成长为男子汉之前死掉。

"放在宪和大人这里是正解。"孔明心中暗想。

（虽然不得不为均弟他们的安全着想，但是没有万全之策。他也是卧龙的龙弟，一定能够渡过危机。）

孔明对于亲人是很无情的（但是被夸赞为比起家人更重视百姓是没问题的）。

在大部分《演义》中，长坂坡之战（其实更应该说长坂坡屠杀）就算加入张飞、赵云的激战场面，最多也就是几页纸的程度，少的话几行就写完了。为什么我这本书里要写这么多呢？因为在历史上，这是孔明的第一战（第一次败北），也是和曹操的第一次对决，值得详细描写。其实在这场战役中，孔明完全没有发挥作用（虽然一半是刘备的问题），但是大部分《演义》都硬给处理成闪耀智慧光芒的头脑游戏，难不成这也是孔明操纵后世历史的魔法吗？

长坂坡之战明明可以说是孔明史上的最大危机，日后孔明回顾今天，本应该遥望远方感叹道，"那时候真是捡了一条命啊"。然而之所以并没有如此感叹，是因为长坂坡其实并不是什么危机吗？还有，十余万难民的去向之后再也没人提起，是因为百姓只是像雾霾一样飘浮在空中的小颗粒吗？对于有没有真的参加过赤壁之战都受到怀疑的刘备军来说，长坂坡之战不是应该算更加重要、更加危险的战役吗？

我想，如果说《三国演义》式的最佳策略，应当是在襄阳和当阳的中间位置预先布置下日后把东吴都督陆逊差点逼疯的巨石八阵图，让曹操的五千精锐骑兵迷失在四维空间里。之所以孔明没有展现这一宇宙级别的兵法，大概是因为在这个时间点上，孔明的八阵图尚未完成吧，或者更可能是十万难民阻碍了这一兵法的部署。

其实，在《三国演义》中，不想让孔明染上战败色彩的黑恶势力，让孔明追随关羽也离开了凶险之地长坂坡。可见打造孔明百战百胜形象的阴谋不是今天才有的。

刘备率领十余万百姓，享受着日速五公里的漫游旅行，而孔明则是危机感逐步提升。

孔明问刘备："云长大人去了江夏，音讯皆无。不知事情办得如何（因为那个人除了战斗别的什么都做不来所以我很担心）。"

这么一来，一向不负责任的刘备说："唉，关羽一向不善言辞（说话历来桀骜不驯），大概未能说服刘琦，正在为难吧。我想不能全靠云长。虽然这里也很要紧，但还是请军师亲自出马，去江夏劝说刘琦。刘琦以前靠先生的建议保住了性命，应该感恩戴德。先生亲自去请，应该不会拒绝。"

这意思就是说，前面派关羽是派错了人，这次请孔明去，让刘琦报恩，挤榨出他的援军。

孔明遵照命令和刘封一起带了五百士兵去了江夏，与之前的关羽会合。要紧的一千人马就这么扔在了不知什么地方。刘备把可以信赖的人逐一从身边支走，难道是因为他有着疯狂的自爆计划，要将超越时空的大明星关羽和孔明的可耻失败埋葬到历史的黑暗中吗？

但在《三国志》中，关羽并没有去江夏找刘琦求援，而是将一部分难民从水路送往江陵，至于刘琦则是什么也没做。黑恶势力对此顽固地不予承认，而孔明到底消失在哪里，至今也不清楚。

总之长坂坡的激战还要持续，刘备军还要继续在地狱的死亡线上挣扎。

在《三国演义》中，直到一切尘埃落定，孔明才轻松愉快地重新登场。那是在刘备与关羽、刘琦成功会合，沉浸在大难不死的喜悦之后的事。孔明连一根手指都没动过，长坂坡之战就结束了，黑恶势力彻底撇清了孔明与长坂坡之战的关联，好一个捏造史观！干得漂亮！

逃去汉津与关羽会合的刘备一行，也遇到了姗姗来迟的刘琦船队。刘备喜不自禁，抓着刘琦的手，和他同乘一条船，正在意气风发的时候，突然间，那不是无数战船一字排开正在逼近吗？！这是包围歼灭的危机啊。

刘琦愕然道："江夏的船全都被我带来了，那边的船队到底是哪里来的？！如果不是曹操的战船，那必定是江东孙权的人马。难道要命丧于此吗？"

周围众人一起仰天长叹，真是一难方去一难又生。刘备来到船头眺望那支新船队——哎呀，在前面站立的那个，绝不会看错，正是纶巾鹤氅、手持羽扇的奇怪男人！

"那不是诸葛先生吗？！"

话说孔明你之前到底在干什么哪？

这么一来孔明爽朗地说："我（根据卓越的头脑分析及占卜预测的结果）得知去江夏没有意义，便无视了主公的指令，直接去了夏口。然后率领夏口的战船急速赶来。"

只要爽朗就可以违反命令吗？而且到底是怎么逼迫夏口的战船司令让他派船的呢？无论如何，这一幕有着浓浓的妖异气息。另外孔明带来的这支夏口船队最终没有起到任何作用，难道不会被训斥说"你小子偷懒"吗？

但是这一点完全不是问题。孔明又自说自话地建议道："夏口城中兵粮物资十分充足，是易守难攻之要塞。现在就算去江夏也是孤军奋战，不如和我一起去夏口吧。"

刘琦听到这话都快哭了。

"先生说的确实有理，但还是想请叔父先来江夏整顿人马，然后再去夏口，不知意下如何？"

于是刘备说："刘琦大人所说也在理。"

哄着孔明去江夏了。鲁肃的登场则是到了江夏之后。

总之《三国演义》中的孔明就是这样无视刘备让他去江夏的命令，自作主张去了夏口，而且还满不在乎地在救援战中迟到了。很显然，孔明离忠实的臣子差得太远了。

但是如果认为，"在博望坡和新野大获全胜，为什么在长坂坡一败涂地？"那就大错特错了。孔明与长坂坡没有任何关系。这是关键。

"如果孔明在长坂坡，曹军肯定还得烧死十万人。"《三国演义》要的就是让读者产生这样的妄想吧。

"不能让孔明跟失败扯上半点关系。"

黑恶势力（到底是谁啊？）的计策大获成功，这是长坂坡之战的真相。

如果因此导致许多死伤，还真有点说不过去呢。

在《三国演义》中，基于最高指示——孔明至死都不能有任何失败（如果有失败都是别人的错）——而采取行动的黑恶势力十分猖獗，但也正因为他们做得太过分了，所以现代作家都会让孔明吃些苦头，或者让他哭哭啼啼的。不过也都是适可而止，不敢触怒黑恶势力，否则作家自己的性命都有可能不保——不过这是我猜的，是不是真的我也不知道。

傍晚，好不容易闹够了的刘备，难得地骑上马，去醒他的酒了。简雍、糜竺、糜芳跟随在后。前方树林间是缓坡。

"虽然不是陡坡，但对百姓劳累的双腿来说却很陡峭。速度又要慢了。"

　　走着走着，一阵旋风在马前卷起尘土，直卷到刘备头上。刘备一边吐唾沫，一边说："这狗屎风。"

　　简雍很难得地说："主公，此风乃大凶之兆，而且就应在今晚！主公，立刻弃了百姓快逃吧！"

　　简雍略通阴阳之术，飞速占了一卦。他是黄色笑话的权威，对于阴和阳当然会有心得。

　　刘备无视简雍的警告，问其他人："这是哪儿？"

　　左右人回答说："进入当阳县了。那边的山叫景山。"

　　也就是说，面前这个山坡就是长坂坡。

　　"今天就到这儿吧。去那座山休息。"

　　当下是初秋时分，太阳一落山就逐渐冷下来。早早点火取暖为善。

　　（所以这是终于到了当阳吗？先生的计策在哪里？看起来周围没有什么奇怪的地方啊。）

　　从山里吹来的风很冷。刘备打了个冷颤。

　　"嗨，已经这么冷了啊。百姓多辛苦啊。都是我的愚笨，让百姓受到如此寒苦。我心如刀绞。"

　　"主公！"

　　刘备想到百姓的饥寒，眼睛发热。不过转眼之后又说："这可受不了。趁着还没感冒，赶紧到恐龙战车取暖去。"

　　下了马偷偷摸摸跑起来。

　　在近代，当阳一带的地名变成了荆门。一九四九年，也就是日本军被赶出中国以后，毛泽东军和蒋介石军继续在大陆展开血战的时候，国民党军的宋希濂采取了与刘备同样的路线，结果被中国人民解放军在荆门追上，彻底歼灭。很多人知道这里就是当年的当阳长坂坡，是著名的"张翼德横矛处"。可惜宋希濂的部队没有像张飞那样的豪杰（就算有，吃了炮弹也会变成肉酱吧）。虽说是历史的重演，不过宋希濂没有带难民。

黎明时分，曹操终于亲眼见到了难民的盛况。那难民组成的怪物占满了道路，连城管都无法将之取缔。这是一日一夜再加半日的急行军。曹操毫无疲惫之色，他的肾上腺素犹如毒品一般在血液中保持着极高的浓度，而精选的五千骑兵也是同样精神十足，等待曹操的命令。

"追上了。"

话虽如此，眼前能看到的只有蠕动的两三万百姓，看不到刘备军士卒的身影。（居然没有殿后的人马？刘备这小子，又不守护百姓，又要带他们走，太无耻了！）

曹操的怒火更加源源不断地催生出肾上腺素。血压过高也是偏头痛的原因之一。（真像有陷阱。）

如果将五千骑兵直接插入，恐怕走不到一半就会动弹不得。可是，如果在这里坐等后续部队跟上，那么急行军也就没有意义了。

"刘备你个混蛋！这就是你的办法吗？"

曹操让传令兵去通知后续的张辽第一军的一万人。

"攻击马上开始。赶紧上来。全员急速前进。"

张辽的部队基本都是骑兵，如果丢下步兵提升速度，中午之前应该能赶到。

"驱散难民，打开道路。"

曹操向精锐骑兵下令。如果百姓因此受苦，那也都是刘备的错。

这时候刘备正在和老头老太开宴会，又喝得酩酊大醉。刘备军干部中比较认真的几个人（包括孔明在内），聚在临时营地。他们得到了曹军的骑兵部队出现的消息，知道相距队伍的最后尾已经不到十里了。但是因为到处都是难民聚集，难以采取迅速的行动。

嗅到战斗气味的张飞像老虎一样出现了。他把手里的酒葫芦砸在地上，眼睛闪闪发光。"敌军来了？终于、终于、终于、可以杀个痛快了。来吧！等啊等啊等得我好苦哇，哇哈哈哈——"

手中的蛇矛发出咯吱咯吱的声音。

"太好了！"张飞跨上战马，飞奔去做殿后。路上的难民全被踢飞。干部们慌忙喊："和张将军一同殿后！"

让三百士兵去追赶张飞。

说到殿后，这是一般人非常讨厌的任务，死亡率极高。自古以来，能做好殿后任务的都是超级名将。但是对于张飞来说这些都是扯淡，他想的只是把背后咬上来的野狗杀死，至于争取时间让难民逃走之类的事情根本不在考虑范围内。所以干部们派三百士兵并不是让他们协助张飞战斗。战斗交给张飞，士兵负责疏散难民。

在紧张的气氛中，习惯了战斗（失败）的刘备军干部开始有条不紊地进行各项安排。他们相互商议，事到如今，还是趁着百姓骚乱之前先逃跑算了。刘备大概经常都是这样，身为主公当然不会管杂事。作为熟练的雇佣兵，从火灾现场逃出来的时候也是这样的做法。赵云则是自动被赋予了守护刘备家小的任务。

孔明一边旁观，一边扇着白羽扇，始终没有开口。

"主公不见了！"有个士兵冲进来喊。

"乘上恐龙战车了吧。"

"啊，对了，"孔明补充说，"恐龙战车有三辆。主公坐的是二号车。"

"军师，哪个是哪号，我分不出来啊。"

孔明爽朗地说："确实如此。我也分不出来。"

士兵满面怒色地出去了。

在难民潮中，一员大汉像是骑在马上的半人半兽一样，发出野兽般的咆哮，迅猛前进。这正是曹操的轻骑兵犹如飞鸟一般杀进来的时候。百姓惊慌失措，不知如何是好。骑兵中有不少都是乌桓族的老兵，骑术高超，这种袭击十分拿手。

"啊，张将军！"百姓们发出期待的叫喊，但转眼间就变成了哀嚎。

"别碍事，滚开！"

眼里只有敌人的张飞用蛇矛的杆子抽打百姓，打到生死不明才发现眼前好像是百姓，不是敌军。百姓纷纷惊叫着躲开。张飞粗暴地冲破人群，单骑迎战三五十人一组杀过来的曹军骑兵队。

曹操看到了张飞，叫道："那不是张飞吗？太残暴了！竟然直接冲撞毫无抵抗力的百姓！当心，那家伙不是人！"

但是冲在前面的七名骑兵已经血花四溅、在凄惨的叫声中落马了。猛冲的骑兵们拼命拉住缰绳，有好几匹马都直立起来，但是遭到张飞冲撞一般的斩击，五六匹马都翻倒在地，骑兵要么被马压住、要么被马踢成重伤。

"燕人张飞在此！吃我蛇矛！"

曹操的全军紧急刹车，但是已经有超过五十名士兵在血泊中痛苦翻滚了，许多腿被斩断的战马也在嘶叫，锥形阵型再也无法保持。有些没有断气的士兵躺在地上想要举枪去刺张飞的腿，但是连枪带头都被蛇矛击碎，脑浆迸裂。

百兽之王就算杀一只兔子也会竭尽全力。张飞就是这样。这是赤裸裸的恃强凌弱。张飞是那种违反自然法则的男人，从不遵守吃饱肚子就不狩猎的淡泊规则。他杀出来的血流成河，不是静止的血，而是不断有新鲜血液补充的血。张飞的非人强悍让乌桓士兵都心生怯意。

"什么啊。就这么些人，太少了吧。来啊，来啊，都来啊——"

张飞将蛇矛举过头顶摇晃，脸上浮现出饱含杀气而又天真无邪的幸福笑容。即使语言不通，那股恐惧也牢牢攫住了曹军的精锐。

"你们是来干什么的！太弱、太弱了。这是故意召集了一群弱者，指望我张飞对你们慈悲吗？真是烦人。全军都来吧！"

有曹操"不可急进"的命令在前，还有眨眼间几十个同伴横尸于地的威慑在后，曹操的骑兵队散开队形，不敢靠近。张飞踏出一步，对面就连退好几步。

一对五千。如果开展车轮战，轮番进攻的话，张飞最终会疲惫不堪、负伤乃至被杀的吧。只不过一开始的几百人肯定是死路一条。谁也不想做一开始的几百人。而且想到自己是轻骑兵，身上只穿着皮甲，那就更犹豫了。

"切，胆小鬼，尾巴都夹在屁股里！不敢上就滚开。曹操你这厮，尽带这样的废物过来，是小瞧我张飞吗？"

张飞怒骂不已。张飞那积累了很多很多的破坏能量，像是蕴含放射能的水蒸气一样喷涌出来，让曹操的人马不禁又后退了好几步。

当年曹操暂时收服关羽的时候，关羽轻松斩了袁绍手下的猛将颜良回来。曹操夸赞道："关将军真乃天下无敌的神将，太厉害了。"

这是过誉之词，关羽顿时一脸难色，说："我远没有那么厉害。"

"难道还有比关将军更厉害的人吗？"

"我义弟张翼德，百万军中取上将首级，犹如探囊取物。"

因为关羽一脸认真的表情，让曹操大为惊讶，训示左右说："都听到了吗？今后一旦遇到张翼德，立刻逃走。"

下令把张飞的名字写在衣服角上。从那以后曹军将士的衣角都绣上或者写上了张飞的名字。现在是不是还这样，我就不知道了。曹操就是那种人，只要是心爱的关羽说的话，不管什么都会一股脑接受。

这还是第一次在战场正面遇到张飞。曹操更加相信关羽所言不虚。

脸色发白的队长问曹操："这该如何是好？"

曹操说："冷静点。派出猛将殿后也是通常的做法。这既然是张飞，也没有什么办法。姑且不要无谓的牺牲。"

其实也没有十分惊慌。

"要是带了弓箭来就好了……射那怪兽。"

队长颇为惋惜。乌桓士卒带的是短弓，没有长弓和弩箭，远距离攻击张飞还是不够。

曹操喊来文聘："这附近有小路吗？"

曹操不打算和张飞在这里对着瞪眼。他想在张辽军赶到之前解决。

"只有对面山上有猎户走的小路。再往前有大路，可以绕去汉津和江陵。"文聘回答说。

当阳似乎是兵法上说的必争之地。

（原来如此。刘备、诸葛亮的目标说不定就是那里。）

曹操在考虑可能性。他选了部下十人，让他们换了盔甲，从猎户的小路走，命令说："你们去监视刘备是不是真的在去江陵。"

又嘱咐说，"再来几个人，不要多"，派出人数较少的若干队伍，让他们潜入林中。

骑兵精锐知道曹操想要什么。十人、二十人一组的乌桓兵小队，在林中穿行，绕开张飞，出现在百姓面前，制造恐慌。

"哇，哇。"

人数虽然少，但也足以让百姓犹如被马蜂蜇到一样四散奔逃。从树林里钻出来的骑兵让百姓陷入恐慌。很多人并不是被骑兵杀死，而是相互推搡踩踏而死的。

张飞耳中听到百姓的哭号，回头看到男女老少死伤的惨状，气得大骂："卑鄙无耻！你们这些胆小鬼。你们的对手是我，乖乖来给我杀！"

虽说有着匹敌怪兽的战斗力，但是张飞的身躯却没有哥斯拉那么庞大。他抽打战马，去追从两边钻过去的敌兵。难民队伍的最后开始出现了松动。

其实这时候并非只有刘备军单方面有危险，曹操也有危险。虽然他率领着五千精锐，但离开了百战骁将率领的部队主力，这是孤军深入的状况。如果十万难民自暴自弃反过来冲向曹操，恐怕曹操性命难保。五千彻夜奔驰的骑兵就算紧急布阵防守，也会被急红眼的百姓一眨眼吞没吧。历史上，官军被走投无路的百姓抢了武器反过来歼灭的例子数不胜数。这正如王威所说："曹操必定疏忽轻敌，单骑冒进。"

这类事情在曹操的历史上多次重复，从来不长记性。不过这也许正是曹操的魅力所在。当年差点被董卓军杀掉，后来又落入张绣和贾诩的必杀陷阱，再往后又在合肥被孙权追赶，在凉州差点被马超杀掉。官渡之战的时候曹操也是亲自率领奇袭部队杀入乌巢，好歹那一次是成功了，但是曹操身为主帅，如果有个万一，那他的野心就算到此为止了，曹操阵营也会瞬间分崩离析的吧。曹操经常做出类似的事情，这到底是因为他完全没有总司令官的自觉，还是因为太喜欢奇袭呢？总之都是小孩子的任性行为。

在部下看来，老大死了的话，一切就全完了。这和曹操本人有没有勇气、智慧、行动力等无关，是另一个层面的问题。最为重要的主将应当将危险的作战任务交给信任的部下，这是主将的器量。极端说来，荆州的攻伐也应该委托给信任的夏侯惇、曹仁等大将，自己在邺城静候佳音就行了。

曹操的臣子肯定也对主公的男主角志向头痛不已，为此大约也没有少谏言（大概也是因此才有许褚专门做曹操的护卫吧）。曹操这个人的信念就是自己的活跃比自己的生命更重要，直到差不多掌握最高权力之后，这一点也没有变化。就相当于一国的总统首相把政务交给手下，自己亲自上战场，在最前线指挥战斗。说起来，喜欢扛着枪冲在最前面的宰相大臣确实蛮少见的。只能说曹操太喜欢战斗了。近代以来基本没有这类事例。作为领导，曹操这种行为可以说是一种失职。

就这一次来说，如果将先锋部队交给部下，曹操自己率领主力随后跟上，绝没有半点可以指责的地方。然而曹操的脾气就是，明知道通常应该那么做，可偏偏还是要自己来做先锋。尽管把无数人才聚集到自己的麾下，但在关键时刻还是不想把机会让给别人。这种做法实际上是在浪费难得的人才。曹操的行为中有着奇妙的矛盾。

刘备（乃至孔明）非常清楚曹操的脾气，如果他算到曹操会率领少量精锐骑兵前来追击，趁机让士兵脱下盔甲，扮成难民，混在难民队伍的最后等待，那恐怕是必杀的陷阱。再不然也可以预先埋伏士兵，等曹操一到就迅速切断他和主力之间的联系，在这一局部地区形成一万对五千的优势兵力，结果必然会演变成混战。刘备军中有着混战能力十分突出的张飞、赵云，虽然混战的结果很难预料，但只要成功拿到曹操的首级，曹军便将陷入崩溃。多年的抗战说不定就此一举解决。

唉，可惜这些都是纸上谈兵。刘备和孔明肯定都害怕曹军，一门心思逃跑，完全没有闲暇去考虑那样的计策——即使是日速五公里的喝酒、玩耍、焦急、抑郁的逃亡行动。

（看来没有什么诡计。）

曹操做出了判断，于是下令注意不要把难民逼得太急，只要将他们驱散就行了。屠杀难民的恶名就该由刘备承担。一半以上的责任都在刘备军。曹操命令文聘："立刻驱赶难民，清空道路。无论如何给我找到刘备，生擒大耳贼。不能生擒的话，杀了也行。"

现在只有张飞一个人怒吼着四处追赶骑兵。至于追随张飞而来的刘备军士卒，光是把难民清出张飞的屠杀圈就已经竭尽全力了，"大家快到这儿来，快避难。""危险，不要靠近张将军。"

更不用说和曹操的骑兵战斗。弄得不好连自己的头都会被张飞砍掉，实在是异常危险的任务。

张飞被乌桓兵卓越的骑术弄得心烦意乱："混蛋！到处跳来跳去，像是蚂蚱一样的混蛋，都给我等着！"

张飞眼中已经看不到惊慌失措的难民了，策马奔驰，追赶骑兵，自己也冲进难民的人群中，造成更大的难民伤亡。

乌桓骑兵都是在马背上长大的，骑术超一流，机动能力远远不是张飞可及。张飞是第一次和游牧民族的骑兵交手，他将蛇矛挥舞得呼呼作响，但每次都落空（有时候会敲碎不走运的难民的头）。

"混蛋！"

　　在张飞的长矛下狼狈逃窜的老人孩子，哭喊着四散奔逃，反而愈发堵住了道路。张飞的骑术本来也相当不错，但在难民密集的地方，实在不能辗转腾挪。相比之下，乌桓兵具有能在直径不到五十厘米的圆圈里将马直立、突然转换方向之类的技术，简直可算是蒙古神技。张飞还没到达那个水平。

　　如果这些人和张飞正面厮杀，张飞蛇矛一挥就能轻松杀死五六个。但是这样东躲西藏，让张飞像追苍蝇一样地战斗，不要说张飞，一般的汉人，在骑术上都有巨大差异。

　　"混蛋！卑鄙！无耻！"张飞的欲望无法发泄，愤怒地破口大骂。

　　"给我让开！你们这些碍事的混蛋！你们一个个挡我的路，是曹操的奸细吗！"

　　张飞完全化作了人民公敌。

　　"哇，要被张飞杀了！"

　　"怪物啊，啊——"

　　"我本来以为张飞虽然有时候很疯狂，但也是很温柔也很可靠的男人。没想到这么可怕。我这辈子再也不相信男人了。"

　　曹军的目标是煽动难民恐慌，攻击力也就相当于马蜂叮咬的程度，然而张飞只要蛇矛轻轻一挥，对难民就是致命伤。

　　曹操眼望着这一场混乱，咬住嘴唇，对左右愤怒地说："刘备实在卑鄙！卷入无辜的百姓，把他们牵扯进自身的逃亡，想要借此迷惑我军，难道以为我会上当吗？！"

　　只有不知疲惫的战斗怪兽张飞比较可怕。（裹胁百姓的计策是诸葛亮想出来的吗？）

　　曹操是在想诸葛亮不足为惧吧。不，应该说曹操在想诸葛亮是无勇无谋的卑鄙小人吧。（这根本不配称为计策，是毫无意义的行为。不仅拿难民给自己争取时间，还把张飞用在这种最不起作用的地方。）

曹操望着在张飞的蛇矛下号叫的难民，心中想，这个名叫孔明的刘备的新军师，似乎并非神机妙算的军事天才（这是徐庶散布的谣言）。曹操不禁感到一阵遗憾，但随即又燃烧起熊熊怒火。（拿女人小孩做肉盾迫使我军犹豫不决，这种卑鄙的计策，老天也不能容许！刘备竟然允许使用这个计策，也是一样卑鄙。他变了。彻底堕落了。我看错人了。）

曹操更加坚信，为了天下苍生，就应该把刘备和孔明一起诛杀。

号称刘备亲自出马三顾茅庐请出来的天下第一军师孔明，最终只是徐庶的妄想编织出的变态天才而已。孔明眼中看不到百姓，也看不到战斗，完全比不上袁绍的谋士田丰、沮授，一定是和审配、逢纪差不多同样水平乃至还不如的人物。

孔明不知道曹操对他的蔑视。由于出现了十余万难民，导致大幅偏离原定计划，而且还没来得及修正策略就被曹军追上，更没办法阻止张飞的私自行动，所以被指责为低水准军师（多余的人）也没有什么能辩解的。幸运的是总算赶到了当阳，但是也没有时间了。孔明打算怎么办呢？

孔明是被视为智慧化身的半仙，但不知什么缘故，在长坂坡的智慧指数十分低下，他那神鬼莫测的机智也完全没有表现出来。按道理来说，孔明应该谈笑间就让曹军铁骑扑空、出其不意一把火把他们烧个精光，不过那样至少要求刘备军能够如手臂一样听从孔明的指挥才行。现状是孔明很难随心所欲指挥刘备军，所以黑恶势力让孔明去夏口避风头的心情也是可以理解的。

现在孔明的立场非常诡异，实际上并不是真正意义上的军师。

这一点曹操是误解了。孔明的指挥权近乎零（无论是虚拟的还是实质上的），听从孔明吩咐的将领也就只有刘备和古怪的赵云几个人而已，其他的军队干部基本上都是无视孔明的状态。大部分人都很难认同孔明做军师吧。

出现这种情况，到底还是刘备不好。如果一开始就认真执行孔明的隆中对、推进天下三分的计划，那么连现在这种愚蠢的逃亡行动都不会发生了。

"卧龙先生是上天赐予我的宇宙第一的军师，得了先生便可轻松取得天下，司马水镜先生也是如此评价。大家都好好听他的。"

这样嘱咐大家固然不错，但前面刚刚如此宣布，后面又几次三番斥退孔明的献策，表面上刘备是把孔明当作军师，实际上根本不听军师的话，部下轻视孔明也是当然的。关于这个问题，陈寿和裴松之都绝口不提。孔明身为刘备军的成员，实际上完全没有用武之地。他在军中的评价也不高，多数人都认为他是经验不足的毛头小子。哪里有专家去听新手指挥战斗的道理呢？

再打个比方说，无证经营的流动面馆大叔不晓得从哪里找来一个号称一流大学毕业的年轻人，摆出虚心求教的态度，问他利润翻倍的妙计。结果这个年轻人反复强调的是："把你那个愚蠢大哥的店抢过来，然后去政策宽松的全球化市场操纵股价。"

这是大叔的头脑无法理解的卑鄙策略，近乎违法行为。

"走这样的邪路，这笔生意就做不下去了。"

大叔这么一说，年轻人嗤笑道："大叔你太老了。将来会后悔的。"

因为这个年轻人从来没有干过流动面馆的活，所以没办法让他照顾店铺，连一点小忙都帮不上。而且店里没有出纳账簿什么的，也没有事务性工作，只能让他去洗个碗，或者负责望风，防备城管之类鸡毛蒜皮的事。可是，不管大叔怎么耐心，大概是因为学历差距太大，实在理解不了年轻人的豪言壮语。至于其他员工，除了极少数的例外，对年轻人都是视而不见的状态，更不可能去向他咨询流动面馆的做法。大家都忙得不可开交，这种只会说大话的家伙只能碍事。新人啊，就是这样……刚刚加入队伍半年，现在还在实习期，别说起什么大作用了，跟着前辈好好学习怎么做事才是正经的。

孔明就是如上的情况。在这场逃亡战中，没有将士愿意为了孔明的智慧而献身。所以就算不是特意让孔明去夏口，大概也对战局毫无影响吧。就算对刘备军最下层的士兵，

"喂，那边那个面生的小子，过来，把这边的箱子搬走。"

就连这种简单的命令也很难下，简直就是存在感最为微薄的影子。

在《三国演义》中，孔明施展了超一流的手段，让大家不得不遵照自己的命令。然而在《三国志》中却完全没有显示出这样的活跃。至于历史上刘备和军中人士是如何看待孔明的就不知道了，不过至少孔明这时候最多只能算是刘备阵营文官系统的顾问，无法对武将系统提出任何意见。

在这样没有指挥权也没有节度权的状况下，孔明所能拟定的最佳策略，只有防止刘备军全军覆没。而且还有无数客人被混有大麻的拉面味道俘虏，紧紧跟随队伍不肯离去。这是明知其不可为而为之的状况。把孔明和百姓逼到这个地步的，不是别人，正是刘备。所以只能自怨自艾。

刘备军和十余万难民排成三四公里长的队伍，蜿蜒前进。过了景山路会更宽，前面是带有坡度的旷野，远远可以望见中等规模的当阳城。不过再怎么宽，也无法消化带着辎重行李的十余万难民。

当队伍的最后尾遭遇曹军袭击的时候，糜竺和简雍等人正在队伍中部商谈善后之策，而刘备则坐在恐龙战车上，走在队伍的前面。

孔明和黄氏、习氏、诸葛均，都被视为碍手碍脚的家伙，在远离心情不爽的刘备军干部的地方行走，与恐龙战车相距较近，被难民挤来挤去，像是在洪水中一样。

难民们听说后面遭遇攻击的消息，大为惊慌。孔明寻找刘备所在的恐龙战车。虽然外表分不出来，听里面的声音还是听得出。

打开后门，只见刘备正在和七八个老人们悠然喝酒。

"哦，孔明先生。"刘备让孔明进来入席。孔明让黄氏他们等着，钻了进来。

老人们的脾气都不好，本来喝酒喝得甚是畅快，听到孔明的名字，一个个胡须颤抖，满是皱纹的脸上露出凶相。（这个混蛋，抓住刘皇叔大人从不怀疑人的仁爱之心，巴结上来了。）

（刘将军也是的，为什么把这么邪恶的变态小子收进来啊。）

（我反正活不了几天了，干脆把这小子一起拖到黄泉，也算是给刘皇叔报恩。受到这种奸臣蛊惑，玄德大人的将来会很危险。）

侠义心肠的老人们对孔明的反感立刻让车里弥漫起一股杀气。

刘备仿佛感到了杀气，特意让孔明在自己身边坐下，伸出犹如猿猴一样长的胳膊，像是守护孔明一般，"来来，先生也来一杯。"

刘备在奇怪形状的觥里倒上酒，递过去。孔明放下白羽扇，拱手接过。

（唉，人品这么糟糕的家伙还要三顾茅庐。刘皇叔，快点醒醒吧！）

老人们个个都很厌恶孔明，但因为刘备笑脸相迎，老人们只能暂且忍下想把孔明立刻捆起来从车里踢出去的冲动。

"外面怎么有点乱啊？是不是曹操终于追上来了？等了好久

了，哇哈哈哈。"

明知道这是屁股着火的紧急时刻，刘备还是故意用豪爽的语气说。

"哦哟，意气风发啊，刘将军！"

"曹贼哪里是玄德大人的对手。"

老人们拍打车厢的墙壁，纷纷口齿不清地说。

"呵，老人家，你们这些话让我十分鼓舞。我有十万战友，何惧曹操！"

刘备说完豪言壮语，凑到坐在旁边的孔明耳边，悄声问："先生，差不多该是施展那什么诡计的时候了吧？"

这声音很清醒，一点没有喝醉的样子。

可是，孔明在樊城和刘备定下的计划，是要进入当阳城之后才能起作用的计策（大概也是放火的计策吧），而且大批难民是最头痛的地方。计算失误，发动不了计策。所以孔明没有回答，站起身从架子上取了三个小碗，将酒瓶放到桌子下面，把碗并排摆好，然后从怀里取出一枚铜钱。

"先生，你要干什么？"

老人们怪异地看着他的动作。

"助兴。主公和诸位都请仔细看好小碗。"

"哟，先生你这是要一边收拾曹操，一边给我们助兴啊。"

孔明在右边放上铜钱，翻过三个小碗，用右边的小碗盖住。然后悄无声息地移动小碗，左、中、右进行替换。孔明的动作很慢，所以每个人都看得清清楚楚，盖着钱的碗移动到中间了。

"这位老人家，你可知道钱在哪个碗下面？"

孔明这样一问，老人说："你当我的眼睛是瞎的吗？！当然是在正中间。"

"真的吗？"

"正中间。大家都看到的吧。"

老人们纷纷点头。

"好。"

孔明将正中间的碗拿起来。下面没有铜钱。

"什么！！"

然后，孔明又将左边的碗拿起来，铜钱在那下面。

"哦呀。"

这却不是赞叹或惊讶的声音。老人眼中燃起怒火，叫道："作弊！"

他猛然抓住孔明的胳膊。眼看马上就要干一架的样子。真跟赌场一样。

"你这个骗子，竟然敢作弊！这条胳膊不想要了吧！"

老人愤怒地骂道："你那个扇子很奇怪！"

"呵呵，说我作弊可有点失礼啊。要说我作弊也行，你说说我是怎么做的？"

"别跟我强词夺理。证据多得是。先把你这条胳膊废了。"

明明只是展示一下手段，却被当成骗子，这就是不道德的孔明。

刘备慌忙安慰老人："哎呀哎呀，各位老人家，这只是助兴，不是博彩，也没有赌钱什么的，就放了先生吧。先生也是年轻，一时鬼迷心窍了。"

真不知道这是庇护还是责备。刘备转过头来，一副雀跃好奇的神情，问孔明："哎呀，先生是怎么弄的啊？"

孔明没有半分不快的模样，"那么我再来一次，这一次请看好了、猜准了。"

这一回将铜钱放在右边，上面盖上碗。老人们回想起当年在赌场赌博时的遗憾回忆，抑制醉意，探出头凝神细看。孔明再度慢慢移动小碗。不管怎么看，都是右边的碗移动到左边，左边的碗移动到中间，中间的碗移动到右边。孔明只用右手，慢慢推了三次，没有使用任何让人眼花缭乱的手法。白羽扇也放在下面。

方才怒不可遏的老人，伸手一指，叫道，

"左！"

"确定是左边吗？还说我作弊吗？"

"我们都在盯着，没有奇怪的动作。"其他老人也说。

刘备年轻时候也是泡在赌场的，擅长摆弄手段耍奸计。大部分的作弊手法都知道（赌场里基本都是掷骰子的赌博）。

"先生，我看也是左。开吧。"

于是孔明拿起左边的碗。下面当然没有钱。

"这小子，一次还不够，两次都在刘将军面前作弊！砍了手谢罪！"

这时候孔明将白羽扇"唰"地一下伸出来。

"老人家，没有被看破的作弊就不是作弊，是技术！要么就当场捉到，要么就承认我的技术。这是赌场的规矩，难道不知道吗？"孔明说。

"这里剩下的两个碗。正中间和右边，你们猜钱在哪个下面。猜中的话，我的右手你们拿走。"

"真的吗？你可别赖账。"

概率是二分之一。老人们商量了一会儿，说："开右边。"

孔明拿起右边的碗，也没有铜钱。

"小子，你要我们！"

面红耳赤的老人伸手抓起中间的碗。果然也没有铜钱。

"一开始就没放钱吗，真是大骗子！不用解释了，捆起来两条胳膊都砍了！"

孔明明明展示了了不起的技术和手法，还是被当作大骗子对待，这就是孔明。

刘备也叹息道："先生！原来先生是骗子，蒙蔽我玄德好久啊。"

孔明一副哎呀哎呀的表情，对眼看就要围殴过来的老人说："等等啊，钱在那边那位老人家的拳头里握着呢。"

"什么？"

老人张开用力握拳的手，铜钱吧嗒一下掉下来，手心里留下圆圆的红色印记。

"老王，你和孔明串通好的？"

"不，不是……"老人自己也震惊地陷入无法解释的状态。

"你这手不是一直握得这么紧的吗？刚才你一个人装模作样骂他，是在演戏骗我们，自己趁机把钱藏起来的吧？"

"不是，我不知道。什么时候在我手里的，我不知道啊。"

"别骗人了。要不就是你一个人干的。"

"你以前就擅长赌博，肯定都是做手脚的吧？"

"不是。"

"把骗我的钱还我！"

"我说了不是啊。那都是几十年前的事了。你输了又不是我的错。"

老人们回想起当年的事情，眼看就要反目成仇，刘备赶紧打圆场，用正义的台词和黄色的笑话，总算让大家安静下来。

终于老人们一个个表情狰狞地从恐龙战车下去了。有孔明的地方没有和平。

"老人家们都还年轻啊。以前的赌博输赢都还一个个记着哪。我原本只是想把练习过的有趣把戏表演给大家看看，让大家开心开心的。"孔明对刘备说。

刘备仔细检查孔明使用的碗，"先生，我，我，教给我这种卑鄙的作弊方法吧！有这个方法，我就是战无不胜的。看看啊糜竺！"

刘备迫切地恳求。小碗扣钱本来只不过是轻松惬意的游戏，孔明一做起来就像是变成了作弊、诡计、诈术、奇谋，等等等等，给人产生的全都是负面的印象，这是为什么呢？到底还是每日行恶太多了吧。

"小碗完全没动手脚。而且更重要的是，你怎么让那个老头手上抓着钱的？哎呀呀，我想破头也想不明白。难道是宇宙之术吗？"

"连主公都这么说……这不是作弊。这里没有欺骗，也没有耍花招的。只是单纯的奇术。"

"求你了先生，我玄德一辈子不求人。这回拉下脸求你把这个窍门和手段教给我。不弄明白我晚上都睡不着，死也死得不安心。"

"我本来就打算揭示这不入流的小技艺。"

"哦哦，这样啊，那请只教给我一个人，对孙乾啊糜竺他们还要瞒着。"

孔明点头。

"这是在洛阳的时候，波斯艺人教我的，因为太简单了有点无聊，所以我改了几种办法。让对手上抓住的是我独创的内容……"

孔明把窍门和方法详详细细教给犹如幼儿园小孩一般雀跃不已的刘备。这么一来，刘备的态度猛然转变："什么啊，我还以为是什么超绝的技巧，哎呀呀，其实很无聊啊。这么简单的事情，听了都浪费时间。"

简直都在生自己的气。这么简单，为什么自己没看穿。

其实桌上魔术的窍门基本上都是这样，一旦揭穿，以后就再没有惊讶了。所以魔术师（也包括军师）严禁揭穿。

"呵呵，这么无聊愚蠢的事情，还需要主公自己做一次。逃跑的关键就是一刹那的障眼法。三辆恐龙战车是小碗，钱就由主公来演了。"

"什么？哎呀，虽然说是简单的戏法，但我可是活的。演铜钱是赌命吧？"

"呵呵，这次行军就是在赌命，从一开始就知道吧。而且现在曹军已经咬到了尾巴，马上就要蜂拥而至。"

孔明从后门望出去，只见太阳逐渐升起。（能不能熬过去，今天是关键吧。）

"那些回头再说，主公，当务之急是再一次召集军队干部，帅气十足地训示一番。大家都很不安，主公的狮子吼是最好的强心剂。"孔明一边走下恐龙战车，一边说。

"是啊，马上就来，"

刘备咕嘟咕嘟喝了几口水醒酒，把掉下来的衣服重新披上，带子系好，然后不情不愿地披上铠甲。

刘备一下车，民众们顿时忙碌起来，本来躺着的人也纷纷站起，奋力向前。许多人丢下车子行李跑过来。这时候百姓的密度小了些，但还是和周日午后的东京迪士尼一样拥挤。

"先生，从昨天开始就感觉百姓数量好像在减少。大家都在奋力向前，是吧？"群居的野生动物，最后方遭遇袭击的时候，前方尽管不知道发生了什么，但还是本能地加快脚步，最终会跑起来。人类也是一样的吧。不过曹军发动攻击到现在还不到两刻钟，好像百姓已经在加快脚步了。

"而且我军的士兵也少了不少吧？"基本上看不到给百姓领路、保护百姓的士兵。

孔明爽朗地说："都消失了。"

"什么意思？"

"我军士兵以江陵为目标，快马加鞭逃走了。"

"什么！士兵丢下我跑掉了吗？混蛋！"

刘备这么一说，孔明满不在乎地说："主公莫急。这是我拜托赵将军的，让六千士兵先走一步。"

"什么意思？没了士兵我不就是裸体了吗？"

"主公，不足一万的士兵，混在这些百姓之中，心里充满焦躁和恐惧，认为这是无用的挣扎。就算让他们干活，也只是徒增疲惫。一旦遭受攻击，反而会有精神上的危险。"

刘备军士兵本来也不是为了照顾难民来跟随刘备的。不满会逐渐增加吧。

"话虽如此，先生，兵力不够，该怎么办？"

"不必担心。有翼德和子龙在，他们一个人可以屠杀一万人，士兵有两千人就足够了。这也是出于主公的仁慈愿望，尽可能减少百姓的伤亡。"

之前赵云按照孔明的命令，指示溺水一般打散在十余万难民中的士兵们到队伍的前面集中，随后在今天的黎明时分，以一种仿佛总溃败一般的演技集体跑向江陵。他们还做了许多"刘"字军旗，拿竹竿挑着前进。这些士兵得知自己不用和曹军战斗，一个个都是发自内心地高兴，演戏也逐渐变成真正的逃跑。

附近百姓惊讶地看到刘备军的奔跑，不知道怎么回事，只看到大批士兵在逃跑，当然会以为敌人正在后面追杀，于是也纷纷跟着跑了起来。

百姓本来都是不相信士兵的人。去当兵的都是做老百姓做不下去的，无家可归的叫花子、被通缉的逃犯等。肯定有许多百姓都被狐假虎威的士兵欺负过。而且刘备军的军纪混乱，差不多带有一半黑社会的性质，不过好在有刘备、关羽、张飞、赵云等人的监督，总算稍微有点信任感，但是看到眼前成群结队的逃亡，百姓们不得不想，"哪怕说是刘将军的士兵，到底也是没有骨头的流氓地痞。一旦有危险就丢下我们跑了。"

转眼的工夫，就像受到本能的驱使一样，看到周围人开始逃跑，自己也跟连锁反应似的跑了起来。就算跑得筋疲力尽也不肯停下脚步，榨干最后一点体力也要继续往前跑。百姓一旦逃跑起来，行李大车什么的也全都丢下不要了。

前面的百姓跑得越来越多，中间的百姓自然也会跟上，于是队伍前方变得不那么拥挤，视野也开阔了。虽然已经到了当阳城下，但是如果塞满了百姓，那根本没办法战斗。所以孔明施展手段，就像是把滞留在血管中的胆固醇融化、促进血液流动一般，在真正的溃逃来临前就把不相干的人驱走。自江陵北上的鲁肃，半路遇到的就是这些士兵和百姓。

"指挥士兵演出溃逃的是关平大人。他绝不会辜负主公的信任，自己逃跑。主公请放心。数千士兵不会有损失，如果进行得顺利，还可以在江陵与运送难民的云长大人会合。请关平去也是因为这个原因。"

"原来如此。不愧是先生，没有忘记百姓啊。呵呵，我这不肖的玄德，差点都忘记百姓了。百姓们，请原谅我吧。"百姓固然重要，但是一旦打起仗来，被屠杀也没办法。这就是刘备——什么人哪！

很早以前部下就反复建议说，"弃了百姓先走"，可是刘备从来不听，只顾着说些自我满足的仁义之词，结果就是把十余万无辜百姓拖入泥潭。这一点谁都看得明明白白（除了刘备自己），恨不得想告诉他演戏也要看场合。刘备似乎是那种潜意识中十分想拿大众表演奖的人，他一方面驳回大家的意见，另一方面又不断自我哀叹："啊，十余万百姓，只因为跟随我这个天大的蠢人，却遭遇这般大难。连妻子孩子都……就连没有心的木偶，也要为此悲痛不已啊。"

像是在说自己虽然是无能的木偶但也具有悲天悯人的良心电路。刘备的泪水如暴雨一般激荡而下，在那之后又沉醉在错乱和自杀的表演中（其实臣子们都别理他是最好的），遇害的百姓也为之倾倒。

这个男人悲悯百姓的温柔表演便足以抵消他的罪过了。所有一切都是曹操的错，刘备没有任何责任。其实从某种意义上说，比起把一切罪责都自己承担的曹操，刘备这样的人更坏。

孔明事不关己地说："我会想出拯救百姓的方法。主公是帝王之身，为了延续自己的生命，自然可以随意践踏百姓。百姓这样的东西其实出乎意料地顽强，在某种程度上，他们的生命力比我们更强大，不要把他们看得太脆弱了。"

实际上，在长坂坡的大难中活下来的百姓，因为没有别处可去，只能再返回到荆北原来的地方。许多人都变成在曹操控制下的土地上生活。

这几年荆州本来没有战争孤儿或者战争寡妇，结果因为刘备天真无邪的一声呐喊而生出许多。这些人是不是在诅咒刘备，我就不知道了。他们狂热地追随刘备，结果得到了什么呢？只能说是人类的不可理喻现象之一。

（按照最初的设想，十个人中的牺牲者不会超过三个，但是现在已经不行了。在队伍前面逃走的百姓，加上关羽运走的百姓，能不能有五万人获救呢？）

孔明用他那非人道的大脑冷静思考着。

"无论如何，除了保存我军兵力之外，如果能够让百姓多一些人获救，那就最好了。有六千士兵演出败逃的场面，敌军应该也认为主公在拼死逃去江陵吧。一般人也会因而放弃此处，全力赶往江陵。"

"一般人？"

"嗯，曹公恐怕不会上当。我们还得在长坂坡这里躲藏。"

刘备和孔明来到简易指挥部。简雍、糜竺等人正在惊慌失措。

不知道士兵为何纷纷逃跑的简雍、糜竺悲痛地说："主公，士兵、士兵，全都逃跑了。"

"这样就无法守护主公了。"

但是刘备眼角闪着泪光说："哇哈哈哈，为何如此惊慌。来者不拒，去者不追，这是我军的信条。说起来，我啊，我啊，只要有你们在，就已经是天下第一幸运的人了。"

"主公！"

"我们就算死也不会舍弃主公！"

赵云、糜芳、胡班、刘封等人急匆匆赶来下马。张飞也义愤填膺地过来了。

"百姓实在太碍事，没能杀了曹操。这帮叫花子。没办法只好先撤回来了，混蛋。"

张飞这番话让刘备脸色一沉。

"飞弟，你这个蠢材！你说什么蠢话。结义兄弟不想做了吗！"

"怎么了，大哥，我——"

"百姓是成就大业的基石，是无比尊贵的人。没有百姓，我们无处可立。把他们当成碍事的家伙，这还算是我军的武将吗？！"

刘备雷鸣般的斥责之下，张飞一下子蔫了。

"哦，对啊。大哥说得是。杀人不是目的，保护百姓才最重要。我是做事不经过大脑的傻子。大哥，原谅我。"

张飞"哐当"一下膝盖着地，低下头。刘备将手放在张飞肩膀上。

"飞弟，只要明白了就好。现在是和百姓齐心合力的时候。大家也都记住了。"

"大哥……"

干部们也纷纷低头，呜咽起来。干部们虽然惊慌，但只要有热血的话语，就会重新团结在一起。无论怎样落魄，感动中国的魅力仍在。

只有孔明一副与感动无缘的表情，挥着白羽扇，说："主公，接下来是生死一线的紧要关头，是考验主公是否承载天命的最大难关。现在说不定是今生的最后言语，各位请仔细听好这鼓足了勇气的大义之辞。"

军师孔明的工作，现在就是做刘备的报幕员。

刘备瞪着曹操逼过来的方位。

"到了这个时候，还有什么话吗……我就算粉身碎骨也要和贼人血战到底！……如果硬要说的话……"

在场的人一起想，接下来一定会说出容易理解的命令，比如"把奸贼曹操千刀万剐！"什么的，但是表情振奋的刘备，"锵唧"一声拔出长剑，高高举起，左拳一捶胸甲，大声叫道："创造传说吧！奔向历史的战场！"

"噢！主公，这是多帅（没有任何实际意义）的话啊！"溜须拍马的孔明挥着白羽扇称赞。

"口令就是创造传说！"

如此一来，臣下们全都颤抖不已，无比感动。

（到底是天下第一的英雄，虽然一无是处，但是危机时刻说出这样的话、这样毫无意义的话，连我孔明也不得不拜服。）孔明不禁也有些钦佩。

"这一战是创造传说者的胜利（因为刘备军的军事胜利已经绝望了）！各位，什么都行，请不断创造传说吧！"

刘备这样一说，破烂的大帐中，刘备军的干部们发出吼叫："大哥，明白了。我们一定创造出无数传说给你看。怎么样，子龙，咱们来比比谁创造的传说多，来赌吧子龙。"

"好啊，那我就不客气了，翼德。"

在干部们的热血沸腾中，曹军还在蹂躏队伍最后的百姓，迫使他们像小蜘蛛一样四散奔逃，以此不断逼近。

张飞双手吐唾沫，握住蛇矛："蛆虫们，我张飞不会让你们碰我大哥一根指头的。子龙，现在关哥哥不在，你能行吗？"

"不用你担心。"

张飞吼了一声，跨上马，一踹马腹冲了出去。

"闪开，蛆虫们，别碍事。"

这就是刚刚发誓要守护百姓的张飞，他已经完全忘光了。正在向刘备的大帐方向拼死逃跑的百姓们，再度发出哀嚎，不知道到底该往哪里逃了。

糜芳、刘封、胡班等人也跑去不知道哪里创造自己的传说去了。

现在，刘备附近只有两百名贴身的骑兵护卫，以及新野上任以来的捕头们，还有唯一能称为刘备军精锐的士兵，大约两千五百人。如果曹军的轻骑兵加上张辽、于禁、李典、张郃、乐进等人的数万军队赶到的话，那是根本无法较量的悬殊兵力差距。

所以眼下还是回到了最初的课题：如何逃跑。

刘备拉着孔明的袖子来到营帐的角落里，问："我说先生，如果不去江陵，我们往哪里逃？"

"唔，那边吧。"

自从加入刘备军以来，孔明一直都很闲散，一周都能休息四天，很让其他人生气。不过这也是因为预见到了这一天吧。他在襄阳、当阳、江陵之间走访，将地形、道路、小路、水路毫无遗漏地调查了一番。不仅是通向汉津、钟祥的道路，连翻越景山的兽道也都打探了一番。再加上拜访庞统时顺便摸清了鄱阳方面的道路和渡口。虽然没人因此夸赞他，但到底是卧龙！

不过此时孔明说："现在还没决定逃跑的地点。"

"为什么？先定一个啊，不然大家都没方向。"

这么一来，孔明举起白羽扇：

"预先决定去哪里反而不好。不能让曹公的侦察部队摸清我们的动向。如果决定了集结地，不管如何伪装佯动，必然会被曹操觉察到我们真正的目的地，曹军就会集中向那里追击。主公也充分体会过曹公神出鬼没的用兵，他总是能够料敌机先吧。这一次唯有随战况的变化而动（不断遭受生命威胁），直到最后一刻才能做决定。"

中国有句谚语叫做"说曹操，曹操到"，意思是说："一旦说起曹操，（真的）曹操就会冒出来。"

只要提到曹操这个名字，不管曹操人在哪里，都会竖起耳朵，简直就像敏感的幽灵一样。这个怪异的行径日后也会不断重复。

"这样子真没问题吗？我心里没底啊。"

"何出此言？主公在这里是最安全的，我孔明以为，主公的最大武器，就是连曹公恐怕都不能理解的天赋直觉，靠这个武器，主公一定可以化险为夷，成功逃出去。"

孔明说着，爽朗地笑起来。这意思是说，眼下的危机只能依靠刘备的怪异直觉了。而不得不依靠刘备的直觉，也是让孔明自己感到羞愧的。

在《三国演义》和《三国志》中都是一门心思往江陵逃窜的刘备，不知道为什么，最后斜斜跑去了汉津。被曹军追赶的途中应该不可能去汉津，可是曹操派出那么多士兵搜索，却还是没有找到他。曹操和他的谋臣，还有能够瞬间察觉战场空气变化的老练武将，唯独漏掉了汉津路线，委实不可思议。这难道也是因为孔明的魔法吗？

在许多《演义》中，一开始孔明的计划就是从汉津逃往夏口。孔明的绝杀招数就是让关羽的船队在汉津待命。但这样处理又会产生《三国志》的十万难民问题、关羽的江陵之行问题、鲁肃初次见面问题等。而且更重要的是，就算没有孔明的神奇大脑，刘备等人大概也能想到汉津这条路线，曹操当然也会想到吧。

孔明喊来在外面等待的黄氏等人。对黄氏，孔明眼角泛着泪光说："接下来你们会遭遇非常大的危险……黄氏啊，不能在你们身边陪伴，请原谅我孔明的薄情寡义。"

然而黄氏却嫣然一笑，说："不用担心。我们自己有办法。"

仿佛黄氏亲手制造的巨型武装机器人正在某处待命一般。黄氏上知天文下知地理，兵法医术机器人工学无所不知。如果说她心中早有妙计也没什么奇怪的。

"你就去拯救刘皇叔，报复那些误解你的人、对你恶语相向的人吧。让卧龙的威名天下传扬，这也是我的大事。"

孔明抓起黄氏的手，热泪盈眶："你说得好。眼下这个时刻，就算身经百战的勇士也会胆战心惊，但你说了多么贴心的话啊。嘿嘿，我孔明有全宇宙最好的妻子！"

"这也太夸张了。孔明大人才是最好的丈夫。"

两个人开始腻来腻去。在不远处的赵云，一脸羡慕的表情看着。（真好啊，先生真是了不起的人啊。）

孔明又向诸葛均望去，这一回眼中没有半点泪光。

"均弟啊，不要死哦。你是我弟弟，如果你死于非命，我就要被人看成薄情寡义的人，笑话我抛弃了弟弟。我也没脸去见哥哥（东吴的诸葛瑾）了。还有习氏也要你照顾。你可不是你一个人的。"

"哥哥，不用担心。"诸葛均挺胸回答。这是男子汉修行的成果吗？

孔明告诫说："均弟啊，虽然说你稍微可以操弄一点猥琐的言语了，但是不可骄傲啊。"

然后，从怀里掏出贴身的锦囊，递给诸葛均："拿着这个。被追得走投无路的时候，可以打开这个袋子，（如果能弄明白谜一样的字句的意思）一定能化险为夷。"

"是，哥哥。"

"话虽然如此，你可别等到曹军士兵到了面前，已经挥刀要砍你的时候再把锦囊拿出来啊。那时候就太迟了。你要见机行事。"

孔明又嘱咐了一句，用不上锦囊最好。恐慌小子诸葛均的命运，谁知道将会如何呢？

和超越人类的强悍张飞苦战一番，终于迫使难民队伍的后列崩溃、成功打开前进道路的曹操，在景山山麓设下营帐，暂且休息片刻，填饱肚子。

曹操的餐桌礼仪之差，众所皆知。他常常直接用手抓着油腻腻的食物啃，嘴里的饭还没咽下去就开口说话，大笑之下还会喷得到处都是，行为就像三四岁的小孩子一样差。但是他一边头脑高速运转，一边把嘴里的食物喷向身边的人，将头脑中想到的事情逐一加以处理。身边的人尽管满脸都被喷得全是唾沫和饭粒，但都忍着不敢擦。

曹操的轻骑兵还在继续追赶、屠杀逃散的难民。因为怪兽张飞和难民一起走了，乌桓骑兵开始单方面屠杀来不及逃跑的难民，给自己的同伴报仇。

曹操一边大口吃饭，一边回想："张飞真可怕，不论敌友，头脑中只想着杀人。他绝对不是武将。"号称最强武将的吕布至少还像人类。（刘备身边有不少魔兽啊。关羽也是个怪兽。）

曹操在想的是，要不要为了天下苍生消灭魔兽。当年在许都见过和关羽在一起的张飞。他还记得那个豹头环眼的青年。十年的岁月，发生了什么啊。张飞的杀戮本能和关羽类似，但曹操对关羽十分喜爱，整天将他唤作云将军，但不想把关羽和张飞相提并论。

但是，如果刚才的接触战中张飞不顾一切直取曹操，事情会演变成什么样子？现在回想起来，曹操不禁不寒而栗。最终张飞一个人杀掉了两百多精锐骑兵，轻重伤者更是无数。士兵、老人、妇女、孩子，尸横遍野，血流成河。丢弃的辎重行李到处都是。在这样可怕的地方居然还能安心吃饭，古代人的神经还真是迟钝，也没有听说士兵患上创伤后应激障碍。

快到中午的时候，张辽军的探报追了上来。传来消息说，张辽距离这里还有十里。

派去小路、猎户道的士兵逐一返回，向曹操报告。根据报告，刘备军似乎丢下难民逃往江陵去了。基本上是溃逃。

"刘备也在里面吗？"

曹操这么一问，士兵回答说："全都是人，无法确认，恐怕是在里面。"

"刘备太卑鄙了！到了现在丢下百姓任人屠宰，为什么一开始要带百姓逃亡！"

曹操更加愤怒了。曹操并不想屠杀难民。刘备裹胁难民逃亡是人道犯罪。

士兵又汇报说前方还有两千刘备军。大概是刘备为了争取时间逃往江陵的弃子部队吧。（忤逆天子、残害百姓、牺牲士兵、扩大战场。这是千古以来不可饶恕的罪过。大耳贼，你等着！诸葛亮你也是。我一定拿你们的首级祭天！）

也许在平行宇宙发生的《演义》中，讲述的故事是，一个不屈不挠的国家建设者曹操，为了正义，对抗企图将天下变成魔界的猿人刘备和他的关羽、张飞、赵云等邪恶兄弟，以及恶龙化身诸葛孔明也加入其中的邪恶团伙，不断进行没有报酬的战斗。

其他方面的报告称，江东水军没有行动的迹象，孙权似乎并不打算立刻介入江陵的事态（很可能是因为孙权还不知道这一非常事态，或者知道了也不晓得怎么做才好）。

"呵呵。"曹操站起身，"张辽军一到，立刻进军，追击刘备。"

张辽的一万铁骑后面还有近六万人马正在不断奔向这里。真可以说只要前进就能把刘备军踩成肉泥。就算刘备进入江陵也不成问题。这是可以一气屠城的大军。

只有一条谜一样的报告说："有三辆名叫恐龙战车的东西。"因为意义不明，被曹操丢在了一边。

之前接到命令去搜索刘备的文聘，带领一千人马在长坂坡的难民中间前进。

"不用管百姓。"文聘见缝插针骑马往前赶。前方有破烂不堪的营帐。刚才刘备他们还在那里。"说不定还在附近。去找找。"

"可是将军，刘备也许装扮成百姓了。"

"刘备身长七尺，双手过膝，目能自顾其耳。这么有特征的怪人，可不是稍微装扮一下就能在人群中隐藏起来的。"确实，刘备就算穿了农夫或者商人的衣服，反而更显眼吧。

跑在前方的人说："文将军，有奇怪的东西。"

"什么？"

三辆车一样的东西，被牛牵着往前走。

"奇怪。看起来很粗糙但又很结实的样子。也许刘备或者他的家人在里面。"

如果再有多一点时间的话，也许黄氏会在恐龙战车侧面雕刻上帅气的龙，涂上醒目的黄色和红色。

"也许是他们哭哭啼啼扔掉的宝贝。"

文聘的人马正在逐步逼近，突然，刘备双臂伸开，从恐龙战车前面跳了出来，拦住了文聘的去路。

"刘备在此！"

"贼将敢尔！"

"你不是文聘吗？谁是贼将？我玄德没跑没躲。"

"走投无路跳出来了吗？"

刘备让文聘听了一场正义的训导："文聘，你这背叛主公的无耻小人，本来都不该和你说话，和你说话会让我的灵魂受污染。"

"你！"

"你主公刘景升那么欣赏你，就是为了让你对他倒打一耙，变成对曹操摇尾巴的狗，来追杀你主公的弟弟我。你真不知羞耻！你的心被狗吃了！你就是毫无廉耻的奸臣。你是比蔡瑁还不如的猪。"

被戳到痛处的文聘脸都扭曲了。

"闭嘴！荆州之主已经换了。逆贼，拿命来！"文聘怒吼着骂回去。

"呵呵，我可不是坐等你杀的玄德。你给我瞪大眼睛看好了。"

文聘的人马一步步逼近刘备。

这正是刘备魅力魔法秀的时刻。他以舞蹈般的华丽动作悠然踏上台阶，将三辆恐龙战车的门逐一打开，让文聘看过其中没有人之后，再进入最右边的车里。

文聘等人当然前往右边的恐龙战车。

"刘备你出来。不然你就是关在里面的猴子了。"

文聘粗暴地拉开门。但里面是空的。文聘吃了一惊："跑了？肯定什么地方有出口。"

士兵们绕到恐龙战车的侧面和前面，还有人伏下身子去看刘备有没有从车底下爬出来。

这时候响起呵呵呵的笑声，左边的恐龙战车的门打开，刘备跳出来挥手。

"咦，到底怎么回事？"

三辆车之间的距离都有十几步，怎么跑过去的？

但仔细想想，这是在战斗上毫无意义的小把戏。虽然很想知道这到底是怎么回事，不过文聘还是抖擞精神，指挥部队把三辆车团团围住。

"好吧，我让你玩障眼法。给我生擒刘备！"

就在此时，文聘人马的后方，预先埋伏的赵云率领五十名骑兵杀了出来，像是导弹一样。

"去——死！"

赵云发出让听者血液冻结的吼叫，开始了一面倒的屠杀。

"文聘！孔明先生的夫人亲手做的战车，岂是你那脏手可以碰的！"

凶杀武器涯角枪发出龙吟，光速冲击和龙卷枪法刹那间便贯穿了文聘的人马，将之打散。士兵们撞上赵云的枪，必定会跳起来转上一圈半，再重重摔在地上，就像是地面埋了蹦床一样。后面的五十骑兵也杀过来，借着赵云的势，遇谁杀谁。

背后突然遭遇袭击（而且对手是仅次于关张的贵公子赵云），文聘部队顿时崩溃，一千人被五十骑兵追杀逃跑。

刘备站在恐龙战车前，和孔明并肩而立，眺望战局。

"先生，如何，做得不错吧？"刘备得意洋洋地说。

孔明摇摇头："还是差了点。在我孔明的眼睛看来，又慢，又满是破绽。幸好对手是文聘。如果是目光如炬的武将，根本不会去看右边的车，直接就会杀往左边吧。"

"唔……有这么糟糕吗？"

"艺术是要一生苦练的，请加倍努力吧。下一次来的将是曹军身经百战之将和无比狡猾的军师，哪怕是极小的一点瑕疵，也会被看破的吧。只要有一点失误，下场就是死。如果是给曹公看，只有足够吸引眼球的大魔术，比如从恐龙战车中消失，替换掉曹公身边的荀攸、许褚，大概才能让他点头。"

孔明的表情是：主公多才多艺，所以样样都要拿手才行。"果然这个正式用起来还早了点。"

奇迹逃亡秀失败的下场会被观众要求退钱的。不过直到在汉中与曹操真正对决为止，刘备还是有机会华丽登场的吧。

"但是，先生也真是苛刻，你给我的时间太短了。我也想多练习练习，争取做到完美啊。"

刘备也有艺人的志气。这么一来，孔明忽然微笑道："因为主公不到真正危机的时候，不会认真的。"

话虽然这么说，不过使用恐龙战车来变戏法的主意大概也是今天早上突然想到的吧。

赵云满身是血地回来了。

"主公请快点。景山脚下出现了许多曹军人马。"

"知道了。子龙，夫人就交给你了。"

"请放心。"

话虽如此，跟随在恐龙战车后面的刘备和孔明依旧不急不忙，随着牛的步子慢慢爬坡。不过这也比大道被难民如上班高峰期间的山手线或者周末的涩谷一样填满的时候快得多，终于到达了每小时二点五公里左右的速度。

刘备望着踉踉跄跄、相互扶持向前的难民，痛切地说："果然，为将者在十万火急之时不能带着大量百姓前进。我如今深有体会。我玄德从失败中学到了这个道理，会将这个教训牢牢记住。"

刘备就是怎么说都不听，非要吃到苦头才明白的像牛一样固执的人。不过这种经历一生中大约也只有一次吧。第二次再发生的话，大概也就要完了。

"但是太浪费了。这些百姓如果都是我的士兵该多好。"到底还是没有太醒悟。

被赵云赶走的文聘，半路上又遇到张飞，差点全军覆没，好不容易才捡回一条命。文聘一边哭一边逃到曹操那里的时候，士兵只剩下不到三十人了。

文聘回来的时候，刚好张辽的前锋到了，军师荀攸正在和曹操议事。

荀攸这个时候大约五十一岁。在董卓被杀、曹操保护献帝的这段空白期里，荀攸身为蜀郡太守，却不知为何身在荆州，对这里的地理人情非常了解。他也看透了刘表优柔寡断的性格，后来刘表试探曹操的出兵也被他轻松封死。据说荀攸一生有过十二条奇谋，但不知是不是陈寿不喜欢他的缘故，一条都没有传下来，成为一个谜。

身心皆疲的文聘，爬到曹操面前，说："丞相，对不起。我被赵云、张飞他们杀得全军覆没。"

"张飞、赵云既然还在，刘玄德也不会走远。这么说来，他就不在逃往江陵的败兵中。"荀攸说。

"那么文聘，你找到刘备了吗？"

"找到了，但是很奇怪，刘备使用名为恐龙战车的东西，施展妖术，非常怪异，末将一时不察，中了奸计……"

"妖术？那真是刘备吗？不是替身吧？"

"确实是刘备。那样特征的男人，肯定不会看错。"

曹操和荀攸对视一眼，点点头。

"原来如此，刘备果然没有打算去江陵。"曹操说完，微微一笑。

然而荀攸说："未必如此，目前还不知道事情真相。妖术不去管它，但是关羽至今没有出现，我总觉得不安。在这样危急之时，不派关羽这样的大将出场，太奇怪了。如果是关羽殿后，可不是张飞那种程度的骚乱就能结束的。"

"公达（荀攸的字），你错了。张飞的武力不逊于关羽。他的强悍让我到现在都在冒冷汗。真是恶兽。他一个人吃掉我一万人都不奇怪。如果不是张飞出现，我早就堵住刘备了。"

刚才没有见到张飞的荀攸固然是认识不足，没有目击过怪兽的人，即使这样解释，也只能听进去一半。所以曹操也没有再往下说。

"唔，的确，关云长没有出现是很奇怪。他到底在哪里磨刀呢？有没有可能关羽做先锋去往江陵了？"

"这也不太清楚，但是关羽的动向非常重要，立刻搜索吧。"荀攸很慎重。

曹操举起手，让鼓手擂鼓。

张辽回身转向整然列队的大军，叫道："出兵——！"

大旗翻动，张辽军开始前进。曹操率领的精锐骑兵继续一马当先，开始追击逃往江陵的刘备军。

张辽的第一军是威风凛凛的铁骑部队，如果说曹操的轻骑部队是军用摩托化部队，张辽军就是以坦克为主的装甲师团主力，每走一步都会地动山摇。前面的骑兵也慢慢地以同样速度前进。

张郃、于禁、李典的军队也会陆续抵达。刘玄德就算再耍什么花招，也不可能抵挡如此规模的大军。曹军不需要计策，只要堂堂正正填满大路前进就行了。张飞、赵云再怎么强悍也没有意义。

"难得有一场这么轻松的战斗……吗？"

曹操自己也翻身上马，"去彻底解决刘备吧。"

"遵命。后面的事情请交给微臣。请尽情享受猎杀刘玄德的乐趣。各军抵达之时，我会让他们逐一赶上。不用有后顾之忧。"

"好。"

曹操快马加鞭，以一种与年龄不相称的勇猛冲了出去。

另一方面，刘备这边，尽管知道张辽军已经出动，距离自己不过四五公里，却依然没有变化。城池就在不远处，有着栅栏土墙之类的守城设施，还有人家、猪圈点缀其间。快要渴死的士兵和百姓看到有水井，纷纷冲过去。

张飞回来了，带着两百骑兵在周围放哨。两千人继续守卫刘备等人。

但是刘备似乎也有点不安，催促说："先生，差不多我们也该确定希望之地、向着明天奔跑了吧？"

孔明听到后，说："还没决定。"

"敌方大军的动静，在我的感觉中哗啦啦作响。照这样下去真的要逃不了了。"

但是孔明爽朗地说："已经迟了。到现在还怕死，可不是我的主公。不过放心，到死都会有我孔明陪在身边。"

"我已经完了吗！"

英雄毁灭的时候基本都是这样的。本以为有信赖的臣子忠心耿耿地追随着，可是忽然间周围一个人都没有了，英雄只能哀叹："啊，这是我葬身之地吗？"

袁术是如此，吕布也是如此。得以早了一步逃往他世的刘表，如果活着的话，说不定也是带着这种感觉结束的吧。再说当年的项羽也是这样。

"主公，不必灰心。根据我的占卜，说不定还有一点机会。"

"还有一点机会是什么？"

"天使或许降临，或许不降临，是这样一种恋爱般的预感。"

刘备对于这个太缺乏具体性的暧昧表达开始产生怀疑和危机感了。

（唔，我真的应该跟随先生吗？）

在樊城的时候听孔明讲述的妙计，早已经完全破产，再要毫无意义地带着百姓以超低速逃跑，那将是万倍的危机。但刘备还是坚持相信孔明，没有提出异议，听话地来到了这里。可是现在不禁也开始认为："难不成先生已经没有起死回生、逃出生天的计策了吗？他只是装成一副胸有成竹的模样，拖延时间，四处徘徊吧？"

刘备想："是不是应该丢下先生，和张飞、赵云一起杀出去？如果运气好，现在逃跑说不定还来得及。"

所谓妻子如衣服。只要肉体还能延续下去，就还可以东山再起。刘备用侧眼以厌恶的眼神盯着孔明。

孔明仿佛看穿了刘备想的事情，爽朗地说："主公，如果千里单骑逃跑，就算捡回一条命，也无法再取信于百姓了。东山再起之前，只会被打上无能废柴的烙印。"

"唔，不开心。我不要。"刘备的身子扭来扭去。

这时候士兵跑了过来。

"报告，发现了奇怪的家伙，衣着打扮不像常人，像是黑社会的，说是要面见主公。要不要一枪戳死他？"

"黑社会的人在这种危急时候找我干什么？不用理他。"刘备说。

但是，孔明"唰"的一声，拿白羽扇拦住刘备，"那个人报自己的名字了吗？"

这么一问，士兵回答："说是叫鲁肃。"

孔明点点头，说："休得无礼，立刻带来。不要杀他！要好好带过来。"

士兵慌忙跑走了。

然后孔明对刘备说："主公，这个黑社会的人物恐怕就是我在这里等待的预感。说不定他就是东吴孙仲谋最信赖的心腹，鲁肃鲁子敬。"

孔明一直和兄长诸葛瑾保持通信，对孙吴的主要成员了如指掌。

"什么？真要是他，那可以把孙权也拖进战争里了！"

"幸好士兵没有自作主张。不管鲁肃说什么，主公只要像平时一样说些无聊没品的话就行了，其他的交给我。"

"明白了。但是真的是孙权那边的鲁肃吗？那样的大人物为什么会在这里？而且还要见我，难道是来杀我的吗？搞不明白。"

"呵呵，见了面自然一切都会明白。"孔明浮现出不可解的微笑。

不久鲁肃被带了过来。

士兵们把他当成黑社会的人物也不是没有道理。鲁肃穿着吊唁用的黑色系礼服，衣料一看就很高级。里面隐隐露出丝绸和金线。袖口里面按照现在的说法戴的是劳力士手表。手上有好几个硕大的戒指闪闪发亮。头上的发髻上用的是东吴特产的象牙，配合玻璃球一样的珍珠。一眼看去，就是那种深夜带着黑衣保镖去会员制俱乐部的地方黑社会头目一样。如果只是单纯的无赖气质，士兵们也不会说是黑社会的人，直接就说是个无赖了。鲁肃的气质截然不同。他不是一点小坏，是坏到骨子里的坏。

而且鲁肃说话是江东口音，荆州人听不太懂。鲁肃身材魁梧，样子看起来颇有些目中无人，所以就算心平气和地说话，也让人畏惧，感觉他大概正在说黑社会的黑话一样。虽然说也是侠士，但是江东的侠士和刘备这些侠士的气质很不一样，身上自有一股普通百姓不敢靠近的压力。

然而刘备对于鲁肃这身打扮可谓一见钟情。

（哇呀，这可不是一般人。有种无法隐藏的暴力气息，这副坏样简直太帅了！）

有些女人就喜欢这样的男人。哎呀呀，就是这种感觉，鲁肃身上充满了仁义！

"您是刘皇叔吧。初次见面。我是在孙家任职的鲁肃鲁子敬。以后还要多打交道。"

鲁肃用很有味道的沙哑嗓音这么一说，刘备的眼睛又湿润了。

"你就是鲁肃大人吗？我是当今陛下唯一喊作皇叔的正义之使者，刘备刘玄德。和曹贼正义作战的孤独英雄，现在正迎来人生最大的危机，心中剧痛的徒有男子气概的人。"

刘备的眼睛里流着黏糊糊脏兮兮的泪。鲁肃想："什么啊，这真是刘备刘玄德吗？感觉太怪异了。"

"为了和皇叔当面交谈，可费了我不少工夫。我和我老大（孙权），对你很有兴趣。"

鲁肃说着，用锐利的眼光瞥了一眼刘备身边的孔明。以鲁肃的审美来看，这才是真正让人心中一凛的时尚装扮。

"这位是诸葛孔明大人吧。久仰大名。我是子瑜（诸葛瑾的字）的好盆友。"

鲁肃颇有深意地说。强调孔明的兄长诸葛瑾和自己既是同事又是朋友，意在解除孔明的警戒心（虽然原本就根本没有那样的东西）。孔明只是默默以目行礼。

"这家伙，明明摆出了子瑜的名字，怎么好像没有听到一样？架子十足，一点都不亲近。"鲁肃想着，又对刘备说，"真不敢相信我现在能和天下闻名的英雄刘玄德说话。哈哈，没有白跑。"

鲁肃喜笑颜开。

"有件事情想和您好好说说。这件事对你我双方都有好处，很大的好处，如何，听我给您说一说吧？"

鲁肃正要鼓动他那谋士之辩舌，突然间马蹄声、叫喊声，周围一片骚动。张辽军的前锋终于和刘备的士兵接触，首先开始单骑对决。

（啊？战斗不是告一段落了吗？）鲁肃一路上和逃去江陵的刘备军擦身而过，也难怪他这么想。谁晓得真正的战斗现在才刚开始啊！

张辽军的马蹄声驱散了难民，把刘备军带入毫无阻碍的战场。

"鲁子敬大人，正在忙乱之际，好事情等会儿再说吧。"异常冷静的孔明说。

鲁肃的脸略微有点发白。（这是怎么回事。难道是大军来袭了?）

这里是战场的正当中，而且鲁肃是孤身一人。他的性命就如风中之烛一般。

不到两千人的士兵虽然在拼死支撑，但来自张辽军的压力非同小可，很快刘备军的队形就崩溃了，开始和张辽军乱战。听到喊杀声的张飞从前面跑了回来。

"哦哟，来了啊。那不是张辽那小子嘛。总算有个让我过瘾点的家伙了。张辽小子，可别想逃过和我单打独斗。"张飞心花怒放，握紧蛇矛。

（这、这是谁，这满身鲜血、猛虎一般的男人!）第一次见到张飞的鲁肃，生来的胆量在刹那间消失得无影无踪，身体无意识地瑟瑟颤抖起来。是那种见到死神的战栗。

就在此时，糜芳脸上插着好几根箭（这不是死定了吗?! 但是书上就是这么写的，我也没办法），跌跌撞撞跑了过来："不得了了! 赵云投降曹操了!"

糜芳说出了令人难以置信的情况。

"子龙不可能做出那种事情。你看错了吧。"刘备一副充耳不闻的态度说。

但是张飞的眼睛泛出数倍的光。

"赵云，果然是你! 我一早就确信你这小子肯定会背叛。到了走投无路的时候，就去投降曹操，换取荣华富贵。我绝饶不了你! "

"飞弟，有什么地方弄错了吧。子龙是意志坚定的人，绝不是会对金银财宝动心的人。"

刘备坚决庇护赵云。可是，像是箭靶子一样的糜芳又说："我亲眼看到赵云向西北去了。"

张飞再无怀疑，"背叛的畜生，不能让他活下去。我去找他。一找到就斩了他。让他好好尝尝我军的铁规，送他去地狱。"

张飞半点都不相信赵云。

"等着，赵云，看我杀了你！"张飞把张辽军的事全忘记了，一踢马腹，冲了出去。

明明和同志赵云共同生活了多年，但完全没有培养出信赖感和友情。张飞并没有像刘备一样，用"子龙不是那样的人"加以否定。虽然可能各位都认为张飞应该反过来给糜芳脸上再来一拳才是正道，但《三国演义》中的记述似乎支持张飞的指责。这两位都是后来蜀汉的五虎上将，但我总觉得，两个人的关系似乎并不是很好（大概是因为张飞单方面的恶意）。现在看到这样的场面，我更觉得自己没想错。当年张飞也有要把兄长关羽杀掉的前科。总而言之，只要有理由（其实就算没有也无所谓），就算自己的同伴也可以毫不犹豫地杀掉。这就是《三国演义》告诉我们的张飞。

张飞的长坂坡之战的目的变成了要将赵云碎尸万段。《三国演义》中，刘备训斥张飞，并试图阻止他："不可怀疑子龙。你兄长（关羽）当年斩颜良诛文丑之事你忘记了吗？子龙离开，肯定是有什么大事。不然的话，子龙不可能丢下我自己走掉。"

完全不明白刘备在这里为什么要提到颜良文丑，大概是说明当年关羽有着不得不给曹操打工的理由，而现在赵云肯定也是因为类似的情况而不得不投靠曹操吧。他是想通过这样的类比来说服张飞吗（也就是说刘备自己也认为赵云的行为近似背叛吗）？可是这番辩解与其说是庇护赵云，不如说是助长了张飞的怀疑，简直是在煽动他一样。大部分《演义》中，刘备在这里的台词都是一句，"没弄清楚缘故不要乱讲"，太麻烦了（?），直接跳过也是当然的。

张飞当然彻底无视了刘备的话，干劲十足出发去铲除赵云了。

西北方有一条名为沮河的河流，上面的桥名叫长坂桥。

（赵云肯定要从长坂桥经过。背叛大哥的家伙，我就在那儿等你！）

对赵云的激烈憎恨让张飞的直觉敏锐起来。他丢下护卫刘备的工作不管，决定去那里等着赵云。张飞一边杀敌，一边飞奔而去。

刘备目送张飞的人马远去，向孔明诉苦说："先生，怎么办才好？这样下去子龙和飞弟要两败俱伤啊。"

但是孔明不慌不忙，说："子龙大人在紧急关头采取仿佛背叛一般的奇怪行动，这是要以子龙大人的方式创造传说吧。至于翼德大人，他哭着（兴高采烈地）去讨伐背叛的朋友……这也是将会名垂青史的传说。翼德大人和子龙大人真心交手的话，到底孰强孰弱，后世之人也一定想知道啊。"意思就是说，这将是势均力敌的传说！然后孔明又望着糜芳，感慨道："糜将军已经成为传说了。脸上数支箭插着顾不上弄，还要赶来紧急报告，真是一般人无法模仿的神迹。我孔明心悦诚服。"

糜芳哭着呻吟："哎呀，疼死我了。真像死了一样。快帮我治治吧。"

对于日后将要成为蜀汉背叛者的糜芳，惩罚似乎已经开始了。

"原来如此。大家都很努力啊。这样想来就说得通了。我也必须要创造一个了不起的传说才行啊。"

听刘备这样一说，孔明道："主公不用创造什么，您所做的一切已经成为传说了（好坏姑且不论）。只要在这危急关头活下去，传说的光芒就会不断增加。"

只要活着就能成为传说的人，刘备！

"此言差矣。我玄德可不是能够满足于这种传说的淡泊之人。我不能输给部下。现在还远不是穷途末路的时候。我要只穿一条底裤站在十万曹军面前，让他们万箭齐发，全都射在我身上，让我浮到半空，创造出鲜血四溅的同时再重重落到地上的著名场景。对了，我的目标地点就是那里！"

不知道是不是自暴自弃的缘故，突然间嗨起来的刘备要向与张辽军冲突最激烈的地方冲过去，身边的士兵赶紧拼死抱住。孔明用温暖的眼神看着这幅景象，频频颔首。

被丢在一边的鲁肃一副哑然的表情看着刘备主仆的对话，"这些家伙，到底在说什么啊？！"

他的头脑当然要混乱。（眼看就要死了，脑袋糊涂了？）

"这样的时候就算说这样的话，是什么意思？玄德大人那个地方（头）没问题吧？"鲁肃忍不住问孔明。

"没问题。"孔明干脆利落地说，"我知道鲁子敬大人是孙吴第一等能人，声望很高，我想您当然能够理解我家主公的器量之大。无论如何，您在年少时候就有各种疯狂轶事。我在和兄长（诸葛瑾）的书信往来中已经听说很多了。"

刘备吱——吱——地叫着，要把铠甲衣服脱了，部下拼死抱住，时不时还会被刘备踹到。

"玄德大人和部下打成一团了，那个，器量很大的吗？"

"说起来，鲁子敬大人，我们在这里见面，也是有缘分的（吗？其实是秋天自己跳进火坑的蚂蚱吧），不合作真是太浪费了。"

"啊，这，是啊。"鲁肃已经不想说话了。

（为了见你们，我可是费了老大的力气）现在他只想早点逃走。

"呵呵，我先陪您一段吧。好事情放到后面再说。子敬大人，在这种地方可要小心。不管是被马踢死，还是被枪戳死，或者运气好点儿变成曹操的俘虏，都是震动东吴的事态吧。对您今后的仕途不会有影响吗？"

如果鲁肃成为曹操的俘虏，大概东吴方面会拒绝承认这个人吧。就算曹操向东吴质问鲁肃的情况，张昭也会冷冷地说："我东吴没有那样吊儿郎当的人。他和我们没有关系，随你怎么处理。"

鲁肃此次的任务只有孙权和极少数的几个人知道，确实不能被曹操抓住。

孔明看出鲁肃的担忧，凑过身子，撒娇般地说："这个乱世，谁是敌人，谁是朋友，难以分辨。子敬大人在想什么，我很清楚。所以首先从做朋友开始如何？"

两军正在八百米外激战，两千刘备军节节败退。张辽的铁骑如雪崩般冲杀过来只是时间的问题了。

"现在可不是说这种事的时候吧，我们也早点逃……哇——"

人头如彗星一样带着血飞了过来。

"下人头了……我孔明观测天文，这是天地异变的前兆。"孔明连眉头都没皱一下。换个人大概会把他视为怪物，离他远远的。

"所以快点逃吧，你也是，我也是。"

但是孔明很淡然，反而黏着鲁肃说："逃不逃不用着急，我们先做朋友吧。"

（我听说诸葛亮是变态，这是真的吗？诸葛子瑜每次说到这家伙的时候也是一脸沉痛的表情。和这样的家伙交朋友，作为男人说不定真是不行的啊。）

鲁肃想要拒绝并逃跑，但是孔明抓住了鲁肃的袖子，"唰"地伸出白羽扇遮住他的眼睛，凑在他的耳边说：

"子敬大人请不要嫌弃我。您这样的大人物亲自来寻访我们，这份热情让我感动得热泪盈眶。我很想让战场的士兵面对敌阵叫喊，'这里是孙吴的大官鲁肃。你们再敢动手，就会点燃孙家黑社会中年轻人的怒火，引发暗杀战争的导火索！'敌阵那边曹公也到了。子敬大人的名声必将响彻天下，敌军必定哀嚎遍野。"

孔明以爽朗的笑脸恐吓道。

"呃——"（被他这么一搞，我就要身败名裂，计划也破产了。）鲁肃的脸"唰"地就白了。

在这千钧一发之际，鲁肃居然出现在刘备军中，这肯定意味着刘备已经和孙权串通。刘备与东吴联合，筹划反曹操的大计划。张昭一脉绝对不会容许发生这样的情况，他一直不主张与曹操发生冲突。所以张昭必定会对曹操解释说："这些都是谣言。鲁肃一贯喜欢说大话，做事不负责任，已经被逐出东吴了。他说了什么我们不知道，也和我们没关系。"

眼下，张昭的和平势力在东吴占据绝对优势，鲁肃和孙权、周瑜、诸葛瑾等人密谋推进的反曹操阴谋将会被张昭击溃，孙权也将被张昭软禁，甚至有可能被送进地牢乃至变成扬子江的鱼饵。如果发生那样的情况，周瑜也许会从东吴独立，演出一场"美周郎三国志"。鲁肃深知当前这个时间点上，自己的冒失行为绝对不能泄露出去，否则事态将无法收拾。不管怎么说，和刘备会面乃是鲁肃的自作主张，而且他还打算说服刘备和东吴结盟。这明显是做过头了。无论如何受到孙权宠爱，这都是要被问斩的越权行为。就算曹军向孙吴发出挑战书，也不能作为鲁肃当前行为的开脱。在鲁肃看来，说服刘备是给东吴多找一个盟友，但将落魄的饿狼当成盟友，到底是有益还是有害，这是值得商榷的。

如前所述，鲁肃和孙权商定的计策是，以吊唁为名进入襄阳，伺机从刘琦、刘琮处骗取荆州。而刘备最多只是个副产品，原本的打算是看看他能不能用，如果能用，就当看门狗一样用用而已。

可是现在鲁肃要对这条看起来犹如风中之烛的败犬、四处乞讨的刘备伸手援助，如果孙权听说此事，说不定会比张昭更加愤怒，不管鲁肃怎么解释也无济于事。四处逃窜、毫无兵力可言的刘备，孙权怎么可能考虑与他联手？所以我很奇怪为什么鲁肃在这时候会向刘备提出结盟，实在搞不懂他到底在想什么（关于这件事，与鲁肃志同道合的周瑜也没有少埋怨他）。总之鲁肃的所作所为完全不像东吴的著名谋士，他是有什么奇谋妙计被历史埋没了吗？

"孔明大人，你是想威胁我吗？！"

孔明招来士兵，道："这位是天下著名的大谋士，鲁肃鲁子敬。你去告诉大家，当然也别忘了敌军那边……"

鲁肃慌忙拦住那个士兵："哎呀，孔明大人，您还是放过我吧。混蛋，哎呀不是，求您了，别把我在这儿的事说出去。我啊，真是偶然的。偶然在这里的，偶然的。偶然，在这里的。和我老大一点关系都没有。"

"谁会相信偶然这一说啊？子敬大人，这个借口靠不住啊。"

张辽铁骑的死之刃近在咫尺，又被孔明那让人心情恶劣的外交辞令数落，鲁肃与生俱来的计略胆识也不见了。尽管通常情况下不论如何紧急的危机，鲁肃都能保持大脑的高速运转，以任侠仁义之名展现暴力，完美收拾局面，但现在的对手是孔明，这可不是他能对付的人物。

"曹公和他无比奸诈的谋士，会相信偶然吗？"孔明露出洁白的牙齿说。

"这也太厚脸皮了。"

鲁肃束手无策，就像撞到蜘蛛网上的蜜蜂一样。他只得说："那我们交往吧。"

孔明扑哧一笑："我已经有刘皇叔了。我们还是做好朋友吧，行吗？"

（太羞耻了。这小子太讨厌了。）鲁肃恨不得马上就把孔明给杀了，但在这之前，马上被曹军杀掉的可能性超过百分之九十。

孔明强行让鲁肃成为朋友！这到底是为什么？这是孔明创造传说的一环吗？

根据孔明在"隆中对"中所说的策略，从一开始就计划要联合孙吴。

> ——孙权据有江东，已历三世，国险而民附，贤能为之用，此可以为援而不可图也。

孔明如此评价东吴，但他在认识上有若干错误。这大概是因为陈寿的密谈透视在讲到东吴的时候过于简略的缘故吧。

江东时常与山越蛮族发生冲突。由于孙权的控制力不足，地方豪族们也常常发生抗争骚乱。百姓虽然依附，但也都是受到暴力威胁的缘故（不仅是吴，所谓国家就是这样的）。即使不管这些情况，把整个江东都算上，人口也十分稀少，劳动力不足是东吴最为头痛的地方，距离孔明所说的铜墙铁壁的战斗集团相去甚远。能够动员的兵力当然也很少，全国上下最多只能征募十万士兵，在赤壁之战中，能够投入的兵力勉强能有三万。

后来，为了解决人口问题，孙权实行过好几次绑架百姓的行动，史书上记载他频频去东海的岛屿上绑架当地人口。东吴也是非人道的人贩子。

要与这样的国家保持大使级交往，必须要有超人的手段。首先要让鲁肃无言以对。这除了孔明故意使坏之外，也是为了用鲁肃做跳板。也许孔明以他神的头脑预测到（或者占卜到）自己在不远的将来会单独前往东吴吧。尽管自己的哥哥就在东吴任职，但还是需要更加保险的措施。鲁肃的出现就是天赐良机。不管使用什么手段，都要把他变成亲刘派。

吴郡的每个区划，都是黑社会势力掌控的地带，而且民风十分粗犷。在城市中漫步，哪怕只是不小心多看一眼，也有可能被人打个半死。孔明虽说是刘皇叔的使节，但如果没人帮忙、没有任何预防措施就贸然闯入，那也太危险了。如果孔明因为不小心肩膀擦到了一下而被杀死的话，刚刚死里逃生的刘备军不要说给孔明报仇，就连象征性的抗议恐怕也做不到。实力相差太悬殊了。假设关羽、张飞、赵云等人强硬地想要一对一杀掉凶手，给孔明报仇，孙吴这边大概也打着马虎眼，冷笑着说："哎呀呀，我们的年轻人不小心嘛。只是个事故，何必闹这么大呢？我们的年轻人可不擅长打架。"

为什么孔明要以特别外交官的身份孤身一人前往东吴这样的危险之地（大概因为刘备是很残酷的人吧），即使有赵云同行，也不禁让人怀疑刘备是不是在惩罚他。即使不是惩罚，至少也显得刘备并不在乎孔明的安危。

总而言之，孔明认为，在东吴，除了亲哥哥诸葛瑾，还要有一个朋友才行吧。现实情况是，如果没有鲁肃的强力援助，舌战群儒也好、拜见孙权也好、会见周瑜也好，很可能一样都实现不了。如果孔明没有牢牢抓住鲁肃的心，真无法预料事态会变成什么样子。东吴的风土人情与其他地方迥异，在这里的交涉十分困难。

把孔明一个人丢在危险之中的刘备，严格来说根本就是丧家之犬，连作为同盟对象的最低分数线都没达到。军队溃逃，借居在江夏刘琦那边，靠施舍勉强度日，从来都是一文不名，连士兵都是向刘琦借的。要说想和孙权结盟的人，这一类穷鬼多如牛毛，刘备想和孙权结盟，完全是痴人说梦。可是孔明偏偏成功促成了同盟。这是对东吴方面而言非常吃亏的不平等联盟。在历史上，刘备军在赤壁之战中基本上没有起到任何作用。再老实的人对这样的同盟都会愤怒吧。

尽管面临这样的困难，年方二十八岁的年轻人孔明，却能在谈笑间完成任务，成功而返，令人不由得赞叹，不愧是卧龙！但是，孔明究竟施展了何种出乎意料的外交手段，《三国志》中竟然没有详细记载（隐而不记，肯定是因为交涉过程充满了屈辱吧）。另外，因为这个同盟，刘备趁机侵占了孙权的荆州南部四郡，让周瑜气得太阳穴青筋爆裂，流下委屈的泪水。这个同盟对于孙吴来说大概是一生的耻辱。而施展手段促使其成立的始作俑者便是孔明和鲁肃。

无论如何，在刘备与孙吴的关系中，鲁肃是个关键人物。老而不死的孙权在评比"我最怀念的好军师们"的时候，虽然大为赞赏鲁肃的才能和手段，但对于他亲善刘备的行为（简直可以说是媚蜀派了），则是加以了严厉的批判。

于是孔明对摆出一副"嫌弃你一辈子"表情的鲁肃说："子敬大人，不要那副样子。接下来我家主公刘皇叔会给你看看什么叫真正的男人。和我做朋友，对你有益无害。让我们发展真正的友情，之前的事情就任其随长江的流水而去吧。"

然后拉住刘备的大耳喊道："主公！"

"哦，怎么了先生？"

"我和鲁子敬大人交上朋友了。主公也要认真待他。"

"哦哟，这太好了。先生的朋友就是我的朋友。"

"那么，差不多该走了。"

"嗯？"

"大家都目睹了主公的风范，主公已经充分展现了自己为了正义不惜与百姓同生共死的决心——但是不能真的死在这里。"

两千刘备军已经眼看就要崩溃。几十支箭呼啸着擦过。

"只要能够如同不死鸟一般置之死地而后生，这一战就是主公的胜利。曹操投入数万兵力，依然没能逮住主公，必然会成为天下的笑柄。只要……活下去。"

"哎呀呀，我其实死在这里也没关系，或者说不如直接在这里被杀死了更好。与其为了让我苟延残喘而令百姓惨遭杀害，让我活着受到百姓冤魂的苛责，那我宁愿自己死去。有同情心的人哪，快来把我碎尸万段吧！"

可以看出刘备现在已经到了极限，大脑分泌出奇怪的物质。"而且还能逃到哪里去！按照我的直觉来看，唯一能逃去的地方就是阴曹地府！"

在张辽的第一军后面，还有于禁、乐进、张郃等人的部队，正在把当阳一带团团包围。近六七万人的敌兵，眼看着就要把这里围得水泄不通。可以依靠的张飞和赵云也不知去了哪里。一切都显示出大势已去的样子。

"如果主公的神秘直觉认为无处可逃，那就太好了。但是现在放弃还为时过早，请仔细看我孔明的魔法。如果尽了全力还不能避免死亡，那也只能认命了。"

"魔法？先生，难不成在眼下这种走投无路的危机中，还能有什么办法吗？"

"呵呵，"孔明用白羽扇扇着刘备的耳洞，指着恐龙战车说："主公以为，我为什么特意将恐龙战车运来这里？"

"那不是为了打发时间、为了让我开心的奢侈品吗（也是变戏法的道具)？"

"确实有那样的作用，但不仅仅如此。总之请快快乘上二号车。"

"哪个是二号车，我不知道啊。"

"也就是说曹公的士兵也不知道。"

孔明没有半分犹豫，打开一辆恐龙战车的后门。实际上车身没有雕刻数字，但从牵牛的绳子上可以看出哪个是二号。

"子敬大人，如果不想在这里被杀被擒，也请上车。"

孔明拉住鲁肃的袖子。

"这是什么，这个奇怪的箱子是车？还是棺材？"

鲁肃嘟嘟囔囔不想进去，孔明指挥士兵一起把他塞了进去。然后孔明自己也上了车，"咣当"一声关上门。曹军中有不少士兵都在不远处目睹了这一幕。

刘备军彻底溃败之后，听到士兵报告的曹操，将恐龙战车远远围住，一边怀疑其中是不是有什么危险的机关，一边让士兵把恐龙战车的门打开——里面当然空空如也。剩下两辆恐龙战车也都打开检查，只见里面坐的都是瑟瑟发抖的老人。曹操询问目击的士兵："刘备他们真的钻到这个里面了？"

士兵拼命点头。

"难道就这么消失了？不可能。给我把附近好好搜一搜！"

曹军士兵开始在当阳附近搜索。

程昱正在从樊津开始逐步封锁襄阳岸边的各个渡口，连打鱼的小船都不许下河。另外有消息说发现了刘备运送难民去江陵的船队。

汉水逐渐被曹军控制。

　　只会嘴硬的刘备军以及十余万难民，终于受到了曹军的猛攻。刘备的性命危在旦夕，他到底能不能逃出生天？悲催的鲁肃受到孔明的胁迫，等待他的将是何种命运？还有，张飞和赵云究竟有没有创造出天下传诵的传说呢？

　　且听下回分解。

第六回　赵子龙化身红光，
张翼德威震长坂

　　刘备从当阳逃往夏口的路线，通过史料基本可以确定，但在《三国志》中并没有写得很明确。当阳到夏口的直线距离大约三百五十公里，但中间有不少河川湿地，需要多次转换方向，逃亡的一方和追击的一方大概都会很累吧。也不知道逃难武将刘备用了多少天才抵达夏口。得知刘备逃往汉津东面的曹操，似乎带着遗憾，早早放弃了追击。

　　陈寿自己似乎也并不清楚刘备的逃亡路线。含糊其词的记载散见于各处。《三国演义》也没有对逃亡路线做出正确解释，这是二十世纪研究者的任务。因此，刘备的逃亡成为《演义》作家心中的秘密，大部分都按照孔明和刘备原先的计划来写。

　　在下一章描写于夏口大笑的刘备也是一个办法。且不说这方法是好是坏，总之如果一切都是按照计划进行的话，日行五公里的难民大屠杀、关羽船队的江陵之行、赵云救出刘禅的激战、张飞的长坂坡野兽之吼，全都成了孔明预先计算好的魔法剧场。

　　我认为，刘备军本来应该毫无悬念地被曹操歼灭，却连一个战死乃至被俘的干部都没有，这是令人十分难以理解的。中层干部糜竺、刘封、陈到等，就算是演戏，也应该在这里留下壮烈牺牲的场面，可是因为谜一般的幸运，刘备军的所有人都安然无恙，只能说十分怪异。唯一一个死者是糜夫人（还是自杀），怎么也无法令人信服。所以，刘备军的主要成员从樊城直接去了夏口的说法更讲得通。

我很想向中国的激进学者提出我的假设：长坂坡之战是陈寿的妄想和谎言（身为外国人，提出这样的假设，恐怕也会被视为妄想症吧）。

孔明施展手段的时候，张飞则在寻找赵云创造传说。从开始到结束都只能说是一片混乱的长坂坡之战，终于将要迎来最后一幕了。

且说赵云和他的这支队伍。

赵云负责保卫刘备的家人。但是敌兵越来越多，赵云照顾不了所有人，眼看就要危机重重了。

接下来，赵云的"单骑救主"成为千古传诵的传说。不过这似乎并不完全是虚构的。

赵云在一般人心中的形象和关羽、张飞、孔明不同，大家都认为他恪守大义、头脑清楚。但是说书人却偏偏将他这一场单骑救主说成是几乎丧失了人类性状的可怕一幕。

《三国志·赵云传》中的记载很简单：

——及先主为曹公所追于当阳长坂，弃妻子南走，云身抱弱子，即后主也，保护甘夫人，即后主母也，皆得免难。

刘备军向南逃亡的说法有点奇怪。长坂桥是在长坂坡的东北方，所以这里到底是陈寿的添笔，还是刘备真的在向南逃，让人弄不明白。另外从这段记载中可以知道刘备丢下刘禅和甘夫人，自己一个人逃跑，同时赵云也没有跟随刘备一起逃跑。他抱了刘禅，激励甘夫人，去追赶不知道到底是往南还是往北逃跑的刘备去了。

另外裴松之引的《赵云别传》中说：

——初，先主之败，有人言云已北去者，先主以手戟撷之曰："子龙不弃我走也。"

这大概就是赵云叛逃的原始出处。根据这两段记载，说书人把赵云描写为：将刘禅护在怀中，纵马疾驰，斩杀曹军部将五十余人，从洞中伴随红光飞跃出来。通过这种信口开河的描述，强行将赵云捧为《演义》中的第四位明星。但是这样的场面实在太夸张了，吹牛也要有个限度，所以反不如张飞独守长坂桥来得更让人印象深刻。

在长坂坡的超级活跃，导致赵云的个人能量甚至超越了关羽和张飞。如果由此能够得到女中学生的向往说，"子龙浑身是胆"，倒也令人羡慕。但是罗贯中的描写与其说将赵云塑造成银光闪耀的武将，不如说是更像奇异的妖怪战士，导致最终也没有给人超越关张的感觉。这也许是因为他和孔明走得太近的缘故吧。长坂坡据说也有赵云的纪念碑，那么就这样吧。

却说书中只说"刘备的家人"，但是刘备这时候到底有多少家人，也没有写明。《三国演义》中只写了甘夫人、糜夫人和阿斗（刘禅），实际上应该还有很多，卑鄙的刘备抛弃了所有人，自己一个人逃走了。虽然不知道刘备和多少女性发生过关系，但至少生的孩子有很多。仅在长坂坡一地，就有记载说曹纯（曹仁的弟弟）抓了刘备两个女儿。至于被抓之后刘备的女儿遭遇了怎样的命运，那就不知道了。

虽然刘备从小就没出息，但是每到一处总能找到女人，所以孩子的数目肯定不会少。义勇军（侠士的佣兵部队）的老大到处搞女人，正夫人二夫人都没差别，当然也不会称呼为皇后，最多就是被部下喊作嫂子吧。

——先主每失正室。

刘备自己大概也只是打算做一个流浪的花花公子，每次都是抛弃、抛弃、抛弃。有时候他的女人也会惨死，总之都是不幸的命运。新野时代除了糜夫人和甘夫人之外还有别的女人也不奇怪。

但是刘备从没有反省。甘夫人死后寡居了几天，立刻又娶了十六岁（谎报年龄，实际上是二十三岁）的超暴力少女"孙权之妹"，过了几年又离婚。再后来，进入益州之后，娶了刘焉寡居的儿媳，立为穆皇后。当时此举颇受人诟病，就连蜀汉的支持者习凿齿也大为批判。刘禅有很多同父异母的兄弟姐妹。

相比之下，曹操有十四位妻子，除去与正室丁夫人关系不洽，并没有做过很不负责的事。他仅仅儿子就有二十五个。女儿的数目不太清楚，不过因为都嫁给以献帝为首的名人，肯定也有很多。

这些事情姑且不论，至少刘备的家人之中，赵云主要护卫的就是作为独生子且最有可能继承父业的阿斗。

阿斗等人是坐在特别定制的马车上行军的，但在长坂坡曹军开始攻击之后，他们便和赵云失散，被卷入逃亡的民众和士兵们的战斗，变成了迷路的孩子。

"撒切曾！少主在哪里！"

"撒切曾"这个词，各位请理解为赵云的故乡常山真定方言中做下蠢事时候说的惯用句。浑身颤抖的赵云，不顾危险，在难民和敌军的混杂中左冲右突，来往冲杀，寻找甘夫人等人。脸上中箭的糜芳看到去往曹军方向的赵云便贸然断定："赵云，叛逃了。"

与热爱杀戮、一路杀到头的张飞不同，相对比较认真的赵云以完成任务为第一目标，基本上只将五成心思放在曹军主力上。

（主公平安无事地逃走了吗?）

军队已经混乱了。战斗变成了混战，谁都不知道谁在哪里，就连下一秒自己是不是还能活着都不知道。赵云急着找到两位夫人和阿斗，但是敌兵不断来袭，赵云也无暇顾及其他。

赵云人生中最激烈的生死战持续了半日以上，马不行的时候就抢敌人的马换上，继续挥舞他的涯角枪。跟随他的人马只剩下四十骑，而且也逐渐被曹操的大军吞没。两万以上的大军接踵杀来，这已经远远超出了赵云的负荷。虽然不知道高性能杀戮机器的人类处理速度到底有多少赫兹，但终究是有极限的。不过即使在这样的超负荷场景中，赵云也没有精神错乱，想必是因为赵云的精神力量十分强大的缘故吧。

赵云完全没有疲惫之态，一边怒吼一边不断杀死曹军，让敌兵畏缩不前。满是鲜血的激情战士赵云，使得敌军中不断出现恐惧得瘫倒在地，或者因为知道靠近赵云就是死而宁愿违抗命令转身逃走的士兵。赵云瞅准这些空隙，突破包围圈，但是突破之后立刻又被无数新的敌人袭击。无穷无尽，留在这里等于自杀。

"夫人——，少主——"

忠实于职务的男子赵云坚持不退，呼喊着纵马拼杀。

赵云一路搜寻难民聚集哭泣叫喊的场所，忽然找到了一个眼熟的男人正在草地上睡觉。那是简雍。

"宪和大人!"

赵云这么一喊，简雍抬起一只眼睛。

"呀，是子龙啊。"

"你看到少主和夫人了吗？"

"夫人们弃了车，抱着阿斗逃了。我骑马在后面追，在转弯的时候遭遇敌袭落下马来。虽然可耻，但是没有办法，我只能装死。"

简雍创造了在敌军阵中午睡的传说。

"这是装死的地方吗！"

赵云利索地把简雍拉起来，让他上马，又派了两个跟随的士兵，让简雍回去报信。

"我就算上天入地也要找出少主和夫人，这是绝对任务。如果找不出来，我就在战场上自爆。"

找到未来的蜀皇帝阿斗并将之杀死——如果是这种任务，那就是邪恶的终结者；而正义的终结者赵云的目标则是保护两位夫人和阿斗。不过，假如是知道刘禅日后无所作为的未来小说家，大概会觉得到底还是应该把他作为邪恶终结者赵云送来消灭刘禅才对吧。

"见到主公的时候，请替我传达：就算拿命来换（尽管对于刘备来说家人是死是活都无所谓），我赵云也必定会把少主和两位夫人带回来。"

赵云嘱咐了简雍一句，又拍马走了。

赵云就像张飞预料的一样，在长坂坡犹如龙卷风，一路狂扫，直奔长坂桥而去。这是因为曹军正在由南赶来，赵云没有别处可去的缘故。不过赵云不是单纯的逃跑，时不时还会反身杀入曹军，几十上百地夺取曹军的性命。曹军各队的指挥官原以为战场已经差不多收拾完了，却没想到还有如此不可理喻的恶魔在屠杀军队，更令人难以置信的是，对手只有单枪匹马的一个人。真不愧是超级战士。

"子龙大人——"

赵云被一个中箭将死的士兵喊住了。那是负责护卫刘备的人。

"你是谁?"

"我是刘皇叔的护卫。"

赵云询问阿斗等人的去向。

"我看到甘夫人披头散发随着人群去南方了。"

赵云立刻丢下这个士卒奔向南方。他幸运地找到了甘夫人。

"哇呀!"

赵云飞身下马，把枪插在地上，哭泣跪倒。

"末将来迟了! 杀人杀过了头，失却夫人，是我赵云之罪。"

甘夫人说："马车动弹不得，我只能弃车和糜夫人一同逃走，但是被一队人马冲散，彼此分开了。"

说话的时候又有一队敌军杀来。赵云拔出枪，像是机器人一样把飞来的无数箭支拨打开去，爬上战马，"杀杀杀杀杀杀——"把眼前的人杀倒一片。

这支部队是曹仁手下淳于导率领的千人队。也就是说曹仁军也到了（其实曹仁没有参与长坂坡之战）。长坂坡现在已经有近四万曹军了。淳于导的部队被卷入龙卷枪法，一个个在赵云的枪下变冷。赵云一转眼，看到糜竺被捆在马背上做了俘虏（这也算是传说吧）。差一点把他戳死，幸好及时抬高枪尖，从他肩膀上擦过，把糜竺吓得屎尿横流。

赵云在千人中一场混战，找到淳于导（队长基本都是带着旗帜，所以很容易找到）冲杀过去，连通名的时间都不给，一枪就把他戳个对穿，手下的士兵吓得落荒而逃。

"子龙，你救了我。"

赵云把马给了糜竺，请他护卫甘夫人。

在长坂坡杀人最多的就属赵云。他自己当然也是伤痕累累，不知道流了多少桶血。赵云化作赤黑的龙战士。整整一天多的时间，也没有休息，也没有吃饭，片刻不停地驱马杀戮，实在是很厉害。就算是战斗机器人也需要燃料补给，更不能缺少维护。赵云真是超越人类的龙战士。只能认为，他的体内充满了现代医学无法解释的神秘生命能量（像是昆达里尼之类的东西）。

赵云为了甘夫人和糜夫人，杀出一条血路向长坂桥前进，张飞则是踢飞难民，一路冲来。

张飞发出野兽的咆哮："死吧，赵云！"

一边流着口水一边挺蛇矛来刺。赵云"哐"地接住，说："翼德，这是为何？是我啊，你忘了我子龙的长相吗？"

"闭嘴！你这个叛徒，下地狱去吧！"

曹军士卒明明就在旁边，张飞和赵云却展开了宇宙级别的战斗，目击这场战斗的人十分幸运。

"死吧——"张飞狂舞蛇矛，毫不留情地猛攻。这是你死我活的攻击。

赵云也怒了："张飞，你真要杀我吗？"

再不认真招架，眼看就要被张飞杀了。

"死吧——"

"也罢，虽然不知缘由，就让我来会会你！杀——"

赵云的涯角枪和张飞的蛇矛激烈碰撞。当代首屈一指的猛将，恐龙与猛虎的战斗。看到的人有种观赏罗马斗兽场的感动。

曹操偶然在景山山顶看到这场同室操戈，感受到巨大的魄力，惊讶地问左右："那个和魔兽张飞作战的美貌大将是谁？不是我的人啊。"

　　（应该不在长坂坡的）勤快的曹洪驱马下山，靠近现场，大声呼喝："和张飞作战的大将，请报上名来！"

　　赵云回答说："我乃常山赵子龙。"

　　曹洪回去向曹操报告，曹操那颗人才搜集狂的萌心又痛了，下令道："那是赵子龙啊。我听过他的传闻，可竟不知道是这样的龙将！各位不可放箭，一定要生擒活捉，带来我面前。"

　　因为曹操的这个命令，被列入人才搜集候补名单的赵云在之后的战斗中没有受伤。

　　张飞虚晃一枪，催马去撞赵云的马，随后左直拳直取赵云的面门，赵云躲开这一击，刚好和张飞面对面。

　　"翼德，你到底要干什么？"

　　"你装什么蒜！为什么背叛大哥，去投曹操？要杀了我们做投名状吧！"

　　对于完全不讲道理的张飞，赵云一头雾水，"我不知道你到底在说什么。我没有背叛主公。我去找少主和夫人了。为了找到他们，我在曹军中拼死冲杀到现在。"

　　"你这满口谎言的骗子！你以为我是能被你这种借口骗过的吗？早在你背叛公孙瓒的时候我就预见到了。吃我蛇矛！"

　　就在此时，简雍慌慌张张跑了过来，"翼德，住手！子龙没有背叛。子龙说的是真的！"

　　糜竺和甘夫人也插进中间，"张飞，冷静。我被曹军抓了，多亏子龙救我。"

　　"我也是。翼德大人，这是同室操戈的时候吗？"

　　甘夫人训斥张飞道。

　　被甘夫人这么一说，张飞怕了。

　　"可恼。"他将蛇矛挥了一圈收在肋下，下了马。

张飞终于被说服了。糜芳的未确认信息和张飞的误解（赵云官能症）招来的内讧未能成功。

"混蛋。姑且相信你的解释。糜芳这小子，回头看我再把你的箭插深一点。好了，我不怀疑你了。"

"翼德，主公去哪里了？平安逃走了吗？"

张飞不能说自己把刘备彻底忘记了，含含糊糊地说："大概过了长坂桥吧。你也去吧。"

但是赵云的任务还没完成。

"不行。我子龙弄丢了夫人和少主，有何面目再见主公。如果不能救出这两人，我便不能苟活。主公的护卫就交给你了。我如果不回来，你就把我视作任务失败的叛徒，消弭你的怒火。"情绪激昂的赵云再度向曹操的大军杀去。

刘备军的战斗力量已经消灭了，只有几个干部总算活了下来。赵云的友军为零。然而他面对数万敌军冲锋，再入绝地，不知怜惜自己的生命。真不愧是特别救援队队长！赵云这种自寻死路的鲁莽，是为了创造传说，还是过于顽固，或者是罗贯中的夸张描写，抑或是真正的忠勇行为，已经都不重要了。目送赵云远去的每个人都产生出敬畏之情（张飞除外）。

一般人肯定会这样劝说："子龙，虽然很遗憾，但还是放弃吧。主公也不会责罚你的。你就不要自己送死了。和我们一起走吧。"

但是对于赵云，谁也没有阻止。这是因为赵云已经变化成某种非人类的东西了吧。

刘备认为，赵云满身是胆。胆是肝脏和胆囊，这样说来赵云的肉体上基本没有肌肉，全都是暴露在外的内脏，是和普通人类的肉体构成相异的变异品种，虽然必须做过精密检查之后才能确定，不过赵云肯定是无法依照人类常识判断的武将。

恐惧感、痛苦感、饥饿感、疲劳感、排尿感，等等等等，总之人类具有的各种感觉，在赵云身上都停止了。他是龙的脑内物质溢出的危险之人，与赵云相遇的敌人只能说非常不幸。

首先夏侯恩的一队人马就是不幸地遭遇了赵云。赵云看到手持铁枪，背后背着一把气派长剑的人，认定他是大将，一个回合便斩了他。夏侯恩的部下树倒猢狲散，纷纷逃走。不过夏侯恩是《三国志》中未曾出现的武将（简言之就是虚构的人物），赵云夺取神秘宝剑"青釭"的故事，是为了赵云的粉丝们而创造的微型传说。

赵云不断在凄惨难民聚集的地方打探询问，终于得到了消息说："抱着孩子的糜夫人，中了枪，一瘸一拐去了那边断墙后面。"

"夫人——少主——"

赵云勇猛地跳过断墙，只见抱着阿斗的糜夫人脸色苍白地坐在地上。

"啊，赵将军……阿斗的命能保住了。"

糜夫人的表情明亮了些，但是赵云立刻就发现她已经身负重伤了。

"这孩子的父亲，过了辛苦的半生，到了五十岁也如无根之草一样流浪，留下的血脉只有这个孩子。"糜夫人在托付中加入了对刘备的微妙批判，"请将军务必必让阿斗再见他父亲一面。这样的话，我便死而无憾了。"

她做梦也想不到好不容易和刘备再度相会的阿斗差点被父亲杀死。

"夫人遭此大罪，是我赵云的罪过。请快快上马，我拼死护卫夫人突围出去。"

"不可。我这样已经很满足了。我身负重伤，命不久矣。"

"夫人何出此言。快请上马，敌兵正在赶来！"

就在这样的你推我让之中，敌人的声音逐渐逼近。被发现躲在墙后也只是时间问题。

糜夫人一脸坚毅之色，将阿斗递给赵云，趁赵云无暇之际，转身跳入旁边的古井自杀了。

"啊，夫人——"

赵云的吼叫响彻天际。有阿斗在身上碍事，阻止了赵云的条件反射性自杀吧。到底是般配刘备的女丈夫，刹那间做出了决断。

这位糜夫人的红颜薄命，代表了刘备多少老婆的悲惨命运啊！糜夫人是刘备的心腹糜竺的妹妹，在徐州时代相识。没有生子，或者生了也早早夭折，又或许生了女儿，总之事实上是被无视的。糜夫人的自杀也许是对刘备的女人们发出的诅咒，是抗议的插曲。

赵云发出"哇呀呀呀——"的哀悼之声，冲动地用铁拳捶打土墙，把它捶塌了。有人说是为了防止落入井里而死的糜夫人尸身遭受凌辱而推倒土墙掩埋的，但敌兵是不是会特意从井里把尸身拉出来凌辱，恐怕是有疑问的。

赵云解开铠甲，将阿斗嵌入胸口，二神合体，随后卷起布衣塞住，飞身上马，开始了疾驰。战斗的时候左半身难以行动，杀人技术没有那么锐利了，而且敌人的攻击也不能用阿斗去承受。

"少主，我赵云就算粉身碎骨也要救你出去！是男人就不要哭！"

赵云发下男人之誓。这样一来，阿斗不哭了，露出光辉的天真笑容，将脸埋在赵云的胸口，擦去流下的口水。

（啊，在这危急时刻，少主不像是孩子。他将来一定会成为一代明君。）

因为多了阿斗，赵云的战斗力应该减少了百分之三四十，但看上去却像上涨了几倍一样，在周围活动的敌人，遇到一个杀掉一个。赵云一边猛冲，一边将袭来的敌兵无差别加以屠杀。不管有名无名，都是赵云的枪下之鬼。

前面拦住去路的是张郃的人马。"河间张郃"的旗帜迎风飘扬。

"就一个人，费这么大事，不嫌丢人吗！"张郃充满男子汉气概地拦住了赵云。

张郃原本是袁绍的武将，可称名将，当年有着和张辽相媲美的战斗力，也曾和赵云对过枪。后来更是在街亭之战中轻取马谡，让孔明发愁（开心?），实力非同小可。

赵云的全部能量都集中在杀人上，脸上毫无表情，也没有通常的意识。就算张郃出现，恐怕也没有认出来，完全根据杀戮本能而行动。不过到底对方是张郃，赵云判断不好对付，不能当场杀死，便朝别处杀开血路。

"想逃吗，赵云?！"

张郃固执地在后面追赶。赵云一心防备背后张郃的追击，没发现前面有个大坑，连人带马一起掉了下去。赵云和阿斗危险了！

"赵云，你认命吧。主公吩咐要生擒你，可是像你这样的杀人狂不能活在世上。死吧！"

张郃挺枪便向坑中刺去。就在这时，不知道是附近有 UFO、出现了外星使者，还是阿斗的圣人能量泄露了，赵云掉落的坑里冲出一道红光，连接天地，犹如动画片的宗教场面一样炸裂开来，赵云浑身包裹着红光，从大坑里跳了出来。

　　　　红光罩体困龙飞
　　　　征马冲开长坂围

完全没有解释神秘的洞穴，也不知道究竟发生了什么，总之就是非常帅的诗！

这一刹那，赵云化作超越人智的光之战士！

我已经不是只会坚持大义的英勇无敌的男人了！

我是红光之神，你们都跪拜吧！

——赵云有没有这么想，我也不知道。

如果只看这一段，可以说赵云的超人性还在孔明之上，就像是神话世界中的暴力英雄。

也有人认为，"是阿斗的福缘。"

这样的话，阿斗才是真神之子，是耶稣一般的圣人。《三国演义》直到这里都将阿斗描写为将来的明君，从没有显示出他将成为平庸无能的亡国之主。阿斗，后生可畏！

就连无比自信的名将张郃，也对眼前发生的神秘现象感到恐惧，慌忙拍马退后。所以可见这一定是相当可怕的超常现象。

从神秘大坑中复活的红光将军赵云，拔出刚才抢来的青钉宝剑，将之后被记载了名字的马延、张凯、焦触、张南、钟绅、钟缙等人毫不留情地一一斩杀，又冲入若干敌阵，砍倒两面大旗，夺槊三根，杀了共计五十余员大将，追加了与逃跑毫无关系的破坏活动。赵云一边散布人祸一边突进，犹如在曹军中心卷起血花的龙卷风。

> 血染征袍透甲红
> 当阳谁敢与争锋
> 古来冲阵扶危主
> 只有常山赵子龙

　　"只有常山赵子龙"的意思是说，就算关羽、张飞想做这种怪异的事，也是做不到的。

　　以上就是赵云平生唯一一次的神秘体验，是疯狂超人的行为。持续两天的战斗，中间毫无休息。不断行凶杀人的赵云，终于将要迎来令人心旷神怡的疲劳感和安宁了。

　　独自对抗曹操的七万大军并且成功生还，这已经远远超出了传说层面，成为了神话，但同时也令人担忧。至少读者并不喜欢这样奇怪的赵云。

　　"赵云不顾自己的安危杀入敌阵，却只是救了一个刘禅而已。说明赵云是个好人，一定是的！"

　　赵云在敌阵中暴走的最后，阿斗展现出候补圣人的神迹事件，成为这一异常传说的终场。

　　满身伤痕、疲惫困顿的赵云终于在汉津口与刘备会合。赵云跪倒在刘备面前，说："请杀了我！"

　　"怎么了，子龙？"刘备惊讶地问。

　　"我子龙万死也不能抵偿，没能阻止糜夫人投身枯井，不得已推倒土墙。然后将少主抱在怀中，拼死杀出敌军的重围，万幸逃出。我知道这多亏了主公广大无边的威光笼罩（真的吗？），可是少主适才还在我怀中哭泣，现在却不动了。不知是否——"

　　赵云担心阿斗是不是在战斗中遭遇了攻击，他小心翼翼地从怀中抱出阿斗，只见他正以天真的表情甜甜地睡着，真不知道他是因为异于普通幼儿的胆大，还是因为实在太疲劳了——"啊，太好了，平安无事！主公，您的孩子。"赵云大喜，将阿斗双手捧给刘备。

　　却见刘备不知是不是有什么地方不高兴，接过来的刹那，瞪着阿斗，将他狠狠摔在地上！

这举动明显充满了杀意。如果不是赵云慌忙抱起来的话，大概就要连踢带踩直接弄死了。阿斗被父亲突发的暴力吓得哭了起来。虽说当时流行杀婴，但这好歹是赵云辛辛苦苦救出来的，未免也太过分了。

刘备吐出勉强算是散发仁义光辉的台词，"竖子，险些害了我重要的子龙！"

这不是斯巴达的帝王教育，而明显是残忍的虐待行为，或者说是不成熟家长的异常行为，就算真的摔死了，大概也会说一句，"哎呀，怎么不动了？这这这，太弱了，太弱了，怎么在乱世活下去啊。"然后随便找个地方埋了。

放到现代，当场就要逮捕。

赵云由此得知自己九死一生救出来的阿斗，实际上是比自己的价值更低的无用废物。

"赵云比阿斗更重要！"

这是刘备计算之下故意演出的一场戏吗？意图融化男人的内心，使他们对自己更加忠诚？或者，这是刘备对于赵云的平安归来感到放心，想到他的忠义和辛苦，刹那间爆发出的异常感情？书中没有明确解释，不过联系日后刘备在白帝城对孔明留下的遗言"君可取而代之"一起来看，把阿斗这个废物加以利用的可能性更高吧。

然而正直的赵云就连想一想这样卑鄙的心理活动都会觉得羞耻。他感激得五体投地，眼中落下热泪："主公如此看重我赵云……我赵云就算肝脑涂地也要报答此恩。"

赵云暗暗发下一生不变的忠诚之誓。

曹操军中飞虎出
赵云怀内小龙眠

> 无由抚慰忠臣意
> 故把亲儿掷马前

　　不管是谁都会想，再怎么喜欢赵云，也不至于非要把可以说是小龙的儿子扔在马前吧。实际上，大部分《演义》都避开了这个插曲。阿斗从出生到现在都受到神秘现象的祝福，并且在这里展现出小圣人的预兆，但在这之后却再也没有了可取之处，沿着平凡的二代目道路奋勇前进。

　　在《三国演义》中，本来不断受到"明君"赞誉的后主刘禅，在蜀汉灭亡后被抓去了魏国，司马昭问他现在的心情，他回答说：

　　——此间乐，不思蜀。

　　刘禅变成了一个单纯快乐的男人，大概正是因为刘备当年把他摔到地上的时候撞到了脑袋吧。继承人阿斗之所以变得不堪，全是刘备的过错。

　　另一方面，张飞正在镇守长坂桥。为了战斗（为了杀人）而生的燕人张飞，一生最光彩的舞台，就是长坂桥。这是众人一致的见解。

　　在《三国演义》中，曹操投入这一追击战的人马不是七万，而是百万。所以张飞就是"独退曹家百万兵"的传说（虚构）般的存在。

　　不妨想象一下：对面塞满了曹操的人马。喜出望外的张飞一次扑杀一万人，这够他开心多少天啊！而且长坂桥并不宽，只够一两匹马并排，所以敌手数量对于张飞来说，始终是一对一、一对二的轻松战斗，砍敌军的首级如同砍瓜切菜一般。沮河上首级、尸体、马匹不计其数，如果没有堵住河流反倒奇怪了。杀到后来，想要拆桥阻止追击的不是张飞，而是曹操这一方吧。

但就算是在《三国演义》中，也没有发生这样的事情，读者可以放心。

抵达长坂桥的张飞，带着没能杀掉赵云的遗憾，让简雍、糜竺、甘夫人等人逃去了对岸。还有好不容易活下来的难民们稀稀拉拉地逃来，对张飞拜谢之后过了桥。

（唉，真没劲。）

有时候也会出现曹操派出的刘备搜索队，但是一看到张飞杀过来，立刻转身就逃。就算张飞从背后追赶，也就只能杀掉五六个人的样子。张飞的欲求不满越来越高。

他下令手下二十骑在马尾巴上拴树枝，到东面的森林来回奔驰，扬起尘土，这本来是无聊的打发时间的行为，并没有打算让曹军以为有很多伏兵在树林里。玩了一阵也觉得没意思，就停了。

一夜到天明，坐着睡着了的张飞听到马蹄的轰响，跳起身跨上马，俯瞰长坂坡，只见满身伤痕、仿佛从血河里跳出来的赵云正在拼命往这里跑。赵云后面大约有一千名的骑兵在追赶。

赵云终于到了桥头，对张飞说："救出少主了。我已经累得不行了，连马都要骑不住了。翼德，后面就交给你了。"

"知道了。我来收拾这些废物。你快把少主送去见大哥。"

"主公在哪里？"

"我一直在这儿，上哪儿知道。你自己找。"

"喂，翼德，主公真的过了这座桥吗？"

说起来张飞自从在当阳城下听到了糜芳的报告之后就没见过刘备。不禁一身冷汗，但是眼前已经来了名为敌军的大餐，张飞便顾不得别的了。（哎呀，肯定过桥了吧。）

"回头再说。"张飞丢下一句，从桥上纵马出去。赵云只得在马上摇摇欲坠地过了桥。

率领追兵的是文聘。因为他熟知这一带的地理，被曹操派作先锋。

"哦哟，张飞！"

文聘立刻停下，想要 U 字形掉头回去，但是后面有张辽、乐进、于禁、张郃等人的队伍尘土飞扬地赶上来。文聘的人马这是陷入了既不能逃又面临全灭的危机。

文聘，字仲业，这时候大约三十岁的年纪。以刘备为敌的人要么死掉、要么被羞辱，总之都会遭遇诅咒、成为丑角，这是宇宙的法则。不过文聘在历史上是相当厉害的武将。他不仅在襄阳投降后显示了对刘家的忠义而受到曹操的赞叹，能力也得到认可，在重要的战场上非常活跃。

文聘主要是在荆州防御上发挥力量，在承受荆州刘备军的多次攻击的同时，在寻口与乐进合作击退关羽，因功晋封为延寿亭侯，以及讨逆将军。关羽死后，孙权觊觎江夏，文聘又在石阳击破东吴的五万人马，有抑制吴、蜀之功。之后迁后将军，封新野侯。文聘之所以没有跟随受到刘表礼遇的刘备，到底还是因为闻到了刘备身上某种讨厌的气息吧。这样有才能的人物不能收入麾下，刘备那种杀死男人的美丽中，到底还是有偏颇的。

文聘看看张飞，又看看后面赶来的曹军，到底还是觉得往前去找张飞是送死，不知如何是好。

看到犹豫不决的文聘，张飞双眼放光。

"文聘，快来送死！你已经成了曹操的走狗，我就拿你的首级，写上'狗屎'两个字，祭奠已故的刘景升。"

文聘必定也是张飞痛恨的"襄阳的狗屎"中的一个。（终于有机会杀个痛快了……哇呀呀！）

张飞的眼睛不只闪闪发光，那环眼中更是落下泪水。

雌伏八年有余、从未战斗、在狭小的地方容身、每天忍耐着大量屠杀新野百姓的冲动、卧薪尝胆、痛苦在心中积累。这些年来张飞过的都是怀才不遇的辛苦日子。眺望眼前的大军，难怪他要落下欣喜的泪水。

豹头环眼、燕颔虎髯，被后世之人用这种非人的野兽模样去形容、去污蔑的，就是可怜的张飞（说书人本打算以此夸赞张飞的）！但是越像野兽，越在孩子们中间受到欢迎，乃至被当作崇拜的大哥哥而以他为骄傲。小小年纪的孩子们，小小的心中扑通扑通地期待着这一次满身鲜血的野兽将会展现出前所未有的大屠杀风采："去啊去啊，张飞！毁灭一切！一直战斗到敌军全部死光光！在地狱里也要继续杀人！"

孩子们虽然是纯洁天真的如天使般的存在，但绝不讨厌残酷，他们有着无意义杀死小动物（昆虫蚂蚁之类）的习性。张飞也有这样的禀性，不过他杀的不是小动物，而是人类。张飞是潜伏在人类中的黑暗破坏冲动的化身，作为我们的代表，历经千年依然受到支持。

张飞没有背叛纯洁孩子们的期待，借说书人之口，以天下第一暴力王的形象君临天下。张飞之所以没有像关羽那样被尊为关帝，是因为即使是同样的暴力王，张飞的能力是混沌的，与"义"这一奇怪思想毫无关系，就像是青春期之前的孩子直接变成大人了一样。

张飞在场上遛马，像是要引诱曹军一般，将蛇矛在头上摇晃。

犹豫不决的文聘后方还有成千上万的士兵夹裹着尘土杀来。张飞不需要再一个个去追敌人，又浪费力气，又追得一肚子气。

张飞又让桥后面树林中的士兵开始拖树枝，一边怪叫，一边扬起尘土。这说起来就像是爆竹、烟花之类的玩意儿，是用来给张飞助兴的，并不是有什么伏兵的计策。就算二十骑在树林中奔驰，曹军中眼神好的将士立刻就会看穿，没什么意义。之所以这些士兵能在难以奔跑的树林间狂奔，完全是因为惧怕张飞的缘故。但是像这种孩子般的游戏，被说成"必定是孔明的诡计"，显然是误会了。

文聘像是在等待友军到来，一直不发动攻击，张飞咂咂嘴，下了马，还将蛇矛戳在地上，放开手，双手一拍："喂，看，老子空手跟你打。你还算不算男人啊？这样子也怕？"

"休得小看我！"文聘终于感到屈辱，命令部下，"把那个狂妄的虎髯揍成烂泥！"

大概是看到张飞空手，多少放心了一点，文聘的骑兵和步兵挺起枪，向张飞突击。

"哇嘎嘎嘎，很好很好。"（燃烧吧小宇宙！）

好几百名全副武装骑在马上的敌人，让张飞喜上眉梢。眼前这些人全是送给张飞的猎物和玩具，张飞笑得嘴都合不拢了。总算有东西玩了。

张飞的徒手格斗从没有输过。徐州时代镇守下邳的时候，他和同样留下来守护城池的曹豹生气，抓了他的衣领轻轻一敲，没想到就敲死了，至于为什么生气，原因忘记了，真是令人恐惧的失忆症（不用说，这还是醉酒后的暴行）。青年时代在酒馆和流氓地痞斗殴乃是家常便饭，把店面都拆了不算，就连来维持治安的警察队也是一转眼全部打趴下。有一回因为琐事和关羽打起来，被关羽揍了几下昏过去了，不过那时候他才十几岁，关羽比他大五岁。醒过来的时候看到关羽的脸也青一块红一块肿得老高。除此之外再没人是张飞的对手。

《演义》中有无数豪杰猛将出场，各个时代的读书人自然都会进行各种比较，不过多数都是考虑作为武将的军事能力、行为、人格等的优劣，不太听说有谁单纯比较打架厉害的。

如果要比较的话，我想大概会有关羽、张飞、吕布、典韦、许褚这几位受到提名吧。这些人都是著名人物，典韦和许褚没有率兵，主要是做曹操的保镖，他们的格斗能力必定无比强悍。关羽和张飞担任刘备的护卫，差不多相当于近卫队长一类的身份。偶尔率兵最多也就是五十人到头。比起指挥士兵，自己上阵冲杀的情况更多，所以他们也是相当强的吧（相反的，指挥大军就不是很擅长了）。至于吕布，其人类性和武将的能力有着相当的疑点，所谓"人中吕布，马中赤兔"，一旦提起他，必定会和马一起列为顶级选手。这些人都是地下相扑的横纲一样皮糙肉厚的巨汉。

次一级的人物有曹操的儿子曹彰（曹操的次子，比曹丕小）。曹彰字子文，在曹家一点都不像父母，有着超乎常人的体力，《三国志》中说他可以徒手格杀猛兽。如果这不是陈寿的夸张表现，那可真是厉害。但遗憾的是，曹彰没有和豪强武将的对战记录。他对政治似乎没有什么想法，每天不可欠缺的就是锻炼，是为武斗而生的男人，所以立刻就被排除在曹操的后继者序列之外。

这些人中随便问哪个，都会从嘴里炸出强大的能量，回答说："我才是最强的人类，天下无敌说的就是我！"各不相让，不可收拾。陈寿没有驱动（颇为可疑的）史实透视能力，写一篇《三国志·饿狼传》，实在可惜。

张飞等不及对手，发出野兽的吼叫突袭而来。张飞所在的地势比文聘的人马高，势能加上动能，犹如翻滚而来的巨石一般，拿肩膀一撞，前排的士兵就如同保龄球一样被弹飞，真是好球。接着又是 double、turkey，轻轻松松就是 PERFECT 三百点。

"死吧——"

张飞对着马脖子一个抱颈阻截，马匹站立不稳，马上的士兵纷纷坠地而死。根本不用动蛇矛。

"哇嘎嘎嘎嘎。"

一分钟没到就已经有几十人倒地吐血痉挛着死去。挺在身前的枪戟对于猛撞上来的张飞也就是稍微擦伤一点，张飞的盔甲撞到枪上，直接撞断枪杆，士兵们抱着断枪被他撞飞了。

高踢、直拳内转、肘捶、手砍、蛇缠、投网、臂勾、膝端、肘冲、刺喉、倒头摔、贯耳、戳眼、前臂摔、原子坠击、踢倒、猛勾拳、下劈、上投、前压、双臂过肩摔、吊摔、脑部炸弹摔、猴子偷桃、腰摔、头部直击、过肩摔、观音坐莲、斧踢、夹头摔、戳额、前锁喉、断崖摔、前冲踢、蝎式固定、双手抓腕、劈刀、推手、捺牛头、监狱锁以及背摔！

张飞的杀戮技术全面爆发。有士兵辱骂张飞的老母和老姐，张飞一个头槌撞上他的胸口，直接从盔甲外面撞碎了胸骨和肋骨，法国式的舆论一定是站在张飞这边的。另一个士兵挥舞青龙刀要来砍张飞，张飞抱住马脖子一下折断，侧身从刀刃旁堪堪擦过，举手一捶把这人的头盖骨捶到肩膀里去，大腿骨一直戳进内脏。

具有可怕破坏力的技法在张飞的杀戮本能中不断上演，其实这里是我硬给加上的现代名称，对于张飞来说，只有一个技法：

——杀！

目的和手段完美一致，一切技法都是"杀"这个名字。武人张飞的技法，除了杀之外还能有什么目的！不管是把对手的头盖骨像橘子一样捏碎也好，还是犯规把肉咬下一大块也好，都只是纯粹的杀戮之技而已。

古罗马时候奴隶在斗兽场的热血战斗在这里重现了。就算是和狮子战斗，张飞也可以轻松秒杀的吧。斜地里突然蹿出一匹马，张飞一脚踹上它的肚子，回身又是一脚踹断了它的腿。张飞施展橐驼式锁喉将马的颈椎折断，对吓得腿都软了、跑都跑不动的士兵骂道："混蛋！这是你的爱驹啊！骑兵还不给我好好爱马！"

那就和马一起死吧——张飞怒吼着一个逆十字折断士兵手臂，再用锁腿式固定从颈椎到胸椎，以及肋骨全部击成粉碎性骨折。士兵当场吐血而死。

有个士兵出于本能想要逃跑，张飞一把抓住这个比他自己还高一个头的家伙，一脚踹断他的腿，又扯下他的头盔，一拳打破他的后脑。

一转眼的工夫，三百士兵和几十匹马甚至都没有翻滚哀嚎就死掉了。景象虽然惨不忍睹，但实际上非常安静，反而令人更加毛骨悚然。

文聘剩下的人马腿都软了，一步都迈不出去，只能脸色煞白地看着张飞肆虐。如果不是吓得走不动路了，那肯定都要不顾羞耻地逃走吧。

文聘一边颤抖，一边迷迷糊糊地看着这幅难以置信的景象，下命令的声音凝固在喉咙深处。

世界像是冻结了一般。

张飞轻轻挥动手臂，一步步走过来。还剩下九千七百人，可以让自己好好乐一乐。他的呼吸节奏一点都没变，完全看不出疲惫。这是所谓越战越勇吗，就像是身上装有汽车电池之类的能量装置似的。

（唉，这也算有点搞头。不像乌桓混球，跟老子到处跑来跑去躲猫猫，正经上来的话看老子一下送你们下地狱。嘿嘿，大爷我对敌人还是挺温柔的吧。）

为了暴力、破坏与杀戮而生的、上天派来的虎之堕落天使、乱世也无法容纳的男人、大黄魔狂虎飞将军！

"你们已经完了！既然上了战场，要么杀人，要么被杀，这就是最大的目的。快死吧！磨磨蹭蹭的有什么好玩！"

虎啸威震山野。

屠杀是关于如何快速大量高效消灭人类的技术。关于屠杀，张飞并不会去思考诸如政治的、道德的等不纯粹的东西，屠杀就是屠杀，除此之外什么都不是。许多少年漫画会把暴力和残杀美化成"战斗"，让人以为那是什么顶顶美好的东西。张飞和这种假惺惺的伪善无缘。

文聘的人马冻成了冰柱。在他们后面，张辽军的主力终于震天撼地地赶了上来。张辽驱马向前，道："怎么了，文聘，为什么呆站着不动?！"

随后张辽便看到了站在长坂桥前的张飞，周围是三百士兵和战马的尸体，不禁大吃一惊。张辽和张飞的视线相撞，在空气中擦出一股火药味。

乐进、于禁等人也到了，不过地方没有那么大，部队的展开受到限制。

这时候，曹军其他的武将，比如李典、张郃，也正在一边搜索刘备军的残余，一边向这里赶来。长坂坡尸横遍野，但他们还没有发现刘备。当阳城已经被占领，附近的道路完全封锁了，刘备逃跑的唯一一条路只有长坂桥方向。朱灵、路招、冯楷分兵去往江陵，正在一路扫荡残敌。

张辽和张飞的相互瞪视还在继续。张飞下定决心，谁先移开目光谁就是胆小鬼。结果张辽先移开了目光。

"赢了！"

张飞满心欢喜，不过这不是张辽瞪不过张飞，而是因为乐进、于禁的联络官来了，不得不接待。

张辽字文远，并州雁门马邑人，被评为骑兵战无人能出其右的天才。并州雁门的马天下第一，相传是因为匈奴与蒙古的卓越马术。张辽年轻时是吕布的部将。吕布被杀的时候，张辽以为自己也难逃一死，却受到人才搜集狂曹操的喜爱，从此投奔了曹操。他是身经百战的大将，日后东吴孙权还会过上连续做噩梦梦见张辽的日子。

乐进字文谦，阳平郡卫国人，曹操视为将才，从一介小兵提拔上来。乐进个子虽小，胆量超群，性情坚毅，历经诸多苦战，是毫不留情攻杀敌军的坚强猛将。

于禁字文则，泰平郡钜平人，是软硬兼施的战斗指挥之才，自黄巾军时便屡破曹操的敌人，多次因功受赏，后来败给关羽，有了污点，受到曹丕的嘲讽，郁郁而终。

三个人的字里都有个文字，也被称作"三文"，都是有点脾气的人，相互都有点竞争意识。"三文"一起去，就会干劲十足地开展大屠杀竞争。曹操看穿了这些武将的心理，故意组成这种特级杀人战队。

"张""乐""于"的旗帜在张飞眼前飘扬，不少于三万人马蜂拥而来。

（为了杀我一个人，曹操的杀手像蚂蚁一样聚过来了。）

这简直像是超级巨星一样的待遇。张飞十分感动，一颗心都要飞出天外了。

"来啊！都来啊！真正意义上的张飞时代即将揭开大幕，随我来吧！"

张飞握紧拳头，嘴里流下口水。空手打架的热身活动结束了。张飞回到桥前，把蛇矛从地上拔出来，跨上战马。

杀、杀、杀！杀到最后一刻！在时间的尽头，会看到张飞的生命在永恒闪亮！

《三国演义》中，杀到长坂桥前的武将，有曹仁、李典、夏侯惇、夏侯渊、乐进、张辽、张郃、许褚，不久之后曹操也来了。曹军的大将济济一堂，这已经不是一般的图画了，完全值得做成壁画，保存千年以上。如果再加上于禁、曹洪、徐晃，那就差不多算完美了。虽然按照煞风景的史实来说，有不少人应该不在这里，不过拍纪念照很重要，大概是用了替身了吧。

总之这些每个人都能独当一面的星级司令官，为了张飞一个人聚到一起，率兵百万，可谓豪华阵容。一对一百万之战，就算不是一般人也要当场吓得屁滚尿流，瑟瑟发抖，连求饶的话都说不出来。这是极其不平等的战斗。

读《三国志·张飞传》，其中有这样的记载：

> ——表卒，曹公入荆州，先主奔江南。曹公追之，一日一夜，及于当阳之长坂。先主闻曹公卒至，弃妻子走，使飞将二十骑拒后。

历史上大概就是这样。不过在好几篇传中（赵云传、张飞传），都反复记载了刘备抛妻弃子逃亡的事，这大概是因为陈寿对于刘备的"抛妻弃子病"有着难以抑制的愤怒，认为刘备出于无奈才不得不抛弃妻子纯属借口，因此在史书中加以口诛笔伐吧。

"你一遇到危险就把女人孩子扔下不管，太绝情了……自从你起兵以来，扔了多少回老婆？你还算男人吗？（拿笔）砍了你！"史官在史书中发泄一点自己的愤懑也是允许的。

"先主每失正室"当然也是自作自受，而且失去之后又会找年轻女人，难免不令人心生疑惑：会不会是故意这么做的啊？

那么，接下来是在历史上不可泯灭的一段对话。

> ——飞据水断桥，瞋目横矛曰："身是张益德也，可来共决死！"

张益德是谁？各位读者大概会这么问，所以这里我姑且解释一下。关于张飞的字到底是益德还是翼德，有不少考据研究，而史料中两个字都出现过，也就是两个都可以的意思。翼和益的发音相同，所以对于说书人而言，这两个字都无所谓，只管叫就行了。《三国志》中采用的是"益德"，大概这个更正确吧，但是大概也有人感觉"德有益"的说法并不适合无法无天的野兽战士张飞，而且名字既然叫张飞，字里有个翼字更加说得通，所以也有人将后者视为正解吧。至于到底哪个才对，谁都（搞不好张飞自己也是）搞不清。

说起来，后人在写《演义》的时候，也会洋洋自得地向读者自夸说："我可不是根据满是胡说的《三国演义》，而是根据正史《三国志》开写的哟。"

回到原来的话题。上面这一段仔细读来也很奇怪。

张飞拆了沮河上的桥。为了阻挡敌军，首先要拆桥，这是理所当然的措施。可是，张飞到底是过了长坂桥之后将桥拆了的，还是过桥之前拆的，在这一段中却看不出来。如果过了河再拆桥，张飞瞪起眼睛举着蛇矛大喊，"老子是张飞！过来打啊！"反正敌军无法靠近，在物理上处于安全地带，这样的大吼大叫实在不够帅气，不是可以流传后世的美谈。反过来说，如果是在过河之前拆桥那就厉害了，那就等于是要背水一战的意思，眼冒红光，喝退曹军的行为将是非常帅气的，只是喝退之后张飞自己还是逃不了。但不这么做，张飞独守长坂桥就没有意义了，所以张飞大概是自己断了退路，舍身为刘备逃亡争取时间的意思吧。

按照我的看法，陈寿也没有仔细考虑当时的情况，总之就是先把这个著名场景的气氛记下来。

"是过河拆桥，还是没过河拆桥？"

如果非要这么问个水落石出，陈寿必然会反驳说："这部分的主题是张飞的大气魄！你不要鸡蛋里挑骨头！"

裴松之不知道是不是看到这一段而故意装作没看到，还是举不出异议，什么也没说。

《三国演义》大概觉得这里确实有问题，提了个稍微折衷的方案。让张飞留在桥上。果然机智。这时候如果拆了桥，张飞就会掉进河里，所以没有拆桥的问题。因此张飞站在桥当中横矛怒吼，口中发出冲击波"音爆"，震碎了夏侯杰的胆，百万曹军恐惧于张飞的（非人的）威猛，纷纷后退，不敢靠近，到最后更是一边排尿一边逃跑。张飞趁此机会从容过河，拆掉了桥。夏侯杰只在《三国演义》的这一幕出现，是创造出来给张飞做祭品的人物。罗贯中的苦心诠释真让人拍手称赞。

可是，刘备虽然因为张飞置之死地而后生的行动获救，还是对他挑三拣四，把他骂了一顿："你勇敢是勇敢，但脑袋还是不好使。拆了长坂桥是大大的失策。如果不拆桥，曹操必然疑心，不敢来追！"

可怜的张飞！

还有，对张飞独自一人把守长坂桥而害怕的李典（按《三国志》的说法，他应该也不在这里），大脑里也有孔明的幻影作乱，对曹操说："那一定是诸葛亮的诡计，不可轻追。"

曹操阵营中的文臣武将已经将孔明视为年轻而狡猾的军师（就像现代社会不能容忍的整天钻法律空子的律师一样），把一切与他相关的事物都贴上了"诡计"、"粉饰"、"流言"的标签。

曹操对李典怒喝："你这蠢材！张飞虽然强于常人，但也仅此而已。哪里还会有什么计策！"

政治和战争中，"诡计"、"粉饰"、"流言"是计策，也是情报工作的常识，孔明总在做这些事，而且经常失败，这大概是因为孔明做什么事都喜欢提升到宇宙级别的坏习惯所导致的吧，

顺便说一句，在《三国志平话》中，张飞把守长坂桥，大声怒吼，"我乃燕人张翼德。谁来和我决一死战？！"产生出强大的冲击波，将桥震得粉碎。这已然是声波武器了。张飞发出的超声波对人体也有害，所以曹军不得不撤退三十里。

听说张飞事迹的仙人军师孔明说："翼德是真正的武将！竖起大旗，防备曹军，主公便可先逃五十里。"

孔明毕竟是宇宙级别的人物，对张飞这种人类级别武器的优良特性夸奖两句也就完了。

张辽等人一反常态地慎重。还布了阵。

按照常识，应该当场对张飞发起总攻，干掉他，占领长坂桥。之所以犹豫不决，都是因为张飞的缘故吧。身经百战的武将难免也会遇到无法决断的时刻，这时候就要听从领导的指示。张辽立刻派

人去给曹操送信。

大将张辽的犹豫不决也可以理解。张飞的表现犹如冥府师团长附体一般，完全就是恶魔将军，空气中甚至都有一股混合了硫磺和血腥气的恶臭。

没过多久，曹操在密集的士兵簇拥下骑着马赶来。护卫兵举着带有曹操印记的青绢伞、白旄、黄钺跟在后面。其中也有这一次前来参观学习远征的儿子曹植。曹植虽然年方十五，但不能做个不知战争、无忧无虑的小毛孩子，所以来这里接受实战教育。另外，有密探报告说曹植对哥哥曹丕的美女妻子念念不忘，沉溺于单相思，所以曹操让他看看杀戮的旷野，施展休克疗法，如果能够见效，就因势利导加以教育说："勾引人妻的时候就这么干。"

这是曹操身为人父的苦心，想要治疗儿子勾引人妻失败的后遗症。在曹家，抢人家的妻子并不算错。曹操自己干得就很开心，当然也不会骂儿子们。

曹操喊来张辽等人问："什么情况？找到刘备了吗？"

张辽吐了口唾沫，指向前方，"请看那边，虎髯在那里。我自己也曾被人称作杀人魔王，但至少我是个人，也是武将，具有战场的良心。"

只见怪兽张飞骑在马上耍弄蛇矛，周围是无数残肢坏体。具有纤细敏感的诗人神经的曹植一看就呕吐不已，双膝跪倒。在长坂坡行进途中遇到尸体的时候，他也是转过头不忍心看，更何况眼前这些尸体的残酷程度远远超出后者。这些尸体就像是从恐怖电影里爬出来的，不成形状，烂成一团。荀攸伸手抚摸曹植的后背，颇为严厉地说："公子，遇到这种事情可不能脸色发白啊。"

"嗯，嗯，我要将这幅景象写成诗句，让张飞的罪恶千古流传。"曹植一边呕吐一边说。但即使是才气焕发的文人曹植，也没能用诗词打败张飞。

面对孤身一人的张飞，曹军的猛将和三万士兵都不敢出手，是因为张飞徒手杀戮的三百多具畸形尸体堆在地上的缘故吧。

（真的假的……这是徒手干的？）

脖子扭到不可能的方向，耳朵胳膊大腿都被扯断……乍一看甚至让人以为是形态逼真的假人。就算是中国残酷物语史上的拷问专家都做不到这种程度吧，更何况一个人徒手做出这些事情。有些人怀疑这是张飞为了恐吓曹军而拿自己的士兵施展的苦肉计，但曹操之前看过张飞的怪兽级屠杀战，心想："这家伙真能干出这种事。"（和前面遇到的张飞是同一个人吗？）

因为和之前曹操率领的轻骑兵交手的张飞相比，现在这个的气质好像有点不一样。当然，两次面临的状况也完全不同，不过张飞的表情和姿态总像有些不协调的感觉。

曹操的贴身侍卫，曹军中以最具力量自诩的许褚，忽然说："这是我看错了吗？张飞好像正在放出金光，就像食人老虎一样。"

曹操回头问许褚："虎痴啊，这张飞的残酷杀戮，你能办得到吗？"

虎痴是许褚的诨名。痴就是白痴的意思。虎痴算是骂人的话，不过许褚似乎很喜欢，被人这么说也不生气。许褚认真地回答："如果主公下令，屠杀百人也不是做不到……但是，某虽然身为武将，但首先是个人……就算是敌兵，这样残酷对待，已经不能算人了。"

许褚浑身颤抖，这段话都分了好几次说。

文聘的队伍中，侥幸活下来的也都失去了理智，不断嘟囔着精神错乱的话。

"太可怕了，快逃吧。快逃。张飞不是人。他是鬼，是阎王爷。谁碰到谁就会下地狱。"

因为会导致士气低下，曹操把他们安排到后方，只留下文聘。大概会送到精神病院之类的地方休养以结束下半辈子吧。

曹操阵营正在严肃探讨人类原罪是什么的时候，张飞开始焦躁起来。他虽然满怀欣喜，但曹军迟迟不来攻击，有点等不下去了。

"喂，小子们，你们有好几万人，还怕吗？难不成还打算等老子空手跟你们打？想得太美了吧？"

张飞将蛇矛"呼"地挥了一圈。要装点张飞时代的开幕，敌军需要酿出犹如葬礼般的氛围。

（是在嫉妒我辉煌的未来啊。）不过连总司令曹操都出场了。哇嘎嘎嘎，我和曹操平起平坐了。

知名度提升的喜悦让张飞心中燃起热潮。（那就给曹操个面子，由我来跟他打招呼吧。）

张飞催马上前几步，将蛇矛横放在身前，满面欢喜地望向曹军，随后大声断喝："我乃天下无敌的燕人张翼德。若是不想被后世嗤笑为胆小鬼，就赶紧来和我大战一场！看我把你们杀个精光！"那声音如同万雷轰鸣。

但是曹军看到他这副样子更加按兵不动了。张飞已经上了相扑台，曹军却没有要来相扑的意思。

"是来和我对打，还是让我杀个痛快，快给我个说法！狗屎，全都是这副鸟样。我看穿你们了。就是靠数量壮胆的小鱼群啊。曹操，你不害臊吗？张辽、于禁、乐进！你们也是。都吓尿了吧。比女人还不如！"

被张飞的恣意辱骂超出忍耐限度的夏侯杰，太阳穴的青筋迸起，说："让我去！看我把这狂妄野兽的嘴撕烂！"

甩开众人的阻拦，单骑冲了出去。张飞大喜，咆哮道："来得好——就你一个人吗？勇气可嘉，不过你就是送死的！"

他刚刚举起蛇矛，却见夏侯杰在面前二十米附近突然身体一歪，摔下马来。已经死了。反而把张飞吓了一跳。

"这小子怎么回事！来得很漂亮，居然已经死了！不走运的小子。传说还没创造呢。"

恐怕是因为夏侯杰过于愤怒，导致原本就有的高血压恶化，脑血管突然破裂、心肌梗塞发作什么的，但是在曹军看来，这是受到了张飞发出的特殊超声波而死的样子。夏侯杰是虚构的武将，是《三国志》中不存在的人物，不管什么死因都不会有影响，因而不用深究。

曹操等人哑然看着夏侯杰暴毙。

"这，其他还有更靠谱一点的吗？"你们是幼儿园出来郊游的吗？张飞更是大骂。

"不能在此杀了张飞是我军之耻。这件事情若被百姓（陈寿）传扬出去，将会难以收拾。主公，请下令歼灭张飞吧。"

乐进、于禁纷纷忍耐不住，向曹操情愿。将弓弩手摆在前面，用箭矢如豪雨般射向张飞，然后再让持长枪的精锐士兵突击，张飞大概也支撑不了多久吧，万箭齐发的时候他大概就会防守不住被迫撤退的。

曹操问荀攸："你怎么想？"

"主公若是一定要生擒刘备，那么必须击破张飞，否则无法前进。在和张飞纠缠的时候，刘备已经越逃越远了。"

"话虽如此，但是刘备确实是从这里逃跑的吗？"

没人在当阳城西边看到刘备。是不是他故意装出没来得及逃跑的样子？或者是故意拖延到最后一刻的？总而言之，这里面有股陷阱的味道。刘备果真是向长坂桥逃跑的吗？长坂坡的混战之中，刘备那种相貌特殊的人物，能够顺顺利利来到这里吗（而且还有穿着怪异服装的孔明和黑社会打扮的鲁肃跟在左右）？有没有可能他们逃去了出人意料的奇怪方向？

"刘玄德很可能逃往汉水的某个渡口。这前面就是汉津，要去那里，必须经过长坂桥。"

"那倒也是。"

绕开长坂桥，避过张飞，也不是不能去钟祥（汉津所在地），但当下渡过长坂桥是最快的路。

"可是公达，你看张飞。那是力量的化身、武功的化身、地狱的引路人、鬼神难敌的武将。我从没有见过那般异常的武将。"

荀攸盯着曹操的眼睛，说："主公，难不成坏毛病又犯了吗？"

"唔，唔。"

曹操的毛病，不用说，就是爱慕人才病。不管看到何种出色的才能，都会精神恍惚，想要收入帐下。之前也是因为想收服赵云，传令全军手下留情，导致了不必要的损失。

曹操像是慌忙辩解似的否定，说："怎么可能。他可是残杀了我军这么多士兵！张飞！不管我的心胸如何宽广，也不禁燃起怒火！"

但是荀攸不为所惑。（主公的坏毛病又犯了。不过，要让张飞投入我军，我可绝不答应。）

张辽、乐进、于禁等也是愤愤不平，催促曹操下令："主公，请下令消灭张飞。就是为了听您亲口下令，我等才没有自作主张当场出击。只要有主公的命令，我军上下就算惨遭屠杀也无怨无悔。如今张飞确实是天下第一等的疯狂将军，十分强大，让我等也不禁心生羡慕。可是，我们也是武将，不能把这天下第一的称号拱手让给张飞。"

曹军迟迟不动，张飞犹如心情越来越恶劣的食人猛虎，再次发出咆哮："喂，别让我一直等啊！张翼德在此，到底有没有像样的男人敢来和我决一死战？"

就像是百万吨级的炸弹开始了爆炸之前的倒计时一样。

曹操想："没办法，只能放弃生擒他了。就算弄点伤口，也能剥了皮装饰卧室吧。"就像小学男生想要奥特曼里出现的怪兽人偶一样的心情。

只要一声令下，曹军便会发起总攻，袭击张飞！张飞对那股杀气产生反应，肉体大了好几圈，肌肉膨胀，连衣服都要撑破了。大屠杀一触即发！

就在这时，后面有快马飞驰而来。

"有要事禀告丞相，给我闪开。"

是紧急消息。探子穿过密集的士兵，赶到曹操面前，下马叫道："刘备已经到了夏口，和前荆州牧刘表的长子刘琦会合了！"

这可以说是令人大吃一惊、无法相信的报告。

"怎么可能！骗人的吧？"

"刘琦郑重到城门外迎接刘备，之后还开了宴会，嘲笑主公，大闹了一场。"

"不可能！真的吗？"这次是荀攸代替曹操大叫起来。

如果当时有电视的话，大概会播出紧急新闻，其中拍到刘备在摄像机镜头前喝得酩酊大醉，搂着女人一边傻笑一边摆出 V 字手势，直呼曹操为"赘阉遗丑"吧。刘备身后必定还站着孔明，轻轻挥着白羽扇，一脸深沉，似乎很讨厌摄像机。当记者伸过麦克风采访的时候，孔明很勉强地开口说话，但不知为何说的都是宇宙之玄妙。而在小型液晶电视中看到这一切的曹操则是气得把电视机砸到地上拼命踩碎！

如果将曹操的五千轻骑兵咬上刘备军和难民尾巴的时候当作长

坂坡之战的开始，那么到目前为止仅仅经过了三天多一点的时间。从当阳到夏口，如果走陆路，就算不眠不休也要花五六天的时间，而且必须在渔网一般沟渠小河密集的地带急行，时不时还要借船而行。

如果是装成逃亡的样子，从襄阳直接乘船进入汉水，路程虽然舒适，但当时的船并没有安装发动机，动力只能依靠舒缓的河水，有些地方则采取人力划桨的方式，怎么也无法迅速抵达。根据季节不同以及天气风向的影响，到达夏口至少需要四天左右。

"刘备现在不可能在夏口。"只能是这个结论。

按照《三国志》的记载，刘备等人在汉津"偶然"与关羽的船队相遇之后，也没有乘船，仅仅是过河去了对岸，然后还是走的陆路，这也是因为船速不够快的缘故吧。如果不能抢在曹军占领襄阳和江陵、封锁江岸之前渡过汉水，那就无处可逃了。熟悉这一带交通情况的人大概都会提议走陆路更安全，而且江夏太守刘琦听说刘备军崩溃之后，大概也会来到汉水西岸接应的吧。

荀攸调查过这些情况，所以对于刘备抵达夏口的报告非常吃惊，心生疑惑。这简直是瞬间移动。曹操对于这份毫无可信之处的急报，刹那间无法判断，朝荀攸露出"这到底怎么回事"的表情。

刘备不在长坂坡吗？不对，应该在。不过，他也可能让可怜的士兵扮成替身。但就算如此，替身的尸体也没有被发现。

"那个，刘备在夏口开宴会是真的吗？身上的尘土还没洗掉就开始嘲笑我军吗？！快去调查，回来汇报！"

曹操虽然如此下令，但是眼下大军还在长坂桥和张飞大眼瞪小眼，要查也无从查起。

文聘煞白的脸上血气还没恢复。他颤抖着力陈："我之前看到的的确是刘备本人。而且诸葛亮也在。我没有说假话。据说诸葛亮是异人，有仙人之术、操控宇宙之力。一定是乘云飞走了，太可怕了……"

．"我相信是误报，不过现在只能等待下一个消息。"荀攸一脸苦相地说。无法想象程昱、贾诩会发出明显有误的报告。

发出急报的是驻守襄阳的曹军干部。曹仁、曹洪、夏侯渊、徐晃等人负责守卫樊城、襄阳及其附近，程昱和贾诩辅佐，搜集情报加以分析，准备下一阶段的作战计划。昨天，从江夏方面接连传来无法确认真假的消息。

"不可能。刘备向江陵方向逃窜，是有无数人清楚看到、亲眼证实的！"

"我们紧急确认，这消息先给主公送去。"

不管是无关紧要的消息，还是十分重要的消息，如果没有及时传给曹操，必然会受到重重的处罚。因此，程昱等人派出快马急报，用了一天时间将消息传到了长坂桥的曹操处。

曹仁说："我去夏口查看虚实。如果大耳贼在那里，我就把他抓回来。"

其他武将纷纷反对。侵袭江夏、进攻夏口，将是一场大战，眼下的兵力不足以打这场战斗。曹军主力都去追击刘备和占领江陵了。诸将不敢信任新收的荆州兵，不少人心向刘备，不堪使用。更不用说刘琦的江夏兵也是同样的荆州兵。另外夏口与孙权的领地接壤，自从孙权杀过来拿黄祖人头祭祖之后，那里就是警戒的状态。如果冲杀过去，恐怕会刺激柴桑的孙权集团，引起冲突。没有曹操的命令，不能做这种事。

"姑且派细作去夏口调查仔细。弄清楚刘备到底是不是在那里。"

于是紧急派出了几名细作。

这个年代，就算知道一个人的名字，但因为没有照片之类的东西，很难确认人物的身份。很多时候无法画人像，只能通过文字描述来确定长相，所以并不是很准确。各位应该可以体会到执政者为什么想采取给百姓刺墨、烙印、采用保甲制度、仔细编撰户籍、盖上条形码、背后写编号之类的措施了吧。说到底，还是由熟悉本人的人来做鉴定者最好，就像是《演义》中经常恰好出现的那样，同乡友人之类的角色是很重要的。

不过，刘备有着十分容易鉴别的异样容貌，只要见过一次就不会认错，就算用语言表述也能基本认对。作为天下英雄，这当然是一种好处；不过一眼就能被人认出来，确实也有安全方面的很大风险。不管是百姓也好、刺客也好、士兵也好，常常都会叫，那是刘备！这个目标实在是太大了。

即使如此，信息要想在襄阳、夏口、当阳、江陵之间迅速传递，还是有些困难的。毕竟相互之间有一定的距离。在这个时代，马的速度就是情报的速度。用了一天半时间日夜兼程的细作赶回来报告说，确实有个大耳长臂的人，看他在酒席上的流氓表现，肯定是刘备无疑。

镜头回到长坂桥。

曹操面带红潮，恨恨地说："如果刘备不在前面，那再没有比这更过分、更混蛋的事了！刘备把百姓和自己的部下都当作弃子，自己逃跑了。这还算是人吗？"

这一战从一开始把百姓卷进来的行为，就已经是超乎常人的卑劣了。如此残酷的人，为何还会受到百姓的爱戴，只能说不愧是英雄，而且还是面向大众的通俗英雄。

"现在不是在这里和张飞一决高下的时候。"曹操说。

"的确如此。"荀攸也赞成。

（张飞是因为有我们做对手，得意忘形，所以留在这里不走，满心只想如何给后世留下残暴屠杀的名声。我们如果走了，这家伙肯定也会走的。）

没有猎物，野兽当然也会离开。

"暂且撤兵。返回当阳城！"

曹操这一下令，张辽、乐进、于禁等人都是一副遗憾的表情，纷纷咬牙切齿。

"诸将少安毋躁。我不会放过刘备，还会回来这里。而且如果刘备真的进了夏口，也要防备他乘船从长江奔袭江陵。"

总而言之，当下需要更准确的情报。张辽等人勉强向各自的手下下令撤兵。

为了防备张飞趁着曹军撤退的时候从后面掩杀，安排了乐进的精兵殿后。

"那可是吹着口哨杀人万马军中，取上将首级如探囊取物的人物。就算孤身一人也不可轻敌。"

乐进绷紧身子，传令士兵面朝张飞缓缓后退。如果张飞杀来，乐进便可以立刻迎击。他紧张地盯着张飞，可张飞的模样很奇怪。只见张飞垂头丧气，满眼含泪地望着自己。

"为什么走了？别丢下我一个人啊。你们这么讨厌我吗？"就是这种如泣如诉般的哀伤表情。

张飞眼见曹操的大军杀来，欢天喜地，想到接下来就要开始的大规模屠杀，禁不住有种难以抑制的快感。可是不知什么缘故，曹军突然开始有条不紊地撤退。刚刚体验到生命高潮的张飞，遭受了犹如从天堂跌落地狱般的冲击。望着远去的曹军，精神萎靡，斗志的源泉也仿佛干涸了一般。寂寞感填满了张飞的心。

"为什么啊，回来啊。为什么不和我杀啊。这么好的舞台，再没有第二个了。大家都这么讨厌我吗？天地不仁，以张翼德为刍狗……"

刍狗是用草扎成的狗，驱邪用的。这是模仿的《老子》中的一节。

（张飞时代的大幕，远去了……）长坂桥上，张飞的虎泣之声，犹如野兽的呜咽一般回荡。

乐进望着哭泣的张飞。他同样也是在战场上搏命拼杀的武将，可是完全无法理解张飞的心情。

长坂桥的一战是张飞史上最顶级的表演，而且也可说是中国史上屈指可数的著名场面，有无数艺术形式加以描写，也曾被搬上无数舞台。

张飞那超越人类的野兽魄力，按照孔明风格来说是宇宙燕人张飞的记忆，永远铭刻在中华人士的心中。张飞的三次吼叫，吓死了夏侯杰、吓瘫了曹操的文臣武将、吓退了曹军。而曹操更是把冠、簪等体现男性时尚品味的小物件全都扔掉，披头散发哭着逃跑。张辽和许褚好不容易才抓住了精神错乱的曹操，不得不抚背安抚说："丞相，请冷静。只是一匹虎犇，不必如此恐惧。快快下令回军进攻，生擒刘备。"这是曹操史上模样最狼狈的一幕。

　　长坂桥头杀气生

　　横枪立马眼圆睁

　　一声好似轰雷震

　　独退曹家百万兵

然而，只有我一个人从这首诗中感觉到野兽的哀愁吗？张飞迫切渴望的大屠杀没有发生，就在连《三国演义》中，曹军的损失也只有夏侯杰这个还没有在世界过过好日子的人（而且他也是被张飞的语言暴力伤透了心，自己随随便便死掉了），可以说是毫无战果的一幕。《三国志》和《三国演义》描写的都是，张飞独守长坂桥，发出屠杀宣言，暂时阻挡了曹操的追击部队，自己也逃脱了险境。仅此而已。

除了孩子，没人会认为张飞在一对数万的对峙中压倒了对手，赶跑了他们。肯定发生了什么事情，导致曹操撤退。曹军因为某些不明的原因放弃追击刘备，对搜索突然变得敷衍了事，没有在长坂桥与鬼神般强悍的张飞发生战斗，避免了部队的损失。这算是说得过去的解释。张飞虽然会有所不满，但也只能拆了桥向东去追刘备了。

另一方面，这时候终于有了关羽的消息。关羽在战场上完全不见踪影，被认为是和刘备分头行动的。他在距离襄阳不远处的渡口搜集船只，让难民乘船沿江而下。这是四天前的事。老百姓似乎也不知道这件事，或者知道了也没有告诉曹军，因此曹操很晚才得知这一消息。

"那么关羽的船队是在这里？难道刘备也是乘了这船吗！"（被算计了！刘备在夏口也不奇怪了。竟然搞这种卑鄙下流的小把戏。）

就在程昱慌张失措的时候，关羽已经要进入汉水与长江的交汇处了。这就是夏口，也就是今天的汉口。水流会合之处称之为口。当时是夏水流入的口，因而叫作夏口。去江陵要从这里逆流而上，经过陆口、乌林等赤壁之战的重要地点，转一个大弯，路上需要花费好些时日。抵达的时候江陵大概早已落入曹军手中了吧。

大将关羽在战斗中没有起到任何作用，只是被派来在江上绕圈，打发时间。

"你用船送些难民到江陵去。"

只能认为刘备是随口对关羽下令，让他运送难民，实际上他对水路毫无认识。

事后看来，这显然又是刘备一贯的无责任指令（孔明虽然知道这一点，但他认为关羽最好不要出现在长坂坡，所以没有反对）。但是，只要是刘备的命令，对关羽来说就是绝对指令。

关羽问船夫，"诶，进长江了吧？"这时候刘琦率领人马出现，喊住了他。

"关将军，快让百姓下船，将军快快回去。"

"我的任务是把百姓送去江陵。然后在江陵与大哥会合。胆敢阻碍我，我斩了你哟！"关羽傲然放言。刘琦虽然受到生命威胁，还是冒死解释了刘备军在当阳附近与曹军交战并遭受毁灭性打击的情况。关羽勃然变色，自傲的美髯也颤抖不已，大叫："大哥他们已经不在人世了吗？我、我……我该怎么办？公子，请杀了我吧！"

"不可，关将军，刚才我已经说了，请尽快返回汉水！"

"不管怎么快都已经来不及了。我没有参加战斗，在汉水上无所事事，太可耻了。我已经不能苟活了，难道现在还要我在河上漂吗？"

漂回去还要花三四天的工夫。

"回到已经一切结束的战场上去，这是自取其辱啊。"

关羽怎能受到如此羞辱！

"不要惊慌，请听我说。将军不用着急，回去汉津即可。请看这个。"

"什么？"

刘琦从怀里取出的不是别的，正是孔明的锦囊。这个锦囊只有极少数人看过。刘琦将里面的纸条展开给关羽看。

"这是什么东西？像是疯子写的诗，完全不知道想说什么。"

"孔明先生说，千钧一发之际打开此锦囊。我和伊籍先生一起彻夜解读，还是有许多不明之处，不过眼下没有别的办法，便决定跟随指示行动。"

刘琦将孔明满是谜语一般的文章解读要点向关羽做了解释。

锦囊中的孔明代码是那种解密码的专家也很难破译的文字，就像是疯人呓语，类似"黄天当立"的谶纬预言一般。这种不明所以的写法大概是为了预防锦囊落入敌手吧。

相信了刘琦的关羽再度沿汉水而上，为了不引人注目，他只带了一条船。这艘船等在汉津附近，因为只是一条小船，就算来了敌船也没有那么容易被发现。等到有逃出来的刘备军过来，从这里渡河，与他们过河之后弃船上岸，一同沿陆路逃脱即可。

在大部分《演义》中，都说关羽的船队遵照孔明或者刘备的指示，从一开始就秘密停泊在汉津，等待按计划在当阳以 L 字形逃脱而来的刘备。不知为何都没有采纳关羽把难民送往江陵的说法，这个说法仿佛根本不值得讨论似的。所以要么是陈寿在胡说，要么是百姓下场如何无关紧要。否则，唯一可行的解释大概只有上面那种吧。

——先主斜趋汉津，适与羽船会。

刘备不晓得是偶然还是刻意安排，在汉津遇到了关羽。这相遇也是够辛苦的。

在这里画蛇添足一句，"斜"这个字没有什么好的意思。除了

"倾斜"的意思之外，还有"斜眼"之类的用法。另外"斜"通"邪"，有邪恶的意思。

"斜趋汉津"，如果以非常邪恶的方式解读，是不是也可以认为意思是"刘备使用了非常不正当的手段逃去汉津"呢?

锦囊的另一个指示也很奇怪，令人困惑。伊籍认为："好像是说刘皇叔必须在夏口好好享乐。"

这条指示可以解释为："制造一个大耳长臂的人，大摆宴席，传遍天下。"

刘琦和伊籍从部下中选出和刘备气质身高相似的人，强制进行人体改造，把他的耳朵弄大弄肿，给手臂套上两重石膏关节一样的东西加长，然后让他喝酒，不停说黄色笑话。将身体改造成刘备的特征之后，只要不是非常熟悉的人，很难区分出来。正因为刘备的身体特征十分明显，才能如此将计就计。这一切安排好之后，便用连襄阳都能听到的声音大声传扬说，"刘将军已经到了夏口，正在休息!"

这份声明在荆州全境扩散，而表演败逃去江陵的关平等人应该也会听到。他们原本就没打算占领江陵，所以这时候就会乔装成百姓潜去夏口。另外，这个消息也会传到在长坂坡舍命拼杀的刘备军士兵，以及被刘备洗脑的部分百姓耳朵里，他们大概也会放弃抵抗，分头去往夏口吧。说不定还会有一部分对曹操持批判态度的荆州人士也会聚集过来。

总而言之，刘备军为了守护十万百姓，在激战后溃败，但最终还是奇迹般地生还了。刘备的强大命运，以及创造了可怕传说的张飞、赵云等人，必定会让一无所知的人们感动得无以复加。

自从张飞大闹长坂坡之后，已经过去了三日，战斗告一段落，当阳周围逐渐恢复了平静。还没有来得及收拾的尸体堆积如山，活下来的百姓三三两两地坐着，毫无生气。曹操和曹军主力去了江陵，这里的士兵已经很少了。

荀攸喜欢画龙点睛，在收到"刘备已到夏口"的报告之后，还是在长坂坡一带搜索了许久，但依旧没能发现刘备，只有得出刘备确实是在夏口的结论。

"不应该啊。战斗中身在长坂坡的刘备，为什么能去那么远的夏口？"

荀攸心中疑惑，他训斥搜索队，下令掘地三尺。但此时遍地都是尸体，士兵们也没有心情严格执行命令，最终不了了之。如果程昱的报告是事实，那就是说，刘备从一开始就不在长坂坡，他和关羽一起乘船走了。但是，许多难民都曾经亲眼目睹刘备在尸山血海中跳舞喝酒说黄色笑话，那副气概和英姿感动了全国。不仅如此，曹军也有许多目击者，所以绝不可能从一开始就不在。如果刘备不在，张飞、赵云恐怕也不会那么疯狂战斗。

"我和你的看法一样。刘备本来一定是在这里。"曹操肯定地说，"但是，如果他在夏口，那也没办法。"

这是留有余地的说法。荀攸心领神会，咬住嘴唇："明白了。就算知道是假的也没办法。"

"是滞留人马掘地三尺，还是放弃此地去取江陵，这根本不用权衡。大好机会不可坐失。"

"即使如此，刘备这家伙，将地点选在夏口，头脑也真是好使。不对，是直觉。这家伙的直觉向来都很好。"

原本以为毫无志气的公子刘琦，居然会带领人马抵达夏口，这件事也出乎曹操的意料。如果真的开战，结果难以预料。两个人急速赶往江陵。

曹操觊觎对吴战争，计划将江陵作为前线基地。如果错过时机孙权恐怕会垂涎江陵。江陵必须牢牢掌握。这里的物资就像是已故刘表藏起来的遗产一般，足够养活许多人马。

——曹公大获其人众辎重。

曹操捕获了刘备带的难民和辎重，收入自己的囊中。长坂坡之战虽然让刘备逃跑了，但也不是毫无收获。并非徒劳无功。

话说在长坂桥前，满身创伤的恐龙战车（第二号）还在艰难地缓缓前进。拉车的不是牛，而是一匹马，并且也是很疲惫的马。牛被曹军士兵卸下来宰了吃了，所以换成了马。车里似乎有很重的东西，很难前进的样子。

在车里的不用说，正是诸葛孔明！以及刘备刘玄德、鲁肃鲁子敬三人。

"曹军真是蠢，刘玄德就在这里，就让我这样逃了！"

"主公，请安静。还没有逃到安全地带。"

"唔——真想快点出去玩啊。"

"……"（鲁肃）

鲁肃已经完全洗脱了黑社会的威严，变成了人畜无害的老好人面孔。至少对于孔明和刘备，吓唬他们是不管用的吧。黑社会的最大武器、恐吓能量不得不减半。

当然，这辆恐龙战车也被曹军士兵检查过，但二号车有着特殊的构造。箱体前面被厚度五十厘米左右的板隔开，隔板放下的时候，不仔细检查就无法发现里面还有隔间。当然，三个大男人塞在这样的地方也很辛苦，就像被塞在棺材里一样，脸憋得通红。有时候士兵会把这里当作睡觉的好地方，一个晚上都待在车里，那他们更是像死了一样痛苦。唯有孔明一脸淡然进行胎息，这也是"站"的锻炼成果。

水、酒、饭食等，都藏在地板下，都可以凑合着吃。大小便则是趁夜深的时候偷偷溜到外面解决。

当然也曾经遇到过好几次危机。如果遇到火那就真成了棺材，也有车被拆了做柴火的危险。后门和侧板的一部分裂开了。如果车辆翻倒、车轮损坏，那也万事皆休。在这么狭小的隐蔽空间里，身体横过来倒过去的，肯定忍受不了太久吧。在曹操赶去江陵之前，三个人的处境一直都命若悬丝。

赵云和张飞的大爆发吸引了所有人的眼球，消除了刘备等人的存在感。这些情况孔明他们一直都知道。赵云和张飞闹出的动静越大，刘备越是热泪盈眶。

孔明也预测到曹操不会坚持追捕刘备。

"不必担心。这辆车有着十分强大的幸运之神守护，我孔明的眼睛看得清清楚楚。不管怎么说，这是主公乘坐的车辆。"毫无根据的发言。

刘备大概是因为心理和肉体上的双重压力导致的反弹，十分开朗，"那是当然。只要有我刘玄德在，这车就受天帝爱护，敌人一根手指都不会碰。必定如此。"毫无根据的自我鼓励。明明被敌人触摸过无数次，有时候还被当箭靶射着玩、被人用枪戳等。

听着这两个人的对话，鲁肃的自我都在逐渐崩溃。

"子敬是与我刘玄德等人渡过这场危机的战友！今后就作为三位一体的朋友来交往吧！"

刘备说出勾引的话语，鲁肃含泪回应说："我，我，真是幸福诶。多亏刘皇叔保佑，赢了这场人生的大赌博。"

"不不，真正的赌博还没开始呢。子敬，我还想告诉你许许多多了不起的事呢。"孔明说。

刘备到长坂坡之战为止，犯了许多错误。在这个重要时期，又一次输得精光。如果是一般人，早已被踢出了争夺天下的行列。但孔明认为，只要在这里活下来，就是一种胜利。刘备就是再怎么输得精光也是棵会不知不觉增殖的摇钱树。半年来，孔明已经清清楚楚地认识到了这一点。

长坂桥虽然被拆得干干净净，曹军也会紧急修理的吧。不过曹军的人马固然可以过河，但是恐龙战车太重了，恐怕过不去。于是三个人下车，刘备骑马，孔明和鲁肃徒步，就这样过了河。在半路上的村子里如果能买到马就好了。

（大家真的都在汉津等待吗?）虽然都是没耐心的伙伴，虽然不可能等待孔明，但还是会一直等待刘备的，直到海枯石烂的吧。

目标夏口。话虽如此，抵达夏口也要在很久以后了。

还能不能赶上参加赤壁之战啊，孔明!

本回是孔明、张飞、赵云以传说为框架设了一个骗局，总算应付了一时之急。入伙半年、完全不被看好的年轻军师，遇到刘备之后就是这样的情况吗？虽然如此，也没有值得同情的地方。这就是所谓的命运。显然，接下来孔明将有更加不择手段的计策。来吧，再奋力燃烧一回吧! ——这一心中的誓言，将把虚假之花开在哪里呢?

且听下回分解。